Primera edición: noviembre de 2016
Segunda edición: diciembre de 2016
Tercera edición: diciembre de 2016
Cuarta edición: abril de 2017
Quinta edición: noviembre de 2017
Sexta edición: abril de 2018
Séptima edición: noviembre de 2018
Octava edición: agosto de 2019

Ediciones Travel Bug
Busca Isusi, 46. 20015 Donostia
Tel. 657 736 522
editorial@travelbug.es

Diseño de cubierta e interior: www.taandem.com
Imagen de portada: Emmanuel Montiel

ISBN: 978-84-944077-9-6
Depósito Legal: SS 2076-2016
Impreso por Leitzaran Grafikak

EL ÚLTIMO AKELARRE

IBON MARTÍN

travel bug
NOVELA

A Álvaro, por hacerlo
siempre todo tan fácil.

1

14 de junio de 2015, domingo

La trainera cortaba limpiamente la lámina de agua. Cada golpe de remo la acercaba más a una línea de meta iluminada por potentes focos que se perdían en el cielo negro. El puente de Deusto marcaba un antes y un después en la regata. Los muelles, vacíos y silenciosos, se llenaron de pronto de miles de espectadores que las jaleaban a su paso. Leire no sabía si los ánimos eran para ellas o para la embarcación rosa con la que se disputaban el triunfo. Tanto daba. Sus gritos y aplausos resonaban en la ría y lograban que el remo pesase menos.

No podía más. Hacía apenas unas semanas que había vuelto a remar tras casi dos años en el dique seco y su forma física no era aún la que se esperaba de una remera de primer nivel. Sacando fuerzas de flaqueza, y soportando en los brazos el dolor del agotamiento, continuó clavando el remo en el agua y bogando al ritmo infernal que seguían sus compañeras de tripulación. Un error, una pérdida de fuelle, amenazaría la coordinación del resto y echaría por tierra las posibilidades de victoria de la trainera negra de Hibaika. Solo San Juan le iba a la zaga. Las demás hacía tiempo que habían quedado atrás.

—¡Vamos, solo un poco más! ¡La bandera es nuestra! —La patrona las azuzaba desde la popa. La Nocturna de Bilbao no era una regata cualquiera. Pese a ser nueva en el circuito y carecer del prestigio de otras carreras, su impacto publicitario era inmenso. La ría conseguía llevar al corazón de la ciudad una competición que habitualmente se disputaba en mar abierto y eso se traducía en decenas de miles de espectadores en directo y muchos minutos en la televisión.

Dejando atrás la Universidad de Deusto y el Guggenheim, la trainera entró de lleno en la recta final. Los paseos junto al Nervión se encontraban a rebosar y el griterío resultaba cada vez más ensordecedor.

—¡Nos adelantan! ¡Vamos! —se desgañitaba la patrona luchando por hacerse oír por encima del vocerío que llegaba desde las orillas—. ¡Solo un poco más!

Leire vio sobre ella las formas gráciles del Zubizuri y sintió la emoción de quien sabe que enfila el último tramo. Le dolían los brazos. Era como si con cada palada le clavaran alfileres al rojo vivo. Un poco más. Solo un poco más. No podía permitir que sus antiguas compañeras le ganaran en su regreso a la competición. Desde algún lugar de la ría le llegaron los ánimos de la patrona de San Juan a sus pupilas. No se giró a comprobar dónde estaba la trainera en la que había remado hasta hacía apenas dos años, pero supo que iba por delante.

La iluminación de los últimos metros hacía del Nervión un auténtico río de luz. Leire se lo imaginó desde las alturas de Artxanda y sintió ganas de estar allí arriba, lejos del esfuerzo sobrehumano que estaba realizando. Solo un poco más. No podía defraudar a sus compañeras. Habían sido generosas al aceptarla en su equipo pese a que, a sus treinta y siete años, a muchas casi las doblaba en edad. Quería demostrarles que no se habían equivocado.

—¡Vamos! —insistió la que las comandaba—. ¡Vamos, joder!

El edificio neoclásico del ayuntamiento tomó forma en la orilla. La meta estaba junto a él, en el puente. Leire clavó con fuerza el remo y tiró de él con rabia. Un último esfuerzo. Tenían que ganar. La línea de llegada, dibujada en el agua por un láser rojo, estaba apenas dos traineras más adelante.

—¡Venga, hostia! —gritó la patrona.

Antes de que acabara sus palabras, los vítores de las tripulantes de la *Batelerak* les dijeron que era tarde. Por apenas unos segundos, Hibaika había quedado por detrás de San Juan.

Leire suspiró agotada y se dejó caer sobre sus rodillas. Jamás hasta entonces se había cansado tanto en una regata. Suerte que se había estrenado en las plácidas aguas del Nervión, pues aún no se veía con fuerzas de enfrentarse a las olas del Cantábrico.

—Hemos estado cerca —oyó comentar a una de las que se sentaban por delante.

Nadie respondió. El bullicio que las acompañaba había cesado de pronto. Leire alzó la cabeza para fijarse en la orilla. Era extraño. Nadie jaleaba ya a quienes llegaban detrás, nadie celebraba la victoria de la *Batelerak*. La ría había enmudecido. Tampoco el agua era ya el centro de las miradas. Unos alaridos apagados por la distancia las reclamaban hacia el parque de Etxebarria.

—¿Habéis visto eso? —preguntó la que compartía banco con Leire.

Una bola de fuego colgaba a media altura de la chimenea de ladrillo que se alzaba sobre la zona verde. Parecía una hoguera, una más de las muchas celebraciones de aquella noche en la que el deporte había convertido Bilbao en una gran fiesta. Sin embargo, la silueta que se adivinaba entre las llamas y sus espeluznantes lamentos no dejaban lugar a dudas. Tampoco el olor a carne quemada que flotaba sobre el Nervión.

Leire se estremeció. Aquello no era ninguna fiesta. Aquello era algo mucho más atroz. Bilbao, la ciudad que se había echado a la calle con ganas de celebrar, asistía sin palabras a una espantosa muerte en directo.

2

14 de junio de 2015, domingo

Los antiguos muelles, reconvertidos en paseos elegantes, que flanqueaban el Nervión habían enmudecido. Los gritos iniciales, las carreras precipitadas y el nerviosismo habían cedido el testigo a una compungida expectación. Era lo más parecido a un gigantesco velatorio al aire libre que Leire pudiera imaginar. La regata había pasado a un plano secundario que para nadie existía ya. Poco importaba que San Juan hubiera ganado o que algunas traineras aún no hubieran llegado a meta. Nadie se había retirado, solo algunas familias con niños pequeños a los que quisieron proteger de la dantesca escena. Porque de lo que nadie albergaba la más mínima duda era de que aquello era un macabro asesinato. Al principio, cuando el fuego todavía envolvía la vieja chimenea del parque de Etxebarria, quedaba un lugar para la esperanza. Sin embargo, en cuanto las llamas perdieron intensidad fue demasiado evidente que aquella figura ennegrecida era una persona.

Leire no se detuvo a despedirse de sus compañeras de Hibaika. En su mente solo estaba llegar cuanto antes al pie de la torre de ladrillo. Lo peor no era la grotesca visión del cadáver humeante, sino el olor que flotaba sobre la ría. Hedía a carne quemada.

A medida que la escritora se abría paso entre el gentío que abarrotaba los muelles del Arenal, las sirenas policiales resonaron con mayor intensidad. Las laderas del monte Artxanda, que se alzaba implacable tras el ayuntamiento y la plaza del Gas, las amplificaban. La ciudad estaba sobrecogida.

—Alto. No pasen. ¡Alto!

El cordón policial era aún precario. Los agentes intentaban cortar el acceso desde las escaleras que subían de la plaza del Gas y empujaban a los curiosos para alejarlos del cadáver. Leire intentaba acercarse lo más posible a la escena cuando vio por el rabillo del ojo que un ertzaina arrancaba un teléfono móvil de las manos de un joven que estaba junto a ella.

—¿Cómo tengo que decirte que dejes de grabar? —espetó el policía mostrándole la porra—. ¿Te parece normal tomar imágenes de algo así? —Después se dirigió hacia los demás. Había demasiadas manos alzadas con el teléfono—. ¡Vamos, aléjense de una vez y dejen de hacer fotos!

Leire intentó aprovechar el caos para acercarse al cadáver. A tan poca distancia, el olor era nauseabundo. Alzó la mirada y sintió un escalofrío. El rostro de la víctima resultaba irreconocible. Las llamas habían hecho un trabajo espantoso. El torso estaba al descubierto allí donde la ropa no se le había quedado aferrada y las costillas se dibujaban bajo una capa ennegrecida.

Los bomberos acababan de desplegar una larga escalera para acercarse al cuerpo. El primero en subir fue un sanitario que no se detuvo a mirar abajo conforme ascendía. Apenas tardó unos segundos en negar con la cabeza antes de descender. No había nada que hacer. Después fue un bombero el que subió para examinar las ligaduras y estudiar la forma de descolgar el cadáver una vez que el juez o el forense dictaminaran el levantamiento.

—Lo han izado con una polea —anunció estirando el brazo hacia la cuerda—. Está bastante dañada por el fuego. Espero que no se rompa.

—El otro extremo está aquí —corroboró uno de sus compañeros desde la base de la chimenea.

Leire observó que la víctima había sido alzada hasta media altura de la torreta de ladrillo, a unos quince metros del suelo, suficiente para que su asesinato pudiera presenciarse desde gran parte de la ciudad.

—¿Qué hace aquí? ¡Haga el favor de alejarse! —La escritora sintió que alguien la aferraba con fuerza por el brazo. Estaba tan ensimismada contemplando la escena que no había reparado en que los ertzainas habían terminado de establecer el cordón policial.

Mientras reculaba, alguien se acercó y le pasó la mano por la espalda.

—Vaya llegada a meta, ¿no? —la saludó Iñigo dándole dos besos y señalando el cadáver con un movimiento de cabeza. La agradable fragancia a cítricos que emanaba del profesor eclipsó el hedor por un momento—. Pensaba que te vería de rosa. Por eso no te localizaba en la trainera de San Juan. Haberme avisado de que habías fichado por Hibaika.

Leire bajó la mirada hacia su ropa. Con las prisas por llegar cuanto antes al escenario no había pasado por la furgoneta donde le esperaba el chándal del equipo. Se sintió ridícula con las mallas y la camiseta ajustada con las que había participado en la regata.

—Es brutal —dijo alzando la vista hacia la chimenea. Un ertzaina se había encaramado a lo alto de la escalera y tomaba fotos de la víctima—. ¿Habías visto alguna vez algo semejante?

Iñigo observó pensativo el cadáver. Leire lo imaginó recorriendo mentalmente sus muchos años como profesor de criminología y colaborador de la Policía Autónoma Vasca. A pesar de ello, no le sorprendió que negara con la cabeza.

—He visto de todo, la verdad, pero esto va más allá —reconoció frunciendo el ceño—. Es diabólico. Lo han izado y le han prendido fuego. La elección del lugar y de la hora tampoco parece fruto del azar. Quien haya hecho esta barbarie buscaba convertir el crimen en un espectáculo. Cuanta más gente lo viera, mejor. —Se detuvo pensativo. Es una advertencia.

Leire se giró hacia la ría. Dos infinitas filas de farolas flanqueaban el cauce, oculto parcialmente por los edificios más altos. Varios focos de fría luz blanca hacían cobrar vida a las gabarras que conformaban la meta de la regata. El parque de

Etxebarria se alzaba en una colina, un magnífico balcón natural asomado a la gran avenida fluvial que constituía el corazón de Bilbao. La chimenea de la vieja fábrica siderúrgica desmantelada no era una elección casual. Su ubicación, a la vista desde gran parte de la metrópoli, la convertía en el mejor escenario para un crimen implacable.

—¿Drogas? —aventuró Leire. Las mafias de narcotraficantes acostumbraban a estar detrás de asesinatos tan macabros, aunque no era algo que se viera habitualmente en Bilbao.

El profesor ladeó la cabeza, pensativo.

—¿Un ajuste de cuentas? Sí, podría ser.

Leire se llevó las manos a los brazos. Comenzaba a sentirse destemplada. El verano estaba a las puertas, pero las noches todavía eran frías. Su mirada reparó en las ambulancias que esperaban entre los jardines del parque. Siempre estaban en los escenarios, a pesar de que ya nada se pudiera hacer. De alguna forma, le vino a la cabeza el día que un cadáver apareció destripado a las puertas de su faro. También entonces era de noche y había ambulancias y cámaras de televisión. Porque al parque de Etxebarria también habían llegado las primeras unidades móviles. Sus antenas parabólicas destacaban sobre los vehículos de emergencias desplegados entre los jardines.

—¿Podemos descolgarlo? —preguntó uno de los bomberos a un hombre en mangas de camisa y extremadamente delgado que accedió a la zona acordonada.

—Un momento —pidió el recién llegado tomando varias fotografías del escenario con una cámara compacta. Después subió a la escalera y se acercó al cadáver.

—Es Egaña, el forense —explicó Iñigo—. El año pasado casi se mata en la Bilbao-Bilbao. Una moto de asistencia lo arrolló bajando el puerto de Urkiola. No creo que vuelva a tocar la bici. Parece demasiado serio, pero es un buen tipo.

Mientras bajaban el cadáver, Leire echó de menos su teléfono móvil. Había sido una precipitada por no acercarse a la furgoneta del equipo a por su ropa.

—¿Tienes el número de Ane Cestero? —le preguntó a Iñigo, que negó con la cabeza.

—¿Para qué lo quieres? ¿Esa no trabaja en Gipuzkoa?

La escritora tardó en contestar. El forense cerraba la cremallera de la enorme bolsa negra, que bañaban de luz los potentes focos de las cámaras.

—Cestero es muy buena. Este es un caso para ella —apuntó Leire con la mirada fija en el coche de la funeraria, al que varios ertzainas abrían paso empujando a los curiosos que se agolpaban sobre los jardines.

—Hay muchos ertzainas buenos —replicó Iñigo.

—No como ella —insistió la escritora. Aún recordaba aquel disparo en el faro.

El profesor se encogió de hombros con gesto condescendiente.

—Estás helada —le dijo quitándose la chaqueta y ofreciéndosela. Leire no pudo evitar un escalofrío al sentir el calor sobre sus brazos desnudos—. ¿Vienes a cenar a casa?

—Ya sabes que me espera mi hermana... Mierda, ni siquiera le he avisado de que voy más tarde. ¿Qué hora es?

—Puedes quedarte hoy en mi casa —insistió Iñigo—. Mañana madrugo para ir a la facultad. Te levantas conmigo y te vas para Getxo.

Leire creyó atisbar una incitadora sonrisa en los hermosos labios de quien había sido su pareja durante gran parte de la carrera, el hombre diez años mayor de quien había estado perdidamente enamorada. Tanto que tardó demasiado en admitir lo que para todos era demasiado evidente: Iñigo, su profesor de criminología, era un hedonista más interesado por encandilar a cuantas estudiantes pudiera que por su relación con ella.

—No. Mi hermana me espera —mintió. En realidad pensaba en Iñaki. Él sí que la esperaba en Pasaia. Ojalá el profesor la hubiera esperado así, aunque solo fuera un día de los muchos que pasó con él.

—Pero... —Iñigo no estaba dispuesto a tirar la toalla tan fácilmente. Sus ojos negros brillaban con intensidad a la espera de una respuesta afirmativa. Las canas habían comenzado a adueñarse de los costados de su abundante mata de cabello castaño, algo que Leire intuía que sería especialmente doloroso para alguien tan narcisista como él. Tampoco se sentiría a gusto al verse en el espejo las profundas marcas de expresión que su obsesión por lucir siempre un bronceado perfecto le había regalado. A pesar de ello, y a sus cuarenta y seis años, seguía siendo atractivo.

—No, de verdad que no puedo —sentenció la escritora soltándose la goma de pelo para recogerse de nuevo una coleta que el remo y las prisas habían dejado maltrecha.

La marcha del coche fúnebre vació de curiosos el parque. En el escenario no había mucho más que ver. Solo ertzainas tomando fotos y peinando los alrededores de la chimenea con sus linternas.

—Poco más podemos hacer aquí —murmuró Iñigo corroborando lo que pasaba por la cabeza de la escritora.

Leire asintió. Habría que esperar a la autopsia y a conocer la identidad de la víctima si querían comenzar a entender lo que había ocurrido esa noche ante los ojos de una ciudad a la que iba costarle conciliar el sueño.

3

14 de junio de 2015, domingo

La casa olía a bebé. Era un aroma tierno que se colaba por las fosas nasales para contagiar serenidad. La propia Leire, recién llegada del levantamiento del cadáver, logró olvidarse por unos instantes de la atroz escena del parque de Etxebarria. Se asomó a la cunita. El apacible rostro de su sobrina le borró de la mente todo resquicio de tensión. Con una sonrisa bobalicona en los labios, la escritora acarició el escaso pelo negro de la pequeña y se acercó para darle un beso en la cabecita. Al hacerlo, sintió que el olor que la había cautivado al entrar a la casa se volvía aún más intenso y cálido.

—*Gabon*, Lorea —le susurró a pesar de que la niña dormía.

Leire permaneció unos segundos sin separarse de la pequeña, disfrutando de su olor y la paz que le inspiraba.

—¿A quién dirías que ha salido? —le preguntó su hermana con gesto de satisfacción.

—Uf, no sé. La verdad es que nunca se me ha dado bien buscar parecidos a los niños.

Raquel estiró el brazo y arropó a su hija, dejando solo a la vista parte de la cabeza.

—Mis compañeras dicen que a mí, pero mi suegra está empeñada en que es igual que Unai cuando era pequeño —apuntó con un tono en el que Leire intuyó un reproche al padre de la pequeña—. ¿Qué va a decir ella, no?

—Cosas de mujeres —zanjó Unai negando con la cabeza. Su perilla enmarcaba un rostro casi infantil a pesar de que pasaba de los cuarenta años. El leve tupé que volaba sobre sus entradas y una nariz regordeta, casi de payaso, contribuían sin duda a reforzar esa impresión—. Habrás cenado ya —aventuró dirigiéndose a Leire.

La escritora estuvo a punto de decir que sí para no molestar, pero estaba muerta de hambre. La regata pasaba factura en el estómago.

—No. He venido directa del parque de Etxebarria sin pasar por ningún sitio. No quería llegar demasiado tarde.

Raquel miró el reloj con gesto escéptico.

—Pues menos mal... Podrías haber llamado por lo menos. Son las doce. Te hemos esperado hasta las once y media. Suerte que ha sobrado algo —dijo abandonando malhumorada el cuarto del bebé para dirigirse a la cocina.

Leire reconoció que tenía razón. No había podido recuperar su teléfono hasta que sus compañeras le acercaron la bolsa de deporte antes de emprender la vuelta a Rentería. Para entonces ya era demasiado tarde. Si hubiera sabido de memoria el número de Raquel habría podido llamarle desde el móvil de Iñigo, pero nunca se había molestado en recordarlo.

—¿Te gusta el pastel de cabracho? —le preguntó Unai con la mano en el interruptor de la luz.

Leire asintió saliendo de la habitación para seguir a su hermana. No la soportaba. ¿Es que ni siquiera con una recién nacida en casa podía relajarse? Cada vez tenía más claro que no se parecían en nada. Ni siquiera físicamente. La escritora tenía un tipo atlético, fruto de su afición por el deporte, unos rasgos equilibrados en los que destacaban dos bonitos ojos color avellana, y una ondulada melena castaña que recogía siempre en una cola de caballo. Raquel, en cambio, tenía los hombros caídos, la mirada apagada y el pelo muy corto, además de una piel muy blanca que delataba demasiadas horas de oficina. Aunque quizás la gran diferencia entre ambas estribaba en el comportamiento. Leire se quería tal como era, se sentía segura y, sin ser la más guapa, siempre había tenido éxito con los chicos. Su hermana, todo lo contrario. Desde muy joven había sido evidente su falta de confianza en sí misma.

El comedor y la cocina eran una misma estancia, aunque esta última se encontraba cerrada dentro de una suerte de pecera de cristal que Raquel había hecho levantar para evitar que el olor a comida se extendiera por la casa. La mesa estaba a medio recoger. El plato y los cubiertos dispuestos para Leire aún seguían en ella.

—Siéntate —le ordenó su hermana sacando una bandeja del frigorífico.

—Déjame que te ayude —se ofreció la escritora abriendo la puerta de vidrio de la cocina.

—Eres la invitada. No la hagas enfadar —apuntó Unai a su espalda—. Mira, lo del parque —añadió subiendo el volumen del televisor, que ocupaba un puesto destacado frente a la mesa del comedor.

Leire reconoció la chimenea de inmediato. Un reportero hablaba en directo desde el lugar, donde solo permanecían algunos efectivos de la Ertzaintza que custodiaban el escenario. La pantalla se llenó después con una imagen lejana y de baja calidad del cuerpo en llamas. Supuso que estaría grabada con un teléfono móvil desde las orillas de la ría, por uno más de los miles de espectadores de la regata que habían desviado su interés de lo que sucedía en el agua a los alaridos que llegaban desde el parque de Etxebarria.

—Dicen que ha sido horrible —comentó Unai.

La escritora no podía apartar la mirada del televisor. La grabación incluía el sonido ambiente. Se escuchaban claramente los gritos de auxilio de la gente, alarmada al comprender que se trataba de alguien en llamas. Lo más espeluznante eran los desgarradores lamentos de la víctima. Se oían de fondo y perdían intensidad a medida que avanzaba el vídeo, conforme la vida huía de aquel cuerpo ardiendo.

—Ha sido brutal —corroboró Leire—. Lo habían izado a la chimenea para que todo el mundo pudiera verlo. Querían un escarnio público.

—Pues lo han conseguido —afirmó su cuñado bajando el volumen en cuanto el reportero devolvió la señal al plató—. Qué fuerte. Antes no pasaban estas cosas en Bilbao. Tanto venir gente de fuera...

—Chica, parece que te persigue la muerte. Allí donde estás pasa alguna desgracia —se burló su hermana sirviéndole un buen pedazo de pastel de pescado.

Leire recibió el comentario como una puñalada. En lugar de replicar, decidió hacer oídos sordos mientras se llevaba el tenedor a la boca. Estaba muy rico. Le recordó al pastel que preparaba su madre antes de quedarse viuda. La cocina en su casa familiar se simplificó demasiado tras la muerte de su padre. Tanto que el clac de los frascos de legumbres al abrirse se convirtió en la tónica habitual cada mediodía. La escritora tenía la feliz sensación de que esa tendencia estaba cambiando desde que Irene se había mudado al faro a vivir con ella.

—¿Qué te parece nuestra pequeña? —le preguntó Raquel de pie junto a la mesa. El lazo del delantal le ceñía excesivamente la tripa. Todavía parecía embarazada. Tal vez fuera lo normal, se dijo Leire. Solo habían pasado veinte días desde el parto.

—Es preciosa —reconoció sin dejar de comer.

—A *ama* se le caía la baba. Tenías que haberla visto. ¡Su primera nieta! Tú a ver si te pones, que no tenemos ya edad para andar haciéndonos las remolonas.

Leire apretó la mandíbula para contenerse. Esperaba el comentario. Desde que Raquel se quedó embarazada le había insinuado lo mismo una y otra vez. Respiró hondo y pensó en Iñaki. Aunque no decía nada, era evidente que él también empezaba a preocuparse. Llevaban cinco meses intentándolo sin éxito. La escritora sabía que no siempre resultaba a la primera, pero comenzaba a temer que algo pudiera andar mal. ¿Y si tenía razón su hermana y se le había pasado el arroz? No, no tenía sentido, Raquel era mayor que ella y acababa de dar a luz a Lorea. Debía tener paciencia, eso era todo.

—Dicen que es un ajuste de cuentas. Drogas —apuntó Unai desde el sofá.

—Tengo amigas que se decidieron demasiado tarde y ya no pudieron —continuaba Raquel. A sus palabras envenenadas acompañaban gestos altivos que reforzaban la permanente mueca de asco que la vida había grabado a cincel alrededor de sus labios.

Leire le dedicó una mirada cargada de desdén. ¿Amigas? ¿De quién hablaba? Si su hermana había vivido siempre para su querida Telefónica. Compañeras de trabajo, a lo sumo, porque amigas no había tenido desde los años del colegio.

El timbre de su móvil llegó en el momento oportuno. Se levantó para ir en busca de la mochila. El llanto de Lorea la sobresaltó. Tenía buenos pulmones para ser tan pequeña.

—Podrías tenerlo silenciado. Cómo se nota que no eres madre —le espetó Raquel camino de la habitación.

—Le toca biberón —anunció Unai restándole importancia.

Leire comprobó en la pantalla que se trataba de Ane Cestero. El pulso se le aceleró. Tal vez hubiera novedades.

—Hola, Ane —saludó abriendo la ventana para asomarse al exterior y poder hablar tranquila. La noche envolvía el mundo con su íntimo manto. La luz tras las ventanas de muchas casas hablaba de vidas privadas detrás de las cortinas.

—¡Me han dado el caso! —exclamó la ertzaina a través del auricular—. A primera hora voy para allí. Voy a llevar la investigación con uno de los de Erandio.

Leire lo celebró. La imaginó telefoneando a sus superiores tras recibir su llamada desde el escenario. Era lo primero que había hecho tras recuperar su móvil. Un caso así tenía que ser para Cestero. Pocos agentes imaginaba más competentes que la joven. Vale que a veces se pasaba de descarada, pero eso era algo que iba con la edad. No se podía pretender que con veinticinco años fuera la policía más correcta del cuerpo.

—Han dicho en la tele que es cosa de drogas —dijo Leire con la esperanza de que la ertzaina lo confirmara o desmintiera.

Cestero soltó un bufido.

—No tienen ni idea. Es hablar por hablar. A ver qué dice mañana el forense. Ni siquiera sabemos la identidad de la víctima. Me dicen que es un hombre, aunque tampoco eso está claro.

El ruido del camión de la basura le dificultó a la escritora oír las últimas palabras. Era lo malo de vivir en un piso bajo frente a los contenedores. En cualquier caso, era innegable que las vistas eran buenas. No todo el mundo veía desde su ventana un lugar Patrimonio de la Humanidad. La barquilla del Puente Colgante pasaba incansable de una orilla a otra, vomitando vehículos que se perdían silenciosos entre las calles durmientes. Leire se preguntó hasta qué hora funcionaría.

—¿Puedo acercarme mañana por la comisaría? —preguntó. Sus planes iniciales pasaban por volverse a Pasaia a primera hora, aunque esa idea acababa de saltar por los aires. Ansiaba participar en la investigación de un caso tan escalofriante.

—Claro. Vente a Erandio a las nueve... No, mejor a la comisaría de Deusto. Tengo que pasar a buscar unos informes por allí.

La escritora no se apartó el teléfono de la oreja cuando Cestero colgó. El aire fresco de la noche le llenaba los pulmones y el lento movimiento del puente le contagiaba serenidad. A su espalda, en el salón, Lorea lloraba hambrienta. Sin embargo, su mente estaba lejos de allí: en el olor a carne quemada y las sirenas rompiendo el silencio de la noche bilbaína. Todavía no sabía nada de la víctima, ni siquiera su nombre, pero le juró en silencio que antes o después atraparía a su asesino.

Primavera de 1609

Las abejas zumbaban a su alrededor. Recolectaban néctar de las miles de flores que cubrían la pradera. El verde de la hierba quedaba apagado ante la explosión de colorido que se había adueñado del paisaje en la última semana. La primavera ya estaba aquí. El invierno había sido largo. El Larrun y las otras montañas que cerraban el paisaje habían permanecido blancos durante meses. María no recordaba haber pasado tanto frío en su vida. Ella tenía solo dieciocho años, pero su abuela, que contaba ya más de cincuenta, aseguraba que había sido el invierno más riguroso que se recordaba en la comarca.

—¡Oye, que tienes toda la campa para ti! —refunfuñó María alzando el bastón a modo de advertencia.

La vaca la miró de reojo antes de seguir masticando el diente de león. La pastora suspiró y miró a su alrededor. Las hojas dentadas de aquella planta destacaban junto a un roquedo.

—No os mováis de aquí —ordenó a las dos vacas, que la observaron con pasmosa indiferencia mientras se alejaba.

María dejó al pie de un roble solitario el pesado fardo de hierba que acarreaba y tomó la hoz. Antes de agacharse junto al murete que delimitaba el prado, se giró hacia las vacas. Pastaban despreocupadas, no la habían seguido. No se fiaba de ellas. Tenían una enorme pradera cubierta de pasto fresco y, sin embargo, en cuanto tenían oportunidad metían el hocico en el fardo de hierba que la joven había segado con paciencia para alimentar al asno de la familia. A veces lo sacaba también a pastar, pero su padre lo necesitaba para desplazarse hasta su trabajo en la cantera.

Un griterío grave y desordenado fue en aumento poco a poco desde el sur. María dejó por un momento de recolectar diente de león y alzó la vista para ver pasar sobre el pueblo dos largas bandadas de grullas en forma de uve. No eran las primeras que cruzaban esa semana. Muchas otras aves habían pasado rumbo al norte. No había mejor indicador de que el frío no volvería.

—¡Buen viaje! —susurró alzando la mano.

Le fascinaban las migraciones. Cada año, en primavera y otoño, veía pasar miles de aves sobre su cabeza, algunas silenciosas como las palomas, otras escandalosas como las grullas. Estas últimas jamás las había visto en tierra. Sabía que eran grandes, porque las contemplaba en el cielo, pero nada más. Decía su abuela, que de esas cosas sabía mucho, que no paraban más que al caer la noche para alimentarse y descansar. Las marismas situadas al norte de Baiona, alrededor de ese río que María podía llegar a ver cuando subía a los pastos más altos, eran su lugar de descanso. Al menos eso se decía.

El bronco griterío de los animales fue perdiendo intensidad a medida que las grullas se diluyeron en el horizonte. Solo el canto de un jilguero y el zumbido de las miles de abejas que trabajaban incansables se atrevieron a profanar el silencio que se adueñó de la pradera. Los cencerros de las vacas de María y de otros animales que pastaban lejos de allí añadían, de vez en cuando, una nota metálica.

La joven respiró hondo. Se sentía feliz. El olor de las flores la llenaba de optimismo. Se le había hecho largo aquel invierno. Demasiados días sin apenas salir de casa, cosiendo al calor del hogar, preparando un ajuar para una boda que estaba tardando demasiado en llegar. Como cada vez que lo pensaba, maldijo la hora en la que Galcerán se enroló en la Marina Real. Llevaba dos años sin verlo, los mismos que anunció el muchacho que pasaría en las Indias. Dos años para reunir un dinero que les vendría muy bien para iniciar su nueva vida en común, dos años con la angustia de no saber si su prometido seguía con vida o había muerto en el siempre traicionero mar... Dos años de una espera sin noticias.

—Está a punto de llegar —se dijo María en voz alta. Algo le decía que la explosión de aquella primavera tan esperada no podía traer sino buenas noticias. Seguro que Galcerán estaba ya en camino y muy pronto podrían casarse por fin. Lo amaba con toda su alma. Todavía no podía creer su suerte. Los Navareno eran una de las mejores familias de la comarca y no se esperaba de ellos que eligieran pareja en casas más humildes que la suya. Galcerán, en cambio, había dejado que el amor lo guiara y sus padres lo aceptaron de buen grado.

La campana del monasterio de San Salvador comenzó a tañer. Era una llamada grave y mantenida, una llamada a misa. El pájaro dejó de cantar y alzó el vuelo desde una de las ramas bajas del roble, cuyas hojas comenzaban a brotar con fuerza. María observó el imponente edificio que se recortaba al fondo del valle. Ya no lo temía. En realidad nunca lo había hecho. Era demasiado joven cuando su poderoso abad tiró la toalla. La desanexión de Zugarramurdi no había sido total, aunque supuso un duro varapalo para el convento, que se vio privado de la aldea situada a media legua y de cientos de siervos de la gleba. A pesar de ello, algunos vecinos seguían trabajando como pastores de los rebaños de los monjes y en sus forjas. Ni siquiera la parroquia del pueblo independiente contaba con un cura propio y era un fraile del monasterio el encargado de oficiar las misas y llevarse el diezmo a San Salvador. El padre de María, uno de los vecinos más activos en la batalla legal que logró la libertad del pueblo, decía que todo llegaría. Por el momento era suficiente. Lástima que todo tuviera sus consecuencias y ahora ni él ni ninguno de sus hijos pudieran trabajar para los monjes. El abad, el poderoso León Aranibar, vengaba así su activismo en pos de la desanexión.

El tañido de la campana logró su objetivo. Algunos vecinos de Urdax, el humilde caserío que rodeaba el monasterio, salieron de casa. Desde las alturas del monte Azkar, la joven los veía como hormiguitas camino del templo. Ella jamás había acudido a los oficios en San Salvador. Siempre lo hacía en la iglesia de su pueblo. No faltaba ningún domingo.

Miró a las vacas. Se habían sentado en la hierba y rumiaban complacidas sin apartar la mirada de su dueña. Era hora de irse, lo sabían.

María introdujo las hojas de diente de león en el bolsillo que ocupaba buena parte de su delantal y se agachó para recoger el fardo de heno para el asno. Al hacerlo, reparó en las diminutas flores de manzanilla que habían brotado al pie del roble. Sonrió. Al día siguiente las recogería. Era lo que tenía la primavera. Era el momento de llenar la despensa de plantas que ayudaban a que la vida fuera un poco más fácil.

—¡María! —la llamó de pronto una voz—. ¡María!

La joven miró hacia el camino. Pedro, su único hermano, llegaba corriendo. Tenía cinco años menos que ella, aunque su altura lo hacía parecer mayor. Su rostro estaba rojo por la carrera.

—¿Qué pasa? —preguntó María dejando caer la hierba—. ¿Ha vuelto Galcerán? ¿Ya está aquí?

Su hermano se detuvo, jadeante.

—Qué manía tienes de venirte tan lejos. Con la de hierba que hay en el pueblo —protestó intentando recuperar el resuello—. ¡La mayor de los Txipia se ha puesto de parto!

María recibió el anuncio con decepción. No era la noticia que esperaba.

—¿Te ocupas tú de las vacas? —En realidad no se trataba de una pregunta. Si el bebé estaba en camino, no podía demorarse volviendo al pueblo al ritmo pausado de los animales.

—Otro día quédate más cerca. La hierba es igual en todos lados —protestó su hermano.

La joven reconoció para sus adentros que se había alejado demasiado, era cierto, como también lo era que cerca de Zugarramurdi los pastos no eran tan buenos. Había demasiados vecinos que sacaban sus animales sin querer alejarse y apenas daban tiempo a la hierba a crecer.

—Ten cuidado con ellas, andan rebeldes. Si te descuidas, se te meten en San Salvador —le recomendó a su hermano señalando las vacas. Después dirigió la vista al pueblo mientras se remangaba la falda. Las casas se arremolinaban en torno a la iglesia, buscando su protección. Una de las más cercanas al templo era la de los Txipia. Su tamaño y su ubicación delataban que se trataba de una casa rica. Imaginó la tensión que se estaría viviendo en su interior. Dolor, ilusión, angustia y felicidad flotarían caprichosos entre los lamentos de la parturienta y los murmullos de sus allegados.

No había tiempo que perder. Tomó aire a fondo, se santiguó y echó a correr ladera abajo.

4

15 de junio de 2015, lunes

Aún no eran las nueve cuando Leire salió de la boca de metro. En el suburbano no se hablaba de otra cosa. No era para menos. Bilbao no era una ciudad donde se produjeran muertes violentas cada día. Ni siquiera cada semana. Y menos como la del parque de Etxebarria. La cruel imagen de una persona colgada de la chimenea y quemada ante miles de personas copaba las primeras páginas de todos los diarios. El Correo avanzaba ya en su versión digital que la víctima era Lander Oteiza, un joven del barrio de Santutxu. La investigación, según el rotativo, se centraba en su posible relación con el mundo de la droga.

El tráfico en la avenida Lehendakari Agirre era denso. Leire estuvo a punto de taparse los oídos para protegerse de los bocinazos que un repartidor de patatas fritas regalaba al conductor de un monovolumen. El hombre había estacionado el coche en pleno carril de circulación para cruzar a sus hijas al colegio de los Salesianos. El camionero no era el único indignado, ni el padre el único que paraba su vehículo obstaculizando el tráfico para descargar niños en la puerta de la escuela. Leire suspiró abriéndose camino entre los coches que ocupaban el paso de cebra. En momentos así echaba de menos la soledad del faro de la Plata. Ella había crecido en Bilbao, pero en un Bilbao muy diferente: el de las Siete Calles del Casco Viejo, un pueblo en el corazón de la gran urbe. La ciudad acelerada y moderna que se extendía fuera le resultaba agobiante, y más en hora punta.

—¡Aparta el coche de una vez, imbécil! —gritó el repartidor por la ventanilla.

Leire apretó el paso. Suerte que solo la separaban un puñado de pasos de la comisaría.

No llegó hasta ella. Ane Cestero le salió al encuentro. Iba vestida de calle, como correspondía a los agentes destinados a investigación. El *piercing* en forma de aro que lucía en su nariz atraía la atención, logrando que otros detalles pasaran a un segundo plano. Así su escasa estatura, sus caderas anchas y sus rizos indomables quedaban sabiamente eclipsados por él.

—Habrás oído lo de la identidad de la víctima —dijo la ertzaina saludándola con dos besos—. No sé quién se ha ido de la lengua. Me voy ahora mismo a Santutxu. Te vienes, ¿verdad? —Sin dejar de hablar, Cestero echó a andar hacia el coche, donde la esperaba un compañero sentado al volante. Era un vehículo normal, sin elementos distintivos de la policía—. La madre no me da buena espina. Parece ser que el chico no aparecía por casa desde el sábado y ella no se había molestado en denunciar su desaparición.

—¿Vivía con sus padres? —preguntó Leire.

Cestero le señaló la puerta trasera del coche.

—Con su madre. Era un chaval. Solo tenía veintiuno.

Leire tomó asiento.

—Es Leire Altuna, la escritora de la que te hablaba —la presentó Cestero en cuanto cerraron las puertas del coche.

El hombre se giró hacia ella con una sonrisa triste y le tendió la mano. Tenía el pelo cano y unos apagados ojos negros que apenas destacaban en un rostro delgado y anguloso.

—He oído hablar de ti. Sé que fuiste clave en la resolución del caso del Sacamantecas. Soy el agente Badiola, de la comisaría de Erandio —la saludó antes de volverse para arrancar el motor—. ¿A Santutxu?

—A ver qué cuenta la madre —corroboró Cestero sin dejar de mirar a Leire—. El padre de la víctima murió hace dos años de una enfermedad degenerativa. No sé... —añadió arrugando la nariz—. Tenemos una orden de registro.

—La patrulla nos espera en el portal —anunció Badiola echando un vistazo a su teléfono—. Espera. Dicen que les llame.

Cestero cruzó una mirada de extrañeza con su compañero, que se llevó el aparato a la oreja.

—Dime, David... ¿Qué dices? ¿No le habéis explicado que no podrá verlo? ¡Joder, que está quemado! Sí, no os separéis de ella. Vamos para allá.

—¿Qué, a la morgue? —inquirió Cestero en cuanto Badiola cortó la comunicación.

El policía resopló.

—Quiere ver a su hijo —musitó con gesto de fastidio—. No ha querido saber nada de la psicóloga que le hemos enviado. Dice que está bien y que quiere despedirse de Lander. La acompañan al Anatómico Forense. A ver cómo le paramos los pies. Vaya mierda de recuerdo ver al chaval con la cara desfigurada por el fuego... —Badiola dejó caer el móvil en la guantera antes de introducir la primera marcha.

Ahora fue el teléfono de Leire el que empezó a sonar. Pidió disculpas mientras lo sacaba del bolso para rechazar la llamada.

—Es Iñigo —comentó restándole importancia—. Ayer estuvo conmigo en el escenario. Enseguida tuvo claro que, por la brutalidad empleada, debía de tratarse de un ajuste de cuentas.

—¿El criminólogo? Contéstale. Tranquila, no nos molestas —le animó Cestero.

Leire pulsó la tecla verde.

—¿Has dormido bien con tu hermana? —preguntó su interlocutor a modo de saludo. La escritora creyó adivinar un tono burlón en sus palabras.

—Muy bien —mintió Leire sin mencionar las tres horas que había pasado en vela porque el bebé lloraba y Raquel perdía los nervios.

—¿Ya te has enterado de que la víctima estudiaba en Deusto? —La escritora negó imperceptiblemente con la cabeza—. No era alumno mío, era de Ingeniería, pero acabo de hablar con su profesor de Matemáticas Aplicadas.

—¿Había faltado a clase en los últimos días? —le interrumpió Leire. Cestero se giró hacia ella al comprender que hablaban del caso.

—No, pero no es eso lo importante. Escucha. —Iñigo hizo una larga pausa en un intento bien medido de generar expectación. Después habló lentamente—. Lander Oteiza, el joven que ardió ayer en la chimenea, era gay.

Cestero mostró su identificación al guardia de seguridad que custodiaba la entrada a los pasillos del Instituto Anatómico Forense. La ertzaina pasó de largo el ascensor y abrió una puerta rotulada como salida de emergencia. Leire y Badiola pasaron tras ella para bajar un piso por una escalera pobremente iluminada.

—Tiene que ser muy duro ver a tu hijo en llamas por la tele —apuntó la escritora con un nudo en el estómago ante la perspectiva de encontrarse con la madre de la víctima.

Ane Cestero resopló dándole la razón mientras empujaba la puerta. La luz blanca otorgaba una especial frialdad a aquella sala de espera en la que había tres bancadas de cuatro asientos cada una. Una planta artificial a la que hacía tiempo que habían olvidado limpiarle el polvo rompía la monotonía junto a una puerta con la mitad inferior forrada de metal. A Leire le trajo a la memoria las de los hospitales, donde los golpes de las camillas obligaban a reforzar la madera para evitar su deterioro. Un cartel indicador impedía franquearla.

Solo personal autorizado.

—Ahí está el depósito y la sala de autopsias —explicó Cestero volviéndose hacia la escritora.

Leire tragó saliva. No tenía la más mínima intención de entrar.

—Me han dicho que estaban aquí —murmuró Badiola mirando a un lado y otro de aquella sala vacía.

Cestero pulsó el botón del intercomunicador que había junto a la puerta.

Nadie respondió.

—Ya estamos. La hemos acompañado a beber agua —anunció una voz desde el pasillo que se abría en el otro extremo de la sala.

Dos ertzainas uniformados escoltaban a una mujer de unos cincuenta años vestida con unos vaqueros y una chaqueta de chándal.

—No me dejan ver a mi hijo —protestó dirigiéndose a Leire.

La escritora le contestó con una mueca de tristeza.

—Es el protocolo, Josefina —se defendió Cestero—. Es por su bien. No podemos permitir que lo vea en ese estado.

—Es mi hijo —insistió la mujer. Se había pasado con la colonia. De vainilla, dedujo Leire por sus notas empalagosas. Largas raíces blancas le daban un toque desaliñado a su cabello teñido y ondulado—. Si yo decido verlo, ¿quién sois vosotros para impedirlo?

Uno de los ertzainas que la acompañaba arqueó las cejas y asintió comprensivo. Ane Cestero la acarició con suavidad en el brazo.

—Lamentamos mucho que tenga que pasar por esto —le dijo con gesto serio—. Le doy mi palabra de que daremos con el malnacido que le ha hecho esto a Lander.

—Tus palabras no me lo van a devolver.

—Necesitamos su colaboración para dar con el asesino. —Cestero sostenía la mano derecha de la madre mientras le hablaba en un intento de transmitirle confianza—. Cualquier comportamiento extraño de Lander en los últimos tiempos puede ser una pista clave.

—Quiero ver a mi hijo. ¿Tan difícil es de entender?

Leire observaba confusa a aquella mujer de nariz aguileña y hombros anchos. Sus ojos irradiaban paz, igual que el tono de su voz. Sin embargo, las palabras que lograba hilvanar destilaban una crispación que parecía más acorde con el fatal acontecimiento que le había tocado vivir. Perder a un hijo y hacerlo de una forma tan espantosa era algo que solo podía desatar tristeza, rabia y deseos de venganza. Lo verdaderamente extraño era la armonía que se intuía en su fuero más interno. Tampoco quiso aventurarse demasiado en sus suposiciones; el estado de shock tomaba formas muy diversas.

—Veremos qué puedo hacer —admitió Cestero invitándola a tomar asiento en uno de los bancos—. Primero contésteme a unas preguntas. ¿Cuándo fue la última vez que lo vio?

—El sábado. Se fue a la fiesta de Ezequiel Vargas y no volvió. ¡Mi pobre Lander!

La expresión de su rostro seguía sin acompañar sus lamentos.

—¿Por qué no denunció su desaparición? —Algo en el tono de Cestero delataba que ella también estaba sorprendida.

—A veces tardaba más de lo normal, aunque siempre acababa volviendo. Tenía amigos, ¿sabe? —Un gesto de sus manos dio a entender que se refería a algo más que amigos.

—¿Dónde era la fiesta, en alguna discoteca? —preguntó Badiola.

Josefina negó con un gesto.

—No, no. En la casa de los Vargas. Una villa en Neguri. Casi un palacio, vaya... Celebraban el cumpleaños de Ezequiel. Creo que es hijo único. Compañero de clase de Lander. Por lo que contaba, era el evento del año. Esos argentinos tienen mucho dinero y montan una carpa en el jardín a la que invitan a toda la clase. Se lo pasan en grande... —La mujer pareció reparar en que estaba hablando en presente—. ¡Madre mía! ¿Quién ha podido ser?

—Habrá que hablar con los invitados a la fiesta —sugirió Cestero.

—Ya estamos tardando —corroboró su compañero.

—¿Sabe si Lander se había metido en algún lío últimamente? ¿Consumía drogas? —La ertzaina fue directa al grano.

Josefina soltó una risita que sonó falsa.

—¿Drogas? Qué va. Lander era un chico sano. Hacía mucho deporte y lo único que le perdía era salir un poco por la noche. ¿Qué joven no lo hace?

—¿Nunca le habló de que hubiera recibido amenazas? —insistió Cestero.

La mujer negó con la cabeza. Después entrecerró los ojos, pensativa.

—Espera. Hará un par de meses... Algo más. Sí, cuando celebraban el final de los exámenes de febrero. Ocurrió algo. Llegó a casa con un ojo morado. Me aseguró que se había caído.

—*¡Ama!* ¿Ya lo has visto? ¿Dónde está? —la voz aguda de una adolescente interrumpió sus palabras.

Cestero se giró extrañada hacia la muchacha que acababa de irrumpir en la sala de espera.

—La hermana —explicó Badiola—. Begoña, ¿verdad?

La joven miró al policía con los ojos llorosos.

—¿Dónde está Lander? ¿Quién ha sido?

Leire le calculó unos diecisiete años, tal vez dieciocho. Era delgada, no muy alta y hermosa a pesar de unas ojeras marcadas que no parecían fruto de una sola noche en vela.

—¿Qué haces aquí? ¿No te he dicho que te quedaras en casa? —le recriminó su madre—. ¿Y esa minifalda? Esto no es una discoteca.

—¿Dónde está? —insistió Begoña sin prestar atención a los reproches de Josefina.

Cestero le apoyó una mano en el hombro.

—Le están practicando la autopsia. No podréis verlo. Ha sufrido una muerte violenta —le explicó con suavidad.

La muchacha se abrazó a la ertzaina y rompió a llorar.

—¿Quién ha sido? ¿Por qué? ¡Haced algo, por favor!

—Pronto lo sabremos —le aseguró la ertzaina—. Pronto estará entre rejas.

Leire se fijó en la madre. Ni siquiera al ver derrumbarse a su hija parecía afligirse.

—Haré venir a la psicóloga —anunció Badiola buscando un número en la agenda del teléfono—. Deberíamos salir de aquí. Un poco de aire nos vendrá bien a todos.

—Estamos bien —se adelantó Josefina—. No necesitamos palabrería barata. ¿Verdad que estás bien, Begoña?

Su hija asintió, apartándose de Cestero y secándose las lágrimas con la manga de la camiseta.

Leire recordó que algo había quedado a medio explicar.

—Lo del ojo morado —apuntó dirigiéndose a la madre—.

¿Cree que le agredieron?

Josefina asintió.

—No me gustó su reacción. En cuanto quise saber más, me respondió de malas maneras. Que era su vida y que le dejara en paz.

—¿No le contó nada más? —inquirió el agente Badiola.

La mujer se encogió de hombros.

—Estuvo raro varias semanas. Más callado. Algo debía de preocuparle.

Cestero miró a la hermana. Parecía más tranquila.

—¿A ti te explicó algo? —le preguntó.

Begoña se lo pensó unos instantes, como si decidiera si debía mantener el secreto de alguien que ya no estaba. Finalmente se encogió de hombros. Al negar con la cabeza, su larga melena negra se contoneó en su espalda.

—No sé. Me dijo que fue en un bar del barrio de San Francisco. Unos idiotas.

—¿Nada más? —se extrañó Cestero. Leire también tenía la impresión de que se guardaba algo—. ¿Ni siquiera sabes por qué le pegaron?

La puerta de la sala de autopsias se abrió para dejar salir a un hombre que Leire reconoció como el forense del parque de Etxebarria. Llevaba puesto un traje azul claro de celulosa y un gorro desechable que se quitó en cuanto comprobó que tenía visita.

—¿Sois vosotros los que habéis llamado al timbre? —preguntó. Tenía unos hermosos ojos azules y una incipiente barba rojiza que apenas destacaba en su rostro bronceado.

—¿Qué tal, Egaña? —le saludó Badiola—. Son la familia de Lander Oteiza: madre y hermana.

El forense abrió los ojos en una mueca de incredulidad.

—¿Qué coño hacéis aquí? —El reproche iba dirigido a los policías—. ¿Desde cuándo se traen las familias al Anatómico Forense?

—No me dejan ver a mi hijo —protestó Josefina dando un paso hacia la puerta abierta de la sala de autopsias.

Cestero la retuvo por el brazo.

—Venga, vamos. El forense tiene razón. Las acompañaremos a casa.

—¡Lander! ¿Dónde estás, Lander? —La madre forcejeó con la ertzaina.

Egaña se llevó la mano a la frente y soltó un bufido.

—Señora, lamento mucho lo de su hijo pero tiene que irse. No podrá verlo, y le aseguro que lo hacemos por su bien.

Leire se estremeció al reconocer un leve olor a quemado. No sabía si emanaba de la puerta entreabierta o de la propia ropa del forense, o quizás solo fuera fruto de su imaginación. Por un momento volvió a sentirse al pie de la chimenea del parque de Etxebarria.

—¿Novedades? —le preguntó Badiola al forense mientras sus compañeros se llevaban a Josefina y su hija hacia el ascensor.

Egaña frunció el ceño.

—No se defendió. Si no fuera por la presencia de hollín en las vías respiratorias, te diría que estaba muerto cuando le prendieron fuego. He tomado muestras de tejidos para un análisis de tóxicos. Creo que lo sedaron y no se despertó hasta que las llamas lo estaban devorando —explicó arrugando los labios—. Es de una crueldad como jamás se ha visto aquí.

5

15 de junio de 2015, lunes

Leire vio alejarse el Renault Megane de la Ertzaintza con una sensación de alivio. Cuando le pidió a Cestero participar en la investigación, no contaba con tener que encontrarse con la familia de la víctima en el Instituto Anatómico Forense. El dolor de la hermana, el extraño comportamiento de la madre y, sobre todo, ese olor... Necesitaba caminar, olvidarse de aquello por unos instantes y refrescar su mente. Cestero y Badiola se ocuparían de dirigir el registro a la casa del asesinado, adonde llevaban a Josefina y su hija. Con el móvil de Lander completamente fundido por el fuego, su ordenador era una pieza clave. Quizás en él dieran con algún correo que permitiera conectar con lo sucedido en el parque de Etxebarria.

La verja del hospital de Basurto estaba abierta. Entrar en él suponía dar un rodeo, era más fácil atajar por la estación de autobuses, pero Leire se dejó devorar por el complejo sanitario.

Nadie lo sabía, pero era en sus quince pabellones centenarios de ladrillo y estilo modernista en los que se había inspirado para crear el hospital de Cardiff, escenario principal de su trilogía *La flor del deseo*. Por primera vez desde que terminara a regañadientes la tercera entrega de la serie, pensó en aquellos libros románticos con cierta nostalgia. La edición de bolsillo todavía se vendía a un ritmo trepidante y si aquella hermosa mañana de junio podía pasear sin horario por Basurto era gracias a las aventuras de la doctora Andersen, a la que tanto llegó a odiar. Con la perspectiva del tiempo, comprendió que el aborrecimiento que le produjo la protagonista de sus libros no era más que envidia. La de alguien que ve que su vida de pareja hace aguas mientras su mejor amiga vive aún enamorada. Lo peor es que esa amiga de papel no era sino una creación suya.

Se sintió tan absurda al recordarlo que apretó el paso. Dejó atrás el pabellón de la unidad coronaria y empujó la puerta de la cafetería. Necesitaba una taza de té.

—¿Qué va a ser? —El hombre de la barra sudaba embutido en una camisa rosa que los lavados habían vuelto casi blanca.

—Un té verde, por favor.

—Negro, poleo o manzanilla —le corrigió el empleado pasando una bayeta por el mostrador de mármol.

—Té negro —pidió Leire echando un vistazo a quienes compartían la barra con ella.

Las batas blancas de los médicos destacaban sobre las ropas de calle de los demás clientes. Eran mayoría los uniformados, casi todos jóvenes de poco más de veinte años, seguramente estudiantes de medicina en su día de prácticas.

—¿Quién ha pedido de tortilla? —preguntó el de la barra con una bandeja repleta de bocadillos.

—Primero nosotros, que tenemos más prisa —se adelantó uno de los médicos más mayores.

Algunos estudiantes protestaron. Otros siguieron con sus conversaciones sin inmutarse. Entre ellos, una joven de ojos verdes jugueteaba con un cigarrillo que años atrás habría podido fumarse sin necesidad de salir del recinto del hospital. Leire se llevó la mano al bolsillo. No había nada. De buena gana se fumaría uno ella también, pero llevaba diez días sin fumar y esta vez se había prometido, como tantas otras, que por fin sería capaz de dejarlo.

—Perdone, le he pedido una caña —le recordó al camarero un hombre que leía el diario al fondo de la barra.

—¿Es que no ves que no doy abasto? ¿Por qué os ponéis de acuerdo todos para venir a la misma hora? —Las gotas de sudor que se dibujaban como perlas en su cara congestionada corroboraban sus palabras—. ¿Para quién era este cortado?

—preguntó levantando la voz para hacerse oír sobre el rugido del molinillo de café.

—¿Es descafeinado, no? —preguntó la estudiante de ojos verdes estirando la mano para cogerlo.

—¡Joder! ¡A la mierda todo! —El camarero dejó caer la taza con su platillo en el fregadero. El café le salpicó la camisa.

—Manolo, hombre, que no es para tanto. ¿Por qué no pides que te pongan un ayudante? ¿Qué pasó con Juantxo? —Una implacable mancha de tinta azul a la altura del bolsillo rompía la armonía blanca de la bata del médico.

—No hay semana que no pida refuerzos. Ni una. Desde que esto lo lleva una subcontrata es todo una mierda. Solo van a por la pasta —protestó el camarero llenando de nuevo el cacillo de la cafetera.

—Eso es verdad. ¿Os acordáis de lo bien que comíamos antes? —señaló otro de los médicos.

Leire dirigió la vista a la barra. Ni rastro de su té. Tampoco se vio con fuerzas de insistir. Menos mal que en plena Primera Guerra Mundial, cuando la señorita Andersen trabajaba en un hospital así, no existirían las subcontratas. De lo contrario, *La flor del deseo* habría nacido ya marchita.

—Lo tuyo era un té, ¿no? —oyó a su espalda mientras empujaba la puerta de salida.

Estuvo a punto de hacer oídos sordos, pero finalmente se giró hacia el camarero.

—Es igual. Gracias.

El aire fresco de la calle la recibió como un abrazo. A pesar de que el sol brillaba radiante en un cielo sin nubes, no hacía calor. Apretaría hacia la hora de comer, pero aún eran las once de la mañana. Había movimiento entre los diferentes pabellones. Era hora punta en consultas externas. Qué diferente era aquel lugar cuando caía la noche. Le vinieron a la mente sus paseos en busca de inspiración cuando todo estaba oscuro y las farolas brindaban su pobre luz anaranjada a las calles adoquinadas. Basurto se volvía más íntimo, más lúgubre incluso. Pensó que debería situar una novela negra en el viejo hospital. Un celador que asesinara ancianos por compasión. No, mejor un camarero amargado que envenenara el café para vengarse de sus precarias condiciones laborales. La gente iría a curarse a Basurto y, visita tras visita, su salud iría menguando por culpa del arsénico.

Antes de que su mente volara más lejos, la vibración de su teléfono móvil la devolvió al presente. Era Iñigo. Querría saber qué tal había ido con la madre de la víctima.

—Hola —saludó la escritora.

—¿Qué tal, guapa? ¿Dónde estás? ¿Cuánto tardas hasta Deusto?

—¿A Deusto? —A Leire le sorprendió la pregunta—. No sé... Media hora. Algo menos si cojo el metro.

—Pues cógelo. Te espero en el despacho del rector. Tengo a unos sospechosos.

Un hombre de edad avanzada y vestido con uno de los pijamas blancos que identificaban a los pacientes ingresados salió del pabellón de cirugía interna. Se apoyaba en el soporte metálico del gota a gota a modo de bastón. La distancia impedía oír sus palabras cuando se dirigía a quienes pasaban junto a él, aunque Leire reconoció un gesto que ella misma había hecho demasiadas veces. Aquellos dos dedos sobre los labios solo podían significar que pedía tabaco.

—¿Aviso a Cestero? —preguntó la escritora apretando el paso. La boca de metro de San Mamés estaba cerca.

—No. De momento, el rector prefiere que no trascienda. Si mis sospechas se confirman, esto puede ser demoledor para la universidad.

—¿Qué ha pasado? ¿No me puedes adelantar nada?

—Me están esperando, no puedo enrollarme. Ha aparecido una pintada de los Brazo Duro. Creo que pueden estar detrás de lo de ayer. Luego te lo explico.

Leire no tuvo tiempo de despedirse antes de que el auricular emitiera la señal de que su interlocutor había cortado la comunicación. La verja de salida la devolvió al Bilbao de cada día. Los autobuses entraban y salían de la Termibús entre coches que esperaban ansiosos el verde de los semáforos.

La ciudad vivía deprisa. La boca de metro la engulló con la misma presteza, igual que hacía cada mañana con las miles de almas que se dirigían a sus puestos de trabajo.

Descendió por las escaleras mecánicas entre personas de mirada ausente y compró un billete para el suburbano en la máquina expendedora. Esperaba que todo se aclarara cuanto antes para salir de aquel mundo cuyos ritmos ya no reconocía como propios. Añoraba su faro, los graznidos de las gaviotas y el lento ir y venir de las txipironeras en la puesta de sol.

6

15 de junio de 2015, lunes

—¿Cómo lo hicisteis? —inquirió Iñigo—. ¿Participasteis todos?

La pintada aparecida en el muro exterior de la capilla de la Universidad de Deusto los convertía en los principales sospechosos. *Adiós maricón*. Solo dos palabras y lo que parecía una cerilla encendida bajo la segunda. Algo más abajo, en el mismo color rojo, la silueta de un brazo en un gesto de fuerza, la firma habitual de los Brazo Duro.

—¡Que nosotros no hemos matado a nadie! ¿Cómo quieres que te lo diga? —se defendió una vez más el de la camiseta roja. Un símbolo de esquinas marcadas que a Leire le resultaba vagamente familiar destacaba en color negro en su pecho.

Los otros tres muchachos, con el pelo tan corto como el que se había erigido en portavoz, guardaban silencio. La expresión de desafío que mantenía el que parecía el líder no se veía apoyada por sus compañeros, cuyos rostros mostraban cada vez una mayor preocupación. No todos los días era uno llamado al despacho del rector para ser interrogado por un crimen.

—¿Dónde estabais cuando Lander fue asesinado? —inquirió Leire. De camino al despacho había visto la pintada. Algunos estudiantes le sacaban fotos con el móvil. A esas horas la instantánea debía de correr como la pólvora por Twitter. La intención del rector de que no trascendiera a los medios tenía las horas contadas, si es que no se habían hecho eco ya.

Uno de los que había permanecido en silencio alzó la mano antes de contestar.

—Yo estaba con mis padres. En casa —murmuró.

El líder lo fulminó con la mirada.

Leire miró a Iñigo de reojo. El profesor de criminología asentía sin ocultar su satisfacción apoyado en la pared con los brazos cruzados. Los Brazo Duro comenzaban a desmoronarse.

—¿Y los demás? —insistió el rector, un hombre de unos sesenta años con una barba bien recortada y tan roja como su cabello, en el que no se veía una sola cana—. ¡Vamos, os han hecho una pregunta!

—Estábamos en el Casco Viejo. En el Gabarra, viendo el partido del Athletic —admitió el cabecilla. Como cada vez que hablaba, evitaba dirigirse a la escritora.

—¿Vosotros solos? —preguntó Iñigo—. ¿Dónde están los demás? Vais a darnos sus nombres.

Sabían que los Brazo Duro eran, por lo menos, el doble de los allí presentes. Así lo contaban quienes habían sufrido sus agresiones, desde mendigos que habían sido pateados cuando dormían en la calle, hasta parejas de gays que habían cometido el pecado de mostrar su afecto en público. A aquellos cuatro se les había podido identificar tras una denuncia de agresión hacía unos meses. La Universidad de Deusto intentó abrirles un expediente de expulsión, pero el agredido, un estudiante de Turismo, no había querido seguir adelante con la denuncia y achacó lo sucedido a un malentendido. Sin su testimonio, el rector no podía tramitar expediente alguno.

—Sin el nombre de los demás, ya sabéis quiénes van a cargar con toda la culpa —les amenazó el rector.

—¿Eres tú Aimar Iturria? —inquirió Leire encarándose con el cabecilla.

Por primera vez lo vio dudar. De repente tenía nombre, no era el líder de una organización neonazi en la que diluía su identidad, sino un simple muchacho sobre el que podía caer el peso de la justicia. Contra todo pronóstico, se recompuso y volvió a apartar la mirada de la escritora.

—¿Estás sordo? —tronó la voz del rector—. ¿Qué pasa, no te gusta que te interrogue una mujer? Pues te vas a tener que joder, porque vas a responder a todos los aquí presentes. ¿Me entiendes, machito?

Leire lo celebró para sus adentros y la sonrisa que vio esbozar a Iñigo le dijo que él también estaba disfrutando con el momento.

—¿Es poli? —le preguntó Aimar al rector, que dudó unos instantes antes de contestar.

—Algo así. Contéstale, vamos.

—Sí, soy Aimar Iturria —admitió el joven bajando la mirada. Al hacerlo, reparó en el símbolo que lucía en la camiseta y trató de ocultarlo cruzando los brazos disimuladamente. Leire volvió a fijarse en el dibujo y esta vez lo reconoció.

—¿Te llamas Aimar Iturria? —se deleitó Iñigo agitando ante él la copia de un informe policial—. ¿Qué te dice el nombre la Terraza de Sade?

El muchacho alzó la mirada, de nuevo desafiante. Tenía unos intensos ojos negros que destacaban en un rostro muy varonil, de mentón anguloso y labios bien definidos.

—Eso fue un montaje de los dueños de ese bar de maricones. Nosotros no agredimos a nadie. Solo querían echarnos de allí y llamaron a la patrulla con denuncias falsas. ¿Cómo se explica si no que el supuesto agredido se fuera antes de que llegara la poli? —se defendió con gestos airados.

—La fecha, veintidós de febrero, coincide con el día que Lander llegó a casa con el ojo morado —mintió Leire. La madre de la víctima no había sabido concretar el día, aunque habló de finales de febrero.

—Le disteis una paliza por gay. No os pareció suficiente y el espectáculo del parque de Etxebarria se os antojó el mejor golpe de efecto, una advertencia a todos los homosexuales de la ciudad. Cuidado, los Brazo Duro os están vigilando —sentenció Iñigo observando con una mueca de asco a aquellos cuatro muchachos que apenas pasaban de los veinte años de edad.

—¡Es mentira! ¡Estábamos viendo el fútbol! ¿Tan difícil es preguntar a la tía de la barra del Gabarra? —se defendió Aimar. Sus compañeros asentían reforzando sus palabras.

—¿No sabes que ese tipo de camisetas están prohibidas en el campus? —preguntó Iñigo señalando con un bolígrafo el dibujo que el cabecilla ocultaba en parte tras sus brazos.

El rector le miró extrañado.

—Amanecer Dorado —apuntó Leire—. El partido neonazi griego.

—¿Querías regalarme un motivo para abrirte expediente? —se congratuló el rector poniéndose las gafas para tomar nota.

—¿Alguno de vosotros acudió el sábado a la fiesta de Ezequiel Vargas? —inquirió Iñigo.

—¿Cuánto rato va a durar esto? —se encaró Aimar con el rector.

—Mira niñato, como vuelvas a tocarme las narices, te expulso inmediatamente —le amenazó el responsable de la universidad dando un manotazo que hizo rebotar el bolígrafo en la mesa—. ¿Estabais en la fiesta o no?

—No. Estábamos en Algorta. Cenando en el Puerto Viejo. —Esta vez el que habló no fue Aimar, sino uno más alto y con un tatuaje de un águila en el cuello. A Leire le sorprendió el aplomo de su voz.

—¿Alguien puede probarlo? —inquirió Iñigo.

El del tatuaje mostró una mueca condescendiente.

—No tienes más que preguntar a Ezequiel Vargas si estábamos invitados o no a su mierda de fiesta —sentenció.

Un incómodo silencio siguió a sus palabras. Si no habían estado en la fiesta, la teoría de que la víctima podía haber sido abordada en ella perdía su sentido.

—Algorta está muy cerca de Neguri. La casa de los Vargas está allí, ¿no? —apuntó Leire. Tampoco parecía todo perdido.

Iñigo asintió con una mueca de complicidad.

—Le esperasteis fuera. Una vez que salió para irse a casa fue una presa fácil. El escenario ayuda: un lugar donde las casas están rodeadas por jardines y alejadas unas de otras. Nadie os oyó, nadie os vio —resumió el profesor.

—¿Podemos irnos ya? —preguntó Aimar Iturria con una mueca de desdén—. Bastante pasta cuesta una carrera como para que nos hagáis perder tiempo de esta manera.

El rector lo fulminó con la mirada. Después se puso en pie en un intento de mostrar autoridad ante aquellos cuatro mocosos sentados frente a la mesa de un despacho acostumbrado a recibir a visitantes más ilustres. Antes de que pudiera abrir la boca, alguien llamó a la puerta. Su secretaria asomó la cabeza.

—Perdonad que interrumpa —dijo en voz baja—. Los de El Correo están aquí. Piden permiso para hacer fotos de las pintadas.

—Lo que me faltaba... —El rector se dejó caer en el sillón y se cubrió la cara con las manos. Después se giró hacia los cuatro estudiantes y escupió con rabia sus siguientes palabras—. Salid de aquí ahora mismo. No quiero veros nunca más.

Leire celebró su determinación, aunque hubiera preferido que les abriera un expediente de expulsión.

7

15 de junio de 2015, lunes

Leire siguió a Iñigo a su despacho. Los Brazo Duro habían sido acompañados por dos guardias de seguridad hasta la puerta del campus y el rector atendía a los periodistas del diario a regañadientes. No eran los únicos. Una unidad móvil de la ETB, la televisión autonómica, había desplegado su antena frente a la puerta de entrada a la universidad. El secreto de la pintada no lo iba a ser por mucho tiempo.

—Algún día me contarás cómo lograste este despacho —bromeó la escritora. Como siempre que se encontraba entre aquellas cuatro paredes, la vista le voló hacia la ventana. Pocos lugares disfrutaban de una panorámica tan hermosa de la ría. El museo Guggenheim, el puente de La Salve y el propio cauce del Nervión, en el que nadaba un grupo de patos de color marrón, se mostraban tras la vidriera, que alguien mantenía tan limpia que parecía inexistente.

Iñigo se rió.

—No soy el único. Otros doce profesores tienen las mismas vistas. ¿Quieres un té? —ofreció dejando las llaves sobre la mesa y enchufando el hervidor.

—Uno verde, por favor. No sé de quién sería la idea de que las aulas se asomen al patio, pero está bien pensado. Si miraran a la ría, la concentración en lo que pasa en la pizarra sería mucho menor —apuntó Leire tomando asiento.

Aunque hacía año y medio, en pleno caso del Sacamantecas, se había sentado en esa misma silla, los recuerdos que le vinieron a la mente fueron mucho más lejanos. Habían pasado tres lustros desde que acabara la carrera de psicología y aún recordaba los nervios de los primeros días en aquel despacho; las excusas para asomarse a su interior y pasar un rato con su profesor de criminología, el primer beso, la relación furtiva que mantuvieron durante tres años... Aquel tiempo lo recordaba como el más feliz de su vida, y habría seguido siéndolo si Iñigo no hubiera estado más pendiente de tocar el culo a otras que de estar con ella. Leire solo se reprochaba una cosa y era haber puesto fin a su relación sin hablarlo con él. Un día dejó de aparecer por aquel despacho y no hubo llamadas ni cartas para decir adiós.

—Es lamentable que haya grupos así en la universidad —protestó el profesor acomodándose en su butaca.

—En mis tiempos no existían —apuntó Leire.

—Aparecieron hará cinco años. Con la crisis las corrientes extremas se han agudizado. La sociedad europea está enferma y los Brazo Duro solo son una muestra de ello. —Iñigo perdía la mirada en el humo que emanaba de su tazón.

—¿Por qué no se les expulsa? —quiso saber Leire.

El profesor suspiró antes de alzar la vista hacia ella.

—No es tan fácil. No sabemos cuántos son, ni siquiera quiénes. Si no llega a ser por aquella agresión hace unos meses, no tendríamos identificado a ninguno. —Su expresión era de contrariedad—. La primera vez que actuaron fue tras una fiesta universitaria en Sarriko. Un pobre magrebí que vendía perros de peluche recibió una buena paliza. Supimos que se hacían llamar Brazo Duro porque firmaron su agresión con una pintada en la pared.

—Como la aparecida en el muro de la capilla —corroboró Leire.

—Como esa y como tantas otras. Si en algo son expertos es en las amenazas. No hay semana que no encontremos un *Muere moro* o un *Deusto libre de maricones* garabateado en alguna facultad. Es una mierda.

—Pues esta vez las amenazas se les han ido de las manos. —Leire se estremeció al recordar los alaridos de la víctima y el olor a quemado que flotaba en la morgue hacía apenas unas horas.

Iñigo ladeó pensativo la cabeza. Algo no le convencía.

—No creo que hayan sido ellos —reconoció para sorpresa de la escritora—. Son unos críos. Alguno se habría derrumbado en el interrogatorio.

—No parecían muy tranquilos —objetó Leire.

—Porque saben que han metido la pata. La pintada no ha sido una buena idea. ¿Sabes qué impresión me ha dado? Que algunos de ellos creen realmente que ha sido alguien del grupo, tal vez Aimar Iturria o tal vez algún otro, pero no pueden asegurarlo. Quizás no estén tan bien organizados ni tan unidos como pensamos.

—Se saben culpables. Sus miradas esquivas y apocadas los delataban —sentenció Leire. Para ella no había un sospechoso más claro que aquellos mocosos ultraderechistas.

Sin aviso previo, la puerta del despacho se abrió. La escritora se giró para ver de quién se trataba.

—¿Se puede, profesor? —La muchacha le recordó a ella misma muchos años atrás, solo que ella siempre llamaba a la puerta.

—La educación ya no es la misma —le explicó Iñigo adivinando su sorpresa—. Espera un poco fuera, Rebeca. Y la próxima vez llama a la puerta. Os lo tengo dicho.

—Es sobre Lander —anunció la joven, de bonitos rasgos andinos. Su piel era morena y sus ojos tan oscuros como su cabello, que recogía en una coleta—. Nos has pedido que si nos enterábamos de algo relacionado con la víctima te lo hiciéramos saber.

—¿Lo conocías? —inquirió el profesor retirando los libros que cubrían una silla similar a la que ocupaba Leire.

—No —reconoció la estudiante quitándose la mochila para tomar asiento—. La verdad es que no lo conocía, pero hoy todos hablan de él.

La escritora imaginaba la emoción de aquella joven, que le dirigió una mirada y dudó si debía seguir adelante ante la desconocida.

—Sigue, tranquila —le animó Leire.

—Es una antigua alumna y colabora con la policía —explicó Iñigo.

La escritora se mordió la lengua. ¿Eso era para él? ¿Una antigua alumna? ¿Tres años saliendo juntos, primero a escondidas de todos y después sin miedo al que dirán, y solo era una antigua alumna?

—Parece ser que Lander salía con el primo de Itziar, mi compañera de clase. Lo mantenían en secreto, pero he pensado que puede ser importante para la investigación —apuntó Rebeca.

Leire cruzó una mirada con el profesor, que asintió levemente.

—¿Sabes si fueron juntos a la fiesta de Ezequiel Vargas? —inquirió la escritora.

Rebeca se encogió de hombros.

—Ni idea. No estaba invitada.

—Tendremos que preguntárselo a él —intervino Iñigo—. ¿Sabes cómo se llama?

—Asier Etxebeste. Estudia Ciencias Económicas en Sarriko. Está en tercero, si no me equivoco. Es rubio y muy amigo del gimnasio.

—Avisaré a Cestero —decidió la escritora.

Iñigo asintió y permaneció en silencio unos instantes. Leire reparó en el hombre que se había sentado a leer un libro en los pretiles de la orilla de enfrente. Algo más allá, junto al Guggenheim, un turista estaba tumbado al sol con el torso desnudo. Otros paseaban al perro o charlaban a la orilla del Nervión, donde nadaba una pareja de patos. A simple vista, nada quedaba de la conmoción por el macabro espectáculo del parque de Etxebarria.

Sabía que solo era una ilusión; la ciudad seguía consternada.

El profesor garabateó algo en un cuaderno antes de girarse hacia Leire por si tenía alguna otra pregunta que hacer. Ella negó con un gesto.

—Si sabes algo más, ven cuanto antes —dijo Iñigo dirigiéndose a Rebeca—. Cualquier detalle puede ser trascendental en un caso como este.

La joven esbozó una hermosa sonrisa que dejó a la vista unos dientes muy blancos. Después pronunció unas tímidas palabras de despedida y abrió la puerta para perderse en la soledad del pasillo.

—Le gustas —musitó Leire en cuanto se quedaron solos.

Iñigo esbozó una forzada mueca de incredulidad, aunque sus ojos negros decían que lo sabía. No solo eso. Le gustaba saberlo.

8

15 de junio de 2015, lunes

Ane Cestero dejó sobre la mesa el portátil de Lander Oteiza. No habían incautado mucho más en casa de la víctima: una tableta, un par de móviles viejos y una libreta con anotaciones varias. Su hermana, Begoña, había resultado de mayor utilidad que su madre, que no parecía tener mucha idea de dónde guardaba las cosas su hijo.

—Es la *giputxi* —murmuró una voz a sus espaldas.

—Pues para ser una superagente es bastante poca cosa. ¿Ya dará la altura? —susurró otro provocando risas ahogadas entre los demás.

No se giró para ver de dónde procedían. Tampoco esperaba una recepción con alfombra roja y orquesta en una comisaría que no era la suya. Erandio albergaba la Unidad Central de Investigación, que se encargaba de los crímenes más complicados, de modo que no era de extrañar que no celebraran la intrusión de una agente destinada en otro territorio. Cestero se dijo que tal vez tuvieran que acostumbrarse a verla por allí; al fin y al cabo, gozaba del favor de sus superiores desde su resolución del caso del Sacamantecas. Si aclaraba rápidamente un asesinato tan mediático como el del parque de Etxebarria, no tardarían en ascenderla.

—¿Tenéis cafetera? —inquirió girándose hacia los demás. Necesitaba carburante para sus neuronas. Era mediodía; hacía demasiadas horas del café que se había tomado observando el amanecer desde su balcón de la plaza de San Juan, el distrito de Pasaia en el que vivía, a más de cien kilómetros de donde ahora se encontraba. Qué lejos parecía aquel momento, con los barcos pesqueros abandonando en procesión la seguridad del puerto para iniciar la costera del bonito.

—El único café aquí es el de la máquina. Si te gusta el agua sucia, tienes para hartarte —contestó el que se sentaba más cerca.

La sala central de la comisaría, rodeada por varios despachos acristalados, consistía en cuatro filas de largas mesas con cuatro ordenadores de sobremesa cada una. A simple vista, la única diferencia con otras como la de Rentería, en la que Cestero dio sus primeros pasos tras graduarse en la academia, era que los ertzainas que trabajaban en Erandio iban vestidos de calle y no de uniforme, como aquellos destinados a las unidades de Seguridad Ciudadana.

—¿Tomáis esa mierda? —se burló Cestero. A ella la habían ubicado en un puesto libre de la primera fila, junto al ordenador de Badiola, que se había entretenido hablando con un compañero a la entrada del edificio—. Nosotros nos compramos una cafetera en condiciones. El de la máquina no hay quien lo beba.

—Pero es barato. A ver dónde encuentras café a treinta céntimos —apuntó uno que se sentaba dos filas más atrás.

—A mí no me parece tan malo —replicó una voz femenina.

—Es que por allí son muy sibaritas. *Ñoñostiarras*, como digo yo —añadió otro situado casi al fondo de la sala. Cestero creyó reconocer su voz como una de las que se habían burlado de ella al entrar. Era un cuarentón venido a menos, con barriga más que incipiente y gesto de perpetua insatisfacción.

Las risotadas de los demás obligaron a la ertzaina a esbozar una sonrisa forzada para ocultar su incomodidad. Sería mejor desaparecer unos instantes. Se palpó el bolsillo del pantalón vaquero. La cartera estaba en su sitio. Recordaba haber visto el dispensador de café de camino hacia la puerta de salida.

—No te jode, la señorita. Todavía pretenderá que le instalemos aquí una cafetera de bar para que esté contenta —se mofó alguien mientras la ertzaina se alejaba por el pasillo.

Tuvo la sensación de que esta vez la voz no era la del amargado del fondo, sino de alguno más joven.

No era la única sorpresa desagradable que le esperaba. Aún no había llegado al recodo que ocupaba la máquina expendedora cuando le pareció que alguien hablaba de ella. Las palabras tía y guipuzcoana no podían referirse a nadie más, al menos en aquel momento y en aquella comisaría. Era Badiola, reconocía su timbre de voz.

—Ya te digo que, si no es por mí, la madre se nos cuela en la sala de autopsias. No tiene ni idea de cómo tratar a la gente, se le suben a la chepa —oyó a su compañero de investigación a pesar del ruido del dispensador de café.

Cestero se detuvo antes de girar la esquina.

—Es una cría —replicó quien estaba con él—. ¿Y por qué la mandan? Me esperaba una modelo. No me jodas que el comisario se está tirando a esa enana... Porque algo tiene que haber, de lo contrario no le dan un caso que los de aquí podemos resolver sin despeinarnos.

—Me la jugaría a que lo del Sacamantecas lo solucionaría por puro azar. No sabe lo que hace y lo peor es que se colgará todas las medallas, ya verás. —Badiola todavía tenía cartuchos que quemar.

—Una trepa —sentenció el otro.

Un pitido sostenido de la máquina del café indicó que podían retirar su bebida. Cestero aprovechó el momento para hacer acto de presencia.

—Oh, Ane. Precisamente le estaba hablando de ti —Badiola levantó la tapa de plástico que evitaba las salpicaduras y cogió su vaso con la mano que le quedaba libre—. Te presento al inspector González. Felipe González. Sí, como el presidente pero en más pobre —bromeó girándose hacia su compañero—. Tampoco eres tú muy de bonsáis, ¿no?

Al reírse, el otro agente mostró unos dientes muy amarillos y desgastados. Pasaba por poco de los cincuenta años y las arrugas de su rostro se cebaban especialmente con el contorno de sus ojos.

—No, a mí los árboles me gustan grandes, no sea que los hongos que den también sean pequeños —dijo con una carcajada forzada.

—Felipe es un maestro de eso de las setas. Se conoce todos los rincones. Antes de que nadie coja la primera de la temporada, él ya ha llenado un par de cestas.

A Cestero le traían al pairo las aficiones de aquel imbécil.

—¿Y eso de que hablabais de mí? Espero que fuera para bien —apuntó intentando que su tono de voz sonara jocoso.

Badiola cruzó una mirada cómplice con González.

—Claro. Le decía que viéndote actuar nadie diría que tienes solo veinticinco años. ¿Qué querías, café? —inquirió acercando una moneda a la ranura del dispensador.

—Es igual. Ya me lo pago yo —respondió Cestero asqueada. Le repugnaba tener que compartir investigación con un hipócrita.

—No, mujer. Deja que te invite. El siguiente lo pagas tú. ¿Solo?

—Y sin azúcar —añadió la ertzaina.

—No sabía que los pendientes de nariz estuvieran permitidos —musitó Felipe González.

Cestero se llevó la mano al *piercing* que lucía en su aleta izquierda. Nunca en los dos años desde que había salido de la academia ningún superior le había puesto pega alguna. El reglamento interno hablaba únicamente de la necesidad de ofrecer una imagen cuidada y aseada. Sin embargo, no pensaba dar un solo motivo a aquellos advenedizos para que pudieran meterla en problemas. Aplicando un imperceptible giro al metal, su nariz quedó desnuda.

—¿Contento?

—No, no. Si era simple curiosidad. Yo no tengo ningún problema con esas cosas. No vayas a creer que soy un carca —se defendió González.

El pitido de la máquina cortó la conversación.

—Tu café —le dijo Badiola entregándoselo—. Tómalo tranquila. Te espero en mi mesa. ¿Has dejado allí el ordenador? —Cestero asintió—. Mal hecho. Sabes que las pruebas deben guardarse bajo llave. Aquí nos tomamos muy en serio la cadena de custodia. En fin, ahora se lo paso a los informáticos. Si hay algo, a esos no se les escapa.

La ertzaina se tomó un segundo café antes de volver junto a su compañero. Era agua sucia y amarga, aunque esperaba que le aportara algo de cafeína. Se sentía sola en aquel nido de víboras, pero si esperaban que tirara la toalla estaban muy equivocados. Iba a quedarse allí hasta dar con el asesino de Lander Oteiza, aunque para ello tuviera que pagarse una pensión o viajar cada día en su Renault Clio entre Pasaia y Bilbao.

Cuando llegó a la mesa de Badiola se fijó en la pantalla del ordenador de sobremesa. La primera página de un diario digital mostraba el graffiti en la capilla de Deusto.

Adiós maricón.

—Esos cabrones... —masculló Cestero señalando la imagen.

Su compañero le tendió un dibujo. Se trataba del croquis de la escena del crimen. La chimenea aparecía solo hasta media altura, allí donde se encontraba la polea de la que el asesino se había valido para izar a la víctima.

—Los operarios municipales dicen que la instalaron hace una semana —señaló Badiola al ver que su mirada recalaba en la cuerda—. Uno de los aros metálicos que refuerzan la estructura de la chimenea cayó al suelo y están llevando a cabo arreglos de emergencia. Instalaron la polea para poder subir con facilidad los materiales: cemento y nuevas anillas de acero para cambiar las dañadas.

—Pues se lucieron dejándola puesta durante el fin de semana —comentó la ertzaina.

Badiola se encogió de hombros.

—Si no hubiera estado, habría encontrado otro lugar donde matarlo.

Cestero se fijó en el bulto de pretendidas formas humanas que su compañero había dibujado colgando de la cuerda.

—Si lo secuestraron de madrugada y no lo asesinaron hasta las diez de la noche, han tenido que ocultarlo en algún sitio durante toda una jornada. Eso requiere una infraestructura: una casa, un local... —apuntó pensativa.

—O el maletero de un coche —le corrigió su compañero con una sonrisa lacónica—. No hace falta tanto para esconder a alguien sedado.

—Tampoco Lander era muy grande —admitió Cestero. Su madre les había confesado que el muchacho había padecido trastornos alimenticios. Pasaba por poco de los cincuenta kilos en el momento de su asesinato.

El teléfono de Badiola vibró sobre la mesa. La ertzaina recordó que el suyo había recibido un wasap cuando entraba a la comisaría cargada con los objetos incautados en casa de la víctima. Lo sacó del bolsillo y comprobó que era de Leire.

Su compañero no tardó en colgar.

—Parece que Lander salía con un chico —anunció Cestero mostrando su móvil—. Tendremos que hablar con él a ver qué cuenta.

—Olvídate de ese —le interrumpió Badiola con expresión gélida—. Los de emergencias me acaban de pasar una llamada que va a traer cola. Vamos a sacar a la calle todas las unidades. O mucho me equivoco, o el del parque de Etxebarria no será el único crimen. Alguien va a tener que hablar muy en serio con esos niñatos de los Brazo Duro.

9

15 de junio de 2015, lunes

Nekane introducía el queso fresco en moldes cuando oyó el timbre.

—¡Ya voy! ¡Un segundo! —anunció terminando de llenar el último y quitándose los guantes antes de salir de la sala blanca.

El recibidor del caserío estaba en penumbra, pero la fresca claridad de la primavera lo inundó en cuanto abrió la puerta.

—¿Cómo estás, Nekane? Traigo una carta certificada para ti. —Fermín le tendió un sobre y un documento con ribetes amarillos y azules para que firmara—. Espera, aquí también.

La joven hizo un garabato en la pantalla de la tableta.

—Vaya con los de Correos, qué modernos —apuntó antes de mirar el sobre. El remite era de Francia.

—No tanto —protestó el cartero—. No se fían de lo digital. Por eso nos hacen llevar el duplicado en papel. ¿Qué tal? Tu padre anda por aquí, ¿no?

—Como cada año. En junio se vuelve. Demasiado calor por ahí abajo —musitó con gesto burlón.

—¿Dónde estaba, en Benidorm?

—Torrevieja —le corrigió la quesera.

El cartero asintió atándose el casco de la moto.

—Es verdad. Dale recuerdos. Dile que el sábado montamos un campeonato de mus en el bar. Si no ha perdido facultades por allí abajo puede llevarse el cordero.

—Ahora se lo digo. De todos modos, estará enterado. Ya sabes que pisa más el bar que el caserío —se despidió Nekane mientras Fermín pulsaba el botón de arranque.

La moto amarilla de Correos se perdió rápidamente por el camino que llevaba a varios caseríos diseminados. Su rugido aún resonó un tiempo, pero las esquilas de las ovejas que pastaban en los prados cercanos fueron enseguida la única banda sonora. Era un día hermoso, de cielo desnudo de nubes y sol generoso. Lástima que el polen de los fresnos, que la leve brisa arrastraba hasta Zugarramurdi, le impidiera salir a disfrutar del aire libre. Ojalá algún día se le pasara esa maldita alergia. En cuanto llegaba la primavera y los árboles comenzaban a llenarse de flores, sus vías respiratorias se irritaban y los ojos le lloraban sin parar.

Hacía solo tres años que padecía las molestias, pero todo indicaba que tendría que convivir con la alergia el resto de su vida. Los médicos hablaban de un componente genético. La había heredado de su madre, igual que su tez blanca, su pelo rojo y el sinfín de simpáticas pecas que le cubrían las mejillas. En más de una ocasión la habían tomado por irlandesa.

Antes de volver a encerrarse en casa, la quesera se fijó en el Larrun. Una pequeña nube, la única en muchos kilómetros a la redonda, se aferraba a su cima. Era una estampa habitual. La proximidad del Atlántico sumía a menudo la primera montaña del Pirineo en la niebla. Su madre solía decir que era señal de mal tiempo, que la nubosidad empezaba por el Larrun y después iba devorando el resto de la comarca. Claro que eso era antes de irse a Francia. Hacía seis años de su marcha, cuando Nekane tenía dieciocho. Fue la vida de pastora la que le cansó, aunque de no haber pasado por Zugarramurdi aquel francés, quizás nunca hubiera dado el paso de abandonar a su familia y marcharse a Lyon.

Nekane la visitaba todos los años. Le gustaba pasear por las avenidas un tanto desangeladas de la ciudad y adentrarse en el laberinto de callejuelas del casco antiguo. Aunque lo mejor era siempre la visita al mercado y sus puestos de quesos llegados de todos los rincones de Francia.

—Hasta luego, Karmentxu —saludó a una vecina que volvía de la huerta con una cesta cargada de hortalizas.

—¿Quieres una berza? —ofreció la mujer regordeta—. Las voy a tener que echar a las vacas a este paso.

—No, gracias. Yo estoy igual —rechazó. El pequeño huerto de la parte de atrás del caserío estaba a rebosar de coles. Ese año habían tardado en crecer y ahora, con el verano a las puertas y cuando estaba a punto de darlas por perdidas, se habían puesto de acuerdo para hacerse grandes como balones de reglamento.

La oscuridad volvió al recibidor en cuanto cerró la puerta. Antes de entrar en la quesería, se llevó un pañuelo a la nariz. Estornudó. Una, dos y hasta cinco veces. Los ojos le lloraban.

—Jesús, hija. Vaya rollo esa alergia. Me han hablado de un médico en Pamplona que… —comentó su padre bajando por las escaleras.

—Déjalo, *aita*. Ya me han visto tres y todos coinciden. No hay nada que hacer —le interrumpió Nekane dirigiéndose a la quesería. No podía dejar los quesos a medio prensar.

La luz blanca de los tubos fluorescentes iluminó el sobre. Lo abrió sin interés. A menudo recibía envíos de publicidad provenientes de Francia, donde había adquirido gran parte del material que empleaba en la manufactura de los quesos. Su francés no era muy bueno, a pesar de que llevaba casi un año estudiándolo, pero fue suficiente para comprender la buena nueva.

—No puede ser —murmuró con lágrimas en los ojos. Esta vez no eran fruto de ninguna alergia.

Nunca en los cuatro años que llevaba elaborando quesos había esperado algo así. O quizás sí, pero solo en sus mejores sueños.

—¿Qué pasa? ¿Estás bien? —se interesó su padre asomándose por la puerta.

—Me invitan a participar en el concurso de Lyon —anunció con una mezcla de orgullo y temor.

El Certamen Nacional de Queseros, que tenía lugar solo en años impares, era el más famoso de Francia y el mero hecho de participar en él era la mejor carta de presentación posible. En las últimas ediciones, sus organizadores apenas habían permitido tomar parte a un puñado de productores de fuera de sus fronteras y siempre porque los pastos de procedencia de la leche se encontraban en plena muga.

Era el caso de Nekane. Zugarramurdi formaba parte de un valle situado al norte de los Pirineos, rodeado de amables colinas vasco-francesas y delimitado por el sur por altos collados que lo separaban del resto de Navarra. Era uno de esos extraños caprichos de quienes dibujaron la frontera siglos atrás y se dejaron pueblos en el lado equivocado. En esas circunstancias, la quesera compraba leche a pastores de ambas orillas de la muga.

—Estoy muy orgulloso de ti —celebró Patxi con una sincera sonrisa. Su barba blanca le otorgaba un aspecto bonachón que remarcaban unas mejillas sonrosadas—. Supiste cambiar los modos de pensar que han dirigido a nuestra familia desde hace generaciones.

Nekane recibió el halago con una sonrisa.

—Solo tuve claro que no podía hacer de pastora y de quesera al mismo tiempo.— Era evidente que ese había sido su gran acierto. Nada de pretender abarcarlo todo.

—Toda mi vida ocupándome de las ovejas y vendiendo la leche a la central lechera para ganar un puñado de pesetas y resulta que el negocio estaba al otro lado —murmuró Patxi—. ¿Cómo supiste verlo?

La joven se encogió de hombros. En realidad todo había sido casualidad. Su intención era elaborar quesos con la leche de las ovejas de casa. Su padre de pastor y ella de quesera. Un equipo perfecto. Sin embargo, cuando Patxi obtuvo la incapacidad por una hernia discal que no le permitía seguir trabajando y se fue a vivir a Torrevieja, todo se vino abajo. Le costó tomar la decisión, pero declinó seguir con las ovejas. Vendió los animales a un pastor de Urdax y se dedicó por entero a la elaboración de quesos. Hacía cuatro años de aquello y todo indicaba que el camino seguido había sido acertado.

—¿Vendrás conmigo a Lyon? —le preguntó a su padre.

Patxi se mantuvo unos instantes en silencio. Después asintió.

—Claro. Me encantará verte ganar —anunció sin poder ocultar un tono de nostalgia.

La quesera sabía que no sería fácil para él tener que visitar la ciudad a la que su mujer huyó de la noche a la mañana olvidando su matrimonio e incluso a su propia hija. Patxi no había vuelto a ver a la que durante treinta años fuera su pareja. Los papeles de la separación se hicieron a distancia, a través de abogados, y Pili jamás había vuelto a pisar Zugarramurdi.

—Es importante para mí que estés conmigo —le agradeció Nekane acercándose para darle un beso.

El hombre se sacudió incómodo las muestras de afecto y se dirigió a la salida.

—Te dejo trabajar, que esos quesos no esperan.

La joven asintió mientras prensaba con fuerza, apoyando el peso del cuerpo sobre las manos. El suero se escapó lentamente por debajo del molde y trazó diminutos ríos blanquecinos sobre la mesa metálica. Conforme se fueron haciendo más exiguos, aflojó la presión y retiró el molde de plástico. Después acercó la nariz a la pieza, cubierta aún por una fina gasa blanca, y olfateó con suavidad. Sus sentidos se embriagaron con el olor a leche fresca. Creyó percibir notas lejanas de hierbas aromáticas y matices de heno seco. En algún rincón de su mente resonó la suave melodía de las esquilas animando un prado refulgente de verde.

Una sonrisa iluminó su rostro. Era feliz.

10

15 de junio de 2015, lunes

Leire clavaba la mirada en el televisor. La secuencia de fondo, que se repetía en un bucle infinito cada pocos segundos, era una vez más la de Lander Oteiza ardiendo en el parque de Etxebarria. Su atención, sin embargo, estaba concentrada en el presentador. Con grandes aspavientos, enfatizaba el nombre del nuevo desaparecido: Marco Napolitano. Sus compañeros de piso habían denunciado la desaparición hacía unas horas y todas las alarmas se habían encendido. Homosexual, asistente a la fiesta de Ezequiel Vargas, alumno de Deusto... Tenía todos los puntos para tratarse de una nueva víctima de aquel caso macabro.

—A ver dónde lo queman a este —apuntó Raquel. La pequeña tomaba pecho en su regazo, envuelta en un arrullo.

La escritora se mordió la lengua para no replicar. Todavía tenía la esperanza de lograr dar con él antes de que fuera demasiado tarde. Cestero había detenido al cabecilla de los Brazo Duro y varias patrullas de la Ertzaintza peinaban los alrededores de la villa de los Vargas. Algunos de los invitados a la fiesta declaraban haber visto al joven abandonando la casa hacia las dos de la madrugada. Desde entonces no se sabía nada de él. Nadie lo había echado en falta hasta que, esa misma mañana de lunes, sus compañeros de piso, dos estudiantes canarios, regresaron de pasar unos días en las islas. Al no encontrarlo en casa ni localizarlo en el móvil, habían dado la voz de alarma.

—Se ha extendido el temor en la comunidad homosexual bilbaína a que se haya desatado una caza de brujas en la ciudad —explicaba el periodista de La Sexta—. Tenemos una unidad móvil en las calles de Bilbao La Vieja, el popular barrio de San Francisco. Allí se encuentra uno de los bares de ambiente más populares de la capital vizcaína. Conectamos en directo para conocer las sensaciones desde allí.

Leire reconoció la entrada a la Terraza de Sade. Como correspondía a un lunes a las diez de la noche, no había mucho movimiento, pero un chico con una camiseta blanca que marcaba sus pectorales contestó a las preguntas del reportero.

—¿Ya ves qué hora es? —preguntó Raquel—. Así estamos siempre. Raro es el día que Unai viene a tiempo para la cena. Si al menos le pagaran las horas extras... Ojalá le importara tanto su familia como el trabajo.

Algo en su tono de voz asustó al bebé, que soltó el pezón y comenzó a bramar.

—Vaya —murmuró Leire mecánicamente. Por un momento estuvo tentada de señalarle a su hermana el portátil con el que la había visto trabajando hacia apenas unos minutos mientras Lorea dormitaba con el chupete en la boca.

—Toma —dijo Raquel pasándole a la pequeña—. Voy a llamarle. Si no piensa venir a cenar, que no nos haga esperar.

La escritora envolvió al bebé con sus brazos en un intento vano de que dejara de llorar. El calor de su pequeño cuerpo y el amable olor a jabón le resultaron enternecedores. Acariciándole con suavidad la cabecita, comenzó a tararear una nana. Poco a poco, el llanto cedió el testigo a una respiración relajada. Le dio un beso en la frente y tuvo la sensación de que el mundo se detenía. No existía el televisor, ni el crimen de la chimenea, ni la nueva desaparición. Solo estaban ella y la pequeña. Respiró hondo para llenarse de su olor y lo supo con más fuerza que nunca: quería ser madre.

—No contesta. ¿Qué haces? —la regañó su hermana estirando los brazos para recuperar a su bebé—. Cómo se nota que no eres madre. Tienes que ponerla erguida y darle palmaditas en la espalda para que expulse el aire. Dámela, anda.

Leire le entregó la niña y se sintió desnuda sin su calor. No pudo evitar lanzar a Raquel una mirada de reproche ni lamentarse para sus adentros de la madre que le había tocado en suerte a su sobrina. Durante los últimos meses había guardado la esperanza de que su hermana hubiera cambiado de verdad. Se la veía ilusionada con Unai, con el que llevaba poco más de un año de relación, y aún más feliz con su maternidad. Sin embargo, conforme se había acercado el momento del parto, y especialmente desde este, su carácter había vuelto a avinagrarse para ser la misma Raquel que había vivido hasta los cuarenta años pendiente de su trabajo y de su madre alcohólica.

—Me tiene harta. Como si los niños se criaran solos —protestó Raquel mientras Lorea volvía a romper a llorar.

Leire suspiró. Ella sí que estaba harta. En mala hora habían alquilado la casa que tenía su madre en el Casco Viejo y que había quedado vacía cuando Irene se mudó con ella al faro. Si antes iba poco por Bilbao, ahora iría menos. No tenía ninguna intención de volver a casa de su hermana por mucho cuarto de invitados que tuviera.

El sonido de su teléfono la sacó de sus pensamientos. Era Iñigo.

—¿Qué tal, guapa? —la saludó en cuanto descolgó.

—Bueno... —musitó levantándose del sofá para poder hablar con mayor intimidad.

—Tenías que haberte venido a mi casa. Aquí estarías como una reina —ofreció el criminólogo intuyendo el motivo del tono apagado de su voz.

Leire suspiró. Claro que estaría mejor, pero lo conocía de sobra como para saber que no pretendía solo invitarla a dormir. Desde la separación del profesor, este le había insinuado varias veces que podían volver a intentarlo.

—Cestero tiene a Aimar Iturria. Va a interrogarlo —apuntó la escritora cogiendo la sudadera. Necesitaba un poco de aire fresco y perder de vista a Raquel, aunque solo fuera por unos minutos—. Enseguida vuelvo —anunció abriendo la puerta.

—He estado pensando en todo esto —anunció Iñigo—. Esos niñatos de los Brazo Duro se han pasado de la raya muchas veces. Debería creer en su culpabilidad, pero sigo sin tenerlas todas conmigo —admitió—. ¿De verdad los creéis capaces de matar a alguien con tanta saña? Eso es cosa de psicópatas. Se habrían producido divisiones en el grupo, no seguirían todos a una. Una cosa es querer formar parte de una cuadrilla de matones para reforzar una pobre personalidad juvenil, y otra dejarse llevar hasta el punto de participar en crímenes tan brutales como el de la chimenea.

—¿Y si Aimar los tiene amedrentados? —le interrumpió Leire. La suave brisa, cargada de salitre y de aromas portuarios, le contagió serenidad. El ambiente en casa de Raquel comenzaba a resultarle irrespirable.

—Ya lo he pensado. Él o cualquier otro. Si así fuera, no tardaríamos en ver alguna fisura, sobre todo ahora que esta segunda desaparición acrecienta la presión sobre ellos. Si han sido los Brazo Duro, no tardará en haber alguno que venga a delatar a sus compañeros para quedar libre de culpa. Son críos, no lo olvidemos.

—Críos capaces de dar palizas a inmigrantes que duermen en cajeros y de irrumpir en un bar gay a puñetazo limpio —le recordó Leire pasando ante las taquillas del Puente Colgante. Media docena de viandantes aguardaban a que la barquilla llegara desde Portugalete para embarcarse en ella. No eran los únicos, varios coches hacían cola tras la barrera. Dos txikiteros discutían y se reían a la puerta de un bar cercano.

—¿Dónde estás que hay tanto ruido? —inquirió Iñigo.

—He salido a pasear. ¿Crees que estará muerto? —preguntó pensando de nuevo en el desaparecido.

El profesor tardó unos segundos en responder.

—No. Al otro le prendieron fuego vivo. Si han sido los mismos, querrán darle una muerte similar. Aunque no es fácil tener a alguien secuestrado tanto tiempo. Eso implica que necesitan un lugar donde meterlo.

—Hablas en plural —observó la escritora.

Iñigo volvió a demorarse en su respuesta.

—Porque sigo pensando en los Brazo Duro —reconoció con voz queda.

Ajena a todo, una txipironera, con su característica luz verde en la popa, surcó la oscuridad del Nervión de camino a tierra firme. En la orilla de enfrente, los edificios caían desordenados hacia las aguas negras. La vieja estación de la Canilla brindaba un toque de color al paseo junto a la ría, al que se asomaban siluetas de pescadores pacientes y solitarios.

—Es complicado —murmuró Leire mordiéndose el labio inferior—. A ver si Cestero consigue aclarar algo con el interrogatorio.

—Si estuvieras aquí, conmigo, podríamos hablar de todo con más calma. Ya me dirás qué pintas en casa de tu hermana. Seguro que ya estáis discutiendo —aventuró Iñigo.

La escritora resopló, apretando el paso para dejar atrás las últimas casas de Getxo y adentrarse en el muelle de Churruca. El largo espigón avanzaba sobre las aguas con la ría a un lado y la playa de Las Arenas al otro.

—No la soporto —admitió palpándose los pantalones en busca de la cajetilla de Gold Coast. No estaba allí. En momentos así se lamentaba de haber dejado el tabaco. Al menos le ayudaba a calmarse temporalmente.

—Si estará entretenida con su niño, ¿no? —Iñigo no conocía a Raquel en persona, aunque sus años de relación con Leire le hacían trazarse un boceto bastante acertado de su carácter.

—Niña, es niña —le corrigió Leire alzando la vista hacia el imponente monumento que representaba la lucha del hombre contra el océano. El primero empujaba una enorme roca que Neptuno, dios del mar, intentaba frenar con toda la fuerza de sus piernas. Era una imagen conmovedora en la oscuridad de la noche. El sonido de las olas, que rompían en la playa cercana, añadía dramatismo a la escena de latón—. No, Raquel no ha cambiado. Está igual de amargada que siempre.

—Pues ya no vale decir que es por culpa de tu madre —indicó Iñigo.

—No, eso ya no sirve. Mi madre está conmigo en el faro, y bien a gusto que está. —Conforme hablaba, la escritora pensó en Iñaki. Ojalá no se le estuviera haciendo demasiado pesado estar esos días solo con Irene. El faro era grande y se llevaban bien, pero no dejaba de ser una mujer con quien él no había elegido convivir. Después le llamaría, aunque los wasap que se habían cruzado indicaban que las cosas no iban mal.

—¿Qué tal lo llevas tú? —quiso saber Iñigo.

Leire a menudo echaba de menos la soledad de su faro antes de llevarse consigo a Irene y de invitar a Iñaki a mudarse junto a ella. No eran pocos los días que añoraba el silencio de aquellas cuatro paredes batidas por los vientos del noroeste.

—Bien. Muy bien —apuntó sin querer entrar en detalles. Había llegado al extremo del espigón. El faro de Las Arenas, con su sencilla luz roja de enfilación, le invitó a sentarse a sus pies. El Abra, donde el Nervión y el Cantábrico se fundían en uno, se extendía ante ella. Un sinfín de lucecitas salpicaba las aguas de aquel repentino ensanche; txalupas que iban y venían, muchas de regreso a casa tras el paseo pesquero del atardecer. En una de las más cercanas, un arrantzale fumaba con la lenta cadencia del mar. Las brasas incandescentes de su cigarro se encendían en la oscuridad coincidiendo con el ritmo del oleaje que batía en la escollera.

—Deberías venirte a mi casa —insistió el profesor—. Vete a saber cuánto tiempo más se dilatará el caso. ¿No querrás volverte a Pasaia antes de saber quién quemó a Lander Oteiza?

Leire pensó en el desaparecido. Si solo se tratara de una víctima...

—Ya veremos —admitió.

—Eso es un sí —celebró su interlocutor.

La escritora se rió para sus adentros. La conocía demasiado bien.

—Es un ya veremos —recalcó.

—¡Es un sí! Hasta mañana, guapa. Te iré preparando la cama de... —Fue lo último que oyó antes de pulsar la tecla de cortar la comunicación.

11

15 de junio de 2015, lunes

Cuando Aimar Iturria entró esposado al cuarto de interrogatorios, Cestero se sorprendió de que el cabecilla de los Brazo Duro aún fuera capaz de mantener su altivez. Que una patrulla de la Ertzaintza lo sacara a rastras de la biblioteca para llevarlo detenido a la Unidad Central de Investigación Criminal, en Erandio, era algo que minaría la moral a cualquiera. Lo había previsto así y por ello había enviado a dos agentes uniformados con la orden de detención. Quería que el golpe de efecto fuera el mayor posible para que llegara al interrogatorio acobardado. Sin embargo, su táctica no parecía haber dado el resultado esperado.

—¿Dónde está? —le preguntó a bocajarro en cuanto sus compañeros de uniforme obedecieron la señal de que la dejaran a solas con él. Badiola no estaba. A las cinco de la tarde, cuando su turno terminó, se marchó a casa. Tenía que recoger a los niños en el colegio y no podía llegar tarde.

Aimar Iturria se encogió de hombros. Una mueca burlona tomó forma en sus labios.

—No soy adivino.

Cestero dio un paso hacia él. No le había invitado a sentarse. La mesa blanca que ocupaba el centro de la salita de paredes desnudas estaba vacía, como lo estaban sus tres sillas de metacrilato.

—No te lo voy a preguntar más veces —insistió apoyándole la mano en el hombro y hablándole con exagerada suavidad. El Brazo Duro reaccionó con visible incomodidad al contacto—. ¿Dónde está Marco Napolitano? ¿Qué le habéis hecho?

Aimar la miró desafiante sin esforzarse lo más mínimo por ocultar su sonrisa. Era atractivo y lo sabía. Una peca grande rompía la simetría de su rostro en el pómulo izquierdo y se llevaba la primera mirada. Tras ella se desplegaban otros encantos. Sus labios eran sensuales y la mirada de sus ojos, intensa. El mentón, anguloso y bien marcado bajo una barba de dos días, resaltaba su hombría. Destilaba atracción, casi magnetismo. Una de esas personas destinadas a ser líderes. Era eso seguramente lo que lo había convertido en el cabecilla de aquellos canallas.

—Me odias —se burló el sospechoso.

Cestero se regañó por fijarse en su físico e intentó concentrarse en el interrogatorio. La situación no invitaba a perder el tiempo. Un joven estudiante podía estar muerto y los Brazo Duro podían tener mucho que decir en todo aquello. Sin mediar palabra, cogió al detenido por el pescuezo y lo empujó contra la pared. Aimar arqueó su espalda para evitar que las esposas se le clavaran en las muñecas. Un gesto de dolor ensombreció fugazmente sus facciones.

—¿Dónde cojones lo habéis metido? —exclamó la ertzaina siseando las palabras a escasos milímetros de su cara.

—¿Te has puesto de puntillas? —se mofó el Brazo Duro como única respuesta—. Creía que los polis tenían que cumplir unos requisitos de altura. Las tías no, claro.

Ane Cestero contuvo las ganas de darle un puñetazo.

—¿Qué sabes del italiano? —insistió.

Aimar soltó una risita. ¿Cómo era posible que no se amedrentara estando esposado entre aquellas cuatro paredes?

—Que es maricón, ¿no? —se mofó el detenido con una risita hiriente.

Era demasiado. Cestero llenó los pulmones a fondo, tomó impulso y le clavó la rodilla en la entrepierna.

—¡Vas a aprender a tratar conmigo! —espetó Cestero viendo al Brazo Duro doblado de dolor. Aprovechando su desconcierto, lo cogió por el cuello y lo empujó contra la mesa—. ¿Dónde lo tenéis? ¡Vamos, dímelo!

—Estás loca —se defendió Aimar con la cara aprisionada contra la melamina blanca—. No sé nada de ese tío.

—Claro que lo sabes. Le abordasteis cuando salía de la fiesta de Vargas. ¿Acompañaba a Lander? ¿Dónde lo habéis metido? —Cestero estaba fuera de sí. Sentía que toda la tensión acumulada durante una jornada tan complicada le comenzaba a desbordar.

Aimar se revolvió intentando quitársela de encima, pero con las manos esposadas no había manera de defenderse.

—¿Por qué te lo tomas como algo personal? ¿También te increpaban en clase por ser pequeña y gorda? ¿O es que te molan las tías?

La ertzaina no respondió. Se limitó a volcar su rabia sobre el detenido golpeándole la cabeza contra la mesa.

—¡Socorro! ¡Tortura! —gritó Aimar tan alto como pudo.

Cestero lo soltó. Aquello se le estaba yendo de las manos. Por ese camino no iba a lograr obtener confesión alguna del Brazo Duro. Desconcertada por su propia reacción, salió de la sala de interrogatorios y cerró la puerta de un portazo. Necesitaba calmarse.

Primavera de 1609

Los rayos de sol que se colaban por la ventana bañaban la cama con una luz cálida y aterciopelada que contrastaba con los desgarradores gritos de dolor. Un jarrón con jazmín lo impregnaba todo con su aroma dulzón. La parturienta tenía el rostro desencajado y la mirada fija en la recién llegada. Sus ojos delataban el pánico que sentía.

—¡No puedo! ¡No voy a poder! —exclamaba Catalina sin poder contener el llanto.

María le dio la mano para transmitirle seguridad.

—Claro que vas a poder. En unos minutos tendrás a tu bebé entre los brazos —la consoló apartándole un mechón de la frente. Al hacerlo, miró asustada a su abuela, que asintió con gesto grave. Aquella mujer estaba ardiendo.

La joven tomó uno de los paños que había dispuestos al pie de la cama y lo remojó en una jofaina de agua fría. Después se lo colocó a la parturienta en la frente y le hizo un gesto a su abuela para que lo sostuviera.

—Ayudadle, por amor de Dios —rogó Juana, la madre de la que estaba postrada en la cama. La angustia se reflejaba en su mirada—. Os recompensaré.

María se mordió el labio para no contestar. Ella no estaba allí buscando el dinero de nadie, sino intentando ayudar, como se esperaba de cualquier buen vecino. No dijo nada. No quería despistarse en banalidades.

—Lo tenías todo listo —celebró la joven provocando una satisfecha sonrisa de su abuela.

Para cuando ella llegó de los pastos, la mujer ya había preparado lo esencial. Los estragos de la edad comenzaban a ser demasiado evidentes en *amatxi* y sus ojos contemplaban con una mezcla de nostalgia y orgullo los movimientos de su nieta. A lo largo de su vida había traído al mundo a decenas de niños. De la noche a la mañana, y sin pretenderlo, se convirtió en la partera del pueblo. Cada vez que alguna mujer se ponía de parto, sus allegados venían en su busca. Ahora era demasiado mayor para hacerlo, las fuerzas le fallaban y esos espantosos dolores en las articulaciones le robaban la agilidad necesaria para poder asistir un nacimiento. María había heredado su destreza. La muchacha tenía manos firmes y sabía muy bien cómo emplearlas para que la llegada al mundo de los pequeños fuera lo menos dolorosa posible.

—Eloísa, trae más paños y cambia el agua, por favor —pidió María girándose hacia una chica rubia que asistía a la escena con el rostro lívido por la impresión.

La muchacha asintió y salió de la estancia con gesto aliviado. María estaba feliz de que su amiga hubiera vuelto. Habían crecido juntas hasta que, hacía cuatro años, Eloísa tuvo que abandonar Zugarramurdi para seguir a sus padres, franceses de origen, a San Juan de Luz en busca de una vida mejor. Hacía solo quince días del regreso de la joven. Lo primero que hizo fue pasar a saludar a María por su casa. Le contó que echaba de menos la vida en el pueblo y había decidido volver. Tal como imaginaba, no le faltó trabajo como sirvienta en casa de los Txipia, donde habían trabajado sus padres durante los veinte años que vivieron en Zugarramurdi.

—¡Oh, Dios mío, ya viene! —sollozó la parturienta asiéndose con fuerza al jergón.

María asintió.

—Le estoy tocando la cabecita. Empuja... ¡Vamos, empuja! Solo un poco más, ya lo tienes aquí. —Era mentira. Sabía que todavía faltaba lo peor.

—¡No voy a poder! ¡Me desgarra por dentro!

El dolor la hizo retorcerse y gritar fuera de sí.

Fue entonces cuando la sangre comenzó a brotar. Al principio era apenas un hilo fino de color escarlata. Después se volvió un torrente intenso que hizo que María buscara con la mirada el auxilio de su abuela. Aquello pintaba mal.

—¡Los paños! ¡Eloísa! —recordó la partera.

—¡Dios mío! ¡Mi niña! ¡Haced algo! —sollozaba Juana aterrorizada al ver que su hija se desangraba por momentos.

Los gritos de dolor de la parturienta se clavaban como puñales en los oídos de todas, mientras luchaban impotentes por detener la hemorragia.

—Ya está aquí. Tiene la cabeza fuera —anunció María.

Después todo fue muy rápido. De un fuerte tirón, el pequeño estaba fuera. Un cachete en el culo, dos y hasta tres... No lloraba. La abuela de la partera se limitó a negar con la cabeza mientras su nieta sacudía violentamente al recién nacido para que diera señales de vida.

Nada.

La muerte le había llegado demasiado pronto.

El llanto se adueñó de la habitación. No era el sonido infantil que todos esperaban, sino el aullido desgarrado de una madre que acababa de perder a su hijo. Aquel lugar ya no olía a flores ni a casa rica, solo a sangre, a tristeza y a muerte.

12

15 de junio de 2015, lunes

Cestero sorbía el café apoyada en la máquina expendedora. Algo le decía que la noche sería larga, como lo eran todas en las que intervenía la alarma social. No tenía más que dirigir la vista hacia la pantalla de ordenador que había sobre la mesa más cercana para comprobar que la portada digital de Deia invitaba al pánico.

Caza de Brujas contra los homosexuales.

El titular ocupaba toda la anchura de la portada. Lo acompañaban dos imágenes. Una la había visto hasta la saciedad y correspondía al asesinato de Lander Oteiza. La chimenea, el fuego y todo eso. La otra era una foto de Marco Napolitano. Era un muchacho atractivo, con flequillo despeinado, nariz fina y unos bonitos ojos verdes.

Se sentía impotente. Llevaba media hora interrogando al Brazo Duro y no había conseguido sacar nada en claro. Era un hueso duro de roer. No recordaba haber tratado antes con un detenido así. Lo habitual era que se vinieran abajo al verse en la sala de interrogatorios. Aimar Iturria amagó en algún momento con hacerlo, pero enseguida recobró su prepotencia.

Estaba descolocada. Nunca antes había golpeado a un sospechoso. El Brazo Duro lograba sacar lo peor de ella. Conseguía desquiciarla con sus ataques personales.

—Te he estado observando. —Uno de los agentes del turno de tarde se acercaba por el pasillo—. ¿Quieres que entre contigo?

Cestero se dijo que tal vez sería lo mejor, pero negó con la cabeza. Quería hacerlo ella. Iba a demostrar a ese machista de Aimar Iturria quién mandaba allí.

—Deberías cuidar tus formas —le advirtió su compañero torciendo el gesto—. ¿Sabes que por menos te podrían abrir expediente?

—Lo sé —contestó la ertzaina contrariada. No esperaba que hubiera nadie tras el falso espejo de la sala de interrogatorios—. Ese cabrón me ha sacado de quicio.

—No me extraña, pero no podemos permitirnos ese tipo de comportamientos —la reconvino el otro introduciendo una moneda en la máquina—. Entraré contigo. Seguro que al verse contra dos se amilana.

Cestero no respondió. Sabía que tenía razón. Si sus superiores se enteraban de que perdía los nervios con tanta facilidad, la apartarían del caso y eso sería un mazazo a su carrera. Imaginó la euforia contenida de quienes tan mal la habían recibido en la comisaría de Erandio.

—Antes me tomaré otro café —decidió sacando la cartera.

—¿No ha pedido un abogado?

—No ha querido. Dice que él solo se basta y se sobra.

El ertzaina soltó una risita despectiva mientras daba un sorbo a su café.

—Niñato de mierda —sentenció.

Cestero asintió. Por más que lo pensaba no lograba entender de dónde podían sacar tanto odio los Brazo Duro. Esa defensa de una supuesta superioridad racial, de clase o de género parecían reñidas con el hecho de que fueran estudiantes universitarios.

—¿Cómo es posible que jóvenes con formación sean capaces de matar por un asunto de homofobia? —preguntó en voz alta, aunque no esperaba respuesta alguna.

Su compañero se limitó a tirar el vaso vacío a la papelera antes de señalar con un movimiento de cabeza hacia el pasillo que llevaba a la sala de interrogatorios.

—¿Vamos? —propuso.

La ertzaina cogió aire a fondo. No las tenía todas consigo, aunque no pensaba dejarse llevar por el Brazo Duro. Esta vez sería ella quien marcara el ritmo del interrogatorio.

Aún no habían llegado a la mitad del pasillo que llevaba a la sala donde aguardaba el detenido cuando un agente uniformado les salió al paso.

—Ya podéis ir soltándolo. Marco Napolitano ha aparecido —anunció con gesto divertido.

—¿Vivo? —inquirió Cestero.

El agente asintió.

—Está en casa de unos amigos. Por lo visto se asustó al ver lo de Lander y se fue donde unos colegas de clase. No quería estar solo. Sus compañeros de piso estaban en Canarias, ¿no?

—No puede ser. —Cestero no sabía si alegrarse por la buena noticia o avergonzarse por el enorme despliegue de búsqueda que habían activado. Los padres de la supuesta víctima volaban en esos momentos desde Milán a Bilbao—. ¿Y el móvil, por qué lo tenía apagado?

El agente se encogió de hombros.

—La batería. No tendría cómo cargarlo hasta volver a casa. No sabía que nadie le buscaba hasta que ha puesto la tele y ha visto la alarma que se había creado.

—Joder, vaya bochorno —se lamentó Cestero imaginando los comentarios de los tertulianos que a esa hora participarían en los programas especiales de televisión—. Ya podemos ir dejando en libertad al Brazo Duro. Si no os importa, soltadlo vosotros. Yo no quiero darle esa satisfacción.

—Ya lo hago yo —se ofreció el que se disponía a entrar con ella a la sala de interrogatorios.

Cestero asintió agradecida. No aguantaba más. Un día aciago. Tenía ganas de llegar a casa y beberse una cerveza en el balcón viendo pasar los barcos. Se había aficionado a hacerlo antes de irse a dormir mientras repasaba mentalmente la jornada.

Consultó la hora en la pantalla de su teléfono. Las diez de la noche. Apretó el paso a través de los largos pasillos repletos de puertas grises y cristaleras con estores metálicos. A esa hora, la noticia de la aparición de Marco Napolitano estaría comenzando a llegar a los medios de comunicación. Imaginaba el jarro de agua fría que supondría en las redacciones que la caza de brujas que estaba disparando las audiencias y los ingresos por publicidad tuviera un final tan abrupto. Cruzó los dedos para que el foco de atención no girara hacia la actuación de la Ertzaintza, impecable a su parecer, aunque cuando los periodistas se empeñaban todo podía tener claroscuros.

Ni siquiera se giró para despedirse del policía que custodiaba la puerta de salida. Quería salir de allí cuanto antes y montarse en su Clio con Los Planetas a todo volumen. Porque si algo tenía claro era que, en la hora larga que le separaba de Pasaia, no pensaba poner la radio. Si los periodistas querían hablar, que lo hicieran. No sería ella quien les regalara audiencia.

13

16 de junio de 2015, martes

Cuando Cestero regresó a la comisaría el reloj marcaba las nueve y media de la mañana y había cola ante la máquina de café. Como por arte de magia, los agentes que charlaban animadamente con sus vasos de plástico en la mano se callaron al verla aparecer. Algunos la saludaron con parcas palabras y otros se limitaron a hacerlo con un movimiento de cabeza.

—Ah, ya estás aquí —comentó Badiola acercándose con una carpeta de plástico negro en la mano—. ¿Llegas tarde, no?

La ertzaina se mordió la lengua para no mandarlo a la mierda. ¿Y las muchas horas de más que había trabajado la víspera mientras él se iba a casa en cuanto el reloj marcó el final de su turno?

—Había demasiado tráfico —argumentó.

—Es que no tiene sentido que alguien tenga que venir cada día desde la otra punta del mapa —musitó uno de pelo blanco introduciendo una moneda en la ranura.

Badiola aguardó unos segundos para que las palabras del agente hicieran mella en Cestero. Después abrió la boca de nuevo.

—Me han contado lo de ayer —apuntó—. Has tenido suerte. El Brazo Duro intentó poner una denuncia por torturas. Si no es por el poder de persuasión de los del turno de noche, se te cae el pelo.

—Me sacó de mis casillas —se justificó la ertzaina.

—Cuéntale eso a un juez —le desafió Badiola.

Cestero asintió desganada. Nunca había recibido de buen grado las reprimendas.

—Voy a ver si han encontrado algo en el ordenador de Lander —señaló su compañero antes de tenderle la carpeta negra—. Lee la primera hoja.

La ertzaina retiró intrigada la tapa de plástico y comprobó que era un escueto correo electrónico. El remitente era Egaña, el forense. Informaba del hallazgo de barbitúricos en los tejidos de la víctima. Incluía en el mensaje un rango numérico con la dosis que calculaba que le había sido inyectada.

—Se confirma lo que nos temíamos —reconoció Cestero devolviendo la carpeta a su compañero.

Badiola asintió.

—Lo sedaron para poder llevarlo hasta el parque, lo rociaron de gasolina, lo colgaron de la chimenea y le prendieron fuego. Entonces se despertó, tal como su asesino quería —resumió golpeando suavemente la carpeta en la máquina de café.

—Habrá que ver de dónde salen esos barbitúricos —comentó Cestero sin mucho convencimiento.

Su compañero puso cara de circunstancias.

—Demasiada gente podría tener acceso a ese tipo de drogas: médicos, empleados de farmacia, personal hospitalario... No hay nada que hacer por ese camino.

Cestero reconoció que tenía razón. Se le olvidaba otra vía que dejaba aún menos huellas: el mercado negro de medicamentos a través de internet.

Un agente se acercó a ellos y alzó la mano para excusarse por interrumpir la conversación.

—Pasa por recepción —le indicó a Cestero—. Tienes a una mujer que pregunta por ti. Está muy nerviosa.

—¿Por ella? —se extrañó Badiola.

—Sí, sí. La ha descrito perfectamente —indicó el otro con un esbozo de sonrisa.

La ertzaina resopló. No quería oír más. Caminó en silencio a través del largo pasillo hasta el recibidor. Era raro. Ni siquiera estaba en su comisaría. ¿Quién iba a preguntar por ella en Erandio?

—Ahí —se limitó a decirle el policía que ocupaba el mostrador de la entrada.

Cestero abrió la puerta que le señalaba. Junto a ella había otras dos. Eran las pequeñas salas donde los agentes tomaban nota de las denuncias de los ciudadanos.

—¿Hola? —saludó asomándose intrigada al interior.

A pesar de que la mujer tenía el rostro vuelto hacia la pantalla del móvil en el que tecleaba un mensaje, la ertzaina la reconoció de inmediato. Iba más arreglada que la última vez, pero las raíces blancas de su abundante cabellera seguían actuando sobre la mirada como un imán.

—Es por mi hija —explicó sin preámbulos la madre de Lander Oteiza—. Begoña ha desaparecido.

Primavera de 1609

A pesar de que la puerta se encontraba abierta de par en par, el aire estaba viciado. Era lo habitual. Nadie faltaba a misa los domingos, y menos en tiempos sombríos como los de aquellos días. Los más ricos, que ocupaban las filas más próximas al altar, lucían ropajes de día de guardar; los demás, que eran mayoría, vestían las mismas camisas raídas y jubones con los que trabajaban en el campo durante el resto de la semana. Por más que el monaguillo pusiera todo su empeño en recorrer la nave oscilando un incensario ennegrecido por el humo, el olor no mejoraba.

Sin dejar de canturrear los salmos que reverberaban en el techo de madera, María recorrió la iglesia con la mirada. Algunos de sus vecinos la saludaron con un gesto casi imperceptible. Otros muchos estaban tan embebidos por la ceremonia que no apartaban la vista del altar, donde fray Felipe oraba de espaldas a ellos.

—*In nomine Patris...*

María replicaba al sacerdote igual que el resto de vecinos. Una retahíla incomprensible en latín aprendida por todos en la más tierna infancia y que brotaba al unísono de sus gargantas. Por el rabillo del ojo, comprobó que alguien la observaba fijamente. Se giró disimuladamente hacia su derecha y su corazón le dio un vuelco. Se parecían tanto que a veces tenía la sensación de que se trataba de su amado Galcerán y no de su hermano gemelo. El joven le guiñó el ojo antes de volverse hacia el altar.

Incómoda, intentó concentrarse en la ceremonia. No lo soportaba. En alguna ocasión el muchacho le había insinuado que su hermano no volvería. Solo de pensarlo le daban ganas de llorar. Por supuesto que regresaría. Y no tardaría. Antes de que llegara el verano Galcerán estaría de vuelta.

A una señal del párroco, los asistentes se arrodillaron. María clavó la vista en el enorme crucifijo que presidía el altar. El tono grisáceo de la piel de Jesús le hizo volar con la mente a un momento que hubiera preferido olvidar. Hacía apenas tres semanas de ello y, aunque la herida estaba aún demasiado reciente, sabía perfectamente que jamás en la vida podría borrarlo de sus recuerdos. El tono morado del bebé de Catalina Txipia, su tacto frío, sus ojos sin vida... Ella disfrutaba trayendo criaturas al mundo. Los consejos de su abuela no la habían preparado para verlas morir.

Cerró los ojos y rezó por el pequeño, como llevaba haciendo cada noche ante la cruz que presidía su habitación. La criatura muerta descansaba bajo un nogal. Ni siquiera habían podido darle cristiana sepultura por no estar bautizada.

Fray Felipe carraspeó para llamar la atención de quienes tuvieran la mente dispersa tras el rezo del Credo. Después entrelazó las manos y mostró su semblante más grave, aquel que reservaba para sus largos sermones.

—Hijos míos, me llegan noticias terribles desde Lesaka y Bera —comenzó a decir—. Las brujas están atormentando estas tierras. Pensábamos que la persecución desatada al otro lado de la frontera acabaría con las adoradoras del maligno, pero no ha sido así. Nuestra falta de vigilancia les está permitiendo campar a sus anchas por nuestros valles. Se habla de akelarres en los que se baila hasta el alba para invocar a Satanás, de brebajes hechos con sesos de difuntos a los que sacan de sus enterramientos y hasta de naufragios provocados por maleficios. —El párroco hizo una larga pausa para recorrer a todos con la mirada. María tuvo la incómoda sensación de que aquellos ojos fríos intentaban colarse hasta el fondo de su alma—. Estad vigilantes. Venid a verme a la menor sospecha. Las brujas están más cerca de lo que creéis. A menudo bajo la forma de un amable vecino o incluso de vuestro propio hermano. Toda alerta es poca. Si descubrís cualquier comportamiento extraño, denunciadlo o acabaréis siendo sus cómplices.

Un tenso silencio siguió a sus palabras. Todos habían oído hablar del terror que extendía al otro lado de la frontera Pierre de Lancre, inquisidor de Burdeos. Contaban los rumores que en San Juan de Luz la hoguera inquisitorial ardía día y noche para quemar a los adoradores de Satanás. Decían algunos que desde la torre de la iglesia en la que ahora se encontraban habían llegado a atisbar el humo de aquel fuego y alguno incluso juraba haber visto salir volando el alma negra de las brujas al morir entre sus llamas.

María se fijó en Eloísa. Ocupaba un espacio en la fila aledaña y miraba hacia el altar con aspecto serio. La francesa le había contado que el miedo en el país vecino era insoportable y que la gente huyó en largas caravanas al enterarse de la llegada del inquisidor. Sin embargo, aseguraba que no había visto esa hoguera de la que todos en Zugarramurdi hablaban. Tal vez la hubieran encendido tras su marcha. A veces María se preguntaba si no sería precisamente ese el motivo por el que su amiga había decidido regresar. Aunque algo le decía que si había vuelto era siguiendo el dictado de su corazón. Antes de su marcha a Francia, Eloísa intentó sin éxito obtener el amor de Galcerán de Navareno, el ahora prometido de María. La joven tenía la amarga sensación de que la francesa se mostraba distante con ella desde que había sabido que iba a casarse con él. Ojalá fuera algo pasajero, porque apreciaba la amistad que siempre las había unido.

—Podéis ir en paz —la voz del fraile la sacó de sus pensamientos.

A diferencia de otros domingos, el murmullo de los feligreses apenas era audible. El miedo a que la persecución desatada al otro lado de la frontera pudiera alcanzar el pueblo había caído como un jarro de agua gélida sobre el ánimo de todos los presentes.

No imaginaban que la pesadilla no había hecho más que comenzar.

14

16 de junio de 2015, martes

—¿Así que no es la primera vez que se va de casa? —Cestero comenzaba a calmarse. Si Begoña Oteiza había huido del hogar en otras ocasiones, tal vez estuvieran ante una chiquillada.

Josefina agitó la mano derecha en lo que pretendía ser un gesto de hastío.

—Una vez estuvo una semana entera sin aparecer. Empezó a hacerlo cuando su padre estaba muy enfermo. No llevó bien aquello. Le pilló en una mala edad.

—¿Qué años tenía? ¿Catorce? —calculó Cestero.

—Dieciséis —le corrigió la madre—. Ahora tiene dieciocho y el veintiocho de mayo hizo dos años del fallecimiento de Ernesto.

—¿Por qué ha sido esta vez la discusión?

Por primera vez, Josefina pareció estudiar la respuesta antes de hablar.

—Cosas de creencias —resumió restándole importancia.

Cestero frunció el ceño.

—¿Creencias? —preguntó apoyando las nalgas en la mesa y cruzando los brazos—. ¿Religión?

—Bueno... Digamos que Lander no era muy creyente... A Begoña no le gusta mucho la idea de que las cenizas de su hermano descansen en el Templo de la Luz, junto a las de su padre —reconoció Josefina sin poder ocultar su incomodidad—. Le dije que el día que sea madre podrá tomar ese tipo de decisiones.

—¿El Templo de la Luz? —Cestero estaba cada vez más desconcertada. Algo le decía que acababa de dar con un hilo del que tirar.

Josefina miró hacia la puerta de salida. Después suspiró y comenzó a explicar que gracias a ellos había logrado superar la muerte de Ernesto. Acudía regularmente a la sede de la congregación, en la calle Iturribide, donde había aprendido técnicas avanzadas de meditación que le habían ayudado a superar el padecimiento. Ya no sufría.

La ertzaina abrió la boca para preguntar algo más. Quería saber a qué prácticas se refería, qué tipo de vínculo la ligaba a la congregación... Demasiadas dudas. Sin embargo, la volvió a cerrar. Sería mejor indagar por su cuenta sobre el asunto. Si se trataba de una secta y habían captado a Josefina, la mujer no sería la mejor para ofrecer información veraz sobre ella.

—¿Y se fue sin decir más? —apuntó Cestero volviendo a la desaparición.

La mujer tardó en comprender el nuevo giro.

—Sí, sí. Con un portazo. Poco después de marcharos vosotros con las cosas de Lander —explicó con alivio por dejar de lado el tema del Templo de la Luz—. Tendría que estar estudiando. Eso es lo que más me preocupa. En plenos exámenes de junio no puede permitirse fallar ni un día. Bastante mal lleva el curso.

La ertzaina se sorprendió de que solo pensara en los exámenes cuando acababan de asesinar a su hijo. Era evidente que el duelo de Josefina no era el habitual.

—¿Adónde suele ir cuando se escapa? —inquirió Cestero a pesar de que imaginaba la respuesta: la casa de alguna amiga.

Los ojos de la madre se inyectaron de rabia.

—A casa de su tío, Javier, el hermano de Ernesto. Ese perro solterón jamás me perdonará que no llore día y noche la muerte de su hermano. ¡Es un manipulador! Me está robando a mi hija. Yo no me creo eso de que siente adoración por ella. ¡Mentira! Es todo mucho más turbio.

Cestero sintió una náusea. Un tío sin pareja y una sobrina de dieciocho años rebelde y bastante atractiva... Mal asunto.

Las acusaciones de Josefina, sin embargo, tomaban otro rumbo.

—Ese lo que quiere es la herencia. Un tío abuelo de Ernesto es el dueño de una fábrica de motores en Méjico. Hace años que anda con un pie en la tumba y no tiene otros herederos que los de aquí. Cualquier día Begoña recibirá un buen pellizco. Javier pretende ganarse su confianza para poder gestionar el imperio mejicano a su libre albedrío —explicó la madre.

La ertzaina no logró quitarse de la cabeza la idea de la sobrina refugiándose en casa de su tío. Cuanto más lo pensaba, más le repugnaba su sospecha.

—Enviaré una patrulla ahora mismo —decidió poniéndose en pie para avisar a sus compañeros de Seguridad Ciudadana. No podía forzar a la joven a volver a casa, pero necesitaba tenerla localizada—. ¿Dónde vive tu cuñado?

—En la calle Diputación. A esta hora igual no está en casa. Es profesor en Deusto —explicó Josefina.

Cestero abandonó la sala y dio aviso al compañero que ocupaba la mesa de recepción.

—¿Se va a enterar la prensa? —preguntó preocupada la madre en cuanto la ertzaina volvió a entrar en el despacho—. No me gustaría que todo Bilbao supiera de nuestros trapos sucios.

Cestero celebró el comentario para sus adentros. Tampoco ella tenía ninguna intención de dar publicidad a una desaparición que tenía todos los visos de ser un lamentable episodio doméstico.

—No, puede estar tranquila.

Josefina observó una foto que sostenía en las manos.

—Toma —dijo tendiéndosela a la ertzaina. En la imagen, Begoña se asomaba por la ventanilla de un coche rojo y mostraba el *piercing* de la lengua con descarada complicidad, burlándose de la cámara y de quien estuviera tras ella.

—¿Por qué...? —comenzó a preguntar Cestero observando el reverso de la foto por si había algo escrito o cualquier otra cosa que pudiera considerarse una prueba.

—Siempre que alguien desaparece pedís una foto, ¿no? —le interrumpió Josefina cerrando el bolso.

La ertzaina se rió para sus adentros. Las series de televisión estaban llenando el mundo de expertos policiales.

—Gracias por venir —dijo abriendo la puerta para invitar a la mujer a salir—. La patrulla está de camino al domicilio de su cuñado. En cuanto sepamos algo, le avisaré.

—¿Me la traeréis a casa? —inquirió Josefina poniéndose en pie.

Cestero tardó en responder.

—Lo intentaremos, aunque siendo mayor de edad podrá hacer lo que ella quiera —admitió con una cierta sensación de impotencia.

La madre suspiró desanimada.

—Ese cabrón me la está robando —se lamentó abandonando el edificio.

15

16 de junio de 2015, martes

—¿No te gustaría volver a aquellos años? La vida de estudiante, las ganas de comerte el mundo, el amor... —apoyado en la barra, Iñigo se dirigía a Leire con una sonrisa ladeada que ella conocía demasiado bien.

La escritora posó la mirada en una pareja que se besaba junto a la puerta de la cafetería sin soltar los cuadernos. Después se alejaron cada uno en dirección a diferentes aulas. En una de las mesas cercanas a la puerta cuatro jóvenes jugaban al mus. Las demás, salvo una en la que dos chicas que no llegaban a los veinte años se contaban confidencias, estaban vacías. En su época de estudiante esa imagen hubiera resultado impensable. La cafetería acostumbraba a estar llena y el humo del tabaco, y también de algún porro furtivo, flotaba como una niebla sucia en el ambiente.

—Fui feliz entonces —admitió volviendo a la conversación—. Tal vez hace un par de años me hubiera gustado retroceder en el tiempo. Ahora no.

—¿Es por ese del astillero? —inquirió el profesor sin ocultar su contrariedad.

—Iñaki —enfatizó Leire—. Estoy muy a gusto con él. Me hace más feliz que ninguna de las parejas que haya tenido jamás. —Sabía que sus palabras sonaban duras, pero quería dejarle claro de una vez que no habría ningún tipo de vuelta atrás. Su relación había acabado hacía quince años. De nada servía ahora marear la perdiz.

Iñigo intentó disimular su rabia dando un sorbo de la taza de café. La tensión de sus mandíbulas le delataba.

—No mereces estar con un tío así. Un parado... ¿Qué hace, qué formación tiene? —masculló sin atreverse a mirarle a los ojos.

Leire no daba crédito. ¿Cómo había podido pasarse la carrera enamorada de alguien así? No, entonces Iñigo no era tan clasista. Nunca le había oído comentarios de ese tipo. Era el profesor joven, cercano y tan guapo que todas sus alumnas lo veían como un icono sexual.

—No he venido a desayunar contigo para hablar de mí, y menos aún de nosotros —zanjó la escritora decidiendo que no merecía la pena responder—. Me has dicho que sabías algo del Templo de la Luz.

El profesor recibió el cambio de tema con un mohín de fastidio. Leire le había llamado para ponerle al día de las últimas novedades que Cestero había compartido con ella. La desaparición de Begoña y el asunto de la secta habían dejado esa mañana en un segundo plano a los Brazo Duro y su pintada.

—Es una secta destructiva. Captan a personas que han perdido algún ser querido y también a quienes se sienten desamparados sin que haya intervenido pérdida alguna. Están en Santutxu y es allí donde son más fuertes. Como siempre en estos casos, el boca a boca hace estragos. Ya sabes: ven un día a probar que a mí me han ayudado mucho, mira qué bien le va a fulanita desde que va a los encuentros esos... —explicó a desgana.

—¿Cómo funcionan? ¿En qué creen? —Leire suponía que tenía que haber algún tipo de deidad alrededor de la cual girara todo.

Iñigo introdujo la mano en el bolsillo trasero de sus tejanos y desdobló un papel con restos de cinta adhesiva en las esquinas.

—Organizan sesiones de meditación que en realidad son una toma de contacto para captar adeptos —explicó tendiéndole el cartel—. Lo acabo de retirar del panel de anuncios de la biblioteca del campus. Rara es la semana que no ves alguna propaganda de estas por aquí.

—Aprende a meditar. Conciencia plena y bienestar. La paz está en tu interior —leyó Leire en voz alta—. No suena mal. Yo misma podría asistir.

—Claro. Como todas las sectas. Lo que pretenden es que nadie piense a simple vista que se trata de una organización destructiva. Una vez allí, seleccionan a las personas que pueden ser más vulnerables y les ofrecen profundizar en sus conocimientos para alcanzar un estado superior. Es en este momento donde empieza a cercenarse la voluntad de la persona, se le solicita dinero para poder sufragar esos estudios y se le moldea la mente para convertirla en alguien totalmente dependiente de las decisiones del líder.

—¿Por qué se permite que algo así siga funcionando? —Leire estaba indignada.

—Pregúntaselo a Cestero —replicó el profesor—. Es muy complicado. Según los últimos estudios hay más de cien sectas activas en Euskadi. Unas peligrosas, otras no tanto, pero todas con la misma finalidad: destruir la voluntad del individuo para que se pliegue a los dictados del líder. Es precisamente este punto el que resulta difícil de demostrar y por ello actuar contra ellas se torna prácticamente imposible.

Leire bajó la vista hacia el cartel. Un templo que parecía griego con una llama entre las columnas acompañaba en la parte inferior a las palabras Templo de la Luz.

—Hoy es martes, ¿no? —preguntó fijándose en el día y hora de las sesiones de meditación.— ¿Te animas a buscar la paz en tu interior?

El profesor la observó unos instantes. Después soltó una risotada.

—Se te va la olla. Tú siempre a la boca del lobo —se burló sacando un cigarrillo y ofreciéndoselo—. ¿Vamos fuera?

—Lo he dejado —anunció Leire rechazándolo con la mano—. ¿Eso es un sí? ¿Vamos a la meditación?

Iñigo no contestó. Alzó la mano para despedirse de la mujer pelirroja que atendía la barra. Leire le siguió hacia la salida. Al pasar junto a los estudiantes que jugaban a cartas los vio girarse hacia ella para mirarle el culo y se rió para sus adentros. Había cosas que no cambiaban.

—A ver si esta vez es la definitiva. —La escritora tardó en comprender que el profesor se refería a sus numerosos intentos de dejar el tabaco—. ¿No prefieres esperar a ver si Cestero saca algo en limpio con Asier Etxebeste? A mí eso del novio que ni siquiera se ha presentado a testificar tras el asesinato de su pareja no me huele nada bien—apuntó Iñigo empujando la puerta de cristal.

Leire esperó con cierta añoranza a que se encendiera el cigarrillo. Aquella primera calada siempre era la mejor, la que rebajaba de golpe la ansiedad, la que llenaba de pronto los pulmones con el regusto amargo de la nicotina. Le iba a costar acostumbrarse a la vida sin ella, pero estaba decidida. Nunca más sería esclava de esa mierda.

—Quiero ir a la meditación. Necesito saber algo más de esa secta —advirtió Leire—. Hay algo en la madre que no me gusta. Nunca me ha parecido sincera. Da la impresión de que, en el fondo, no lamenta la pérdida de su hijo. Y ahora esa discusión con la hermana... No sé... Si algo he aprendido desde el caso del Sacamantecas es que la mente humana tiene demasiados requiebros y que la solución a los casos nunca es la que parece más lógica.

Iñigo asintió con gesto de orgullo. Le agradaba oír ese tipo de argumentaciones de alguien a quien él había guiado en sus primeros pasos a través de la criminología.

—No tiene sentido ir los dos —apuntó apagando la colilla con la suela antes de tirarla a una papelera—. Buscan personas solas, vulnerables. Si vas sin compañía y haces ver que necesitas un bastón en el que apoyar tu alma desamparada, lograrás mucha más información que si vamos en pareja.

La escritora reconoció que tenía razón.

—Iré esta tarde. No me vendrá mal un rato de meditación —decidió mirando el reloj. Se acercaba la hora de comer.

—Ten cuidado. Las sectas no son ningún juego. Puede ser peligroso si descubren tus intenciones —le advirtió Iñigo—. ¿Es tu teléfono el que suena?

Leire frunció el ceño. No había reparado en ello. Introdujo la mano en el bolsillo y miró la pantalla.

—Es Cestero —anunció llevándoselo a la oreja—. ¿Qué tal, Ane?

—Malas noticias. El tío dice que no sabe nada de Begoña. —La voz de la ertzaina sonaba lejana, como si hablara desde dentro de una gigantesca lata de conserva.

—No jodas... ¿Qué pensáis hacer? ¿Habéis entrado en su casa? —preguntó Leire. Iñigo la observaba con gesto de preocupación.

—No es posible. Si nos atenemos a la ley, no podemos hacer nada. Begoña es mayor de edad, puede ir donde le plazca sin tener que dar explicaciones a nadie. Si no fuera porque su hermano fue asesinado hace un par de días, esto no nos ocuparía ni un segundo.

La escritora tuvo que subir el volumen del auricular para poder entender sus palabras. Conforme caminaban hacia la salida del campus pasaron junto a la capilla. Dos operarios con buzo azul eliminaban con agua a presión y cepillo los últimos restos de la pintada de los Brazo Duro.

—¿Dónde estás? Te oigo mal.

—En el coche, con el manos libres. Voy hacia Sarriko. Asier Etxebeste sale de un examen de aquí a media hora —apuntó Cestero—. ¿Todavía estás con el profesor? ¿Habéis aclarado algo del asunto del Templo de la Luz?

—No mucho. Luego te cuento.

La ertzaina añadió algo, pero la cobertura fallaba. Leire pulsó la tecla de colgar.

—Begoña Oteiza no está en casa de su tío —anunció girándose hacia Iñigo—. O eso dice él, claro.

El profesor negó con la cabeza.

—Os estáis equivocando. Javier es buena gente. Pocos profesores más queridos por sus alumnos hay en Deusto.

—Tú mismo me enseñaste que quienes parecen buenas personas son a veces los peores —objetó Leire.

Un grupo de estudiantes comentaba en la puerta de un aula las preguntas del examen del que acababan de salir. El gesto eufórico de algunos contrastaba con la imagen derrotada de quienes sabían, sin necesidad de conocer la nota, que tendrían que intentarlo de nuevo en la siguiente convocatoria.

—Eso de que puede estar aprovechándose de su sobrina es un sinsentido —el gesto de Iñigo se había ensombrecido—. Si la madre está metida en esa secta, puedes estar segura de que Javier solo intenta protegerla. ¿Qué harías tú si tu hermana...?

—¿No te parece preocupante esta desaparición? —le interrumpió Leire—. ¿Y si le hubiera ocurrido algo a Begoña?

El criminólogo se mantuvo pensativo unos instantes.

—Todo apunta a un conflicto familiar. No es la primera vez que esa cría se va de casa. No sé... Si quieres intentaré hablar con Javier. Le llamaré por teléfono a ver qué explica.

—¿Por qué no está hoy en la universidad? —quiso saber Leire. Era extraño que en plenos exámenes de junio un profesor estuviera en su casa.

Iñigo apretó los labios y ladeó levemente la cabeza. Tampoco a él parecía gustarle ese detalle.

—Parece que se ha despertado con un fuerte dolor lumbar. Lumbago, quizás. Eso es lo que le ha explicado al jefe del departamento de Humanidades.

—¡Qué casualidad! —se mofó Leire—. Su sobrina desaparece y el tío se coge la baja...

El profesor suspiró y siguió con la mirada a una estudiante que apretaba la carpeta contra su generoso pecho.

—No corras tanto —dijo volviéndose de nuevo hacia la escritora—. Déjame hablar con él.

—Una chavala de dieciocho años está desaparecida y su hermano ha sido brutalmente asesinado —resumió Leire con tono serio—. No estoy corriendo.

—¿Del novio de Lander sabemos algo? —quiso saber Iñigo—. ¿Ha hablado la Ertzaintza con él?

—Cestero está en camino. Va a Sarriko a interrogarle —explicó la escritora. Después se fijó en la hora del reloj Casio que lucía el criminólogo en su muñeca. Llegaba tarde—. Me voy. Tengo que hacerle de niñera a mi hermana.

Raquel se había puesto histérica cuando, a primera hora, una compañera llamó para pedirle ayuda con un buen cliente que se pasaba a la competencia. Que eran todos unos inútiles, que la empresa se iría a pique sin ella... Sus lamentos resonaron un buen rato por encima del llanto asustado de Lorea. Solo logró calmarse cuando consiguió hablar con el cliente y concertar una cita con él para esa misma mañana.

—Yo me acercaré a Sarriko. A ver si puedo echar un cable a Cestero con Etxebeste. Ten cuidado esta tarde —le pidió Iñigo al ver que alzaba la mano para despedirse.

Leire dibujó una sonrisa de circunstancias. Hubiera preferido ir acompañada al Templo de la Luz.

—Llama a Javier Oteiza y pídele que colabore —insistió antes de girarse.

El profesor no contestó.

—Tráete la maleta cuando vuelvas de casa de tu hermana —oyó a su espalda conforme aceleraba el paso.

16

16 de junio de 2015, martes

Leire comprobó una vez más que la dirección fuera la correcta. Solo faltaban cinco minutos para que comenzara la anunciada meditación elevada y no se veía ningún movimiento. La plaza, más bien un patio de manzana al que se accedía desde la cuesta de Iturribide, se veía desierta. No había niños en los columpios sobre los que se proyectaba la sombra de los edificios de doce alturas, ni trabajadores en los talleres que rodeaban aquel degradado espacio urbano. Las persianas metálicas estaban bajadas y solo una mujer encorvada paseaba su perro junto a los contenedores de basura a rebosar.

Tras unos instantes de tensa espera, se armó de valor y se dirigió a la puerta. El cartel pegado en ella era igual al que había visto en diferentes lugares de Bilbao anunciando la meditación. No había lugar a dudas. Era allí.

Pulsó el timbre que había junto a la entrada. Se sentía incómoda. Temía que, en cuanto la vieran, supieran que no era más que una entrometida sin ningún interés por lo que se anunciaba. Sus dotes de actriz nunca fueron aplaudidas por sus compañeros cuando se trataba de hacer algún teatro en el colegio.

En cierto modo, guardaba en su fuero interno el deseo de que la puerta no se abriera. Internet, libros, revistas... Había muchas maneras de indagar sobre sectas sin correr riesgos.

—¿Vienes a la meditación? —inquirió una voz metálica a través del intercomunicador.

Leire se obligó a esbozar una sonrisa al reparar en la cámara junto al altavoz.

—Sí. Es hoy, ¿verdad?

No hubo respuesta. Solo un zumbido eléctrico que acompañó al chasquido de la puerta al abrirse.

—Bienvenida —la saludó un hombre cuyas ropas eran tan blancas como su barba y su cabello, que recogía en un moño—. Pasa, íbamos a empezar ahora.

La escritora le siguió a través de un pasillo en el que solo los tallos de bambú, dibujados en tono verde, rompían la armonía de un blanco que bañaba no solo las paredes sino también el suelo. Una suave música a base de mantras inspiraba una serenidad que Leire precisaba.

—Perdona, no me he presentado. Soy Joshua, aunque todos me llaman Maestro —explicó sin detenerse. Su acento delataba un origen sudamericano.

—Yo… Raquel —anunció Leire sorprendiéndose en el acto por inventarse una falsa identidad.

El Maestro movió afirmativamente la cabeza.

—Cámbiate. Debes estar cómoda —le indicó entregándole unos pantalones y una camisa blancos y mostrándole un cambiador en un recodo del pasillo.

—No hace falta. Estoy bien así —trató de disculparse la escritora.

Su anfitrión la empujó con suavidad tras las cortinas.

—Ponte cómoda. Todas hacéis lo mismo el primer día —se burló—. Cuando termines, pasa a la sala de la derecha. Te esperamos.

—¿Estamos muchos? —preguntó Leire quitándose la ropa.

—Bastantes. Cada día somos más. La sociedad está necesitada de encontrarse a sí misma en estos tiempos tan complicados —apuntó el hombre antes de alejarse.

La ropa era cómoda. Eso era innegable. Además olía a limpia, había sido lavada y planchada con pulcritud. No había bolsillo alguno en el que poder llevar el móvil. Leire lo escondió en el sujetador. No pensaba separarse de él.

Había tres puertas en aquel distribuidor. La del centro era mayor que las otras y la luz blanca que lo envolvía todo se hacía más intensa ante ella. Sintió ganas de empujarla para ver qué ocultaba, pero era la situada a su derecha la que estaba entornada. Tomó aire lentamente en un intento de que su corazón dejara de latir desbocado y entró en la sala donde la aguardaba Joshua.

No esperaba ver a tantas mujeres en la postura del loto, piernas cruzadas y manos sobre las rodillas, alrededor de aquella estancia de planta circular. No había hombres. Solo el Maestro, el único que permanecía con los ojos abiertos. La saludó bajando ligeramente la cabeza y le señaló un espacio libre. Leire se dirigió a él de puntillas para no profanar la serenidad que flotaba en el ambiente.

—Vamos a comenzar nuestra sesión de meditación. —Joshua hablaba muy lentamente, acompasando su voz con los apacibles mantras que brotaban de los altavoces que colgaban de la pared. La única luz era la de las doce velas que formaban un círculo perfecto en el centro de la sala y bañaban las paredes blancas con una pátina cálida—. Dejad fuera vuestros problemas. Este es vuestro momento, el tiempo de reconfortar nuestras almas torturadas por este mundo enfermo.

Los mantras y las respiraciones rítmicas se sucedieron durante un tiempo que Leire no fue capaz de calcular. Al principio le costó quitarse de la cabeza las últimas noticias de Cestero sobre Asier Etxebeste. El joven negaba rotundamente haber mantenido una relación con Lander Oteiza. Según la ertzaina, parecía más preocupado porque una noticia así no llegara a su familia que afectado por el asesinato de su supuesta pareja.

Tiempo tendría de indagar sobre ello. Obligándose a centrarse en la meditación, sosegó el ritmo de la respiración. Se sentía bien, relajada, como cuando hacía yoga. Lo que le había llevado allí pasó a un segundo plano, que permanecía latente, aunque olvidado por el momento. Comenzaba a preguntarse si Iñigo no estaría equivocado sobre el Templo de la Luz, cuando el Maestro volvió a tomar la palabra.

—Hemos entrado en un estado de relajación. La puerta se ha abierto. Vamos ahora a conectar con lo más profundo de nuestro propio ser. La respiración es nuestra guía, una puerta abierta a los rincones oscuros de nuestra mente. Tomad aire a fondo, expulsad, inspirad, espirad, inspirad…

La velocidad que imponía era cada vez mayor. Leire fingió seguir el ritmo, no caería en la trampa. Sabía que la hiperventilación producía una especie de mareo que desembocaba en una situación de trance. Algunas culturas de Centroamérica la empleaban en sus rituales religiosos y todo indicaba que Joshua se valía también de ella para lograr el lavado de cerebro de sus adeptas.

—Inspirad…, espirad. —El sonido acompasado y profundo de la respiración reverberaba cada vez con mayor intensidad en la sala circular. Leire tenía la sensación de encontrarse de pronto en el vientre de un gigantesco animal—. La paz está en vuestro interior. Estáis conectando con ella. No perdáis el ritmo, no lo perdáis. Inspirad…

A través de sus ojos entrecerrados, la escritora recorría la sala con la mirada. Las demás asistentes comenzaban a doblarse sobre sí mismas. La violencia de la respiración hacía que sus hombros subieran y bajaran a un ritmo endiablado. Algunas cayeron al suelo, otras sufrieron ataques de tos y solo unas pocas llegaron a apoyar la frente en la tarima en postura fetal. Leire imitó a las primeras y fingió desplomarse.

—Estáis dentro. Respirad con normalidad —indicó Joshua con firmeza. Después su voz se volvió aterciopelada—. Habéis entrado en un lugar reservado solo a los más afortunados. Aquí no existe el dolor, no existe la enfermedad. El Templo de la Luz es vuestro hogar. Los poderosos no quieren que sepáis de su existencia porque ganan con vuestra desgracia. Es aquí donde está la felicidad plena, es aquí donde está la sabiduría…

Durante unos minutos la voz del Maestro sobrevoló la estancia y se abrió camino en las mentes desprovistas de protección de sus devotas. Sus promesas de una vida mejor, sin enfermedades, sin miseria y sin dolor, resultaban poco creíbles para alguien cuya mente no se hallara bajo los efectos del exceso de oxígeno, como Leire. Las demás, en cambio, absorbían sus palabras en un silencioso trance. Solo cuando algunas se movieron en busca de una postura más cómoda, señal de que el efecto de la hiperventilación comenzaba a disiparse, Joshua cesó en sus arengas y dio por terminada la sesión haciendo sonar suavemente una campanita.

—Espera, Raquel. ¿Tendrás tiempo para un té de bienvenida? —Le ofreció el Maestro mientras las demás abandonaban ordenadamente la sala.

—Sí... Claro. —Leire se dijo que ese era el momento. Debía intentar no mostrarse a la defensiva.

¿Has estado a gusto? —inquirió Joshua vertiendo el contenido de un termo en dos tazas de porcelana blanca.

—Mucho. Lo necesitaba —mintió Leire sin perder de vista a las demás. Algunas se fueron hacia el vestuario. Otras entraron por la puerta que se abría en medio del distribuidor. Lo hicieron agachando la cabeza con respeto y formando una suerte de procesión.

—¿Cómo has sabido de nosotros? ¿Qué te ha traído al Templo de la Luz? —quiso saber el Maestro llevándose el té a los labios.

Leire dudó unos instantes. No había contado con ese tipo de preguntas. Los carteles, eso era lo más fácil. Sin embargo, prefirió arriesgarse.

—Una amiga a la que habéis ayudado mucho me habló de vosotros. —Hizo una pausa sin decidirse a decir su nombre—. Yo también lo estoy pasando mal y necesito poner paz en mi vida. —El Maestro la apremió con la mirada—. Josefina, fue Josefina quien me habló del Templo de la Luz. Fuisteis muy importantes para ella tras la pérdida de su marido.

Joshua asintió. Parecía halagado por sus palabras.

—Si hubiera venido antes, la enfermedad de su amado habría sido sanada. Lástima que llegó demasiado tarde. Esos males degenerativos no son más que aflicciones del alma. Si se tratan a tiempo con meditación y purificación, tienen solución. Lo malo es cuando se empieza con médicos que solo saben llenar el cuerpo de químicas que nada logran. —Un largo trago de té lo mantuvo en silencio unos instantes—. Una pena lo de Josefina, sí. Ahora también nos va a necesitar. Cuando la desgracia se ceba con una familia... —apuntó con gesto apenado.

—Perder un hijo debe de ser algo terrible —añadió Leire para mantener la conversación por esos derroteros.

—Y más con lo que ella estaba luchando por él. Lo trajo un día a meditación. Tenía ganas de hacer de él un chico de provecho, no quería seguir viendo cómo se descarriaba. Eso es muy triste para una madre.

—Lo sé. Me lo contó —mintió Leire—. Estaba tan disgustada.

—Los ritos de purificación iban por el buen camino. Lástima que alguien decidiera tomarse la justicia por su mano y acabar con su vida... En un par de sesiones más, tres a lo sumo, habríamos conseguido limpiar su alma.

La escritora intuía que estaban tocando un tema sensible.

—¿En qué consiste la purificación? Josefina trató de explicármelo pero no llegué a entenderlo.

La mirada de Joshua era serena. No daba muestras de albergar sospecha alguna sobre sus intenciones.

—El Templo de la Luz se sustenta sobre dos pilares: meditación y purificación. La primera la has podido vivir hace unos instantes. La segunda es una fase superior, abierta solo a los iniciados. —El Maestro se levantó y le tendió la mano. Leire lo celebró para sus adentros. ¿La consideraba ya una iniciada?

Al ponerse en pie para acompañarle, sintió el zumbido del móvil en el pecho.

—Yo he perdido a mi hermana —mintió precipitadamente con la esperanza de que Joshua no hubiera oído la vibración.

El Maestro asintió con una mueca de tristeza.

—Todos hemos perdido a alguien. Lo importante es que su alma se purifique para que los que todavía estamos aquí podamos vivir en paz. Su impureza es nuestro tormento. —Habían llegado junto a la puerta que tenía intrigada a Leire—. Aquí te ayudaremos. Somos una gran familia. Josefina te lo habrá contado.

—Sí. Cambió tanto desde que empezó a venir por aquí... No la he vuelto a ver llorar por mucho que la desgracia se haya cebado con su familia.

Joshua sonrió halagado. Era una sonrisa franca que se ocupaban de subrayar sus amables ojos castaños.

—Por la purificación. Solo es necesario que quienes se han ido descansen despojados de sus impurezas —sentenció señalando las cortinas que servían de vestuario—. Vuelve mañana. Después de meditar te mostraré el Templo de la Luz.

La escritora volvió a sentir el zumbido del móvil bajo el sujetador. Algo le decía que se trataba de alguna noticia sobre Begoña. Quizás hubiera vuelto a casa al enterarse de la alarma desatada por su enfado juvenil.

—¿Mañana? —Leire no pensaba rendirse tan fácilmente—. Josefina me ha hablado tanto de él... Es pronto todavía, ¿no? Nadie me espera.

—Mañana, Raquel. La paciencia es la mejor virtud —insistió el Maestro tomándole la mano derecha entre las suyas. Tal vez fuera solo su imaginación, pero Leire se sintió reconfortada—. Gracias por regalarnos con tu presencia. Bienvenida al Templo de la Luz.

La escritora supo de inmediato que no habría manera de hacerle cambiar de opinión. Joshua era el líder, él decidía los tiempos allí. Se despidió con una tímida sonrisa y fue a cambiarse de ropa.

Al desnudarse, recordó el móvil. Pulsó la pantalla táctil para que se encendiera y comprobó que había recibido varios wasap. Eran de Cestero. Un grito mudo se abrió paso en su interior conforme los leía. No podía ser verdad. Era demasiado horrible para serlo.

Primavera de 1609

Fray Felipe llegó cuando María disponía la mesa para la cena. El sol se había escondido ya tras el Larrun y cuando oyó abrirse la puerta pensó que se trataba de su padre volviendo de la cantera. Gastón no acostumbraba a retrasarse. En cuanto la noche llamaba a las puertas, dejaba la rueda de molino a la que estuviera dando forma y volvía a casa. Había casi media legua desde la pedrera hasta el pueblo, pero a lomos del burro se recorría más rápido que a pie.

—¿Qué le trae por aquí, padre? —saludó la joven, incapaz de ocultar su inquietud. Nunca antes había visto al fraile en casa.

Fray Felipe se quedó junto a la puerta, observando con curiosidad los estantes que ocupaban las paredes de la cocina. Varios quesos maduraban junto a hierbas que María secaba al calor de la lumbre. El hogar con el fuego ocupaba un espacio central sobre el que pendía un caldero con la cena, que consistía en un guiso en el que había más castañas que judías.

—¿Pagáis el diezmo de esos quesos? —preguntó el religioso—. Yo no recuerdo haberlos visto en la iglesia.

María sabía que defenderse sería en vano. Tomó el más curado de cuantos estaba ahumando y se lo ofreció.

—Habrá sido un error —murmuró disculpándose. Su cerebro discurría a toda velocidad, incapaz de averiguar a qué se debía la visita del cura.

El fraile lo introdujo en su hábito sin esbozar ni un atisbo de sonrisa. Sus ojos mostraban un cansancio que unas largas ojeras remarcaban. María siempre lo había conocido igual. Los años no pasaban por él. ¿Cuántos tendría, los mismos que su padre? Su enfermiza delgadez contrastaba con un rostro bronceado de tanto caminar a pleno sol entre Urdax y

Zugarramurdi, entre el monasterio y el pueblo en el que atendía el servicio litúrgico.

—¿Y tu abuela? —inquirió fray Felipe buscándola con la mirada.

—No tardará. Ha salido a por heno para el burro.

La joven deseó que su padre llegara cuanto antes. O su abuela. Pedro, su hermano, aún tardaría. Cultivaba los campos de maíz de los Txipia y nunca aparecía antes de que los demás estuvieran a punto de retirarse a dormir.

—Habéis sido denunciadas. Las dos —apuntó el fraile con gesto grave—. ¿Qué pasó en casa de los Txipia?

María se santiguó. Un frío glacial se abrió paso por sus venas. ¿Denunciada? ¿Quién? ¿Por qué?

—El bebé nació muerto. No pudimos hacer nada por salvarlo —musitó comprendiendo en el acto a qué se refería.

Fray Felipe negó con la cabeza. Su expresión era cada vez más sombría.

—Me han hablado de brujería. Renegaste de Dios y de la Virgen.

La joven se apoyó en la mesa. Le faltaba el aire. Una acusación así podía resultar fatal tras lo que estaba ocurriendo al otro lado de la frontera. Había oído tantas historias sobre la quema de brujas que no le costaba imaginarse la hoguera en la plaza del pueblo entre miradas acusadoras de los frailes de San Salvador.

—No es verdad —trató de defenderse. La voz le temblaba.

—No solo eso. También se habla de un berzal en el que habéis causado daños y del molino de los Istilarte. Lo llevasteis por la noche a lo alto del monte Azkar y cuando lo volvisteis a llevar a su sitio la muela estaba rota.

María miró a fray Felipe con los ojos muy abiertos. No entendía nada. ¿Llevarse un molino a lo alto del monte? ¿A qué venía una acusación tan extraña?

—El molino de los Istilarte es de piedra —comenzó a objetar. Era imposible que ella, por mucho que su abuela la ayudara, pudiera habérselo llevado a ninguna parte.

Fray Felipe asintió con gravedad.

—Brujería —sentenció—. Lo hicisteis con las Navareno. La madre y la mayor de las hijas. Hace cuatro noches, coincidiendo con la luna llena. Hay quien os vio llevándolo en volandas y entre carcajadas.

La muchacha sintió que le fallaban las piernas. ¿Quién podía estar detrás de una acusación semejante?

—Yo no he hecho nada —acertó a decir con voz temblorosa.

Al otro lado de la pared de madera, una vaca mugió inquieta.

—Venid mañana a la iglesia. Llevaremos a cabo un acto de reconciliación sacramental —anunció el fraile —. Al toque de campanas de mediodía os quiero a las dos allí.

—¿Quién ha...?

—Lo sabrás a su debido tiempo —indicó el fraile antes de señalar de nuevo las baldas de la cocina—. ¿Seguro que pagáis el diezmo?

María tomó resignada otro de los quesos y se lo tendió al religioso, que lo recibió con un gesto de asentimiento. Después se giró y se perdió en la noche. Un frío atroz se coló por la puerta abierta. Quizás no lo fuera tanto, pero a María se le antojó tan glacial que le heló el alma. Se dejó caer en una banqueta y se cubrió la cara con las manos. Estaba aterrada. ¿Quién podía estar detrás de aquella traición? A pesar de que le costaba aceptarlo, una culpable tomó forma en su cabeza y le rompió el corazón. Lloró. Las lágrimas empaparon sus manos y abrasaron sus mejillas.

17

16 de junio de 2015, martes

El cadáver apareció al atardecer. Fue Josefina quien dio la voz de alarma. Había bajado al trastero a por una botella de aceite de oliva y se dio de bruces con su hija muerta. La joven yacía en el suelo, entre botellas de vino y botes de pintura a medias. Su cabeza descansaba sobre la caja de zapatos con las figuras del belén y sus piernas formaban ángulos imposibles.

—Vaya mierda... —masculló Cestero en cuanto vio la escena.

Begoña Oteiza no sabía que iba a morir. El carmín de sus labios destacaba en su rostro lívido y su ropa ajustada todavía dibujaba las curvas de su cuerpo menudo. La minifalda dejaba poco espacio a la imaginación. Se había puesto guapa para salir.

—¿Qué dice la madre? —preguntó Badiola girándose hacia uno de los dos agentes de la patrulla que había llegado al escenario antes que ellos.

El uniformado se encogió de hombros.

—¿Qué va a decir? Solo se lamentaba. Hace tres años eran cuatro en casa y ahora está sola. Decía algo de su cuñado. Que si una herencia... No sé. Mejor que habléis con ella.

Cestero asintió. En cuanto llegaran los de la científica para buscar huellas y la comitiva judicial para el levantamiento del cadáver subirían al piso. Josefina les esperaba en él con la psicóloga.

—Dos hijos en menos de una semana... —musitó la ertzaina con un sentimiento de impotencia.

Con la mirada fija en el rostro tranquilo de Begoña, recordó el descaro de la muchacha en la foto que le había entregado su madre hacía solo unas horas. Sacó el móvil para tomar una instantánea del escenario. Antes de pulsar el botón de disparo reparó en que la minifalda dejaba a la vista las bragas de la joven. Eran rojas con calaveras negras que sonreían divertidas. Sabía que no debía hacerlo, pero dio un paso al frente y tiró de la escasa tela de la falda para cubrirlas.

¿Cómo la habían matado? No se apreciaba violencia, al menos a simple vista. Tal vez con la misma droga que dejó a su hermano fuera de juego hasta que las llamas lo despertaron para asistir a su propia muerte. Esta vez se les había ido de las manos. Una sobredosis evidente.

—¿Qué haces? —inquirió Badiola al verla agacharse junto al cuello de Begoña.

—Quiero ver si tiene marca de algún pinchazo —anunció Cestero.

—Eso son cosas del forense —le reconvino su compañero. Se lo imaginó contándolo a los cuatro vientos en la comisaría, chascarrillos a su espalda, una bronca de sus superiores y toda esa parafernalia.

Apenas tuvo tiempo de preocuparse.

—¡Joder! ¡Está viva! —exclamó sin apartar la mano del cuello de la joven—. ¡Hay pulso!

Badiola fulminó con la mirada al agente de la patrulla.

—¿Qué cojones habéis hecho? ¿No ha venido la ambulancia? —inquirió agachándose junto a la víctima.

—Ha venido la medicalizada y el doctor ha comprobado sus constantes vitales. Ha certificado la muerte —se defendió el uniformado antes de dirigirse al coche para pedir ayuda por radio.

—Es muy leve, pero el corazón está latiendo —apuntó Cestero girándose hacia Badiola.

—Se le caerá el pelo al de la ambulancia. Menudo imbécil —protestó su compañero antes de dar suaves palmadas en el rostro de la víctima—. ¡Begoña, vamos Begoña! ¡Despierta, vamos!

—La han drogado —indicó Cestero mostrándole el pinchazo en plena yugular.

Su compañero examinó la pequeña señal. Después se giró hacia la puerta.

—¿Qué hace aquí? —inquirió poniéndose en pie para acercarse a la señora en batín que los observaba con la boca abierta.

—Yo... No, nada. Solo iba a por patatas —acertó a decir mostrando las llaves de su trastero.

—Venga, fuera. Aquí no se puede estar. Vuélvase a casa —le espetó Badiola haciendo amago de cerrar la puerta.

—¿Está muerta? —quiso saber la anciana.

El ertzaina resopló dando un portazo.

—¿Dónde estará ese idiota? Ha tenido tiempo de sobra de llamar a la ambulancia —protestó volviendo a agacharse junto a Begoña.

—Está muy débil. Apenas tiene un hililllo de respiración... —Cestero apoyaba la oreja en el pecho de la joven. Ojalá la ambulancia no tardara demasiado.

—La prensa se nos va a echar encima —mascullló Badiola—. Menos mal que no la ha palmado. Si no, nos crucifican.

Cestero no contestó. No hacía falta. No había sido ella quien se había negado a alertar de la desaparición. La insistencia de Leire le había llevado a plantearse la necesidad de informar a los medios de comunicación, pero Badiola se negó en redondo en cuanto se lo planteó. Todavía les llovían críticas por la psicosis desatada la víspera con el falso secuestro del italiano.

El sonido de una sirena le resultó reconfortante. Begoña no tardaría en estar en buenas manos.

Su compañero abrió la puerta para ir en busca de los sanitarios, pero se topó de bruces con la vecina a la que había echado hacía apenas unos minutos. Al verse descubierta, la mujer alzó la mano para mostrar una red de patatas.

—Ya me iba —musitó intentando asomarse por encima del hombro de Badiola para ver qué estaba ocurriendo.

—¿Se quiere marchar a casa de una puta vez? —le ordenó el policía señalando hacia la salida del recinto de trasteros.

Los de la ambulancia llegaron enseguida guiados por el ertzaina de la radio. Las luces oscilantes se colaban desde el garaje, al que se abría la puerta metálica que comunicaba con los trasteros. Sus petos amarillos destacaban sobre los uniformes blancos con el membrete de Osakidetza.

—¿Dónde está? ¿Es ella? —inquirió el que parecía el médico, que apenas llegaría a los treinta años.

Cestero se apartó para que pudiera tomarle el pulso a la joven. Al hacerlo, el sanitario puso mala cara.

—Está muy débil. ¿Cuántas horas lleva aquí?

La ertzaina cruzó una mirada con Badiola. Si la versión de la madre era correcta, bastante tiempo. Demasiado tiempo.

—Desde ayer por la mañana —aventuró suponiendo que la joven podría haber sido abordada en cuanto se escapó de casa tras discutir con Josefina.

—Estaría ya en el hospital si el imbécil que ha venido antes no hubiera certificado su muerte —les echó en cara Badiola a los sanitarios.

El médico pidió al enfermero que le acompañaba que le ayudara a subirla a la camilla. Tenían que llevarla cuanto antes a la ambulancia para estabilizarla. No había tiempo que perder.

Cestero observó angustiada toda la operación. La vida de aquella joven pendía de un hilo. Se sentía culpable. Sabía que no habían hecho todo lo posible por dar con ella. Si hubieran buscado un poco, solo un poco, quizás la habrían encontrado antes. Habían sido negligentes por no lanzar una orden de búsqueda. Se había perdido un tiempo precioso y todo por no querer exponer su trabajo a los escrutadores ojos de los periodistas.

—No te culpes. Nunca se nos hubiera ocurrido mirar en el trastero —trató de animarla Badiola.

La ertzaina se dijo que no tenía razón. En cuanto hubieran comprobado que el ciclomotor de Begoña seguía en su raya de garaje, habrían deducido que no podía haber ido muy lejos. Era imperdonable que ni siquiera se hubieran preocupado por ver si la moto estaba o no en su sitio. Una muchacha de dieciocho años no iba a ninguna parte sin ella.

Las luces oscilantes de la ambulancia se alejaron hacia la salida del garaje y los ertzainas volvieron al trastero. Badiola suspiró cruzando los brazos.

—¿Te cuento lo que ha pasado aquí? —inquirió apoyándose en la puerta. Cestero movió afirmativamente la cabeza. Ella creía tenerlo claro, aunque no estaba de más oír si su compañero compartía su teoría—. El cabrón que se cargó a su hermano la esperaba por aquí. En cuanto Begoña fue a coger la moto, la abordó y le inyectó el somnífero. Es delgadita, no le costaría mucho reducirla. Por algún motivo que no logro entender, no pudo entretenerse más y se vio obligado a ocultarla en el trastero. Seguro que pretendía volver a buscarla para hacer algo parecido a lo que hizo con su hermano. Si no, ¿por qué drogarla igual que a él? Afortunadamente no ha tenido tiempo de hacerlo.

Cestero asintió. Era la misma conclusión a la que había llegado ella.

—Begoña suele conducir el coche de una amiga —añadió recordando la foto en la que la muchacha se burlaba de la cámara—. Quizás quien la asaltó esperaba encontrar en el garaje ese vehículo y no un ciclomotor. Eso habría truncado sus planes de llevársela en el maletero.

Badiola movió afirmativamente la cabeza.

—Solo nos falta saber de quién se trata —sentenció antes de señalar hacia el garaje—. Ya están aquí los listos de la clase. A ver si encuentran alguna huella.

Cestero se asomó al pasillo. Los de la policía científica llegaban con sus maletines y sus maneras displicentes.

—Habrá que hablar con la madre, ¿no? —comentó. Todo menos quedarse allí a hacer de chica del servicio de aquellos estirados que miraban por encima del hombro al resto del cuerpo.

Badiola asintió encaminándose hacia el ascensor.

—Va a tener que ser muy convincente si no quiere que la pongamos primera en la lista de sospechosos —señaló sin girarse hacia su compañera.

La ertzaina se dijo, a su pesar, que tenía razón.

18

17 de junio de 2015, miércoles

Nekane tiró de las cinchas para ceñirse la mochila a la espalda. Pesaba. La había llenado demasiado. Por un momento se planteó dejar en el caserío parte de la carga, pero decidió que podría con ella. Al fin y al cabo tampoco iba tan lejos. Cuanto más peso pudiera transportar, menos viajes se vería obligada a realizar.

El frescor del alba le golpeó la cara al abrir la puerta. La luna menguante aún se recortaba junto al Larrun y, aunque el sol todavía no osaba asomarse por el este, el cielo era ya azul. No un azul hermoso como el de media mañana, sino uno de tonos metálicos, fríos como el hielo y desprovisto de alegría. Sin perder el tiempo, barrió con la mirada los alrededores. Zugarramurdi dormía. No había vecinos en las huertas ni luces encendidas tras las ventanas. El sonido lejano del camión de la basura silenció por un momento el trino nervioso de los pájaros que volaban bajo a la caza de los últimos insectos nocturnos.

Decidida a no perder un solo segundo, comenzó a caminar. Los vecinos no tardarían en despertarse y no podía arriesgarse a que alguien la siguiera.

La plaza, la iglesia y las casas que flanqueaban el camino de Etxalar quedaron pronto atrás. Como siempre que se acercaba al cementerio, no pudo evitar sentirse observada por las cuencas sin vida del cráneo de un macho cabrío que pendía del muro de una borda cercana. Una leve bruma brotaba del arroyo que saltaba junto al recinto sacro y envolvía las cruces del camposanto en un halo fantasmal.

Apretó el paso. Las estatuas de rostro pálido que se alzaban sobre algunas tumbas se asomaron por encima de la tapia conforme se alejaba hacia el bosque. Un cuervo la siguió con sus diminutos ojos negros desde lo alto de una cruz de piedra.

Intentó sacudirse la tensión de la cabeza pensando en el certamen de Lyon. Solo faltaban unas semanas para que el jurado probara su queso. Su madre le había recomendado presentar un extraviejo. Era lo que le había dicho su amiga Sandrine, que formaba parte del comité de selección y que era quien estaba detrás de la invitación. Saberlo había sido un jarro de agua fría para Nekane, que esperaba que todo hubiera sido más limpio, fruto tan solo de su buen hacer y no de los hilos que alguien pudiera haber movido dentro de la organización.

La entrada posterior a la cueva de las Brujas quedó pronto a la vista. Los jirones de niebla que bailaban sobre el arroyo del Infierno la desdibujaban y ocultaban casi por completo el prado de Akelarrea. No había ovejas en él. Tampoco caballos ni vacas. No había nadie. Los pájaros guardaban un silencio respetuoso y expectante que solo la cantinela del agua que corría por el fondo del valle se atrevía a profanar. Parecía que la naturaleza contuviera la respiración. Era allí, en aquel prado y en aquella cueva de dimensiones colosales, donde se contaba que brujas llegadas desde los más lejanos rincones se reunían para bailar hasta el alba en rituales satánicos.

«La próxima vez tengo que cargar menos —se regañó llevándose las manos a los hombros doloridos.»

El sendero apareció enseguida a la derecha. Nekane abandonó el asfalto y se internó entre árboles para bajar rápidamente hasta el cauce de la regata del Infierno. Un sencillo puente de madera le permitió franquearlo para comenzar el ascenso por la ladera opuesta. La boca de la gran cueva quedó pronto atrás y el bosque se hizo más envolvente. Las ramas nudosas de los robles centenarios impedían escapar a la bruma, que danzaba con un ritmo somnoliento entre los troncos. La quesera se apoyó en uno de ellos. No podía más.

Se quitó la pesada carga de la espalda y se llevó las manos a los hombros. Tenía que aprender a no ser tan cabezota. ¿Qué importaba tener que hacer un viaje más?

Se regañaba por ello cuando un ruido la puso alerta.

Pisadas en la hojarasca.

Intentó cubrir la mochila con hojas secas, pero era demasiado grande para lograr que pasara desapercibida. El sonido se repitió. Se acercaba. Alguien la seguía a distancia y no contaba con que se hubiera detenido a recuperar fuerzas. Dudó entre ponerse en pie para buscar un escondrijo o mantenerse sentada para sorprenderlo.

Antes de que pudiera decidirse, el intruso se detuvo a un puñado de metros. Sus ojos desconfiados recorrieron el bosque antes de posarse finalmente en ella. Durante unos instantes pareció que iba a acercarse. Después, y sin aviso previo, echó a correr para perderse rápidamente entre los robles.

Nekane se rió por lo bajo. El pequeño corzo había conseguido asustarla.

Era la primera vez que veía uno de cerca. Sabía que vivían en el bosque porque acostumbraba a encontrar sus finas huellas en el barro cercano al arroyo, aunque jamás se había topado con ninguno. Era lo bueno de adentrarse en el robledal a esas horas tan intempestivas; brindaba encuentros que en pleno día resultarían imposibles.

Animada tras la visita del esquivo animal, se puso de nuevo en pie y se echó la mochila a la espalda. Solo le faltaba remontar una corta pendiente para llegar a su destino.

Acompasó la respiración con las pisadas para esquivar el cansancio y avanzó cuesta arriba impulsándose con los brazos en los árboles. El áspero tacto de la corteza le arañaba las yemas de los dedos y el peso le doblaba los hombros. No quería volver a detenerse. Sabía que la vería en cualquier momento.

Y así fue. El tono claro de las rocas destacó enseguida entre la hojarasca y el musgo que alfombraban el suelo. La boca de la gruta era negra como la noche y tan pequeña que apenas permitía el paso de una persona a cuatro patas. Nekane siempre había oído que se trataba de uno de los escondrijos preferidos en los tiempos del contrabando. La apertura de las fronteras y el mercado común europeo habían acabado con aquel negocio tan boyante para la comarca, y aquella recóndita caverna albergaba ahora su secreto.

Apenas le faltaban un par de pasos para alcanzarla cuando reparó en el olor que brotaba de la oquedad. No había contado con ello. Tendría que hacer algo si no quería que algún excursionista se asomara al interior y lo descubriera todo.

Mientras descargaba la mochila de los hombros, miró a un lado y a otro para asegurarse de que no hubiera nadie a la vista. Después empujó con suavidad el fardo al interior y se agachó tanto como pudo para adentrarse con cuidado en el oscuro mundo subterráneo.

19

17 de junio de 2015, miércoles

Cestero llegó sola. Nadie ocupaba el asiento del copiloto.

—¿Y Badiola? —preguntó la escritora sentándose en él.

La ertzaina resopló mirando por el espejo retrovisor para incorporarse a la complicada circulación de primera hora de la mañana.

—No he pasado por comisaría. Me tienen harta. Lo más bonito que me llaman es trepa. ¿Sabes lo que es pasarte el día oyendo cuchicheos a tu espalda y aguantando miradas de desprecio? ¡Mierda para ellos!

El claxon de un Ford Fiesta verde sonó con fuerza cuando la ertzaina cambió de carril.

—Tiene prisa —murmuró Leire.

—Como me toque mucho la moral, le saco la placa —advirtió Cestero—. No te imaginas la diferencia que hay cuando conduces coches sin indicativos, como este, de cuando vas en vehículos patrulla. Entonces sí que te respetan.

La escritora no respondió. Todavía resonaba en su cabeza la discusión con Raquel. ¿Cómo podía alguien montar semejante numerito a las ocho de la mañana? Y todo porque las dos naranjas que Leire le había dejado no llegaban para que se llenara el vaso de zumo. No la soportaba. Comenzaba a plantearse la oferta de Iñigo, o quizás buscarse un hotel.

Pensaba en ello cuando reparó en otra opción. ¿Cómo no la había valorado antes? Era ideal. Podría oler el mar, despertarse con las gaviotas y, sobre todo, dormir con Iñaki.

Lo echaba de menos. No era lo mismo un mensaje de buenas noches que un beso o algo más.

—¿A qué hora te has levantado para estar aquí tan pronto? —le preguntó a Cestero. Seguro que la ertzaina estaría encantada de tener compañía en el trayecto desde Pasaia.

La policía se giró hacia ella. El atasco las mantenía completamente paradas en el alto de Enekuri, por el que habían optado para evitar el puente de Rontegi, colapsado por el accidente de un camión.

—A las ocho —apuntó con una risita—. He pasado la noche en Bilbao. No es que haya dormido mucho... Espero que no te moleste.

Leire la miró extrañada.

—¿Molestarme? ¿Por qué tendría que...? ¡Joder! —exclamó al ver la mueca divertida de Cestero—. ¡Has estado con Iñigo!

La ertzaina asintió jugueteando entre los labios con el *piercing* de la lengua.

—Es una máquina. Te juro que los tíos de mi edad con los que he estado no me han hecho flipar ni la mitad que él —añadió con una sonrisa cómplice—. ¡Joder, ni que fuera actor porno!

—Sí que era bueno —reconoció Leire viajando por recuerdos del pasado.

El conductor que les seguía pitó con insistencia. La fila había avanzado y un hueco de varios metros se abría entre el coche de Cestero y el de delante.

—El tío sabe dónde poner las manos. Y vaya aguante, no se cansa —comentó pisando el acelerador—. Solo de pensarlo me dan ganas de volverme a la cama con él... Oye, ¿no te molestará, verdad?

—No, claro que no. Lo nuestro fue hace mucho tiempo —repuso Leire tratando de imponer a sus palabras una indiferencia que no sentía. No entendía qué le pasaba, era como si a una herida cerrada hace años se le rasgaran los puntos de sutura. Se regañó para sus adentros. Ella no era celosa. No lo había sido nunca y no iba a serlo ahora.

—Es solo sexo, no creas que hay nada más —insistió Cestero en un intento de restarle importancia.

—Tranquila —musitó Leire con la esperanza de que el tema quedara zanjado.

El sonido de las bocinas resultaba irritante. Tanto como el de la radio del coche, que estaba tan baja que lejos de entenderse al locutor se oía un molesto susurro de fondo. Leire subió el volumen mientras Cestero se quejaba del tráfico de Bilbao. Las señales horarias de las nueve de la mañana y la sintonía del informativo lograron que la ertzaina guardara silencio. No había nada nuevo en lo que el periodista decía, nada sorprendente, pero la noticia de la muerte de Begoña Oteiza seguía cayendo como un jarro de agua gélida sobre ambas mujeres. La joven no aguantó el traslado al hospital. Antes de que la ambulancia llegara a Cruces entró en parada cardiorrespiratoria y ni siquiera el desfibrilador fue capaz de devolverle la vida.

—¿Sabe que vamos para allí? —preguntó Leire.

—No. Tampoco creo que le sorprenda. Si cree que la pantomima nos iba a hacer desistir de interrogarle, va listo. —Cestero no apartaba la vista de la carretera, donde los coches habían comenzado a circular con una cierta fluidez.

Javier Oteiza, el tío de las dos víctimas, había pasado la noche ingresado en la unidad de nefrología del hospital de Basurto. Según los médicos, se había presentado en urgencias a las once de la noche aquejado de un agudo dolor lumbar. El diagnóstico era un cólico nefrítico severo que le impedía desplazarse a comisaría a testificar.

—¿Ha dicho el forense algo del sedante? —inquirió Leire. Como siempre que pensaba en Begoña, le resultaba imposible no tener la sensación de que le habían fallado.

Cestero negó con la cabeza.

—No te quepa duda de que será el mismo utilizado para drogar a su hermano —aseguró antes de señalar el puente Euskalduna. El nuevo estadio de San Mamés destacaba en la otra orilla con su impoluto color blanco envolviendo la fachada—. Es por aquí, ¿no?

—Sí. Al llegar al Sagrado Corazón, de frente y después a la derecha. Estamos cerca.

La ertzaina llevó la mano a la radio y giró el mando del volumen al mínimo.

—¿Cómo ves el caso? —inquirió—. El asesinato de Begoña lo cambia todo.

Leire suspiró pensativa.

—De repente, los Brazo Duro se nos han caído como sospechosos. Esta segunda muerte me desconcierta. Todo apunta al ámbito familiar —reconoció haciendo un gesto para que girara a la derecha—. Por donde va ese autobús rojo... La madre y el tío son todo lo que nos queda.

—¿Y el móvil?

—Pues el rollo ese de la purificación, en ella, y asuntos de herencias, en el otro —musitó la escritora sin tenerlo demasiado claro.

Cestero asintió lentamente.

—También podemos estar ante dos asesinatos sin vínculo entre ellos —sugirió acelerando para pasar un semáforo en ámbar—. Los Brazo Duro podrían haber matado a Lander, y alguien del entorno familiar, a Begoña.

—¿La madre?

—Por ejemplo —admitió la ertzaina—. O su cuñado. No me gusta nada eso de que la sobrina buscara refugio en casa de su tío solterón. Me huele fatal. ¿Y si se aprovechaba de ella?

Un hombre con txapela y una barriga considerable cruzó sin mirar, obligándole a frenar en seco.

Leire no lo tenía tan claro.

—¿En qué quedamos? ¿Se aprovechaba de ella o se trata de su asesino? —repuso señalando los edificios de ladrillo—. Es aquí. Aparca donde puedas.

—Igual ella se le encaró y le dijo que iba a contárselo a su madre. No sé... —repuso Cestero.

—¿No te encaja más lo de la herencia? Habrá que investigar esa historia, pero si es cierto que el tío abuelo mejicano tiene un pie en la tumba y que allí no tiene herederos, Javier Oteiza podría ser rico de aquí a poco tiempo. Haberse quitado de en medio a los hijos de su hermano le habría salido muy rentable —argumentó Leire.

—Puede ser. Badiola está tratando de averiguar qué hay de cierto en lo del mejicano millonario —reconoció la ertzaina mientras se afanaba en estacionar el Megane tras una furgoneta de la que dos muchachos descargaban bandejas de plástico repletas de paquetes de pan de molde.

—Hoy volveré al Templo de la Luz —anunció la escritora—. A ver qué es lo que esconde su líder para los iniciados. Tal vez así conozcamos mejor a Josefina.

—Igual no hace falta. Si lo hacemos bien igual resolvemos el caso antes de salir del hospital —dijo Cestero apeándose del vehículo.

Leire dibujó una mueca de escepticismo. Quizás sacaran algo en claro de la conversación con Javier Oteiza, pero tanto como resolverlo todo parecía una previsión absurdamente optimista. Algo le decía que ni siquiera la ertzaina contaba con ella.

—Claro —murmuró con una risita amarga mientras la seguía hacia el interior del hospital.

20

17 de junio de 2015, miércoles

—¿Hay novedades? ¿Alguna pista? —quiso saber Javier Oteiza en cuanto Cestero se presentó como ertzaina. Vestido con un camisón blanco con el membrete de Osakidetza en azul y con el gota a gota inyectado en el brazo izquierdo, el hombre no ofrecía el aspecto que se esperaba de un asesino. Los rizos, que cubrían su cabeza como pequeños caracolillos, tenían continuidad en unas largas patillas abultadas. Leire no pudo evitar pensar en su similitud con el vello de los genitales, pero se obligó a concentrarse en lo que las había llevado al hospital. Aquel hombre podía ser el asesino de sus sobrinos.

Cestero fue directa al grano.

—Parece que la muerte de Lander y Begoña le convierte a usted en heredero de un familiar que vive en...

—¡Ya estamos! —Javier abrió mucho sus pequeños ojos grises.—. ¿Quién os ha contado eso? ¿Mi cuñada? Siempre está con esa patraña. Hasta de la muerte de mi hermano me acusó. Como si yo hubiera podido estar detrás de su enfermedad degenerativa... Es todo por la secta esa. Le han lavado el cerebro. ¿Os extraña que mi sobrina se escapara de casa cada dos por tres?

—¿Por qué buscaba Begoña refugio en usted? —inquirió la ertzaina.

Javier contempló la lenta cadencia del gota a gota con expresión abatida. Tras él, colgada de la pared, una pequeña pizarra blanca mostraba su nombre y algunas anotaciones médicas difíciles de descifrar.

—Yo le daba el cariño y la comprensión que le faltaba de su madre.

—Cariño, claro —murmuró Cestero con tono irónico.

Leire contuvo el aliento. Consciente de la mirada con la que la escritora censuró el comentario, el sospechoso se giró hacia ella.

—¿No estamos hablando de un asesinato? ¿A qué vienen estas insinuaciones sin sentido? —protestó Javier con la mirada herida.

La escritora decidió intervenir.

—La herencia... El tío abuelo ese mejicano. ¿Niega que la muerte de sus sobrinos le beneficie?

Javier Oteiza se llevó las manos a la cara y resopló.

—Que os estáis equivocando, joder. Meted en el calabozo a mi cuñada y que os explique por qué había repudiado a Lander. ¡Que os lo explique! No soportaba que fuera homosexual y estaba empeñada en enderezarlo. —El enfermo dibujó una mueca de dolor—. Es todo por el Templo de la Luz. Esos cabrones la han dejado sin un euro con el rollo de la purificación. Si no fuera por mí, no tendría donde caerse muerta, y mira que mi hermano, que en paz descanse, dejó dinero.

—El ángel salvador —comentó Cestero.

—¡Pregunta en Deusto! —se encaró con ella el sospechoso—. A ver quién tuvo que mediar para que Lander no fuera expulsado porque su madre no pagaba las cuotas. ¡Pregunta, vamos! Este curso que termina ahora lo he pagado yo de mi bolsillo, desde octubre hasta junio.

—¿Cómo lo hacen los del Templo de la Luz para saquearle de esa manera? —inquirió Leire haciendo un gesto a la ertzaina para que guardara silencio.

Javier Oteiza se llevó la mano a la zona lumbar y ahogó un lamento.

—Allí nadie respira sin soltar un euro. Dinero para un nuevo local, para pagar una conferencia, para imprimir libros con los que captar a más personas... Todo es pagar, pagar y pagar. Hasta la leche y los garbanzos compra Josefina a través de la secta. Si aún no se han quedado el piso de mi cuñada es porque mis sobrinos habían heredado la parte que les correspondía de su padre y no ha podido ponerlo a nombre del estafador ese. Si no, en la puñetera calle estarían ya. A ver qué pasa ahora que ya no tiene quien se lo impida —se lamentó pulsando el botón para llamar a la enfermera.

Leire tenía la impresión de que aquel hombre decía la verdad, aunque todavía quedaba algún cabo suelto.

—Según defiende, Josefina pudo matar a Lander porque era gay, para purificar el alma que ella creía perdida, pero no entiendo por qué iba a querer asesinar a Begoña.

—¿Te lo digo yo? —preguntó el tío—. Es muy sencillo. Mi sobrina se oponía a que las cenizas de su hermano descansaran en el Templo de la Luz. No quería que los restos mortales de Lander formaran parte de ese circo que ha destrozado la familia. Para mi cuñada eso era un ataque directo contra su sistema de creencias. Estoy seguro de que la odió por eso y no dudó en quitársela de en medio. ¿Os parece normal que el muchacho no haya tenido un funeral?

—Si no era creyente... —objetó Cestero encogiéndose de hombros.

Javier Oteiza no le dejó acabar.

—Un funeral va más allá de las creencias de cada uno. Es una despedida, un adiós. Nos guste o no, en nuestra sociedad necesitamos despedir en grupo a los nuestros. Amigos, familiares, vecinos... Mi cuñada nos ha robado a todos la posibilidad de despedir a Lander como merecía, y Begoña luchó por ello —argumentó con la mano en las lumbares. El rictus de dolor le hacía parecer aún más indignado.

—Josefina puede no haber sido la madre ideal, pero a ella no la convierte en rica la muerte de sus hijos —apuntó Cestero.

Javier se giró hacia ella con el rostro crispado. No llegó a contestar porque una enfermera vestida de azul entró con un frasco de vidrio en la mano.

—¿Qué tal, Javier? ¿Han vuelto los dolores? —preguntó reduciendo la velocidad del gotero antes de colgar el calmante junto a la bolsa de suero fisiológico—. Debería acostarse. En un rato le traerán algo para comer.

—No tengo hambre —murmuró el enfermo recostándose en la cama.

—Está bien acompañado, ¿eh? —comentó la joven tomándole la tensión—. ¿Alumnas?

Javier Oteiza suspiró sin apartar la vista de la vía intravenosa que llevaba en el brazo izquierdo.

—Más o menos —murmuró desanimado.

—En media hora tendrá un compañero. Un señor de Plentzia. Está en el módulo de ingreso —informó la enfermera apuntando en una ficha la tensión del paciente—. Está usted estupendamente.

Leire se fijó en la cama vacía que había junto a la ventana. Tras ella, las formas redondeadas del nuevo San Mamés dominaban el paisaje bajo un cielo azul en el que apenas se dibujaban algunas nubes que parecían de algodón.

—Estoy cansado. Este calmante me deja aturdido. ¿Tenéis algo más que preguntar o solo insinuaciones absurdas? —preguntó Javier en cuanto la enfermera abandonó la habitación—. Me gustaría dormir un poco antes de que traigan a mi vecino.

—No, ya nos vamos —anunció la escritora haciendo un gesto a Cestero para que la siguiera al pasillo. La ertzaina obedeció a regañadientes—. Gracias por atendernos.

El enfermo balbuceó una despedida con los ojos cerrados.

—¿Te has creído este teatro? —inquirió Cestero—. Ese ni está enfermo ni nada. Está fingiendo para que no lo llevemos al calabozo.

Las enfermeras del centro de control las observaban de reojo.

—No justifica el tono que has empleado —la reconvino Leire—. Si es inocente...

—No lo es —le interrumpió la ertzaina.

—¿Y si lo es? ¿Te parece correcto hablar así a un hombre que acaba de perder a sus dos sobrinos?

La ertzaina no contestó de inmediato. El pasillo desembocó en una escalera que las llevó a la salida. Junto a la puerta, un chico con un peto verde se les acercó para ofrecerles asociarse a una organización contra el cáncer. Más allá, un vendedor de cupones cantaba los premios del día mientras golpeaba rítmicamente el suelo con su bastón.

—Tienes razón —admitió Cestero tras un tenso silencio. Leire comenzaba a regañarse por haberse entrometido en la forma de hacer su trabajo—. No te imaginas lo que es aguantar todo el día el vacío de tus compañeros. Se burlan de mí. Están esperando a que cometa el menor error para ir a contárselo a mis jefes y que me releven del caso. —Hizo una pausa que la escritora decidió respetar—. No tenía que haber venido a este nido de víboras. ¡Y todavía tengo que oírles que soy una trepa! No aguanto más. Como si no tuviera bastante con venir cada día desde Pasaia.

Leire soltó una carcajada nerviosa.

—Cada día no —le corrigió.

Cestero se giró hacia ella con una sonrisa cómplice.

—La verdad es que después de lo de esta noche debería estar de mejor humor —admitió—. Pero eso no quita que no me fíe de ese tío. ¿Tú te has creído lo de sus dolores?

—Muy buena cara no tenía —comentó Leire.

La ertzaina mostró una mueca de circunstancias.

—A cualquiera se le pone cara de enfermo si le enchufas un gotero y le pones uno de esos ridículos camisones.

La escritora rió la ocurrencia. No le faltaba razón.

—Me fío menos de Josefina —apuntó empujando la puerta de la calle, donde el calor comenzaba a apretar—. No me gusta nada ese asunto del Templo de la Luz.

Cestero abrió la puerta del coche y la miró con gravedad antes de introducirse en él.

—A mí tampoco —reconoció tras unos segundos—. Ten cuidado esta tarde.

21

17 de junio de 2015, miércoles

Leire tardó en comprender de dónde venía tanta luz blanca. Era el propio techo el que la irradiaba, como si de una descomunal lámpara se tratara. Una profunda sensación de limpieza, de pureza, que se filtraba por todos los poros de su piel, la embargó conforme sus ojos se acostumbraban a la claridad. El Maestro le apoyaba su mano cálida en la espalda.

—Este es nuestro gran tesoro. Este es el Templo de la Luz —anunció con voz amable y grandilocuente al mismo tiempo.

Las formas circulares de la sala, el blanco radiante de todo, incluido el suelo, que parecía de una sola pieza, y el exceso de luz hacían difícil calcular las dimensiones del lugar. En el centro, bajo algo parecido a una campana, una llama ardía y ofrecía un toque de calidez. Cuatro mujeres vestidas de riguroso blanco recitaban mantras sin apartar la mirada del fuego. Se encontraban de rodillas y sus cuerpos se balanceaban ligeramente como hojas mecidas por una suave brisa de verano.

—Son las sacerdotisas del fuego —explicó Joshua—. Han alcanzado el estado de máxima comunión entre sus cuerpos y el cosmos, el amor supremo. No es fácil y no todo el mundo puede llegar. Se requiere perseverancia y mucha meditación como la que has practicado aquí, pero tú también llegarás. Lo leo en tu corazón, eres una elegida.

La escritora tragó saliva. No le resultó difícil imaginar cuán reconfortada debía de sentirse una persona que acudiera al Templo de la Luz en busca de ayuda al oír ese tipo de argumentos.

—Josefina es una de ellas, ¿verdad? —preguntó bajando la voz.

—Ella y tantas otras. La llama siempre está atendida por las elegidas. Es el fuego purificador. La desgracia, la mediocridad, la depresión... Todo arde en él para permitir una vida plena a quien lo mantiene vivo.

Leire reparó en los ojos serenos de aquellas mujeres. Ni siquiera las palabras del Maestro las distraían de sus mantras. Ninguna de ellas dirigió la más mínima mirada a los intrusos. Era sencillamente como si no existieran.

—Me siento bien aquí —se obligó a decir.

La expresión de los ojos de Joshua ganó intensidad. Tanto que Leire tuvo que hacer grandes esfuerzos por no apartar la vista. La sensación de que aquel hombre podía escudriñar en el interior de su mente le resultaba turbadora. Durante unos instantes solo se oyeron los mantras de las sacerdotisas. Después el Maestro se acercó al fuego e introdujo la mano en un recipiente circular que rodeaba por completo la llama.

—Este es el secreto que alimenta el fuego purificador —explicó dejando caer entre sus dedos un puñado de ceniza—. Pronto el hijo de Josefina estará también aquí. Lo que impide que nuestra vida sea plena es el tormento de las almas de los que se han ido. Todos tenemos de qué arrepentirnos cuando nos vamos. En el Templo de la Luz purificamos a aquellos que no pudieron hacerlo en vida. Solo si sus almas descansan podrá ser plena nuestra existencia.

Leire dio un paso para asomarse al recipiente.

—¿La ceniza alimenta el fuego? —inquirió fingiendo sorpresa. Era evidente que se trataba de alguna estratagema. En algún lugar estaría oculta la bombona de gas.

—La ceniza es solo lo físico. Son las almas las que lo mantienen vivo. No puedes verlas porque aún no has sido iniciada. Sigue por el camino de la meditación y lo lograrás. Veo en ti cualidades que muy pocas personas poseen —anunció el Maestro antes de hacer una reverencia ante la llama y girarse hacia la puerta.

—¿Solo son mujeres? —preguntó Leire una vez fuera de la sala.

—Solo mujeres. Muchos hombres participan también en nuestras sesiones de meditación, pero no son capaces de lograr un grado tan elevado de comunión como el de nuestras sacerdotisas. Solo yo lo he logrado, hasta el momento.

—¿Cuándo podré ser una sacerdotisa?

Joshua la estudió con la mirada.

—No debes correr. Primero, meditación, mucha meditación. Solo así lograrás conectar con el cosmos. Después asistirás a mis lecciones magistrales. De nada serviría recibirlas sin que tu alma esté limpia de todo lo que la vida ha ido depositando en ti. —Se detuvo un momento para entregarle un boletín—. La próxima semana tenemos una conferencia muy importante. Debes asistir. Comenzarás a comprender que el mal está más extendido en nuestra sociedad consumista de lo que crees. El demonio entra cada día en tu casa. Eres tú quien lo introduce sin saberlo en forma de galletas, yogures y hasta leche.

—Lo haré —mintió la escritora antes de preguntarle si conocía la noticia del asesinato de la hija de Josefina. Le extrañaba que aún no se hubiera referido a ella.

El semblante de Joshua se ensombreció.

—Lo sé. Nuestra hermana va a necesitarnos más que nunca. —Se detuvo unos instantes como si tratara de recordar algo—. No me dijiste de qué la conoces, ¿no?

Leire tragó saliva.

—Somos vecinas. De siempre. Mi madre y la suya compartían puesto en el mercado del barrio —explicó. Tenía la respuesta preparada desde la víspera.

Joshua frunció el ceño.

—Es raro que no me haya hablado de ti —murmuró mostrándole el vestuario para dar por terminada la visita—. No olvides volver mañana a meditar. No debes fallar un solo día, Raquel. Ni uno solo si quieres dejar atrás el dolor. Mañana hablaremos sobre las penas que te afligen.

Leire asintió. Todavía estaba mareada. Esa tarde le había sido imposible evitar caer en la hiperventilación. El Maestro la había sentado a su lado y se había empeñado personalmente en que su nueva pupila practicara correctamente todos los ejercicios. Durante unos minutos había caído en un estado de escasa consciencia, igual que las otras seis asistentes, mujeres de las más diversas edades. Apenas recordaba vagamente lo ocurrido en ese tiempo, solo alegatos inconexos de Joshua sobre los peligros del mundo y sobre la existencia de secretos solo conocidos por iniciados.

—Gracias, Maestro —murmuró Leire perdiéndose entre las cortinas.

El timbre la sobresaltó cuando se despojaba de los pantalones blancos. Las pisadas de Joshua hacia la puerta resonaron en la tarima del pasillo.

—¡Josefina, cariño! Dame un abrazo. ¿Cómo te encuentras?

Los sollozos de la recién llegada se ahogaron contra el pecho del Maestro. Leire se quedó petrificada. Ahora le diría que su amiga estaba allí dentro y todo saltaría por los aires.

—Has traído a Lander... Fantástico. Ven, lo llevaremos al Templo. Verás como no tardas en sentirte mejor. Por fin descansará.

—Con Begoña no creo que pueda. Mi cuñado está muy pesado. —Leire reconoció la voz a pesar de que era más trémula que días atrás en la morgue.

—Eres su madre. Te corresponde a ti la decisión —la interrumpió Joshua.

Se estaban acercando. Los pasos se habían detenido junto a las cortinas. Leire dudó entre echar a correr hacia la puerta o quedarse allí agazapada. ¿Cómo reaccionaría el Maestro cuando supiera que todo había sido una gran mentira? No parecía violento, aunque se veía fuerte.

—Begoña estaba muy confundida. Odiaba el Templo de la Luz.

—No descansarás, no serás feliz si su alma no se purifica —la voz de Joshua era firme pero serena.

—Lo sé —sollozó la mujer—. No creo que pueda. Ella no me lo perdonaría.

Las siluetas se dibujaban al otro lado de las cortinas. Se habían detenido junto a ellas. Leire contuvo el aliento. Todo menos recordar al Maestro que había alguien allí dentro. Quizás lo hubiera olvidado.

—No te tortures. Hoy tenemos aquí a Lander y eso es motivo de alegría.

—Voy a cambiarme —anunció Josefina. Su mano aferró la cortina y comenzó a apartarla.

La escritora deseó volverse invisible, desaparecer para siempre. El corazón bombeaba su sangre con violencia. Tenía que idear algo. Estaba tan nerviosa que no era capaz de pensar. De alguna forma podría explicar su presencia allí sin levantar sospechas. No, era imposible. La mentira de su vecindad lo echaría todo por tierra inmediatamente. Se había metido en la boca del lobo. Con una congoja creciente, se llevó la mano al sujetador y cogió el móvil.

La voz de Joshua le hizo detenerse cuando buscaba el número de Cestero entre las llamadas recientes.

—Ven. Vamos a ofrecer su alma al fuego purificador. Eso no debe esperar. Después te cambiarás. —La sombra del Maestro se acercó a la mujer y le pasó el brazo por los hombros.

Josefina soltó la cortina y le acompañó.

Leire respiró aliviada, y más cuando oyó abrirse la puerta blanca de la sala donde ardía la llama. Sin perder un solo segundo, apartó la cortina y caminó apresuradamente hacia la salida intentando no hacer ningún ruido. El blanco radiante de las paredes y los tallos de bambú dibujados, los mismos que le contagiaron paz en su primera visita, le parecieron de pronto las rejas de una prisión vegetal. Tenía que salir de allí.

Alcanzó la puerta de la calle sin que nadie abriera la boca a sus espaldas. Estarían entretenidos con las cenizas. Sin embargo, al accionar la manilla, la sangre se le heló en las venas.

Estaba cerrada.

Con una insoportable sensación de terror, se giró hacia la puerta blanca que se abría al final del pasillo. Estaba entreabierta y dejaba salir una turbadora claridad. Se percibía movimiento en su interior: el de Josefina y Joshua vertiendo las cenizas en el recipiente que rodeaba la llama. Se encontraban de espaldas a ella junto con otras figuras vestidas de blanco.

Buscó ansiosa alguna llave. No había ninguna, ni en la propia puerta ni cerca de ella. Corrió a la mesita en la que una tetera con finas tazas de porcelana recibía a los visitantes y que constituía el único mobiliario del austero recibidor.

Nada.

Estaba atrapada.

El Maestro llevaría encima la única llave. No había nada que hacer. Volvió a coger el móvil. Marcó el número de Cestero y oyó el tono de llamada a través del auricular. Un mantra rompió de pronto el silencio sepulcral que flotaba en el Templo de la Luz.

«Vamos coge —apremió para sus adentros.»

La llamada se extinguió sin que hubiera respuesta. El mantra ganó intensidad conforme era repetido cada vez con una cadencia más rápida.

Estaba agobiada, aterrorizada. Comenzaba a darlo todo por perdido cuando reparó en el pulsador que había junto al marco de la puerta.

Conteniendo la respiración, pulsó el botón.

Un zumbido metálico resonó en el recibidor. Los mantras se detuvieron en seco.

Leire no perdió un solo segundo en girarse para ver qué ocurría. Solo abrió la puerta y echó a correr como no recordaba haberlo hecho en mucho tiempo.

Primavera de 1609

María sentía los murmullos de sus vecinos a sus espaldas. La iglesia estaba llena a rebosar. Nadie quería perderse el acto de reconciliación sacramental. Mientras fray Felipe ultimaba los preparativos en el altar, la joven aferró disimuladamente la mano arrugada de quien ocupaba la primera fila junto a ella.

—No te preocupes. No hicimos nada malo —le susurró su abuela.

Hacía un buen rato que esperaban y todavía no sabían quién había sido el denunciante. En cualquier caso todo aquello no podía ser más que un malentendido y no tardaría en esclarecerse. Pocas eran las casas del pueblo que no habían recurrido primero a su abuela y después a María para que ayudaran a traer al mundo a sus pequeños. Eso suponía que gran parte de las miradas que la joven partera sentía fijas en su espalda, expectantes, fueran miradas amigas. Tenía la esperanza de que, llegado el caso, no dudaran en defenderlas de acusaciones sin sentido.

Pensaba en ello en un intento por calmar la tensión cuando reparó en que fray Felipe había comenzado su sermón.

Aquella no era una misa cualquiera. No había bendiciones ni rezos. Solo intensos alegatos contra la brujería que lograron contagiar en los vecinos un miedo irracional. Cuando el fraile decidió que la atmósfera era la indicada para iniciar la reconciliación, cedió la palabra a Eloísa. Tal como María sospechaba, la francesa era la denunciante.

—La envidia. Siempre la envidia... —le susurró su abuela al oído.

La joven apenas consiguió concentrarse en las palabras de la que hasta entonces había sido su amiga. Solo pensaba en Galcerán. Si Eloísa esperaba hacerla sentir culpable por haberse prometido con él, no lo lograría. Al fin y al cabo, la francesa hacía cuatro años que había abandonado Zugarramurdi y nadie esperaba su regreso. Además, por mucho empeño que pusiera en anunciar que el hijo de los Navareno le había jurado su amor y que la esperaría hasta que volviera de Francia, nadie en el pueblo creía su versión. Más bien daban por hecho que se trataba de un enamoramiento enfermizo.

—¿El bebé nació muerto? —La pregunta de fray Felipe recordó a María el profundo sentimiento de tristeza experimentado en casa de los Txipia. Su abuela le apretó la mano con fuerza.

—Así es. Entonces comenzaron a blasfemar y renegar de la Virgen —aseguró Eloísa. Hablaba dirigiéndose al fraile, evitando cruzar una sola mirada con las acusadas.

—Juana y Catalina Txipia —llamó el fraile—. ¿Podéis confirmar la acusación?

María se giró hacia ellas. Ocupaban la segunda fila. La madre negaba con la cabeza mientras su hija permanecía con la mirada perdida y anegada de lágrimas. Su mente estaría seguramente lejos de allí, en aquella habitación con olor a jazmín y sangre que difícilmente olvidaría mientras viviera.

—Yo no oí nada de eso —anunció Juana Txipia.

Un leve murmullo recorrió la iglesia.

—¿Estás segura? —insistió el fraile—. ¿Nadie renegó de la Virgen en tu casa?

—Nadie.

—Ella no estaba —se adelantó la francesa—. Había salido en busca de unos paños.

Fray Felipe la mandó callar con la mirada. Después señaló a Catalina. La joven, cuyas ojeras remarcaban la falta de vida de sus ojos, rompió a llorar.

—¡Mi bebé!

—¿Oíste renegar de la Virgen a las acusadas?

Catalina apenas llegó a balbucear algo que pareció un no.

—¿Estás segura? Tan culpable es quien reniega de la fe como quien no lo denuncia —amenazó el fraile.

La iglesia enmudeció y durante unos instantes solo se oyeron los sollozos de la joven madre.

—No oí nada. Bastante tenía con ver a mi pequeño muerto. ¿Cómo iba a oír nada más? —protestó irritada.

Fray Felipe se dirigió a las acusadas con aire inquisitivo.

—¿Negáis las acusaciones?

María y su abuela asintieron antes de narrar lo realmente acontecido aquel día. Un murmullo de aprobación se extendió por el templo al tiempo que arreciaban los sollozos de Catalina Txipia, obligada a revivir ante todo el pueblo el suceso más triste de su vida.

—¡Silencio! —ordenó el fraile—. No hemos terminado. A primera fila, Julia y Estebanía Navareno.

María tragó saliva. No habían salido mal paradas del primer trance, pero el gesto contrariado de fray Felipe anunciaba que se emplearía más a fondo en el segundo.

Eloísa fue de nuevo la encargada de denunciar. Decía haber visto a las cuatro mujeres destrozando el berzal de las Txipia una noche de luna llena entre cánticos extraños y bailes en círculo. En esta ocasión, Juana Txipia tuvo que darle la razón. Las coles habían aparecido pisoteadas, arrancadas y maltrechas.

—Lo peor ocurrió después —siguió explicando Eloísa. María no lograba entender de dónde sacaba fuerzas la francesa para contar tal retahíla de elucubraciones ante todo el pueblo y bajo la mirada de Cristo crucificado. Tenía razón su abuela cuando aseguraba que la envidia movía montañas—. Las cuatro juntas se dirigieron entre risas hacia el molino de los Istilarte y lo tomaron en volandas hasta dejarlo en la cumbre del monte Azkar. Las espié por la ventana hasta que lo devolvieron antes del alba.

María cruzó una mirada de preocupación con quienes serían su suegra y su cuñada el día que Galcerán regresara y pudieran casarse por fin. Todas sabían que acusaciones semejantes eran difíciles de rebatir.

—José Istilarte, ¿encontraste tu molino en condiciones el día después de la luna llena? —inquirió el fraile.

—No. Estaba todo revuelto y la muela agrietada.

Fray Vicente asintió satisfecho.

—¿Alguien más las vio en su fechoría?

Los cuchicheos en las filas traseras hicieron temer a María que alguien más se sumara a la denuncia, pero nadie abrió la boca. Se limitaron a aguardar expectantes la decisión del fraile.

—¿Confesáis que obrasteis mal? —inquirió dirigiéndose a las cuatro acusadas.

—¡No! Ni pisoteamos las berzas ni nos llevamos el molino a ningún lado —protestó María—. Dormíamos, como cualquiera de los aquí presentes.

El fraile se acercó tanto a ella que la joven pudo sentir su aliento en la cara.

—Fuiste vista y hay pruebas que te incriminan. ¿No las has oído? —Su tono de voz era glacial.

María abrió la boca para replicar, pero su abuela le tiró de la mano al tiempo que la regañaba por lo bajo. No era la primera vez que se dirimían asuntos semejantes en la parroquia del pueblo y la experiencia le dictaba que era mejor no enfrentarse.

—Me dejaron sin molino —se oyó protestar a Istilarte.

Fray Felipe alzó las manos pidiendo silencio.

—Trabajaréis en el huerto de los Txipia hasta que las berzas vuelvan a crecer y arregleréis el molino. Si es necesario tu padre traerá una muela nueva —añadió fijándose en María—. En cuanto a la remisión del pecado, rezaréis cien padres nuestros, otros tantos ave marías, no faltaréis a confesión ni un domingo y pagaréis dos veces el diezmo este año.

El tenso silencio que flotaba en el ambiente cedió de pronto el testigo a un alegre vocerío. María respiró aliviada. Las detenciones y la quema de brujas al otro lado de la muga le habían hecho temer una sentencia mucho más dura.

Sin embargo, no todo el mundo estaba contento.

—¿Ya está? Practican la brujería y solo se les condena a cuatro rezos... ¿Eso es todo? —exclamó Eloísa siguiendo a fray Felipe hacia la sacristía.

El fraile se giró hacia ella y le explicó, ante la atenta mirada de los feligreses, que en Zugarramurdi se había hecho siempre así. Después cerró la puerta. No había más que decir.

María se fundió en un abrazo con su padre. Jamás hasta entonces lo había visto llorar, ni siquiera tras la muerte de su mujer el día que Pedro llegó al mundo.

—Temía que te azotaran o te llevaran a la hoguera. La locura se ha adueñado del mundo últimamente —musitó Gastón rodeándola con sus fuertes brazos.

La joven se sintió reconfortada. Cerró los ojos y se dejó llevar por la sensación de protección. Nunca antes había pasado tanto miedo.

Cuando volvió a abrirlos, la claridad del exterior se colaba por la puerta abierta como un canto optimista y lleno de vida. Los vecinos de Zugarramurdi abandonaban el templo para dirigirse a sus quehaceres cotidianos. Entre ellos, María reconoció la cabellera dorada de Eloísa. Los rayos de sol la hacían destacar con fuerza sobre las cabezas oscuras de los demás. No pudo verle el rostro, aunque supo perfectamente que no sonreía. Se sintió culpable al hacerlo, pero deseó que tomara el camino hacia Francia y no regresara nunca más.

La francesa, sin embargo, giró hacia el este y se encaminó hacia el monasterio de San Salvador. Su venganza estaba lejos de acabar.

22

18 de junio de 2015, jueves

En cuanto Leire puso un pie en la plaza comprendió que aquel no sería un funeral cualquiera. Había demasiada gente joven a las puertas de la iglesia del Karmelo. Chicos y chicas de entre quince y veinte años, todos con gesto serio, triste, asustado incluso. Se los imaginó intentando contener las lágrimas para no mostrar sus debilidades ante sus compañeros de clase. La adolescencia era especialmente cruel en cuanto a la expresión de los sentimientos.

Entre los diferentes grupos, que formaban corros más o menos ordenados en la plaza y charlaban sin alzar la voz, uno llamó especialmente la atención de la escritora. Eran seis chicas que fumaban sentadas en la escalinata monumental que subía a aquella iglesia de torres achaparradas. Al principio no supo qué era lo que le había hecho pensar que se trataba del círculo más íntimo de amigas de Begoña, pero enseguida comprendió que eran sus miradas perdidas en el vacío y las lágrimas que surcaban las mejillas de varias de ellas. Y su vestimenta, claro. Los shorts y las minifaldas, los escotes y las camisetas ceñidas estaban tan fuera de lugar en el funeral como lo estaban el día que Begoña se presentó en la morgue. Tal vez ellas pudieran ofrecer alguna pista sobre lo ocurrido. Habría que hablar con ellas. Lástima que aquel no fuera el momento.

No lo creían así los reporteros. Varias cámaras deambulaban entre los grupos de asistentes y encendían sus potentes focos cuando alguien accedía a contestar las preguntas de los redactores. Una de las jóvenes en shorts se secó las lágrimas con un pañuelo de papel antes de hacer un gesto al periodista para acceder a que comenzara la entrevista. Se había puesto en pie y una de sus amigas había corrido a colocarle bien el escote para que la tira del sujetador no arruinara su imagen.

Las campanas doblaban a difuntos con su lenta letanía. Era un llanto de metal, un llanto desgarrado y conmovedor. Leire sintió que le costaba tragar saliva mientras se abría paso entre el gentío para subir al templo. Fue incapaz de contener las lágrimas por más tiempo cuando pasó en silencio junto a las amigas de la joven asesinada. Una de ellas, dando una calada a un cigarrillo de liar, la miró sin verla. Sus ojos mostraban el espantoso vacío de quien acaba de comprender que, a pesar de estar en la flor de la vida, puede perderlo todo por cruzarse en su camino con la persona equivocada.

Leire apretó el paso. ¿Quién había sido? ¿Quién había robado la vida a dos hermanos en apenas unos días? Una gota cayó del cielo. Leire alzó la vista. Ni siquiera se había percatado de que se había nublado. Otra gota, y otra más. Empezaba a llover. Los muchachos de la plaza no se inmutaron. De pronto se habían girado hacia la calle Caserío Landaburu. Un coche negro llegaba lentamente por ella. La escritora tragó saliva. No esperaba un funeral de cuerpo presente. Creía que eso ya no se estilaba en las ciudades. Los jóvenes abrieron un respetuoso pasillo para que se acercara a la base de la escalinata. Un coche patrulla de la Ertzaintza llegó tras él y aparcó en una esquina de la plaza.

—Entre, se mojará. —Una anciana con gabardina y rostro amable tiró del brazo de la escritora.

—Sí, tiene razón —reconoció Leire siguiéndola hacia la puerta del templo.

—¿La conocía? Usted no es del barrio —preguntó la mujer una vez que estuvieron a cubierto.

Leire esbozó una sonrisa.

—Vaya control…

La anciana se sintió halagada de saber que había acertado.

—Santutxu es como un pueblo. En los últimos años ha cambiado un poco, pero cuando llegamos aquí en los sesenta esto era como mi querido Barruelo de Santullán. Nos conocíamos todos. Había más palentinos que gente de Bilbao. Las minas cerraban y aquí había trabajo. ¿Qué íbamos a hacer? Todos los veranos voy al pueblo, no crea. El tren de La Robla... —Al reparar en la mesita con un libro de condolencias que había ante la segunda puerta de la iglesia, la mujer abandonó su disertación—. Qué pena de familia... Primero el padre, ahora los dos hijos... ¿Qué va a ser de Josefina? Yo no podría vivir con tanto dolor.

El sonido del órgano al otro lado de la puerta le sirvió a Leire de excusa para despedirse. Mientras la anciana se entretenía firmando el libro y dejando su tarjeta de visita doblada en la bandeja, Leire entró a la iglesia. Algunos ocupantes de las filas traseras se giraron con curiosidad.

—Ya llega —anunció alguien en un susurro que fue demasiado audible.

Un seglar destrabó la puerta central y la abrió de par en par. La luz gris del exterior bañó el interior de la nave. Después el órgano calló y el féretro de Begoña, portado por los hombres de la funeraria, recorrió el pasillo central. Era blanco como la nieve. Entre bendiciones del sacerdote, que derramó agua bendita sobre él, fue depositado ante el altar. A continuación llegaron las coronas de flores y los sollozos. Quizás para acallarlos, el cura hizo un gesto al coro, que comenzó a cantar el *Agur, Jesusen ama*.

La iglesia se había llenado. Los jóvenes que permanecían en la plaza habían entrado y ocupaban todo el espacio libre tras los bancos. Empujada por la necesidad de espacio de los recién llegados, Leire avanzó por el lateral hasta quedar muy cerca de la primera fila. Todavía no sabía muy bien qué le había llevado a presentarse en el funeral. Aunque se aseguraba a sí misma que lo hacía por despedir a Begoña, a quien conoció en el Anatómico Forense apenas unas horas antes de ser abandonada como un trapo viejo en el trastero de su casa, sabía que también había algo de inquietud. La misma que había llevado a Cestero a enviar una patrulla a la misa. Era de esperar que tanto la madre como el tío de la víctima, que se habían acusado mutuamente de estar detrás del crimen, estuvieran presentes. Javier Oteiza había recibido el alta esa misma mañana y era poco probable que se quedara en casa tras haber logrado que su sobrina tuviera un funeral cristiano.

—Hermanos, hermanas, estamos aquí reunidos para despedir a Begoña Oteiza —comenzó el sacerdote. Le acompañaban otros dos curas que se encontraban de pie junto a él.

Leire buscó a Josefina con la mirada. Ocupaba la primera fila y era la única que permanecía sentada mientras el oficiante se dirigía a los presentes, que atendían sus palabras en un respetuoso silencio. La expresión de la madre se debatía entre el abatimiento y la crispación, lejos de la tristeza y el desamparo que resultaban habituales entre quienes pasaban por trances similares.

—En el nombre del Padre, del Hijo...

De manera mecánica, la escritora dibujó con su mano la señal de la cruz siguiendo las palabras del sacerdote. No alcanzaba a ver a Javier Oteiza. Sin embargo, estaba segura de que se encontraría en la iglesia. Quizás ocupara alguna de las filas traseras para evitar un encontronazo con su cuñada. Es lo que haría cualquiera con sentido común, como el que se esperaba de alguien que era catedrático.

Los asistentes tomaron asiento respondiendo a un gesto del cura, que comenzó un lacrimógeno sermón. Sus repetidas menciones a la joven asesinada lograron conmover a todos, especialmente a sus amigas, que no ocultaban sus lamentos ni un llanto histérico que se llevó varias miradas reprobadoras de las vecinas del barrio asiduas a los funerales.

No fue hasta la comunión cuando Leire logró ver al tío de la víctima. Tras aguardar su turno para recibir la hostia sagrada, no volvió a los bancos traseros de la iglesia, de donde había llegado, sino que se dirigió directamente a la primera fila para sentarse junto a Josefina.

La escritora contuvo la respiración a la espera de que se saludaran, pero no se cruzaron una sola palabra, ni siquiera una mirada.

—Hermanos, hermanas, oremos. —Los asistentes se pusieron en pie. Todos excepto Josefina.

Esta vez, sin embargo, Javier Oteiza se giró hacia ella y le hizo un gesto cargado de desprecio para que se levantara.

Leire tragó saliva.

Josefina se incorporó. Lejos de mantenerse respetuosamente en pie, salió al pasillo central y enfiló sus pasos hacia la puerta.

La iglesia enmudeció. Ya no había murmullo de fondo ni palabras bienintencionadas del cura. Solo el ruido de los zapatos de una madre furiosa apresurándose por la nave para abandonar la iglesia.

Algunas vecinas le salieron al paso en un intento por calmarla, pero Josefina las hizo a un lado sin poder contener las lágrimas.

—¡Déjame! ¡Dejadme todos! —exclamó empujando la puerta de la iglesia.

Leire la alcanzó en las escaleras. La sujetó por el brazo y la obligó a girarse hacia ella.

—Tranquila, Josefina. Por favor.

Jamás hasta entonces la había visto llorar. Las lágrimas se mezclaban con la lluvia que le empapaba las mejillas, sonrosadas por la irritación. Sus ojos destilaban una inmensa rabia.

—Me la ha robado. Ese cabrón ya tiene lo que quería —protestó la mujer con el gesto descompuesto—. Ni siquiera voy a poder reconciliarme con ella una vez muerta. ¿Un funeral...? ¿Un entierro...? —inquirió con una mueca de desprecio—. ¡Es todo mentira! Vuestra religión nunca me ha ayudado. Begoña necesita purificarse. Enterrada no descansará. Ni ella ni los que la amamos.

La escritora vio temor en su mirada. Josefina estaba asustada. Le aterraba saber que las cenizas de su hija no alimentarían la llama eterna del Templo de la Luz.

—¿Está todo bien? —preguntó un ertzaina saliendo del coche patrulla.

Leire se giró hacia lo alto de la escalinata. Un puñado de curiosos las miraban desde la entrada de la iglesia, aunque la mayoría había vuelto a entrar al templo.

—Todo bien. Solo un ataque de ansiedad —apuntó restándole importancia. Después apoyó la mano en la espalda de Josefina y la invitó a alejarse de allí.

Antes de girar la esquina, la escritora se volvió hacia la iglesia. Ya no quedaba nadie en la puerta. La plaza estaba desierta, muda en su tristeza. El barrio entero de Santutxu lloraba tras aquellas paredes de piedra el asesinato de Begoña Oteiza. Un hombre en gabardina pasó a lo lejos con un paraguas rojo que no fue capaz de contagiar su alegría a una tarde desolada. Algo más cerca, uno de los empleados de la funeraria charlaba animadamente por teléfono y el coche policial delataba que aquel no era un funeral más. Las unidades móviles de las televisiones se hallaban desplegadas por el extremo de la plaza más cercano a la calle Karmelo. Por suerte, no había ni rastro de los reporteros. Al comenzar la misa, y ante la imposibilidad de entrar al templo, se habrían refugiado de la lluvia en alguno de los muchos bares cercanos.

—¿Seguro que no quieres volver? —le preguntó Leire a aquella madre rota. La veía más calmada.

—¡Jamás! Ese puerco lo único que pretende es humillarme. No le bastaba con robarme a mis hijos... Todo este circo lo ha montado para fastidiarme —apuntó la mujer haciendo un gesto con el brazo para abarcar la iglesia, la plaza, las unidades móviles de televisión...

—¿Cómo puedes estar tan segura de que ha sido él?

La mujer la miró con gesto estupefacto. Parecía decirle que era evidente.

—Es el único que gana con su muerte. Este entierro le ha hecho rico.

Leire supuso que se refería una vez más a la herencia mejicana y se dijo que no estaba tan claro que fuera el único que ganaba, sobre todo si el piso familiar acababa en manos de Joshua. Estuvo a punto de mencionarlo, aunque se mordió la lengua en el último momento.

—¿Y si el viejo de Méjico se lo deja todo a una asociación protectora de animales o a una novia secreta cincuenta años más joven?

La madre mostró una mueca de desprecio.

—Ya lo tendrá bien atado.

Después apretó el paso.

—¿Quieres que te acompañe a casa? —preguntó Leire.

Josefina sacó un pañuelo del bolsillo y se secó las lágrimas.

—No. Me sé el camino. Gracias —murmuró apartándola con la mano. No había nada más que hablar.

Leire la observó en silencio hasta que la distancia devoró su triste silueta. No le extrañó verla girar hacia la cuesta de Iturribide. Ella también conocía el camino y sabía muy bien a dónde se iba por allí. Un estremecimiento le sacudió el cuerpo al recordar la voz cálida del Maestro y los profundos mantras de las sacerdotisas del fuego.

Ese era el verdadero hogar de Josefina y aquella era su familia. Así lo había querido ella y así lo sería, especialmente ahora que ya no le quedaba ninguna otra.

23

18 de junio de 2015, jueves

Las minúsculas gotas de sirimiri le acariciaban la cara. El día languidecía y la ciudad se había vuelto gris a la espera de una noche que no llegaba. Al menos en cuanto a los caprichos del cielo, porque el ritmo de la ciudad había decaído conforme la gente buscaba refugio en sus casas. Las luces de los edificios del barrio de Bilbao La Vieja se veían encendidas en la otra orilla de la ría. Era hora de cenar. Tras algunas ventanas se percibía movimiento; en otras, las cortinas cubrían púdicamente la intimidad de sus moradores. La campana de un tranvía sonó cerca, rompiendo el monótono ruido de fondo de los coches circulando por el asfalto mojado de la calle de la Ribera. Leire lo vio pasar por el rabillo del ojo: una gigantesca oruga verde que se arrastraba por los límites de un Casco Viejo que, a pesar de algunas franquicias, aún conservaba su ambiente de pueblo en el corazón de la metrópoli.

La escritora dejó atrás el teatro Arriaga y se internó en el Arenal. La amplitud de aquel espacio, que cobraba vida con las fiestas y permanecía desnudo el resto del año, alimentó su tristeza. No lograba quitarse de la cabeza la imagen de Begoña en su minifalda, sabiéndose atractiva y en la flor de la vida. Las miradas rotas de sus amigas en la escalinata de la iglesia le atormentaban. Nadie como aquellas con quienes compartiría sus confidencias conocería los temores de la joven asesinada. Tal vez en ellos se ocultara el criminal que le había arrebatado la vida.

Las rítmicas paladas de un remero dirigieron su atención hacia el centro de la ría. Su equipamiento blanco destacaba sobre las aguas oscuras y tranquilas. Tres patos se asustaron a su paso y alzaron el vuelo hacia una escalera oxidada. Leire saludó mecánicamente al joven con un gesto que el chico no correspondió.

¿Quién podía haber matado a los dos hermanos? La escritora se obligaba una y otra vez a concentrarse en ello. Todo apuntaba a la propia familia, pero no quería engañarse, podía haber sido cualquiera. Una gota fría le rodó por la mejilla. Tenía el pelo empapado y los mechones que colgaban sobre su cara rezumaban agua. Su impermeable rojo, el mismo que regalaba un toque de color a aquel triste atardecer de los últimos días de la primavera, carecía de capucha con la que cubrirse.

—Ahí empezó todo —Cestero no perdió el tiempo en saludos. Apostada en el extremo del Arenal más cercano al puente del Ayuntamiento, aguardaba a la escritora y señalaba la chimenea del parque de Etxebarria.

Leire observó en silencio aquel pináculo de ladrillo, último recuerdo de la vieja fundición que ocupara años atrás aquel privilegiado otero sobre la ciudad. No necesitaba cerrar los ojos para volver a ver allí la bola de fuego. Tampoco para sentir en sus fosas nasales el olor acre de la carne quemada. Algo le decía que no era la única, que probablemente no quedara nadie en Bilbao que no se estremeciera al ver recortarse sobre la ría el escenario de un crimen tan macabro. Quien hubiera elegido el lugar lo había hecho a conciencia, sabedor de que nunca más una mirada hacia aquel viejo vestigio industrial carecería de un recuerdo a los hechos atroces que allí se consumaron.

—Alguien debería hablar con las amigas de Begoña. Ellas sabrán mejor que nadie cómo era su relación con su familia —apuntó incapaz de reprimir un estremecimiento.

Cestero asintió. El movimiento de su cabeza fue casi imperceptible bajo la capucha negra.

—Hay que hablar con demasiada gente —reconoció—. Hoy he tratado de hacerlo de nuevo con Asier Etxebeste. Estoy segura de que podría aportar algo. Si es verdad que salía con Lander, tiene que saber si se sentía amenazado por alguien.

—¿No ha habido suerte? —Leire se temía la respuesta.

—Ni mucho menos. Se ha ido —apuntó la ertzaina—. Estará todo un mes de Interrail. Su padre parecía encantado de que no pudiera contestar a mis preguntas. Y me ha dejado muy claro que su hijo ni es gay ni anda con ese tipo de compañías.

—¿Se ha marchado? ¿En plenos exámenes de junio? —la escritora no daba crédito.

—Parece que el del otro día era el último —explicó Cestero encogiéndose de hombros—. Mira, mi impresión es que sus padres han querido quitarlo de en medio. Lo que sea con tal de que no trascienda que es homosexual. Son una familia muy tradicional, ella es concejal en el ayuntamiento y él está en el consejo de administración de una acería. No quieren dar que hablar.

Leire lamentó que todavía quedara gente tan obtusa en el siglo veintiuno.

—¿Quieres tomar algo? —propuso señalando hacia el Casco Viejo—. Aquí cerca preparan unos bocadillos de jamón increíbles.

—¿En la calle Esperanza? Lo conozco. Ayer me llevó Iñigo —anunció la ertzaina—. Si no te importa, prefiero pasear un poco. Llevo toda la tarde metida en la comisaría.

—Claro. Ayuda a pensar —apuntó la escritora ocultando su decepción. Todavía recordaba sus primeras visitas al Claudio con el profesor. Entonces ella era una estudiante y paraban a tomarse una caña con media ración de jamón cuando Iñigo la acompañaba a casa. Lo imaginó ahora, quince años después, tonteando con Cestero en esas mismas mesas y sintió que apretaba en exceso la mandíbula.

—No sé si hacemos bien centrándonos en la madre y el tío —señaló la ertzaina echando a andar hacia las Siete Calles.

La mente de Leire voló al despacho del rector de la universidad. Los Brazo Duro, la pintada en la capilla, el gesto desafiante de Aimar Iturria...

—Ha ido todo demasiado deprisa. No ha habido manera de profundizar en nada —reconoció fijándose en la expresión triste de una joven que venía de frente en bicicleta.

—Esta tarde hemos estado citando a los asistentes a la fiesta de Ezequiel Vargas. Mañana los interrogaremos a todos —explicó la ertzaina—. Sabemos que ese fue el último lugar donde se vio a Lander Oteiza con vida. Alguien recordará algo. A qué hora se fue, si se marchó solo o acompañado, si se sentía amenazado... ¡Joder, todavía no sabemos nada de su vida!

Cestero se llevó una mano a la nariz para secarse una gota de agua que le resbalaba por ella. Al hacerlo, se entretuvo acariciando el lugar donde solía lucir el *piercing*.

—¿Lo has perdido? —inquirió Leire al reparar en que no lo llevaba.

—Qué va. Esos cabrones de Erandio...

A pesar de que el semáforo estaba en rojo para los peatones, cruzaron la calle Ribera. No había coches a la vista. Tampoco muchos paseantes. Solo una pareja bajo un único paraguas y un hombre que rebuscaba furtivamente en las papeleras. Los graznidos de unas gaviotas que sobrevolaban el Arenal las despidieron antes de que se perdieran entre calles.

—¿Habéis avanzado algo con el asunto de los barbitúricos? De algún sitio tiene que haberlos sacado —preguntó la escritora.

Cestero señaló una farmacia cercana sin dejar de caminar. La cruz que adornaba la fachada parpadeaba, tiñendo de tonos verdes las baldosas mojadas de la calle.

—¿Cuántas de estas hay en Bilbao? ¿Cómo vamos a saber si en una de ellas faltan unas dosis de sedantes? Es imposible. Y luego está internet. Se puede comprar de todo en la red. No, por ese camino no llegaremos a ninguna parte.

Leire contempló desanimada los destellos verdes. ¿Por qué era todo tan complicado? Después vagó con la mirada por la calle.

—Bilbao está triste —comentó. Las persianas cerradas de las tiendas y las farolas encendidas, pese a que aún quedaba algo de luz diurna, acrecentaban la sensación.

—¿Te extraña? Lo raro sería que no lo estuviera.

—Fue espantoso —aseguró la escritora recordando la noche de la regata.

Cestero se mantuvo pensativa unos segundos antes de hablar.

—Tengo la sensación de que estamos dando palos de ciego. A estas alturas deberíamos tener claro por lo menos el móvil del crimen. Tenemos varias hipótesis, pero ninguna con suficiente fundamento.

—El asesinato de Begoña me ha roto los esquemas —admitió Leire—. Hasta entonces todo parecía apuntar a los Brazo Duro. ¿Ahora, en cambio, qué tenemos? Un abanico mucho mayor y en el que cobra un feo protagonismo la familia de las víctimas. Esa madre a la que una secta tiene sorbido el entendimiento y ese tío que puede heredar un montón de dinero al quitarse a sus sobrinos de en medio.

Cestero arrugó los labios y tardó de nuevo en contestar.

—Me da que sigue faltando algo —reconoció con voz queda.

24

19 de junio de 2015, viernes

Cestero disfrutaba de un agradable duermevela abrazada a la almohada. El acompasado sonido de la ducha era apenas un susurro que mecía sus sueños inconexos, alternados cada pocos minutos con miradas somnolientas a través del gran ventanal que se abría junto a la cama. Bilbao se desperezaba lentamente. El puente del Ayuntamiento y los viales a orillas de la ría se iban llenando de coches conforme la claridad del día ganaba terreno ante las farolas. Cada vez que abría los ojos quedaban menos encendidas.

Había vuelto a caer en un leve sopor cuando unos pasos la despertaron.

—Estás bueno hasta en albornoz —murmuró abriendo los ojos.

Iñigo soltó una risita.

—Ya será menos —dijo sentándose en la cama. Olía a jabón y llevaba el cabello mojado y enmarañado—. He hecho café.

La ertzaina reparó en la taza que le ofrecía y se incorporó para darle un trago. Al hacerlo, el edredón dejó al descubierto sus pechos. Le gustó ver que la mirada del profesor volaba hasta los *piercings* que atravesaban sus pezones.

—¿Tienes prisa? —le preguntó acercándose a él en busca de un beso.

Iñigo volvió a reírse.

—Tengo que vigilar un examen, pero todavía tengo un rato —contestó adelantándose para besarla en la boca.

Sus labios y sus lenguas se convirtieron en un torbellino mientras Cestero desligaba el nudo del albornoz. Las manos del profesor se detuvieron en sus pechos y le acariciaron con suavidad los pezones. Al ser consciente de sus jadeos, la empujó hasta dejarla tendida sobre la cama. La sonrisa pícara con la que acercó los labios a esas arandelas que tanto le gustaban y la lentitud con la que las recorrió con la lengua obligó a la ertzaina a suplicar que lo hiciera de una vez. Después llegaron los gemidos, más intensos aún cuando la boca del profesor continuó bajando y se detuvo en su sexo.

—Ni se te ocurra parar —bromeó ella ahogando un jadeo.

Lo habían hecho dos veces esa noche. La primera en cuanto Cestero llegó a casa. En esa ocasión ni siquiera llegaron a la cama. Una butaca del salón se había convertido en cómplice perfecta para dar rienda suelta a sus fantasías. La segunda después de cenar, ya en el dormitorio y con Bilbao dibujándose a la luz de las farolas tras el ventanal sin cortinas.

Cestero decidió que era hora de tomar las riendas. Obligó a su amante a tumbarse boca arriba y se sentó a horcajadas sobre él. Sus caderas comenzaron a moverse, al principio lentamente, sensualmente, después con un ritmo cada vez más frenético. Era su postura preferida, con la que más placer obtenía y con la que más segura se sentía de sí misma. Sabía que su cuerpo no era el de una modelo. Su cadera ancha y su baja estatura no ayudaban. Sin embargo estaba más que satisfecha con unos pechos que volvían locos a todos los hombres con los que se había acostado. Y más desde que se decidió a ponerse los *piercings*.

Iñigo no era una excepción. Ahí lo tenía, jugueteando con sus pezones erectos mientras ella le regalaba la cabalgada de su vida.

Un teléfono empezó a sonar.

—Es el tuyo —anunció el profesor entre jadeos. Sus manos habían pasado a la cadera de la ertzaina para ayudarle a marcar el ritmo.

—Da igual. —Cestero no estaba dispuesta a salir de la cama. Fuera lo que fuera podría esperar.

Quien estuviera al otro lado de la línea no pensaba lo mismo. El timbre sonaba incesante.

—Será algo importante —apuntó Iñigo.

La ertzaina resopló indignada saltando de la cama.

—¿Qué pasa? —espetó a modo de saludo tras pulsar la tecla verde.

—¿Estabas en la cama? Ya puedes prepararte un buen café y venir a Derio inmediatamente. —La voz de Badiola sonaba seria, sin un mero atisbo de amabilidad.

—¿A Derio? —se extrañó Cestero acercándose al ventanal. El reloj del ayuntamiento aún no marcaba las ocho—. ¿Qué ha pasado?

Su compañero guardó silencio unos instantes. A través del auricular llegaba apagado el sonido de voces y sirenas policiales. Iñigo la observaba con el ceño fruncido, expectante. Enseguida comprendió que la fiesta había terminado y se cubrió el torso con las sábanas.

—Mejor que lo veas —decidió Badiola—. No tardes o el cementerio se llenará de periodistas.

Otoño de 1609

María observaba preocupada el barreño. Que una de las vacas diera menos leche de lo habitual era algo que ocurría a veces, pero que las dos llevaran una semana llenando el *kaiku* hasta la mitad de lo que acostumbraban era extraño. Algo les ocurría. Parecían inquietas. La víspera, de camino a los pastos, se habían asustado de un perro al que veían cada día y habían salido en estampida, obligando a la joven a hacer grandes esfuerzos por atraparlas.

No era de extrañar que percibieran el nerviosismo. Una desagradable sensación de desconfianza y de cuchicheos a la espalda se había instalado en toda la comarca. El miedo era palpable. María esperaba que fuera pasajero, que la normalidad volviera pronto a flotar entre las calles y las sospechas infundadas se fueran tan abruptamente como llegaron.

—Tenéis que estar tranquilas. Pronto todo esto no será más que un mal recuerdo —les dijo en voz alta propinándoles unas afectuosas palmadas en el lomo.

Uno de los animales le contestó con un mugido. El otro siguió bebiendo agua de un pequeño abrevadero.

María miró al exterior a través de la pequeña ventana abierta en las paredes de madera del establo. Continuaba lloviendo. Por un momento estuvo tentada a acercarse a una de las metas situadas frente al caserío a por heno para los animales. No le apetecía mojarse de camino a los pastos. Se regañó a sí misma. Esa hierba la guardaban para la noche y para otras situaciones que requirieran mantener las vacas a cubierto, como los grandes temporales y los meses fríos del invierno. Un chubasco de final de otoño no era motivo para no sacar los animales a pastar.

Se giraba para coger la capa de lana que colgaba de una viga de madera cuando oyó voces en el exterior. Eran hombres. Un gesto de extrañeza se dibujó en su rostro. A esas horas su padre estaba en la cantera, tallando muelas de molino. No podía ser él. Pero eran hombres, no cabía duda.

—¿Dónde está? ¿Aquí? —logró entender. Estaban muy cerca. Tanto que la patada que derribó la sencilla puerta del establo apenas se demoró unos segundos. Las gallinas cacarearon asustadas y se alejaron levantando polvo con su aleteo.

Dos hombres armados vestidos de negro se colocaron a ambos lados de la puerta, protegiendo la entrada de un tercero de nariz aguileña y mirada gélida. Las vacas se revolvieron nerviosas y se apretaron al fondo del corral. María reconoció los ropajes del Santo Oficio. Jamás los había visto, pero supo de inmediato que aquella siniestra casulla negra con una cruz verde en el pecho no podía ser otra cosa.

—¿María de Berrueta? —preguntó el inquisidor. No esperó respuesta. Los guardias que le escoltaban dieron un paso al frente y la prendieron. Antes de que pudiera darse cuenta tenía las manos atadas a la espalda. La cuerda le hacía daño en las muñecas—. Hay testimonios que te acusan de brujería. ¿Quieres confesar?

María dedicó una mirada herida al clérigo. Después vio a su abuela. Un guardia la retenía junto a la puerta. También ella tenía las manos atadas a la espalda y la expresión de sus ojos era de pánico. Había alguien más. No tardó en descubrir de quién se trataba. Acompañada por uno de aquellos soldados de negro, entró en el establo.

—¿Eloísa? —inquirió la joven sintiendo el sabor de la traición en la boca—. ¿No tuviste suficiente?

—¿Es ella? —preguntó el inquisidor girándose hacia la recién llegada.

La francesa se limitó a asentir.

—Ya pagamos por ello. Hemos plantado las berzas y trabajado en el molino. También hemos rezado lo que nos ordenó fray Felipe —se defendió María.

—Fue ella, sí —aseguró Eloísa sin atreverse a mirar a la acusada—. Cuando el bebé salió de su vientre le clavó agujas en el cuello y le sorbió la sangre. Yo no podía hacer nada para defenderlo porque un maleficio me mantenía inmóvil a los pies de la cama.

—¡Mentira! —clamó la abuela desde el exterior—. ¡Hicimos lo que pudimos por salvarle la vida! La criatura nació muerta... —El guardia que la retenía le retorció los brazos para hacerla callar entre muecas de dolor.

María asistía estupefacta a las mentiras de la francesa. El miedo que sentía no tardó en tornarse en pánico. Esta vez la acusación no se juzgaría en la iglesia del pueblo. Las piernas le flaqueaban.

—Es mentira— musitó con lágrimas en los ojos—. Solo traté de que todo fuera bien.

—¡Calla, bruja! —espetó el inquisidor haciendo un gesto a la denunciante para que continuara.

—Lo vi todo desde los pies de la cama, incapaz de moverme lo más mínimo. Era un sortilegio. Asaron al pequeño y se lo comieron, ellas y otros muchos brujos que llegaron al banquete. Se reían y blasfemaban entre eructos nauseabundos. —La lengua, antes perezosa de la acusadora, estaba desatada—. Cuando no quedaron más que los huesos, los pusieron a cocer con una hierba que llamaban *belarrona* y que tiene la virtud de ablandarlos como si fueran nabos. Una parte de ellos los comieron y otros los majaron en un mortero y los exprimieron con paños delgados para sacar un agua clara. —María sintió que las rodillas se le doblaban hasta quedar postrada en el suelo. Su mente intentó protegerla concentrándose en el aroma familiar del heno seco que lo cubría—. Entonces llegó el demonio. El frío se volvió calor y comencé a sentir de nuevo mi cuerpo. Podía moverme, pero era tarde. Se bebió de un trago el jugo de los huesos y desapareció.

—¿Y los brujos? —la interrumpió el inquisidor.

—Ya no estaban. De repente se habían ido.

—¿Y la familia del pequeño?

—Estaban embrujados. No se enteraban de lo que ocurría

en su propia casa. Solo la madre pudo verlo, pero un sortilegio la mantenía inmóvil y de su boca no salía palabra alguna.

El inquisidor no ocultaba su satisfacción. Conforme se agachaba para acercar su rostro al de María, se relamía el labio inferior. Sus ojos destilaban un rencor pasional que rozaba lo carnal.

—¿Dónde está ahora el demonio? —le preguntó con sorna. La joven recibió el hedor de su aliento como un puñetazo—. Siempre os pasa igual, cuando más lo necesitáis no aparece.

María fue incapaz de responder. Intentó zafarse del pánico para encararse con aquel hombre que había irrumpido en su establo para acusarla de las más absurdas barbaridades. Abrió la boca para hacerlo, pero la volvió a cerrar paralizada por el terror en cuanto el inquisidor la sujetó por la barbilla y le obligó a mirarle a los ojos. En ellos vio odio, deseos de venganza y frialdad. Había algo más: lascivia.

—¡Dejadla en paz! —se oyó la voz de su abuela desde el exterior—. ¡Ella no ha hecho nada!

El inquisidor hizo oídos sordos a sus lamentos.

—Hemos encontrado todo esto —anunció un soldado entrando en el establo y mostrando los paños en los que María envolvía las hierbas.

El clérigo cogió una ramita con intención de llevársela a la nariz, pero se pinchó y sacudió la mano irritado. La planta cayó al suelo. María la reconoció a simple vista. Era el cardo que empleaba para cuajar los quesos.

—Quedas detenida por bruja —espetó el inquisidor relamiéndose y acercándose tanto a María que la joven temió que fuera a comérsela. El tufo de su boca la golpeó de nuevo—. Vendrás a Logroño con nosotros. Una estancia en las mazmorras del Santo Oficio te hará confesar todos tus pecados.

Una de las vacas lanzó un quejoso mugido mientras el visitante hacía un gesto a sus hombres para que llevaran a su dueña al exterior. María ahogó un lamento al sentir en sus muñecas el fuerte tirón que le obligó a ponerse en pie. Estaba mareada. No entendía qué estaba ocurriendo. ¿Por qué ella? Hacía apenas unos minutos solo deseaba que la lluvia cesara para llevar a pastar a sus vacas antes de regresar a tiempo para preparar la comida a su padre y su hermano, que llegarían hambrientos del trabajo. ¿Cómo era posible que toda su sencilla vida se le escapara de pronto entre los dedos como el agua fresca de un torrente?

—No quiero ir —murmuró desorientada—. Mi casa está aquí.

El inquisidor le dedicó una mirada triunfal. Disfrutaba al ver desmoronarse a las detenidas.

—Tu casa es ahora el calabozo del Santo Oficio —anunció dándole la espalda para salir del corral—. Si logramos reconciliarte, podrás volver a pisar tu pueblo. De lo contrario, arderás en la hoguera purificadora.

María se giró hacia sus animales antes de salir al exterior. Las gallinas picoteaban distraídas el suelo. Las vacas, sin embargo, la contemplaban fijamente. A pesar de que las lágrimas le velaban la visión, pudo leer el miedo en sus ojos habitualmente tranquilos.

—Se comieron al bebé —insistió de pronto Eloísa—. No dejaron ni los huesos. —Su voz sonaba traumatizada.

Una ráfaga de viento frío le dio la bienvenida al exterior. Apenas la sintió. Recibió, en cambio, como una bofetada la visión de fray Felipe varias casas más allá, junto al caserío de los Txipia. Sostenía en lo alto un crucifijo procesional. No estaba solo. Una docena de vecinos se parapetaban tras él, buscando en la cruz protección ante las brujas que el Santo Oficio acababa de detener.

—Al carro, vamos —ordenó el inquisidor señalando una carreta descubierta con argollas de hierro para atar a las detenidas.

María recibió un empujón para que subiera sin demora. A su abuela, con la que apenas pudo cruzar una mirada, suficiente para saber que estaba tan aterrada como ella, la izaron dos guardias desde lo alto del carro.

—¡Basta ya! ¡Por favor! —aulló de dolor la anciana con tono desgarrado—. ¡Me arrancaréis los brazos!

—¡Dejadla en paz! —le defendió su nieta recuperando las fuerzas—. ¡Bajadla ahora mismo!

El inquisidor se acercó a ella y la asió con fuerza por el pelo.

—¡Sube y calla, bruja!

En apenas unos segundos, ambas mujeres estaban tiradas sobre la carreta con las muñecas sujetas por argollas de hierro a su estructura.

María alzó la cabeza para mirar su casa. Las puertas quedaban abiertas. El susto de su padre y su hermano al volver del trabajo sería mayúsculo. Si al menos le permitieran esperar hasta su regreso para despedirse... De pronto reparó en el nogal que crecía frente a la puerta de la casa de los Txipia. Una sensación de profundo alivio comenzó a tomar forma en su interior.

—Está ahí. El bebé está ahí enterrado, bajo el árbol —anunció a voz en grito. Fray Felipe lo sabía. Fue él quien se negó a darle sepultura en la iglesia. Una criatura que no hubiera recibido bautismo no era bienvenida en tierra consagrada. Aquello las salvaría de la hoguera, menos mal que se había dado cuenta antes de que fuera demasiado tarde—. No tenéis más que escarbar donde se ve la tierra removida y encontraréis su cuerpo. ¡Preguntad a su madre! ¡A su abuela!

El inquisidor la observó con una mueca burlona y ni siquiera se giró para ver el lugar al que se refería.

—Vámonos —ordenó—. Queda demasiado camino hasta Logroño.

María no daba crédito. Se sacudió para zafarse de las argollas, pero solo logró que el hierro se le clavara con saña en las muñecas.

—Que está ahí el niño... ¡Ahí!

—No les importa. Prefieren la historia que ha contado esa malnacida —se lamentó su abuela.

—¡Cierra la boca, bruja! —le ordenó uno de los guardias que flanqueaban el carro.

El inquisidor se subió a su caballo, un corcel negro como sus ropajes, y dio la orden de arrancar. No era el único a lomos de una montura imponente. Sobre una colina cercana a la iglesia, León Aranibar, el poderoso abad del monasterio de San Salvador, observaba la escena con gesto satisfecho. La mitra con la que tocaba su cabeza le otorgaba un aspecto temible que se acentuó cuando clavó espuelas al animal y regresó a Urdax sin perder el tiempo en volver la vista atrás.

El traqueteo fue pronto evidente. María mantuvo la mirada fija en su casa conforme la distancia la volvía más pequeña. Una de las vacas se asomó al exterior en cuanto el ajetreo se alejó. No tardarían en escaparse y luego sería difícil recogerlas para llevarlas de nuevo al establo.

—Por lo menos podían haber cerrado la puerta —protestó mirando a su abuela.

La anciana no le respondió. Tenía la vista clavada en los vecinos ante los que el carro se disponía a pasar. Fray Felipe mostraba el crucifijo a las detenidas. María sintió una punzada en el corazón al reconocer junto a él a chicas que hasta entonces creía buenas amigas. Allí estaban Estebanía de Iriarte y Elvira de Barrenetxea, entre otras. La primera aún sostenía en brazos al bebé de dos meses que tardó más de dos días en nacer. A la segunda le había ayudado a traer al mundo a tres pequeños, todos varones. La vergüenza les impedía mirarla a los ojos, aunque de sus bocas brotaban los mismos improperios que del resto de vecinos.

—¡Fuera de aquí, brujas!

—¡Id a adorar al demonio en la hoguera!

—¡Brujas!

Lo peor, sin embargo, vino de otra boca. Apoyada en su madre, Catalina Txipia, la joven madre cuyo hijo descansaba bajo el nogal, las observaba con el rostro desencajado y sus gritos resultaban estremecedores.

—¡Mataron a mi hijo! ¡Lo mataron! —repetía una y otra vez.

Sus lamentos fueron perdiendo intensidad a medida que el carro se alejaba de allí, pero resonarían durante horas en la mente de las detenidas.

—¿Por qué nos hacen esto? —sollozó la abuela mirándose las manos, amoratadas por culpa de las argollas. Su gesto era de derrota.

María no respondió. No hacía falta. Solo quería llorar. Alzó la vista para ver el pueblo. La torre de la iglesia se alzaba sobre las casas, apiñadas en aparente desorden en busca de su protección. Los prados refulgían verdes entre árboles de oro, y más allá, mucho más allá, el mar se extendía hasta el horizonte. Las lágrimas le nublaban la vista, pero le pareció hermoso. Un jilguero cantó desde uno de los manzanos que flanqueaban el camino y el olor a heno se coló en sus fosas nasales. La lluvia había cesado y el otoño invitaba al optimismo. La joven, sin embargo, tuvo la espantosa certeza de que se trataba de una despedida. Jamás volvería a ver los paisajes que tanto había llegado a amar; jamás volvería a Zugarramurdi.

25

19 de junio de 2015, viernes

De nuevo ese olor, ese maldito olor.

Leire se llevó la mano a la nariz con un mohín de desagrado. Le costó avanzar entre las arcadas monumentales que constituían la entrada al cementerio de Derio. Nunca se había sentido incómoda en los camposantos, tal vez porque de pequeña solía pasear por el de Deusto con su abuelo. Esta vez era diferente. Sabía lo que iba a encontrar tras ese olor flotando en el aire a pesar de encontrarse aún a tanta distancia.

«No puede ser que lo sienta desde aquí. Todavía estoy lejos. Tiene que tratarse de mi imaginación —se dijo obligándose a apretar el paso.»

Era temprano. Poco más de las nueve de la mañana. Afortunadamente no había todavía visitantes a los que retener tras el cordón policial. La pareja de ertzainas que constituía el primer filtro, situado en la cabecera de la calle de la Piedad, se limitó a darle los buenos días. Más allá, donde la vía flanqueada de cipreses y panteones por la que avanzaba con el corazón en un puño confluía con una avenida perpendicular, el dispositivo se volvía más serio. Altas cortinas blancas habían sido desplegadas de lado a lado de la calle para evitar las miradas de posibles curiosos. Aminoró el paso de manera inconsciente. No quería llegar.

El olor se volvía cada vez más intenso. Carne quemada. El aroma resinoso de los cipreses intentaba envolverlo, pero solo lograba otorgarle tintes más grotescos.

Tomó aire a fondo y reprimió una náusea.

Uno de los policías que custodiaba el imponente cordón policial levantó la mano al verla llegar. El uniforme se ceñía demasiado a su barriga, como si hubiera engordado una vez adjudicada la talla. Sus mejillas regordetas y sonrosadas en un rostro pálido le hicieron pensar a la escritora en un origen nórdico.

—Lo siento. No puede pasar —apuntó en un castellano perfecto. En otras condiciones, Leire se hubiera reído de sí misma por caer en estereotipos baratos.

Estuvo a punto de obedecer y darse la vuelta. Era lo que le pedía a gritos su interior. Sin embargo, investigar crímenes no era solo ir preguntando por ahí.

—Vengo con Ane Cestero —anunció con gesto serio.

El ertzaina miró a uno de sus compañeros, que hizo un gesto afirmativo.

—Es muy duro lo que hay ahí dentro —le advirtió el policía haciéndose a un lado.

—Lo sé —musitó Leire apartando la sábana.

La tumba había sido expoliada. La lápida estaba rota. Uno de los pedazos, el mayor, derribado a sus pies. Los otros se habían perdido en el oscuro interior. El féretro seguía dentro, pero la tapa de madera había sido arrancada y descansaba sobre el panteón vecino. Su color blanco destacaba sobre el gris de la piedra. Lo peor, sin embargo, estaba más arriba. Leire lo sabía y tardó en alzar la vista.

—Joder... —masculló al hacerlo.

El cadáver de Begoña Oteiza, la joven en minifalda que días atrás lloraba la muerte de su hermano en la morgue, la muchacha a la que la propia Leire había despedido hacía solo unas horas en la iglesia del Karmelo, había sido cruelmente profanado. El cuerpo había sido atado a la propia cruz del panteón familiar, en el que descansaban, ajenos afortunadamente a tanto horror, sus abuelos. El fuego se había ocupado del resto. El rostro lloroso de un ángel de piedra, ennegrecido por el humo, se apiadaba de ella. Parecía tan real que Leire tuvo que apartar la vista.

Miró alrededor. Las esculturas de otras tumbas también contemplaban horrorizadas el bulto sin vida que pendía de la cruz. Ellas lo habían visto todo. Poco importaba; el cobarde que había actuado así contra un cadáver sabía que jamás hablarían.

¿Quién podía hacer algo así?

—¿No tenían suficiente con matarla? —preguntó la escritora en cuanto pudo acercarse a Cestero. A su alrededor, varios agentes buscaban pruebas con gesto serio.

—Hay que estar muy mal de la cabeza —corroboró la ertzaina. Quizás fuera solo una impresión, pero a Leire le pareció que tenía los ojos llorosos. No era para menos. También ella sentía un nudo en la garganta que le hacía difícil hablar sin que se le quebrara la voz.

—Quienquiera que fuera no pretendía aquel final —aventuró Leire recordando la aparición de Begoña Oteiza en el trastero de su casa—. Lo que buscaba era un escarnio público como el de su hermano el día de la regata. —Se detuvo para señalar la cruz de piedra con el mentón—. Ya lo ha conseguido.

Cestero asintió con la mirada fija en el cadáver.

—Afortunadamente, demasiado tarde. Por lo menos no ha muerto entre llamas. Lo hizo en una ambulancia y rodeada de personas que intentaban salvarle la vida.

El estruendo de un avión ahogó sus palabras. Leire lo agradeció. No se sentía con fuerzas de añadir nada. El aparato tocó tierra a pocos metros, en las pistas del aeropuerto de Loiu, que comenzaban en el límite mismo del cementerio.

—Ya están aquí —anunció el agente barrigón asomándose tras la sábana.

—Son como buitres —protestó Cestero—. Si fuera por ellos, querrían asesinatos todos los días para que sus programas de mierda tuvieran audiencia. ¿Por qué no empiezan otra vez con los papeles de Bárcenas y nos dejan en paz?

Leire dio un paso atrás y apartó la sábana. Al principio solo reparó en la cámara de televisión más cercana al cordón policial, pero enseguida comprobó que había otras dos algo más allá. Los periodistas se hallaban de pie sobre las tumbas, buscando la mejor perspectiva para sus intervenciones en directo en los programas matinales. Una de ellas, una joven rubia platino con un micrófono azul, se hallaba en plena conexión, como delataba el piloto encendido de la cámara y los abundantes gestos con los que remarcaba sus palabras.

—Mierda, mirad ese —señaló Badiola—. Que alguien vaya a bajarlo inmediatamente.

Un fotógrafo se había encaramado a lo alto de un panteón coronado por un globo terráqueo y tomaba fotos de la profanación. Desde semejante altura, las sábanas del cordón policial poco podían hacer para evitarlo. La escritora imaginó las instantáneas en la portada de algún periódico o corriendo como la pólvora en Twitter.

—Son carroñeros —sentenció con una mueca de disgusto.

—Habrá que quitarle la cámara. Esas fotos no deben publicarse —añadió Cestero.

Badiola frunció los labios.

—Dirá que está en su derecho, que... —comenzó a objetar.

—Su derecho me lo paso yo por aquí —le interrumpió Cestero haciendo un gesto obsceno—. Ese no publica una foto de esas como que me llamo Ane.

Leire celebró su determinación al verla abandonar airada el recinto acordonado.

—Podéis bajarla —apuntó el forense—. No necesito ver más. Hace entre cuatro y cinco horas que la han desenterrado y le han prendido fuego.

—El guardia de seguridad dice que vio las llamas a eso de las cinco —afirmó Badiola.

—Han empleado un líquido inflamable para rociarla. No hay más que ver el reguero que hay en el interior de la tumba —añadió uno de sus compañeros.

—Gasolina. Igual que con su hermano —corroboró el forense.

Leire intentó establecer distancia emocional con todo aquello. Tenía que dejar de ver aquel cuerpo ennegrecido y mutilado por las llamas como la joven atractiva que había conocido apenas unos días atrás en la morgue. De lo contrario el horror y el dolor le impedirían pensar fríamente, y necesitaba hacerlo si quería dar con el monstruo que había interrumpido su eterno descanso.

Dos hermanos muertos en menos de una semana y en ambos casos el fuego como elemento central de los macabros planes del asesino... De manera casi inconsciente, su imaginación postró ante la tumba profanada a las sacerdotisas vestidas de blanco que custodiaban la llama. Las palabras de Joshua reverberaron en sus oídos. Purificación, limpieza, reconciliación...

Un nuevo avión pasó tan bajo que durante unos instantes no se oyó más sonido que el rugido de sus motores. La enorme sombra de sus alas recorrió el cementerio. Después vino el estruendo del frenado y de nuevo un tenso silencio.

—¿A quién se le ocurriría poner el cementerio al lado del aeropuerto? —protestó un ertzaina.

—Fue al revés. Primero, el camposanto y luego llegaron los aviones —le corrigió otro.

—Es igual. Siempre que voy a aterrizar y veo las tumbas me da un mal rollo... —insistió el primero.

Mientras hablaban, sus compañeros habían introducido el cadáver en una enorme bolsa negra. El forense cerró la cremallera.

—¿Le practicarás la autopsia de nuevo? —inquirió Badiola.

—Hay que confirmar que se trata de Begoña —dijo Egaña volviéndose hacia él.

Leire se preguntó qué podía mover a un médico a elegir la especialidad de medicina legal. Una cosa era intentar sanar a personas enfermas y otra, muy diferente, tratar con fallecidos a los que sus manos no devolverían la vida. Sin duda, un tema muy interesante para la novela en la que trabajaba. Se dijo que otorgaría al forense un mayor protagonismo. Lo pintaría como un tipo raro, nada de hacerlo corriente y hasta cierto punto atractivo como Egaña, sino introvertido y solitario. Que hablara con los muertos y les contara incluso sus problemas personales. Con un poco de suerte, el lector llegaría a verlo como un posible sospechoso que le despistara del verdadero criminal.

—Ya está. La tengo. —Cestero mostraba triunfante una tarjeta de memoria—. Igual nos sirve de algo. Una visión diferente del escenario —apuntó guardándosela en el bolsillo sin reparar en la mirada desaprobadora de Badiola.

—Creo que aquí hemos terminado —anunció uno de sus compañeros introduciendo la tapa del ataúd en la furgoneta policial—. A ver si en el laboratorio encontramos alguna huella.

—Que alguien vaya a por los enterradores. Antes de que levantemos el cordón esto tendrá que estar presentable —decidió Badiola contemplando la lápida rota y la tumba abierta.

El rugido de un nuevo aterrizaje eclipsó sus palabras.

—¿Algún sospechoso? —le preguntó Cestero a Leire, que observaba el rostro ennegrecido de los ángeles que flanqueaban la tumba. Las llamas entre esculturas tristes y cruces de piedra en mitad de la noche tenían que haber sido un espectáculo muy poco gratificante. En un libro causarían un gran impacto en el lector.

—No sé —reconoció—. Lo más fácil sería pensar en Josefina. Le atormentaba saber que su hija no podría ser purificada. Aunque tampoco la veo desenterrándola para hacerle esto. Hay que estar muy loco para venir aquí en plena noche y sacar un cadáver de su ataúd.

—Y tener cierta agilidad. Quien lo haya hecho saltó el muro del cementerio —argumentó Cestero asomándose a la tumba abierta.

—Estoy pensando también en Joshua, el líder de la secta, pero tampoco lo veo aquí. Parece un hombre tranquilo —musitó Leire apoyando las nalgas en una de las tumbas cercanas.

—Ni de coña. El líder de una secta no se mancha las manos. Con lo bien que vivirá del dinero que saca a quienes tiene engañados... No. Él no ha sido —sentenció la ertzaina negando ostensiblemente con la mano.

—Tampoco debemos descartarlo tan rápidamente. No hay que olvidar su poder de persuasión. No tiene por qué haberlo hecho él personalmente —le corrigió Badiola. Se había acercado tras asomarse a comprobar si los periodistas seguían por allí—. Cada vez hay más. Como moscas a la mierda. Habrá que salir por atrás o nos freirán a preguntas.

—¿Y el tío? —sugirió Leire—. Si fue él quien la mató, puede haber profanado la tumba para que todas las sospechas caigan sobre su cuñada.

Badiola entrecerró los ojos, pensativo.

—¿Qué gana con eso? —inquirió.

—Que le dejemos en paz —sentenció Cestero—. ¿Te parece poco?

La alegre melodía del móvil de la escritora sonó grotesca junto a la lápida rota.

—Perdón —murmuró pulsando precipitadamente la tecla de rechazar la llamada. Después reparó en que se trataba de Amparo. La dueña de la Bodeguilla jamás la telefoneaba. Solo podía tratarse de malas noticias. Con un nudo en la garganta, pulsó el botón de rellamada—. ¿Hola? ¿Amparo? —saludó apartándose de los policías.

—Hola, Leire. ¿Qué tal por Bilbao? —le preguntó la anciana—. Oye, siento llamarte para esto... Verás, es por tu madre... No está bien. Se ha emborrachado y acaba de montar un circo con unos clientes.

La escritora sintió que una mano afilada le desgarraba las entrañas. Guardaba la esperanza de que todo aquello hubiera caído en el cajón del olvido y nunca más volviera a salir de allí. Se sintió avergonzada e irritada al mismo tiempo y tuvo ganas de romper a llorar de impotencia.

No lo hizo. Se limitó a balbucear una disculpa y le prometió a la anciana que llegaría tan pronto como le fuera posible.

26

19 de junio de 2015, viernes

—*Je suis très contente d'être...* —Nekane ponía todo su esfuerzo en pronunciar correctamente las palabras.

—No, contenta es demasiado simple. Mejor, feliz. *Je suis très heureuse* —le corrigió Olivier recostado en su silla.

La joven asintió y repitió la palabra por lo bajo antes de lanzar la frase completa.

—*Je suis très heureuse d'avoir été invidé...*

—*Invitée* —la interrumpió el francés.

Nekane lo fulminó con la mirada. Sabía que lo hacía por su bien, pero a veces le superaba la tendencia del viajante a la ultracorrección.

—Es que estoy nerviosa —se disculpó—. ¿Sabes qué es que te inviten a un concurso tan prestigioso? No puedo permitirme que salga mal.

Olivier sonrió enigmáticamente y posó una mano sobre la de la quesera.

—Me alegro de que mis gestiones hayan resultado —murmuró mirándola fijamente.

Nekane apartó la mano, dejando la de Olivier sola sobre la mesa.

—¿Has sido tú? —inquirió decepcionada. No le gustaba que le mintieran. Habían sido su madre y su amiga Sandrine quienes habían conspirado para que su queso fuera admitido.

—Bueno, uno tiene sus contactos. Algunos de mis clientes de Burdeos están muy bien relacionados —esgrimió el francés con fingida humildad.

—¿Por qué yo? Llevas muchos quesos. Los habrá mejores que los míos.

La respuesta del viajante tardó unos segundos en llegar. Parecía estar pensando hasta dónde podía llegar.

—Porque lo mereces —reconoció finalmente.

La joven quesera se recostó incómoda en la silla. Hubiera preferido un porque tus quesos lo merecen que una aseveración tan personal. Olivier era el principal distribuidor de los productos de su quesería y no quería que entre ellos se produjeran malos entendidos. Como siempre que tenía la impresión de que el viajante trataba de flirtear con ella, se arrepintió de haberle propuesto que le ayudara con el idioma. Hasta que empezaron a tomar aquellos largos cafés con la excusa de practicar francés, su relación se reducía a visitas a la quesería en las que Nekane le mostraba las novedades y hacían cuentas de los últimos quesos vendidos.

Olivier se cuidaba mucho de ser directo, aunque cada vez eran más frecuentes los guantes que le lanzaba por si ella quería recogerlos. A pesar de que su cabello era casi completamente cano, no llegaba a los cuarenta años y no podía decirse que no fuera atractivo. Su rostro era armónico y aniñado, casi femenino. Quizás por ello se dejaba esa barbita de dos días que le daba un toque viril. En otro momento tal vez Nekane se hubiera permitido dejarse llevar por sus encantos. Ahora no. Su corazón estaba ocupado.

—Lo merecerán mis quesos, no yo —apuntó la joven en un intento por reconducir la tertulia—. ¿Otro café?

Sin esperar a que el francés contestara, alzó la mano para llamar la atención de Divina. La tabernera le hizo un gesto para que esperara sin apartar la mirada del televisor.

—Ya voy, hija. Ese tío del Puente Viejo no tiene vergüenza, solo quiere acostarse con ella. Siempre igual, vaya un bragueta suelta —protestó sentada en la cámara frigorífica. Como era habitual, lo hizo sin atisbo alguno de sonrisa. Nekane sospechaba que se trataba de una pose estudiada para mantener las distancias con los clientes. No debía de ser fácil estar detrás de una barra que tenía como parroquianos habituales a todos los ganaderos del pueblo; muchos hombres y demasiadas pocas mujeres.

—Calla Divi, ya te gustaría a ti traértelo a Zugarramurdi —se burló el único cliente, un hombre de edad avanzada que se sentaba al fondo del bar con la silla del revés y un palillo en la boca. Su barriga, apoyada en el respaldo, rivalizaba en congestión con su rostro enrojecido—. Madre mía. Solo nos faltaba Lorenzo Lamas por el pueblo —añadió riéndose de su ocurrencia.

—¿Lorenzo Lamas? Ese ya será más viejo que tú. Lorenzo Lamas dice... —se mofó Divina preparando más café. El pelo le caía descuidado sobre una camiseta roja que le quedaba grande.

—Qué más da. Esos guapos de la tele son todos iguales —sentenció el otro.

—Tus quesos son muy buenos. Los mejores. Y solo tienes veinticuatro años. No hay nadie con tu proyección. Te espera un gran futuro. Eso es lo que buscan en el concurso —intervino Olivier logrando que la atención de Nekane volviera a la mesa.

—Exageras —musitó la quesera.

—Ni mucho menos. Me los quitan de las manos.

Nekane sabía que tenía razón. El francés comenzó comprándole una pequeña cantidad de su producción para incluirla en su catálogo junto con otros quesos, vinos y derivados del pato que vendía a restaurantes y tiendas de ambos lados de la frontera. Ahora, tres años después, le urgía una y otra vez para que produjera más, porque sus quesos eran los más demandados de todos los que distribuía.

—El café. Largo para ti y corto para el gabacho —anunció la tabernera dejando las tazas sobre la mesa.

—No te pases, Divi —la regañó el viajante con una sonrisa—. ¿Y la miel? Ya sabes que lo tomo con miel.

—La cuestión es dar guerra —refunfuñó Divina volviendo a la barra.

El camión del butano se detuvo al otro lado de la ventana, en plena plaza. Un hombre con bigote y escasos hombros se apeó por la puerta del conductor y entró al bar.

—¿Te queda algo, Divina? —preguntó.

—Algo te he guardado. Espero que te gusten las pochas con bacalao... Cada semana vienes más tarde. Es hora de merendar, no de comer. Siéntate, anda. Y haz el favor de no dejar esos guantes sucios sobre la mesa.

Olivier volvió a buscar el roce con la mano de Nekane, pero la retiró enseguida.

—El del puesto de quesos del mercado de Bilbao está entusiasmado contigo. Dice que los turistas se los llevan por pares. Se quedó buena parte de los que llevaba.

La joven asintió alzando las cejas en señal de sorpresa.

—Oye, ¿no teníamos que hablar en francés?

—*Ah, oui, mademoiselle. C'est vrai* —repuso Olivier dando un largo sorbo al café—. *Divi, le café est merveilleux.*

La tabernera volvió de la cocina con un plato de legumbres humeante.

—Menos cachondeo. Entre todos me habéis jorobado el Puente Viejo —protestó dirigiendo una mirada de reojo al televisor.

—No te has perdido gran cosa —la tranquilizó el de la txapela—. Le ha dado calabazas. De llevárselo a la cama, nada.

Nekane volvió a concentrarse en las palabras de agradecimiento que tendría para el jurado del certamen. Las repitió una vez más y esta vez la entonación sonó mejor, más afrancesada.

—Eso es. Perfecto. *Très bien* —celebró el viajante acariciándole la mano. Su mirada era tan intensa que la quesera temió que esta vez se le declarara.

—Gracias, Olivier —musitó apresuradamente señalando el reloj que colgaba sobre un expositor con postales que amarilleaban—. Tengo que irme. He quedado con un amigo.

—¿Y eso? —se interesó Divina desde la barra—. Ay, que se nos echa novio la pastorcita.

—Ya toca, ¿no? —se burló Nekane poniéndose en pie. En realidad no había cita alguna. De buena gana habría quedado con él, pero todavía no había regresado. Pronto lo haría y podrían verse cada día. Entonces su amor dejaría de ser un secreto y no tendrían que seguir viéndose a escondidas.

—¿Nos vemos mañana? —preguntó el francés—. Me quedaré todo el fin de semana por aquí.

—Tendrías que comprarte una casa en Zugarramurdi. Pasas más tiempo aquí que en tu pueblo —bromeó Divina dejando en el fregadero las tazas de café que le entregó Olivier.

Nekane se giró hacia la salida. No tenía intención alguna de verlo al día siguiente.

—Estaré muy ocupada estos días. Ya nos veremos el lunes —dijo dejando cinco euros sobre la barra. Después salió a la plaza y se alejó dejando que la puerta se cerrara sola. Estaba cansada de insinuaciones. Aquellos cafés se tenían que acabar.

27

19 de junio de 2015, viernes

Leire tragó saliva para intentar deshacer el nudo que le oprimía la garganta. No iba a ser fácil. Jamás lo era cuando tenía que enfrentarse a los problemas de su madre con la bebida. Apoyó la mano en la puerta pintada de verde y se culpó una vez más por haber sido tan ingenua. Creer que Irene cumpliría su palabra y no probaría el alcohol había sido un error. Durante cinco meses había sido así y la idea de traerla a Pasaia a vivir con ella parecía acertada. Ahora, en cambio, todo se había derrumbado.

—Vamos allá —musitó para sí misma abriendo la puerta.

El olor de la Bodeguilla la recibió como un abrazo acogedor. Las notas marinas de los salazones enmascaraban otros aromas, aunque no el del vino que dormía en sus barricas de madera. Al reparar en él sintió todo el peso de la culpa. Un lugar así no era el refugio que una alcohólica necesitaba para recuperarse de su adicción. Había estado ciega al pedir a Amparo que permitiera que su madre le ayudara en el bar-tienda.

—Hola, cariño. Qué rápido has venido —la saludó una voz que conocía muy bien.

—Lo siento en el alma, Amparo —murmuró Leire adelantándose para darle un beso desde el otro lado del mostrador repleto de latas de anchoas y tarros de guindillas. Había ido directa a la estación de autobuses en cuanto salió del cementerio. De buena gana hubiera dejado pasar más tiempo, pero algo así requería una conversación sin demora.

La mujer hizo un gesto para quitarle importancia.

—Mi difunto Peio decía que quien no se cae es porque no es humano.

—¿Dónde está? —preguntó Leire buscando a su madre con la mirada.

Dos parroquianos que nunca fallaban al aperitivo en la Bodeguilla discutían de remo acodados en un extremo de la barra. Ni siquiera se giraron para comprobar quién era la recién llegada.

—Dentro, en el almacén. Se ha dormido después de montar el circo —apuntó Amparo haciendo un gesto para que la acompañara—. Siéntate. Ahora le digo que salga.

Leire ocupó la mesa de la esquina. No era la que solía elegir cuando bajaba a almorzar a la Bodeguilla, pero sí la más lejana a la barra. No quería que aquellos dos marineros jubilados, con los que apenas acostumbraba a cruzar un saludo, le oyeran discutir con su madre.

Tomó aire a fondo, resignada, y se fijó en las boyas de cristal que colgaban de la pared de enfrente. Las vio raras: más coloridas, más brillantes. Alguien se había molestado en quitarles el polvo que las cubría habitualmente. Junto a ellas había un remo, una nasa de pescar marisco y una vieja báscula. En sus primeras visitas la escritora llegó a pensar que eran aperos que alguien había dejado allí apoyados con la intención de volver otro día a por ellos. Ahora, en cambio, tenía claro que se trataba de una espontánea decoración.

—Mientras no cambien el patrón no hay nada que hacer. Buenos remeros sin alguien que los dirija, mal asunto. —La conversación de los de la barra resultaba recurrente.

—¿Y a quién ficharías? ¿Al boceras? ¿Qué quieres, que les pinchen de todo a los chavales?

—Eso está por demostrar. A ver quién no tiene las manos sucias con ese tema.

Leire sonrió para sus adentros. Le gustaba aquel lugar. Lástima que su madre hubiera echado por tierra su intento de hacerle sentir útil. Hasta que recibió la llamada de Amparo, guardaba la esperanza de que los problemas con la bebida de Irene se solucionaran al verse de nuevo trabajando tras tantos años lamentándose en casa del accidente que le había arrebatado a su marido bombero.

—¿Has visto lo que me han traído los de la Real? —Amparo acompañaba a Irene, que miraba avergonzada a su hija—. No piensan devolver el de verdad. Si Peio levantara la cabeza...

La escritora se giró hacia el lugar que antaño ocupara el viejo marcador del campo de fútbol de Atotxa. El marido de Amparo se lo llevó a la Bodeguilla cuando el estadio fue demolido y había sido una seña de identidad del bar-tienda durante años, hasta que la Real Sociedad lo pidió prestado para una exposición en su museo. Nunca más volvió y no lo haría, a juzgar por la foto del propio marcador que colgaba de la pared.

—¿Te han mandado un cuadro? —inquirió Leire fingiendo interés.

Amparo asintió sacando un sobre del bolsillo del delantal. El membrete del equipo de fútbol destacaba en tono azul sobre el blanco del papel.

—Dicen que me dé por satisfecha, que ese marcador es historia del club y que es en el museo donde debe estar. ¡Como si Peio no le hubiera pagado por él al tratante!

Leire asintió. Había oído esa historia demasiadas veces.

—Siéntate, *ama* —dijo empujando con la rodilla la banqueta más cercana.

Irene obedeció. Su mirada era huidiza y arrugaba los labios.

—Yo os dejo. Tengo que limpiar unos vasos —se excusó Amparo escabulléndose hacia la barra.

—¿Ya ves la paciencia que tiene esta mujer? —le espetó Leire a su madre—. Cualquier otra te hubiera echado con cajas destempladas. ¿Te parece que se merece que traiciones así su confianza?

Irene se observaba las manos. Las apoyaba entrelazadas sobre la mesa. Tardó unos segundos en responder, pero finalmente alzó la vista y negó con la cabeza. La escritora leyó la vergüenza y la tristeza en sus ojos anegados de lágrimas.

—No sé qué me ha pasado. Me sentía sola. No he tenido más que estirar la mano para coger la botella de ginebra. Solo un trago —se disculpó tratando de minimizar el problema.

—Uno tras otro —le interrumpió Leire indignada. Ya empezaban las mentiras—. Un trago no te hace perder los papeles de esa manera. ¿Cómo se te ha ocurrido mear detrás de la barra? Amparo me ha llamado muy disgustada. Y mira que sus dos hijos murieron por las drogas y habrá visto de todo.

Las lágrimas corrían por las mejillas de Irene. Uno de sus dedos acariciaba la marca que un puro encendido había dejado en la madera de la mesa. Leire recordó la humareda que envolvía la Bodeguilla años atrás, cuando los pescadores pasaban las horas muertas jugando al mus y bebiendo vino barato del porrón. Eran otros tiempos. Ahora lo seguirían haciendo, pero en otro lugar donde no estuviera prohibido fumar. El vino habría cedido también el testigo a copas de patxaran y coñac.

—Ha sido solo un trago —insistió Irene—. Me afecta demasiado. No sé qué me ha pasado.

Leire decidió que no tenía sentido discutir si había sido un trago o habían sido dos.

—¿Sabes qué creo? Que lo has hecho por llamar la atención. Como un niño malcriado. Exactamente igual. ¿Es que no puedes estar unos días sola? ¿No voy a poder moverme nunca de Pasaia?

No hacía aún medio año que se la había llevado a vivir con ella al faro y ya comenzaba a estar cansada de soportar la pesada carga de la responsabilidad sobre los hombros.

—Echo de menos a tu padre —murmuró Irene.

—¿Ya estamos con lo mismo? —protestó la escritora—. Hace más de veinte años que murió. ¡Veinte! —Hizo una pausa para calmarse—. Mira a Amparo. En un lapso de cinco años murieron sus hijos y su marido. Unos se los arrebató la droga, y a Peio, el mar. Ni siquiera pudo enterrarlo. Terrible, ¿no? Pues ahí la tienes, sacando adelante su vida y sin pasarse el día llorando.

Irene se secó las lágrimas con una servilleta de papel.

—No es lo mismo —musitó.

—No, no lo es. Es peor —espetó Leire arrepintiéndose en el acto por alzar la voz. Los que discutían de remo se habían girado hacia ellas y las observaban sin disimulo.

Estaba harta de las excusas de su madre. Harta de que se escudara en su duelo para justificar su adicción; harta de que cualquier fecha señalada, cualquier mala noticia, sirviera de acicate para darse a la bebida; harta de su eterno papel de víctima y de su egocentrismo. Como si ella y su hermana no hubieran sufrido la pérdida de un padre cuando apenas eran unas niñas que le esperaban para jugar con él a la vuelta del trabajo.

—Con la tripa vacía no se puede hablar. —Amparo dejó un plato con dos pequeños bocadillos de bonito con anchoas sobre la mesa—. Y no discutáis. No merece la pena.

Leire agradeció el gesto y lo demostró llevándoselo a la boca de inmediato. El gusto marcado del salazón contrastaba con el agridulce de las guindillas en conserva.

—Siéntate con nosotras —le pidió Leire a la tabernera. La anciana observó incómoda las lágrimas de Irene.

—Poco puedo aportar yo —se disculpó.

—Claro que puedes. Por favor —insistió Leire señalando una de las sillas libres—. Creo que mi madre tendrá que dejar de trabajar aquí. Está claro que un lugar en el que se sirve alcohol no es el mejor sitio para ella.

Amparo clavó la mirada en Irene, que permanecía con la cabeza gacha.

—Sin ella tendré que cerrar. Yo ya no estoy para estos trotes.

—No cierres, mujer. No cierres o nos matarás de pena. ¿Adónde vamos a ir nosotros? —apuntó con sorna uno de los de la barra.

—Vosotros acabaos el clarete y marchaos de una vez. Si os cobrara por el tiempo que tardáis en beberlo tendríais que pagarlo con diamantes. —Amparo se acercó a la puerta y la abrió de par en par—. Venga, id a comer, que ya es hora. No me hagáis enfadar. Tenemos cosas que hablar que no son de vuestra incumbencia.

—Ya va, mujer. Ya va —dijo uno apurando el contenido del vaso.

El otro fue hacia la salida rebuscando en el monedero.

—Espera. La segunda ronda está sin pagar.

—Ya pagaréis mañana. Venga.

—Bueno... No vayas a sacar la escoba. *Agur.*

En cuanto los dos estuvieron fuera, Amparo cerró con llave y volvió a la mesa.

—Me hacen rabiar pero no son mala gente —reconoció sentándose.

Un tenso silencio siguió a sus palabras. Irene jugueteaba con el dedo en la marca dejada por el puro y Leire la observaba a la espera de que abriera la boca.

—Perdona, Amparo. Siento mucho lo de esta mañana —se disculpó finalmente su madre.

La tabernera dibujó una sonrisa tranquila.

—No te preocupes, mujer. Nada que una fregona no pueda arreglar. Mañana tendremos la taberna hasta la bandera cuando se corra la voz de lo que ha hecho hoy una de las viejas locas que la atienden —bromeó quitándole hierro.

La escritora se fijó en su madre. Al contrario de lo que esperaba, había recibido de buen grado el comentario de Amparo. Y eso que acababa de llamarla vieja cuando pasaba por poco de los sesenta años. Al fin y al cabo, los estragos de una vida regalada a la bebida la hacían parecer mayor; tanto o más que la dueña de la Bodeguilla, que contaba más de setenta primaveras.

—¿Me he pasado mucho? —inquirió Irene bajando de nuevo la vista.

—No tanto. Solo te has insinuado al patrón del *Tigre del Cantábrico*, has llamado gorda a Felisa y te has agachado en medio de la barra a... Bueno, ya lo sabes —resumió Amparo en tono burlón.

—¿Qué Felisa, la pescadera? —preguntó Leire dándose una palmada en la frente y resoplando—. Con la manía que me tiene porque quería que el faro fuera para su hija... ¡Podías cortarte un poco, *ama!*

—¿Me ha visto alguien cuando...? —quiso saber Irene.

—¿No te acuerdas? —se extrañó Amparo—. Pues no parabas de reírte mientras me llamaban a gritos. Txetxu y Juan Antonio no creo que lo olviden. Estaban justo delante de ti. Y ese chico. ¿Cómo se llama el del hogar del jubilado...? Sí, Fidel. Ese también estaba.

—Qué vergüenza... —musitó Leire.

Su madre asintió en silencio. Después alzó la mirada hacia ella. Sus ojos mostraban una profunda tristeza.

—Te prometo que no se repetirá —aseguró acercándose a la escritora para darle un beso en la mejilla.

Leire reprimió el deseo de apartarse. Todavía olía a alcohol.

—Habrá que buscarte otro trabajo. Me equivoqué metiéndote en un sitio lleno de botellas de licor —anunció secamente. Iba a ser difícil. No se le ocurría otro lugar donde quisieran contratar a una mujer de su edad, y menos tan envejecida mentalmente como lo estaba su madre. Tampoco pensaba dejarla sola en el faro ni tenerla por allí viendo la televisión a todo volumen mientras ella trataba de escribir.

—Yo estoy dispuesta a volverlo a intentar —intervino Amparo—. Si os parece bien, claro. A mí me viene muy bien aquí. La culpa ha sido mía por confiarme y dejarla atendiendo la barra mientras me iba a ordenar el almacén. Irene, tú en la tienda y yo en la barra. Siempre.

—A ver si no vas a poder ni ir al baño —señaló Leire.

—Aprenderé de ella —bromeó Amparo señalando la barra.

La escritora dibujó una sonrisa. La humanidad de aquella mujer era algo fuera de lo común. Después de haber perdido a toda su familia por injusticias de la vida aún era capaz de hacer que todo pareciera fácil.

—No se repetirá. Os lo prometo a las dos. Esta vez de verdad. Necesito que me creas —pidió Irene asiendo con fuerza la mano de su hija. Después se giró hacia la dueña del bar—. Puedes estar tranquila. No volveré a entrar en la barra. —Hizo una pausa mientras Amparo asentía comprensiva—. ¿Tienes una aspirina? Tengo un dolor de cabeza que me muero.

La tabernera cruzó una mirada con Leire.

—Dale algo —aprobó la escritora a regañadientes. Después se levantó y se fue hacia la salida. Una vez allí se giró hacia su madre—. Ni una más. Si vuelves a hacerlo, te envío de vuelta a Bilbao con Raquel.

—Venga, vamos a trabajar. Han llegado los salazones de Santoña y hay que contar las latas. Esos listillos siempre me envían alguna de menos —comentó Amparo apoyándose en la mesa para ponerse en pie.

Irene la siguió hacia el almacén con expresión aliviada y Leire salió de la Bodeguilla. Una pareja jugaba a pala en el frontón y, algo más allá, varios obreros extendían hormigón en la cubierta de la nueva lonja del pescado. Giró a la izquierda hacia la calle San Pedro y pasó junto a los soportales del mercado. Las caseras ya no estaban, era demasiado tarde. La que aún estaba abierta era la pescadería de Felisa. La gallega le negó el saludo, como era habitual, y se escabulló en el interior de su establecimiento murmurando con cara avinagrada.

Todo seguía igual. Habían ocurrido tantas cosas que tenía la sensación de que llevaba meses en Bilbao cuando no había pasado allí ni una semana. Debía regresar cuanto antes. Lo del cementerio era un acicate para seguir investigando. Se lo debía a esa joven, atractiva y descarada, que se empeñaba días atrás en la morgue en ver el cadáver de su hermano.

Sí, debía volver, pero antes necesitaba detenerse y ordenar su mente. Quería sentarse en el faro y comenzar a escribir la novela en la que planeaba reflejar el caso. Tal vez así lograra poner distancia con la realidad y desentrañar alguno de sus misterios. Ansiaba también olvidar las discusiones con Raquel perdiendo la mirada en el Cantábrico y recuperar su vida bajo los graznidos de las gaviotas. Y, por supuesto, necesitaba también ver a Iñaki. Hacía demasiados días que no pasaban un rato juntos.

28

19 de junio de 2015, viernes

El sonido de las teclas le reconfortaba. Los renglones llenaban con rapidez la hoja del procesador de textos, formando una historia que cuanto más releía más le satisfacía. Esta vez no se llevaría los asesinatos a un recóndito pueblo de la Bretaña francesa, sino que situaría la narración en una Barcelona abarrotada de turistas. El asesinato del parque de Etxebarria tendría lugar en la estatua de Colón ante miles de cruceristas y la profanación de la tumba encendería la noche del cementerio de Montjuic. En cuanto a las historias personales de quienes, a su pesar, se habían convertido en protagonistas, no haría grandes cambios. No, la novela sería tan fiel como pudiera a una realidad que, por otra parte, se le antojaba insuperable. Todavía se le ponía la piel de gallina al recordar la imagen de las víctimas carbonizadas.

Dio un sorbo del tazón de té verde y alzó la vista hacia la ventana. El lejano cabo de Matxitxako, envuelto en una ligera bruma, cerraba el horizonte por el oeste. Más allá solo había mar, una implacable lámina de color azul oscuro que dormitaba a la espera de que la próxima marejada despertara las olas. Algunas gaviotas sobrevolaban el faro de la Plata, silenciosas, como si temieran espantar a un sol que refulgía en un cielo sin nubes.

—Primavera, por fin —celebró Leire en voz alta. El invierno había sido duro, interminable, y el mes de mayo, tan lluvioso que no recordaba haber visto el sol.

Volvió a centrarse en la novela. Quería avanzar. Los comienzos siempre le costaban. Después, una vez que cogía el ritmo narrativo, todo era más fluido. Tenía claro el inicio. Lo demás iría surgiendo, como siempre.

Leyó de nuevo la descripción del primer crimen. Le gustaba. El lector se sentiría allí mismo, al pie de la estatua del descubridor. Casi podría sentir el tufo de la carne quemada y oír los estremecedores gritos de Diego Alonso, como había bautizado a Lander Oteiza. Conforme lo leía se le vino a la mente la imagen de las brujas ardiendo en la hoguera inquisitorial. La víctima atada a un poste, el fuego, la muerte pública, el horror morboso de los espectadores... Todo en los crímenes de Bilbao recordaba a los autos de fe del Santo Oficio.

La brisa que se colaba por la ventana abierta arrastró hasta el despacho unas voces lejanas. Se puso en pie para asomarse a la bocana y comprobó que se trataba de dos piragüistas que se disponían a dejar la seguridad del puerto para salir a mar abierto. El primero, en una piragua amarilla, alcanzó enseguida el faro rojo de punta Arando y esperó al otro, que no tardó en llegar.

—¿Hasta Hondarribia? ¿Hay huevos? —A pesar de los ciento cincuenta metros de desnivel entre el faro de la Plata y el mar, la conversación llegaba nítida por caprichos orográficos. A Leire le había costado acostumbrarse. Las primeras semanas que pasó en la torre de luz, cada vez que una embarcación pasaba por la bocana tenía la sensación de que alguien se había colado en su casa.

Las piraguas se perdieron tras un saliente rocoso para volver a aparecer segundos después. Los acantilados de Jaizkibel eran un perfecto diente de sierra que, vistos desde el mar, desplegaban encantos que permanecían ocultos a quienes se aventuraban en ellos a pie siguiendo los tortuosos senderos de la costa.

Volvió a mirar al cielo. Solo una nube blanca rompía la monotonía azul. Era un día perfecto para salir a navegar. Sí, la novela podía esperar. Se disponía a coger el teléfono, que descansaba junto al portátil, cuando el aparato comenzó a vibrar. Leire no pudo evitar una sonrisa cómplice al ver en la pantalla la foto de un joven de rostro moreno y en camiseta de tirantes sentado al timón de una barca.

—Telepatía. Te iba a llamar ahora mismo —saludó pulsando la tecla verde.

—Ya lo sabía. Por eso me he adelantado —bromeó Iñaki—. ¿Qué tal estás?

—Bueno... Un poco tocada por lo de mi madre, pero bien. Oye, ¿te apetece salir en barco? ¿Tienes libre la tarde?

—Sí. Me he comprometido hasta las tres. Estamos terminando el espejo de popa. ¿Pasas a buscarme por el astillero? Mendikute pregunta por ti. Dice que antes venías más a menudo porque querías cazarme y ahora que me tienes ya no necesitas perder el tiempo lijando embarcaciones —apuntó divertido.

—¡Ya le pillaré yo a ese! Dile que con las horas que metes tú debería contar por los dos —protestó Leire.

Iñaki llevaba cuatro meses en el paro. Nada quedaba en el solar que antiguamente ocupaba la central térmica en cuyo desmantelamiento había trabajado durante varios años. La construcción de la réplica de la nao *San Juan*, en la que era uno de los voluntarios más destacados, ocupaba ahora gran parte de su tiempo.

—Anoche llamó tu editor. El catalán.

Leire suspiró. No era la primera vez que Escudella llamaba al teléfono fijo del faro. No sabía cómo había conseguido el número, porque se trataba de una línea de la Autoridad Portuaria de Pasaia que solo se empleaba para emergencias y avisos urgentes.

—Me lo esperaba. Tengo varias llamadas perdidas suyas. Cuando no le respondo se vuelve muy pesado.

—Contesté por si era alguna alerta de los del puerto —se justificó Iñaki.

—Claro, para eso está. ¿Le dijiste que estaba en Bilbao?

—Sí. Creo que le alegré la noche. El tío había visto las noticias y se imaginó que estabas allí por el asunto de los asesinatos. Me pidió que te metiera prisa. Cuanto más cerca de los crímenes esté la salida a la venta de la novela, más fácil será su promoción.

—¡Qué asco de tío! Ya veremos si la publico con él. Después de lo de *La fábrica de las sombras* no me quedan muchas ganas de hacerlo —reconoció Leire. Todavía se sentía avergonzada al recordar a Jaume Escudella explicando en los platós de televisión que la novela era en realidad la más cruda descripción de los horribles sucesos que consternaron el año anterior la selva de Irati. De nada servía que ella se llevara la historia a una aldea pesquera francesa, si él desvelaba la realidad en busca de un morbo con el que conectar con los lectores.

Era innegable que su estrategia resultó perfecta a nivel de ventas. Leire Altuna, la aclamada autora de narrativa romántica caída en desgracia apenas un año antes, se había convertido gracias a la maniobra de Escudella en una superventas en el ámbito del suspense. Sí, era una excelente noticia, pero no a cualquier precio y la escritora recibía todavía críticas de lectores por ahondar en el sufrimiento de las víctimas aprovechando su desgracia como trampolín.

—Mándale a la mierda —dijo Iñaki con su habitual tono calmado—. Mejor pobre y libre que rica con grilletes.

Leire sonrió con la mirada fija en una gaviota que revoloteaba al otro lado de la ventana. Le gustaba el espíritu libre de Iñaki. No necesitaba mucho para estar satisfecho con la vida. Si podía salir a navegar y vivir sin prisas, ya era feliz.

—Debería hacerlo —reconoció. Algo le decía, sin embargo, que no lo haría. Con Escudella había logrado ser una de las escritoras más reconocidas del país y no se veía con ganas de empezar de nuevo, pese a que no le faltaban ofertas de editoriales.

—¡Ya voy! —exclamó Iñaki apartándose del teléfono—. Joder, ni que me pagaran por estar aquí... Nos vemos en un rato. Mendikute me reclama.

La escritora se rió dejando el teléfono sobre la mesa. Si no fuera por él, no sabía qué sería del astillero artesanal. A veces se preguntaba si no habían sido demasiado ambiciosos embarcándose en el proyecto de volver a construir el galeón ballenero hundido en aguas de Canadá en el siglo XVI. Con lo tranquilos que vivían con sus réplicas de dornas, bateles y otras embarcaciones tradicionales de escaso tamaño... Al menos habían sido capaces de sacudirse de encima las prisas para botar el barco coincidiendo con la capitalidad cultural donostiarra en dos mil dieciséis y ahora trabajaban sin un horizonte fijo. Cuando se acabara, se acabaría. Los días previos al anuncio de que tiraban la toalla habían sido duros. Todavía recordaba las presiones de la prensa local para que siguieran adelante, pero las aguas volvieron a su cauce en pocas semanas.

—¡A escribir! —se dijo en voz alta centrándose de nuevo en el ordenador. Todavía tenía un rato. La recompensa no tardaría en llegar en forma de tarde libre para navegar. Aún no había decidido cuándo volvería a Bilbao, pero si algo tenía claro era que quería seguir deshaciendo la madeja. El asesinato de aquellos dos hermanos, que tenía con el corazón en un puño a toda una ciudad, no podía quedar sin respuesta, y ella estaba decidida a ser quien se la diera.

No esperaba que los avatares del caso la llevaran exactamente en la dirección opuesta.

29

19 de junio de 2015, viernes

El viento del sur arrastró con presteza la dorna hacia los faros de enfilación, que marcaban la salida de la bocana. Las laderas que caían en fuerte pendiente sobre ella refulgían de verdor. Un desprendimiento, fruto de las persistentes lluvias de mayo, cegaba el camino de Puntas a partir del merendero. Dos txipironeras se balanceaban junto a los diques. Sus sedales brillaban bajo el sol de junio. En una de ellas, un pescador de barba negra y gorra de camuflaje militar leía el periódico y apenas les saludó con un movimiento de cabeza.

El de la otra embarcación fue más efusivo:

—Buena tarde para navegar —celebró tirando una colilla encendida al agua.

—Nos costará volver con este viento de cara —dijo Iñaki señalando los remos que descansaban en los laterales de la dorna.

Después rolará a noroeste. Si vais hacia Ulia lo tendréis mejor —anunció el arrantzale echando un vistazo al horizonte.

—Buena pesca —le deseó Leire antes de que la distancia impidiera comunicarse.

—Ya veremos. Está todo muy esquilmado. Esos cabrones tiran las redes demasiado cerca de la costa —protestó el hombre señalando hacia Francia.

Iñaki giró el timón para que la vela arrastrara la dorna hacia Ulia.

—Vaya control que tienen —apuntó Leire—. ¿Cómo ha podido saber que el viento rolará a noroeste?

Su novio se rió al tiempo que negaba con la cabeza.

—Pues igual que nosotros. No hay más que mirar el parte meteorológico. A partir de las seis cambiará el viento. Lo ponía bien claro.

Leire rompió a reír.

—Me la ha metido doblada.

—Nunca te fíes de un arrantzale. Y menos aún si se queja de su mala pesca. Seguro que llevaba la bodega hasta los topes de pescado.

La descomunal laja pétrea sobre la que se alzaba la linterna del faro de la Plata apareció a babor. Como siempre que la veía desde el mar, Leire se sintió afortunada. No se le ocurría un lugar más inspirador donde vivir que aquella torre de luz solitaria colgada de un acantilado de vértigo.

—Es un sueño —apuntó Iñaki adivinando sus pensamientos—. ¿Quién no querría vivir ahí?

—¿Aunque sea con mi madre? —preguntó la escritora con una punzada de rabia. Le habría encantado compartir el faro solo con Iñaki, pero la vida tenía esas cosas y no podía fallarle a Irene cuando más la necesitaba.

—No es para tanto —la disculpó su novio—. El faro es grande y se pasa el día en la Bodeguilla. Entre el trabajo, las reuniones de Alcohólicos Anónimos y eso de la adoración no le vemos el pelo.

Leire se río por lo bajo. Una de las grandes pegas que encontró su madre para mudarse al faro era que no podría asistir a velar la eucaristía como había hecho en Bilbao sin fallar una sola semana desde el fallecimiento de su marido. Enseguida le encontraron remedio. En la iglesia donostiarra de San Martín también se llevaba a cabo la adoración perpetua. Afortunadamente, la hora que le adjudicaron, martes y jueves a media tarde, le permitía desplazarse en autobús. La escritora no estaba por la labor de llevarla hasta allí en su Vespa a las tantas de la madrugada.

—¿Qué tal te has apañado estos días solo con ella? —inquirió Leire. Se había sentido culpable tantas noches en Bilbao sabiendo que Iñaki estaba en el faro con Irene.

El joven se quitó la sudadera y la dejó sobre el banco. Los acantilados de Ulia les protegían del viento, convertido en una suave brisa, y el sol pegaba con fuerza.

—Si lo que quieres saber es si te he echado de menos... Sí, muchísimo. La cama se me quedaba enorme para mí solo.

La escritora esbozó una sonrisa. Era tan difícil oírle un reproche. A veces se preguntaba cómo había aguantado alguien como Iñaki libre hasta los veintiocho años. Cada día que pasaba estaba más enamorada de él. No entendía cómo había podido ser tan tonta de tirar once años de su vida junto a Xabier. Vale que al principio todo parecía ideal, pero su ex marido enseguida empezó a fijarse más en otras que en ella. No se perdonaba no haber reunido antes el coraje para dejarlo, especialmente ahora que comenzaba a temer que esa pérdida de tiempo podía tener consecuencias en las que no quería ni siquiera pensar.

Iñaki atisbó el velo de turbación que ensombreció su rostro y la atrajo hacia sí. Leire se dejó querer. Los brazos desnudos y firmes de su novio le rodearon la espalda y sus labios se encontraron. Fue un beso largo, con el faro de la Plata como testigo mudo y los graznidos de las gaviotas como telón de fondo.

—Todo irá bien —le susurró Iñaki al oído. Su tono de voz transmitía seguridad.

La escritora asintió recobrando la confianza.

—¿No estamos yendo demasiado hacia las rocas? —preguntó fijándose en los ramilletes de percebes que la bajamar y la falta de olas dejaban a la vista en la base del acantilado.

Iñaki corrigió el rumbo y la miró con un gesto divertido.

—Te queda bien esa blusa —murmuró con una sonrisa lasciva.

Leire bajó la vista.

—¡Tonto! —protestó cubriéndose con falso pudor los pezones erectos que se dibujaban bajo la fina capa de algodón blanco—. Es el viento.

Su novio se echó a reir.

—El viento, claro —apuntó burlón—. Es que hace tanto viento...

Antes de que Leire pudiera defenderse, Iñaki volvió a abrazarla. Esta vez, el beso fue más intenso, anhelante, y las manos del joven se entretuvieron bajo su blusa. La ropa fue cayendo bajo el banco de la dorna mientras las caricias ganaban intensidad.

—¿Lo has hecho alguna vez en mar abierto? —quiso saber Leire recorriendo con sus dedos el torso de Iñaki. Le encantaba detenerse en sus abdominales y acariciarlos lentamente mientras la respiración de él se aceleraba a la espera de lo que estaba por llegar cuando bajara aún más la mano.

—No. Solo en alguna cala —reconoció estirando el brazo para fijar el rumbo del timón hacia el horizonte.

Leire asintió con una sonrisa cómplice. La primera vez que lo hicieron fue en la diminuta playa del Molino, en Jaizkibel. Después habían repetido en algún otro puerto natural, aunque desde que Iñaki se mudara a vivir al faro con ella los escarceos amorosos se daban más a puerta cerrada.

—Siempre hay un primer día, ¿no? —le susurró Leire empujándolo para que se tumbara en el fondo de la embarcación. Su tono de voz y su mirada ardiente hicieron resoplar de deseo a Iñaki mientras ella se sentaba sobre él.

—Te he echado de menos —confesó la escritora con la respiración entrecortada.

Él se rió.

—Lo que has echado de menos es esto —se burló asiéndola con fuerza de las nalgas.

Leire abrió la boca para protestar pero sus propios gemidos se lo impidieron.

El viento había arrastrado la dorna mar adentro. La costa se dibujaba lejana y el descomunal frontón natural sobre el que se erguía el faro de la Plata no lograba imponer respeto alguno. Qué diferente se veía todo desde la distancia. Nunca hasta entonces se había alejado Leire tanto de puerto, y menos en una embarcación sin motor. Suerte que estaba con alguien acostumbrado a navegar que sabía muy bien lo que hacía.

—Es ahora cuando más lo echo en falta. Me fumaría uno la mar de a gusto —murmuró Leire sentada en uno de los bancos laterales de la dorna con la melena alborotada y el sudor brillando aún sobre su piel.

—Calla. Qué asco. No sé cómo puedes pensar ahora en eso —le reprochó Iñaki desde el agua—. Venga, salta. Báñate conmigo.

Leire se fijó en la distancia a la costa. Habían arriado la vela. El viento había cesado. No parecía muy probable que arrastrara la dorna aún más lejos. Además, un chapuzón le vendría bien. Se puso en pie para lanzarse de cabeza.

No llegó a hacerlo. Una melodía que conocía demasiado bien rompió de pronto la paz y le hizo torcer el gesto, contrariada.

—Es increíble. En el faro nos falla la cobertura cada dos por tres y aquí abajo suena el teléfono —protestó cogiendo la mochila del banco. Buscó el móvil en el bolsillo pequeño y se sintió incómoda al leer el nombre de Iñigo en la pantalla. De manera inconsciente se cubrió los pechos con el brazo.

—¿Leire? —preguntó el profesor—. ¿Qué tal? Me ha contado Cestero lo de tu madre. Ya lo siento. Lo de las adicciones es muy duro, mina la moral de cualquiera.

—No te preocupes. Todo va bien —le quitó importancia la escritora. Esperaba que no hubiera roto la magia del momento para venirle con una retahíla de frases hechas.

—Me alegro. Ármate de paciencia. Solo así se solucionan esos asuntos. Por aquí hay novedades. Agárrate porque son de las buenas —anunció enfatizando las palabras, tal como haría un profesor que pretendiera lograr la atención de sus alumnos—. He estado estudiando el árbol genealógico de los Oteiza, tirando de contactos en el Registro Civil. Eso de la herencia me tenía intrigado... Pues bien, esta gente viene de Navarra. El abuelo paterno de Begoña y Lander emigró a Bilbao en la primera mitad del siglo veinte para trabajar en los altos hornos. Allí tuvo dos hijos, el difunto Ernesto, que se casó con Josefina, y Javier, que sigue soltero. Hasta ahí todo normal, ¿verdad?

Leire asintió adelantándose para alcanzar la blusa. La brisa cálida que soplaba hacía apenas unos minutos estaba cediendo el testigo a un viento frío que soplaba de mar a tierra. El parte meteorológico comenzaba a cumplirse. La dorna se balanceó mecida por el peso de Iñaki, que trepó a la borda tomando impulso con los brazos. Su larga cabellera negra le caía empapada sobre la espalda, confiriéndole un aspecto salvaje mientras se secaba el cuerpo desnudo con una toalla blanca.

—¿Ya te has vestido? Esperaba que hubiera segunda parte —comentó en tono jocoso—. Ostras, perdona —se disculpó al reparar en que aún estaba al teléfono.

—Ahora es donde se complica —anunció el profesor—. El bisabuelo de los jóvenes asesinados, y padre de quien emigró a Bilbao en busca de trabajo, no nació en Navarra, sino en Méjico, donde solo dejó un hermano. Ahí está la conexión americana. Pero lo importante no está al otro lado del océano. No. El bisabuelo de Lander y Begoña no solo tuvo el hijo que se vino a los altos hornos, sino otra más que se quedó en su pueblo: Zugarramurdi.

Leire comenzaba a entender adónde quería llegar.

—Que a su vez tuvo hijos y un montón de nietos que hoy serían también herederos del tío rico mejicano —apuntó orgullosa de su deducción. Eso echaba por tierra las teorías de Josefina de que su cuñado, Javier Oteiza, era el asesino de sus hijos para poder ser el único heredero—. ¿Y todo esto lo has averiguado hoy?

—No, no. Llevo desde ayer haciendo llamadas y pidiendo favores —reconoció Iñigo—. Espera, no me has dejado terminar. Todavía no has oído nada. ¿Recuerdas el asunto aquel del accidente en el akelarre de Zugarramurdi?

Leire trató de hacer memoria. Sentado frente a ella, Iñaki había izado la vela y dirigía la embarcación hacia la bocana, un tajo casi inapreciable desde el mar entre los montes Jaizkibel y Ulia. Los acantilados ganaban altura por momentos gracias a la fuerza con la que el viento del noroeste inflaba la tela. El oleaje, ligero aún, también se había despertado y dejaba rastros de espuma blanca al pie del vertiginoso acantilado sobre el que se alzaba el faro de la Plata.

—Eso de los akelarres de Zugarramurdi es de hace siglos —repuso la escritora.

—Los que persiguió la Inquisición fueron allá por el siglo diecisiete, pero cada año se celebra uno que los rememora coincidiendo con el solsticio de verano. Bueno, da igual. A lo que íbamos, hace tres años un hombre murió en plena fiesta. Una antorcha prendió en la piel de oveja con la que se había disfrazado. Te puedes imaginar lo demás: injertos, coma inducido, agonía y al hoyo tras meses en el hospital.

—Joder, pues no me acuerdo.

Los graznidos de las gaviotas llamaron su atención hacia babor. Un barco pesquero de color rojo volvía a puerto con una estela de ruidosas aves detrás. Los arrantzales arrojaban por la borda las capturas que se habían colado en las redes y no llegaban a las medidas mínimas permitidas o carecían de interés comercial. Era algo habitual antes de regresar a puerto.

—Vaya salvajada —gruñó Iñaki—. Pescar para luego devolver los peces muertos al mar.

Leire apenas le escuchó. Su mente estaba ocupada buscando un nexo entre el suceso de Zugarramurdi y los crímenes de Bilbao. Consciente de ello, Iñigo mantuvo un largo silencio.

—¿Qué? ¿Lo tienes? —inquirió finalmente—. ¿Crees en las casualidades?

—No me digas que era otro Oteiza —apuntó la escritora.

Iñigo esperó unos segundos. Era un maestro en el arte de mantener la tensión.

—Así es. Celso Igal Oteiza, primo del padre de las víctimas y de mi compañero Javier.

Leire tragó saliva. Aquella muerte no había sido un accidente.

—Otro heredero de la fortuna mejicana que queda fuera de juego... ¿Te das cuenta de que el tío de Lander y Begoña no sale muy bien parado con estas novedades?

Iñigo fingió no escucharla.

—He recopilado toda la información que me ha sido posible de aquel suceso. Tengo la impresión de que la policía archivó el caso demasiado rápido. Solo una mujer insistió durante un tiempo en que se había tratado de un asesinato. Nadie le prestó mucha atención. Poco menos que la acusaron de estar loca —explicó el profesor—. Tengo aquí las conclusiones de la investigación y, según la policía, aquello solo fue un desgraciado accidente provocado por el propio fallecido y su estado de ebriedad.

—Demasiada casualidad. El fuego, la misma familia... —Leire contemplaba pensativa el mar, en el que el paso de la dorna dibujaba ondas que se diluían al alejarse.

—Yo también estoy seguro de que fue un crimen. Por eso te llamo. Creo que alguien debería hablar con la curandera.

—¿Qué curandera? —Leire no comprendía a quién se refería ahora el criminólogo.

—Maite Orabide. La mujer que trató de frenar el archivo del caso se dedica a imponer las manos. Dice tener poderes sanadores.

Iñaki se había acercado hasta ella y la besaba sensualmente en el cuello. Las gotas de agua fría que caían de su pelo negro corrieron por las piernas desnudas de la escritora provocándole un estremecimiento.

—¿Y la policía? ¿No pueden hacerlo ellos? —inquirió Leire acariciando la espalda mojada del joven. Sus músculos se dibujaban firmes bajo la piel bronceada.

—Cestero está moviendo hilos. Cree que podrá conseguir que los vínculos con los crímenes de Bilbao sean suficientes para que la Policía Foral reabra el caso. Sin embargo, después de ver el trato que le dieron a esta muerte en su día, algo me dice que sería interesante que alguien más se acercara a hablar con esa mujer y a husmear entre el resto de vecinos. ¿No te parece? —señaló el criminólogo.

La escritora suspiró mientras dejaba resbalar una mano hacia los glúteos bien formados de Iñaki.

—Me lo pensaré —admitió. En realidad, la decisión estaba tomada. Deseaba ir a Zugarramurdi. Necesitaba comprender qué había ocurrido allí y quién estaba detrás de tanto horror. Sin embargo, no pensaba servírselo en bandeja al profesor. Además, se dijo alzando la vista para buscar el rostro de Iñaki y recrearse en sus labios carnosos, no era el momento ni el lugar.

Sin más despedidas ni ceremonias, cortó la comunicación y dejó caer la blusa. Si habían pasado tres años desde la muerte en el akelarre, poco importaría que pasaran un par de horas más sin que ella se ocupara del caso.

30

21 de junio de 2015, domingo

La carretera, si así podía llamarse a aquella estrecha cinta asfaltada llena de socavones, se tornó tortuosa una vez que Etxalar quedó atrás. Leire se fijó en el indicador de la gasolina. En mala hora no se había detenido a repostar en la estación de servicio de Bera de Bidasoa. La aguja rozaba la zona de reserva y Zugarramurdi aún no estaba a la vista. Tampoco tenía pinta de haber muchas gasolineras en aquel camino de cabras.

¿Cuántos kilómetros podían faltar? Hacía casi quince que conducía entre colinas cubiertas de pastos, salpicadas de vez en cuando por algún caserío o borda solitaria. Era un escenario de fuerte carácter rural que, en condiciones normales, hubiera supuesto un hermoso telón de fondo para un paseo en Vespa, y más con un sol radiante como el de aquel domingo de junio. Desgraciadamente, la ansiedad por la falta de combustible lo echaba todo por tierra.

Al llegar a un alto, buscó el pueblo con la mirada. Nada. Solo casitas dispersas en un ondulado mar de color verde. Las primeras montañas del Pirineo cerraban el paisaje por el norte. La muga con Francia discurría imaginaria entre ellas, en algún lugar que Leire llegaba a intuir, aunque no lograba precisar. ¿De qué lado estaba ese valle de más allá? ¿Y esa arboleda a orillas de un río? Los límites se perdían, caprichosos, en aquellos parajes fronterizos que los mapas plasmaban con una seguridad que se diluía sobre el terreno.

La escritora aprovechó la cuesta abajo para dejar el cambio en punto muerto. Varias curvas cerradas llevaron la moto hasta el fondo de un valle surcado por un riachuelo que se abría paso entre los pastos. Las ovejas rumiaban tumbadas en la hierba.

Frente a ella, al final de una recta, había una casa de piedra. El encalado de las paredes no cubría las esquinas ni los dinteles de arenisca roja; el mismo tipo de construcción que había visto a su paso por Etxalar. Había una persona sentada junto a la puerta. Era una mujer. El vestido no dejaba lugar a dudas. Por fin alguien a quien preguntar cuánto faltaba para llegar al pueblo.

Varios socavones le obligaron a fijar la vista en el asfalto.

Cuando la levantó no había nadie. El banco de piedra junto a la casa estaba vacío. También lo parecía el propio caserón. No podía ser. Estaba segura de haber visto a una mujer.

—¿Hola? —saludó deteniendo la moto a la orilla de la carretera.

Un torrente de agua cantarina brincaba bajo la construcción principal. Las ruedas metálicas del molino estaban trabadas, aunque parecían en buen estado. Leire cruzó el puente de madera sobre el arroyo, cuyo runrún resultaba reconfortante, y se dirigió a la puerta principal. Su color rojo, igual que el de los postigos de las ventanas del piso superior, también cerrados, destacaba en aquel mundo verde. Un bonito *eguzkilore* colgaba de la madera y brindaba su protección a los moradores.

No parecía haber nadie.

No podía ser. Había visto a alguien. Estaba segura.

Reprimiendo un escalofrío, comenzó a rodear la casa. La planta baja era la destinada a la molienda y el almacén de grano. En la de arriba se abrían tres ventanas. La ocuparía la vivienda del molinero y su familia.

Allí no había nadie.

Leire reparó en lo cuidado que estaba el jardín que rodeaba el molino. La hierba estaba segada y el seto bien recortado. Había un rosal en flor del que emanaba un olor dulzón que contagiaba serenidad. Aquel lugar no estaba deshabitado.

Volvió a la puerta y asió el picaporte. Agradeció el frío del metal en su palma, sudada de sujetar con fuerza el manillar de la Vespa.

Pom, pom. El sonido resonó con fuerza en la madera. Una araña corrió a refugiarse en el quicio.

La escritora frunció el ceño, desconcertada. Se dirigió al banco donde estaba segura de haber visto a alguien. Palpó la piedra en busca de calor. Nada. Debía de haber sido su imaginación.

Con una desagradable sensación de desasosiego, volvió a la moto y arrancó el motor.

Una vez que estuvo lejos, y antes de un giro a la izquierda que le robaría la visión, se atrevió a mirar por el retrovisor. Algo le decía que volvería a ver la silueta negra sobre el banco de piedra.

No vio a nadie. El molino seguía desierto.

Su turbación le hizo olvidarse por unos momentos de la gasolina. La carretera ganaba rápidamente altura y el motor de la Vespa rugía con fuerza.

«No estoy loca. Allí había alguien —se dijo sin dejar de acelerar.»

Poco antes de llegar a un nuevo collado, la moto comenzó a perder potencia. El petardeo del motor no hizo sino confirmar lo que Leire temía. No era la primera vez que se quedaba sin combustible.

—¡Eres gilipollas! —se gritó a sí misma. Se sentía absurdamente idiota. Como tantas otras veces que se había quedado tirada, se prometió que esta sería la última.

Con un suspiro de impotencia, comenzó a empujar la Vespa. Solo faltaban unos metros para el alto. Con un poco de suerte, Zugarramurdi quedaría pronto a la vista. Se encontraba ya a casi veinte kilómetros de Etxalar. No podía faltar mucho más.

El sonido metálico de unos cencerros le insufló esperanza. Buscó el ganado con la mirada. Tal vez hubiera por allí un pastor que pudiera echarle una mano. Enseguida comprobó que solo eran unas vacas que pastaban en las campas cercanas al collado. Cuando estuvo suficientemente cerca de ellas, alzaron la vista y la observaron con indiferencia.

Leire apretó el paso. La fuerza de la gravedad tiraba con saña de la moto a medida que la pendiente se agudizaba en busca del alto. Resopló por el esfuerzo, pero sacó fuerzas de flaqueza mientras continuaba regañándose por ser tan poco precavida.

Cuando alcanzó finalmente el collado contuvo expectante la respiración. Una pequeña arboleda le impedía ver el fondo del valle. Avanzó unos metros más para esquivarla y el rostro se le iluminó.

Había llegado a Zugarramurdi.

No era muy grande, apenas una veintena de casas arremolinadas en torno a una iglesia que se alzaba por encima de sus tejados. Varios buitres, que anidaban en una cresta cercana, volaban en círculo sobre el lugar, dándole su particular bienvenida al país de las brujas. Las colinas verdes que la habían acompañado desde que saliera de Etxalar suavizaban sus pendientes a partir del pueblo para permitir que diferentes localidades se asentaran en ellas. Sara, Ainhoa y Urdax quedaban a la vista. Solo el último en el lado navarro. Los demás en el vecino País Vasco francés. Resultaba extraño, visto desde lo alto, que una frontera invisible dividiera aquel valle que la naturaleza había querido que fuera uno solo.

Respiró aliviada. Solo tenía que dejarse caer con la Vespa por la carretera zigzagueante que llevaba hasta el pueblo.

Lo había conseguido.

31

21 de junio de 2015, domingo

Era una casa blanca, encalada, con ventanas y postigos de un contundente color granate. La estrecha carretera parecía morir allí, aunque Leire enseguida comprobó que el asfalto continuaba tras rodear el edificio. Una guía de hierro en el suelo recordaba el lugar donde no hacía muchos años una barrera impedía el paso de un país al otro. La larga puerta corredera languidecía entre zarzas, víctima del óxido y del olvido. El silencio se había adueñado de la venta. Nada quedaba de sus noches de contrabando ni de la impotencia de los aduaneros para impedir el trasiego de mercancías prohibidas.

Era allí. Una casa solitaria en plena muga entre la navarra Zugarramurdi y la vasco-francesa Sara, allí donde la carretera moría para renacer con otra numeración en los mapas.

Llamó a la puerta con los nudillos y reprimió un estremecimiento al reparar en las tres sencillas cruces de ramitas de fresno clavadas a la madera. Hacía tiempo que no veía ese amuleto con el que algunos protegían su hogar de las criaturas de la noche. Mientras aguardaba respuesta, comprobó que había un timbre en el marco. La llamada resonó en el interior del edificio. Sonaba a vacío. Leire dio un paso atrás para comprobar si había movimiento en el piso superior. No tuvo tiempo. El sonido de varios cerrojos le dijo que había alguien tras la puerta, que no tardó en abrirse con un agudo chirrido.

—¿Leire? —preguntó la anciana haciéndose a un lado para invitarla a pasar. Era una suerte que para la curandera no existieran los domingos.

—Perdone. Llego tarde. Un problema con la moto...

—¿Has venido a pie? —inquirió la mujer buscando en el aparcamiento con la mirada. Su cabello blanco tenía un divertido tono lila que hacía juego con su fina chaqueta de punto—. Bien hecho. Así me he movido yo toda mi vida. ¿A que has disfrutado de la caminata?

La escritora asintió. Se trataba de un paseo de poco más de media hora desde la plaza del pueblo. Una vez que el cementerio quedaba atrás, los prados de siega y los bosques se adueñaban de todo. De vez en cuando, las lajas de arenisca que delimitaban los terrenos de algún caserío solitario le recordaron que caminaba por un territorio habitado. Lástima que las prisas y el no saber si llegaría a tiempo a la cita no le hubieran permitido dejarse llevar por los ritmos tranquilos que contagiaba el paisaje.

—Vive usted en un lugar precioso —apuntó Leire dando un paso en el interior del recibidor. Un penetrante olor a alcanfor le hizo arrugar la nariz.

—Nací aquí y aquí moriré. Si te soy sincera, creo que mis poderes tienen mucho que ver con este lugar. Alguna vez que me han llamado de Pamplona para que acudiera a sanar a algún enfermo, no ha resultado. Allí mis manos se mueren. Por mucho que me concentre, no hay manera de hacerlas funcionar. Una vez me pusieron un avión a París para ir a curar a una mujer muy rica y muy famosa. No diré quién es porque no soy de esas. No hubo forma de hacer nada. Cuando estaba al borde de la muerte, le pedí que volara hasta aquí conmigo y me pasé tres días y tres noches imponiéndole las manos. —Un destello de orgullo brilló en sus ojos grises y una sonrisa se dibujó en unos labios pintados de rojo sin sutileza—. Todavía hoy está viva. No pasa semana sin que la veas en las revistas.

Leire esperó a que su anfitriona cerrara la puerta. Después la siguió a través del pasillo en penumbra hasta una sala de espera como la de cualquier consulta médica: una mesita central con revistas atrasadas y varias butacas con apariencia incómoda. No lo comprobó porque la curandera le hizo seguirla directamente al consultorio.

—Le gusta el alcanfor —señaló Leire observando que también junto a la camilla había un cuenco con bolitas de naftalina.

Maite encendió la lámpara de pie que ocupaba un extremo de la pequeña estancia y apagó la luz blanca del techo. El cálido tono amarillo de la tulipa bañó las fotos enmarcadas que pendían de las paredes. En ellas, la curandera posaba junto a personas de diferentes edades. Todas sonrientes.

—Lo aprendí de mi marido. Era uruguayo. Un gran hombre. La naftalina es limpieza. Esta casa en pleno bosque estaría llena de bichos si no fuera por ella —explicó la curandera haciéndole un gesto para que se sentara en la camilla—. Purifica, limpia... ¿No lo notas? Se siente hasta en el espíritu. Los pensamientos son más positivos si hay alcanfor cerca. Elimina las ofuscaciones de la mente.

Leire se dijo que a ella le olía a retrete de gasolinera.

—¿Me quito la ropa? —preguntó. Había concertado una cita como una paciente más. Esperaba ser capaz de dar con el momento de preguntar por lo que la había llevado hasta allí.

—No. Túmbate y arremángate la camiseta. Deja solo la tripa a la vista —ordenó Maite frotándose las manos—. Ya veo que te llaman la atención las fotos. ¿Los conoces, verdad? Este fue entrenador de la Real Sociedad, esta otra es una soprano muy famosa y esa de ahí es la niña de esa serie sobre los años sesenta. Aquí viene gente muy importante y desde muy lejos. No hay en el mundo manos que sanen como las mías.

La escritora asintió fingiendo interés. Cada vez se sentía menos convencida de que aquello fuera a dar frutos. De no haber sido porque Iñigo le insistió en que con la curandera no le valdría preguntar a bocajarro, no habría aceptado someterse a aquel examen.

—¿No quiere que le explique qué me pasa? —se extrañó al comprobar que Maite iba directamente al grano.

La curandera negó con la cabeza mientras activaba una grabadora que había sobre la mesa.

—Te lo voy a decir yo —apuntó acercando las palmas al rostro de Leire—. ¿Ves el calor que despiden? Ellas lo leen todo. Después me dirás si han acertado o no.

La escritora intentó relajarse. No se sentía cómoda. Era contraria a creer en ese tipo de poderes que decía poseer la curandera, pero sin saber muy bien por qué, estaba nerviosa, como si su inconsciente temiera que descubriera que el verdadero motivo de la visita era bien diferente.

Las manos de Maite recorrieron el pecho de la paciente sin tocarla, flotando a escasos centímetros de su cuerpo. Lo hicieron sin demorarse y, solo al llegar a la altura del estómago, la curandera cerró los ojos y su respiración comenzó a ser sonora.

Apenas habían pasado unos segundos desde el inicio de la sesión cuando Leire sintió que su vientre se movía. Quiso achacarlo al hambre. Era casi hora de comer y la caminata le había abierto el apetito. Sin embargo, a medida que las manos de Maite pasaban sobre diferentes zonas de su abdomen, estas parecían cobrar vida. El calor que despedían era evidente, como lo era que su cuerpo respondía a su proximidad igual que un hierro ante un imán.

—¿Me estás tocando? —preguntó alzando la cabeza para comprobarlo. Aquello no podía estar pasando realmente. Esos poderes no existían.

Maite dibujó una sonrisa a modo de respuesta. Sus ojos seguían cerrados en busca de la concentración.

—Relájate. Estás muy tensa.

Leire respiró lentamente y obedeció. Durante unos minutos, oyó los ruidos de su vientre y sintió el calor activando todos sus órganos interiores. El olor del alcanfor, hiriente al principio, le contagió bienestar y la tenue luz de la lámpara le invitó a cerrar los ojos y dejarse llevar. El verdadero motivo de su visita a aquella venta solitaria pasó a un segundo plano.

—Enhorabuena —dijo de pronto la curandera retirando las manos. La sesión había terminado—. Todo va bien. Es una niña.

La escritora sintió que se le aceleraba el pulso. Se llevó una mano al vientre y se lo acarició. No era verdad. No podía serlo. Hacía solo una semana, la misma mañana que salió para Bilbao con sus compañeras de Hibaika, se había hecho el test de embarazo con resultado negativo. Era imposible.

A no ser…

No, aún no hacía ni dos días que había hecho el amor con Iñaki frente a los acantilados de Ulia. Era sencillamente imposible.

—Gracias. ¿Algo más? —preguntó decidida a que aquella charlatana no le hiciera crearse falsas expectativas.

—¿Te he sorprendido, verdad? Querías saber el sexo de tu bebé —insistió Maite apagando la grabadora—. Grabo las sesiones porque a veces en mi trance se me escapa algo y después, al volverlo a oír, lo interpreto correctamente.

—Sí, era eso. Mi bebé —mintió Leire incorporándose. En mala hora se había prestado a participar en el juego. Tenía que haber llamado a la puerta y preguntado directamente por lo que la había llevado a Zugarramurdi. Ahora no se veía con fuerzas de seguir adelante.

La curandera le impidió levantarse de la camilla. Sus manos la sostuvieron por los hombros y su mirada se volvió aún más penetrante.

—No has venido por eso —siseó lentamente. Una sombra de turbación veló su rostro—. La muerte en el akelarre… Eso te ha traído hasta mí.

La escritora tragó saliva con dificultad. Nunca había creído en adivinos ni en curaciones milagrosas. Necesitaba salir cuanto antes de aquel lugar. La atmósfera que creaban el alcanfor y la falta de ventilación se le antojaba de pronto irrespirable.

—¿Quién lo mató? —acertó a preguntar.

Maite esbozó una leve sonrisa. En sus ojos, un destello de algo parecido a la nostalgia.

—No quisieron escucharme. Me llamaron loca y me acusaron de buscar solo propaganda. Como si yo necesitara de eso…

—¿Quién fue?

La curandera se encogió de hombros y negó enigmáticamente con la cabeza.

—Solo Mari Cruz lo sabe. Tráemela y le haré vomitar la verdad que lleva años sin digerir. Lo intenté una vez y me quedé a medio camino. El proceso es doloroso y tiene demasiado miedo a sufrir.

—¿Mari Cruz? —Leire no entendía nada.

—Yo no estaba allí. Nunca asistiré a esa pantomima que banaliza un episodio tan dramático de nuestro pasado. Ella sí. Estaba en la cueva con Celso. Lo vio todo. Todo —aseguró la curandera enfatizando cada sílaba.

—¿Quién es esa mujer? ¿Qué tiene que ver con el fallecido?

—Nada. Solo estaba allí. Participaba en la representación, como casi todo el pueblo.

—¿Se lo contó a la policía? —preguntó la escritora.

—No. Vino a verme a mí. Quería que le sacara de dentro tanto dolor. No comprendía qué le había pasado. La mente es sabia y lo borró todo. Eso no es bueno. Para pasar página hay que vomitar el mal, no guardarlo en las salas oscuras del cerebro. Solo cuando Mari Cruz se quite esa losa de encima podrá vivir feliz. Entretanto no será más que una muerta en vida.

Leire comprendió que debía hablar con ella cuanto antes.

—¿Dónde la puedo encontrar?

La curandera miró el reloj de sobremesa.

—Ya es tarde. Por la mañana está siempre en el oratorio de la Virgen del Rosario. Para esta hora se habrá vuelto a su casa y allí estará hasta mañana. Desde que ocurrió aquello se ha tornado muy esquiva. Tiene un estanco y rara vez lo verás abierto.

—¿Dónde vive?

Maite abrió la ventana y un torrente de luz inundó la pequeña sala. El aire cálido del exterior barrió de golpe el olor a naftalina y llenó el ambiente de amables notas verdes.

—Lejos del pueblo —explicó negando con la cabeza—. En el molino de Obela. No te molestes. Si no te conoce, no te abrirá la puerta. Para intentar hablar con ella, prueba en el oratorio.

Leire iba a preguntar dónde estaba aquel molino cuando comprendió que lo conocía. Demasiado bien. Recordó la silueta sentada en el banco de piedra y el torrente rompiendo el silencio que flotaba en el lugar.

—¿Cuánto te debo? —inquirió alcanzando el bolso.

—Nada —decidió la anciana abriendo la puerta para invitarla a salir—. Cuando oí la noticia de los asesinatos de Bilbao, supe que alguien vendría a preguntar por el crimen del akelarre. Era cuestión de tiempo que comprendieran que las muertes estaban conectadas.

La escritora sintió que se le erizaba el vello. Tenía ganas de salir de aquel lugar que no cesaba de poner a prueba su escepticismo en cuanto a los poderes adivinatorios.

—¿Qué cree que motivó la muerte de Celso? —preguntó dirigiéndose a la salida por el largo pasillo a oscuras.

—¿Has visitado el museo? —contestó la anciana—. Vete a verlo. Allí hallarás respuestas.

—¿En un museo? —Leire fue incapaz de ocultar su extrañeza.

Habían llegado a la puerta. La curandera le posó una mano en la espalda a modo de despedida. La tenía tan caliente que la escritora se giró para comprobar que no hubiera nada más. Maite se rió por lo bajo antes de recuperar su pose enigmática.

—Vete a verlo. Sin prisas. Solo así podrás comprenderlo —le dijo antes de aproximarle la mano al vientre. Leire volvió a sentir un profundo calor que la empujó a retroceder un paso—. Y cuida de esa pequeña.

Después cerró la puerta y una ráfaga de aire cálido hizo bailar por el aparcamiento las hojas de algún árbol que se había adelantado al otoño.

Invierno de 1610

María se sentía aturdida, desorientada. ¿Cuánto tiempo llevaba allí? ¿Horas, días, semanas? Lo último que recordaba era la sensación de agonía, el ardor en el pecho y el agua colándose por su nariz en plena tortura. Aquel barreño infame en medio de la sala de interrogatorios le había brindado las sensaciones más escalofriantes de su vida. Todavía reverberaban en su cabeza las preguntas del inquisidor. ¿Confiesas que adoras al demonio? ¿Cuántas veces has yacido con el maligno? ¿Cuántos hijos diabólicos le has dado ya? ¿Cuántos bebés has matado? ¿Cuántos bebés...? Esta era sin duda la más dolorosa. Ella ayudaba a los niños a llegar al mundo, no los mataba. Por más que lo aseguró, el verdugo no tuvo piedad. Una y otra vez, su cabeza era introducida con saña en el agua gélida. Cada vez más tiempo, cada vez con menos segundos para recuperar el resuello. Llegó a creer que moriría ahogada. Y lo deseó. Cuanto antes acabara aquella agonía, mejor. Sin embargo, el torturador sabía demasiado bien lo que hacía y solo cuando María perdió el conocimiento la dejó en paz.

Sin levantarse del lecho frío donde se encontraba, miró alrededor. La oscuridad era absoluta. Asustada, se llevó las manos a los ojos. ¿Qué le habían hecho aquellos bárbaros? Se palpó los párpados una y otra vez. Respiró aliviada. Todo estaba en su sitio, no se los habían sacado. Le dolía la cabeza. Todavía sentía ardor en el pecho. Nunca hubiera imaginado que la falta de aire pudiera producir tanto dolor. Lo recordaba como una bola de fuego en sus pulmones.

—*Amatxi* —llamó a su abuela en voz alta—. ¿Estás aquí, *amatxi*?

Nadie respondió.

Se incorporó lentamente hasta quedar sentada. Los latidos de su corazón resonaron con fuerza en sus sienes. Tenía frío. Se llevó las manos al cuerpo. Tenía los brazos descubiertos y un basto camisón de estameña le cubría el torso. ¿Dónde estaba su ropa?

—*¡Amatxi!* —insistió. Ojalá su abuela no hubiera tenido que pasar por un interrogatorio como el suyo. Solo de imaginarlo se le partía el corazón. ¿Y los suyos? ¿Qué sería de su hermano y su padre? ¿Se habrían enterado de que las mujeres de la casa habían sido detenidas por la Inquisición? Al pensar en ello, recordó los insultos de sus vecinas y sintió el regusto amargo de la traición en forma de nudo en la garganta.

Olía a humedad. El aire era pesado y aún lo era más el silencio sepulcral. Miró sin éxito alrededor. ¿Dónde la habían metido? Se puso lentamente en pie y giró sobre sí misma con los brazos extendidos. No logró tocar pared alguna. La idea de dar un solo paso le aterrorizaba. La incertidumbre era aún peor. Con los brazos como avanzadilla, comenzó a caminar a tientas hacia la infinita oscuridad. Los ojos bien abiertos con la esperanza de que algún débil rayo de luz se cruzara en su camino. Uno, dos, tres, cuatro... Los pasos se sucedían sin tocar pared alguna. Su desasosiego fue en aumento. ¿Dónde la habían metido? Resonaban en su memoria los rumores que había oído toda su vida sobre el tribunal del Santo Oficio. No eran muy halagüeños. ¿Acaso esperaban que muriera de hambre en aquel mundo de tinieblas o le tenían reservada alguna otra muerte aún más terrible? Cada vez tenía menos esperanzas de que el inquisidor reconociera su error y las dejara en libertad.

Sus manos encontraron por fin una pared. Era fría, rugosa y húmeda. Por un momento, María recordó la gran cueva de Zugarramurdi. De niña pasó horas jugando en ella, como todos los muchachos del pueblo. Después ocurrió lo de su madre y tuvo que crecer deprisa para ocuparse de su hermano recién nacido. No hubo tiempo para más juegos. Algunas de sus amigas le preguntaban si no odiaba al bebé por haber matado a su madre durante el parto, pero María sabía que él no tenía culpa de nada. Su abuela le había contado que la hemorragia no la había provocado el pequeño, que bastante desgracia tenía de no poder tener una madre que lo amamantara y le diera su amor. Y *amatxi* de esas cosas sabía mucho, pues raro era el mes que no tenía que asistir a alguna parturienta.

Acariciando la pared con la mano derecha, comenzó a caminar lentamente. La oscuridad era opresiva, le quitaba el aliento, pero tal vez lograra dar con alguna puerta. Las irregularidades del muro fueron pronto evidentes, aunque no había uniones ni se intuían sillares, ladrillos ni argamasa. Parecía una cueva. Pensó en buscar algo característico que le permitiera reconocerlo al pasar por segunda vez por el mismo lugar. Así podría contar los pasos y hacerse una idea del tamaño de la mazmorra. Una argolla metálica sujeta a la pared a la altura del cuello le hizo estremecerse. Palpó el frío hierro y se imaginó a algún prisionero allí sujeto. Tal vez ella misma corriera esa suerte. Se sacudió la idea de la mente y comenzó a contar los pasos a partir de la anilla de hierro. Uno, dos, tres... La pared rezumaba agua en algunos tramos. Su mano acarició la fría suavidad de los líquenes que crecían en ella. De nuevo voló con la imaginación a la gran cueva. Risas, carreras infantiles, rostros amigos, libertad...

¿Por qué tanta injusticia? Solo tenían que escarbar bajo el nogal para comprobar que la acusación de la francesa era falsa. Doce, trece, catorce... ¿Y Galcerán? ¿Habría vuelto ya? No. De lo contrario se habría presentado en Logroño. El tribunal del Santo Oficio escucharía a un soldado de la Corona y las liberaría. Como siempre que pensaba en él, reprimió el temor a que no volviera. Muchos no lo hacían. Las travesías en barco eran traicioneras y las campañas contra los indios, sangrientas y peligrosas. Cuanto más larga se hacía la espera, más le costaba quitarse de la cabeza la posibilidad de que su prometido estuviera muerto.

Veinte, veintiuno... El suelo estaba resbaladizo. Los líquenes que cubrían la pared también se extendían por el firme. Reparó en ello demasiado tarde, cuando cayó de bruces y todo se volvió aún más negro.

32

21 de junio de 2015, domingo

Leire empujó la puerta del antiguo hospital. La pesada hoja de madera emitió un quejido conforme se deslizaba perezosa sobre las bisagras. El suelo estaba formado por losas de piedra irregulares. Una lámpara de forja pendía de una de las vigas del techo. Estaba apagada, la luz que se filtraba por una estrecha ventana era suficiente. La escalera de madera que subía a la derecha del recibidor era como la de cualquier otra casa del pueblo. Lo único que delataba que aquello no era un caserío más era el mostrador que ocupaba gran parte del espacio. La escritora se fijó en el rótulo serigrafiado.

Museo de las Brujas.

—¿Está abierto? —preguntó asomándose al interior.

Un hombre se incorporó tras el mostrador.

—Sí, claro. Adelante, por favor. Tengo la puerta entornada para que no se escapen los gatos.

Como si pretendiera corroborar sus palabras, uno de color canela que descansaba sobre el alféizar de la ventana maulló demandando la atención de la visitante.

—Me gustaría visitar el museo —dijo Leire al comprobar que el encargado se limitaba a mirarla. Era alto y, tal vez por ello, estaba ligeramente encorvado. No pasaría por mucho de los cuarenta y cinco años, aunque se veía antiguo. Quizás fuera por la chaquetilla de ante o quizás por su cabello tupido y cardado, pero parecía sacado de otro tiempo. Mientras le entregaba las vueltas del billete de diez euros, a la escritora le recordó a esos grises empleados de banca de las películas en blanco y negro.

—Lo siento, tendrás que conformarte con la exposición. Las cuevas están cerradas porque las están preparando para el akelarre —anunció el hombre tendiéndole el resguardo de la entrada.

Leire decidió aprovechar el resquicio que le ofrecía para poder iniciar una conversación.

—¿Cuándo es la fiesta, Carlos? —inquirió leyendo la tarjeta identificativa que el empleado llevaba sujeta con un imperdible a la chaqueta—. ¿Merece la pena quedarse?

—El veintitrés, la víspera de San Juan. Viene mucha gente. Franceses, sobre todo.

La escritora se sintió incómoda ante su falta de expresividad. Daba la impresión de estar deseando que cogiera su entrada y se perdiera en las salas del museo, aunque algo le decía que solo era timidez. En cualquier caso, no parecía la persona más apropiada para atender un museo que consistía en lo más parecido a una oficina de turismo que un visitante podría encontrar en Zugarramurdi.

—No sé si podré alargar tanto mi estancia como para verlo. Pensaba quedarme solo una noche —zanjó Leire disponiéndose a abrir la puerta para subir a las salas.

—Tengo un libro tuyo —anunció Carlos.

—¿Ah sí? —se interesó Leire girándose de nuevo hacia él. No le costó imaginárselo sentado tras el mostrador leyendo un libro tras otro en las largas tardes lluviosas.

—*La fábrica de las sombras*. Me gustó, aunque supe demasiado pronto quién era el asesino —por primera vez, una leve sonrisa se dibujaba en sus labios.

—Vaya, lo siento —murmuró Leire. No tenía claro si ante comentarios así debía disculparse por no haber logrado mantener la tensión hasta el final, como cualquier lector esperaba en una novela de suspense.

Carlos la observaba fijamente sin añadir nada más. Esperaba que fuera ella quien continuara la conversación.

—¿Te gusta la novela negra? —le preguntó Leire en un intento por romper la incómoda situación.

—Mucho. Las escandinavas especialmente.

Se lo estaba brindando en bandeja.

—Me han contado que hace unos años ocurrió algo digno de novela en el akelarre. Uno que se prendió fuego. ¿Estabas allí?

El hombre asintió con expresión grave. Su mirada parecía ahora más intensa.

—Fue impresionante. Aquellos gritos, el olor a quemado, la danza de las brujas como si no ocurriera nada... ¡Pobre Celso!

—Hay quien dice que no fue un accidente —apuntó Leire.

Carlos se encogió de hombros.

—No lo sabremos nunca —musitó con una mueca de resignación.

—¿Tú que crees? —insistió Leire.

La mirada de Carlos recaló en el gato canela, que dormitaba hecho un ovillo. La respiración le inflaba el abdomen en una secuencia rítmica. Durante unos segundos pareció pensativo. Después negó con la cabeza.

—La policía dijo que había sido un accidente. Celso era muy amigo del vino, ¿sabes? Y eso cuando vas envuelto en una piel de oveja y hay antorchas cerca...

La escritora asintió. Eso ya lo había leído en el informe oficial.

—¿Tenía enemigos?

—¿Quién, Celso? —Carlos acariciaba un gato gris que había dado un salto hasta el mostrador y ronroneaba agradecido—. No exactamente, aunque es verdad que no era bienvenido en casi ningún sitio. La bebida lo volvía muy faltón y los del pueblo evitábamos entrar al bar si lo veíamos dentro. Tampoco soy yo amigo de ir de bares, no creas, pero es lo que contaba la gente.

Leire intuía que ese era el motivo que había llevado a la Policía Foral a archivar el caso sin hacer demasiadas indagaciones. Nadie en el pueblo parecía llorar la muerte de Celso.

—Sobraba —sentenció, arrepintiéndose en el acto por su falta de respeto.

Carlos hizo oídos sordos al comentario.

—¿Tienes gatos? —preguntó acariciando al que se había acurrucado sobre el mostrador junto a unos imanes de nevera con la silueta de una bruja sobre una escoba.

—¿Yo? No. No me inspiran confianza —admitió Leire.

—Es raro. Me imaginaba a una escritora con su gato en el regazo mientras teclea su máquina de escribir —comentó Carlos observando al animal con gesto apenado.

Leire miró el reloj que colgaba de la pared. La una del mediodía. Ya iba siendo hora de entrar al museo.

—Sube hasta arriba y luego vas bajando. Siempre a la izquierda, como la danza de las brujas, como los astros en el cielo —le indicó Carlos señalando la escalera. Después se dio la vuelta para accionar varios interruptores de un cuadro eléctrico.

Las salas del museo lograron ponerle la piel de gallina. Lejos de encontrar una muestra folclórica y superficial como la que esperaba, el museo de las Brujas era un escalofriante relato de la persecución que la Inquisición desató en la comarca a comienzos del siglo diecisiete. La estampa más impactante era la recreación del auto de fe que acabó con la quema de once vecinos en la hoguera y decenas de condenados a las penas más diversas.

En una sala contigua, una proyección narraba los pasajes más turbadores del *Compendium Maleficarum*, el tratado de brujería y demonología escrito por un sacerdote italiano que tuvo aterrorizada a media Europa. Incluso desde el escepticismo propio de las mentes del siglo veintiuno, Leire se estremeció al escuchar algunas de las prácticas atribuidas a los adoradores del diablo.

La sección más amable estaba dedicada a la mitología local. Extrañas criaturas espiaban a la escritora desde misteriosas cajas de luz. Algunas, como los gentiles y las lamias, las reconoció fácilmente; en otros casos precisó leer su nombre para comprender de qué genio se trataba.

El sonido de pasos en la escalera la sacó de sus pensamientos. Alguien subía. Algún otro visitante. Agradeció haber podido ver la mayor parte del museo en la más absoluta intimidad. No imaginaba aquel lugar, que tantas sensaciones había despertado en ella, entre conversaciones de turistas o el jolgorio de alguna visita escolar.

Sin perder de vista los paneles de metacrilato con explicaciones sobre mitos y leyendas, observó la escalera por el rabillo del ojo. El recién llegado la buscó con la mirada y se dirigió hacia ella.

—En diez minutos tengo que cerrar. —Carlos señalaba su reloj de muñeca—. ¿Es para alguna novela? ¿Algo sobre brujas? —preguntó acercándose.

La cuestión desencadenó en Leire una sensación que ya había experimentado en alguna investigación anterior. ¿Qué buscaba realmente allí? ¿Qué le empujaba a tomarse casos que no le incumbían como si su propia vida dependiera de su resolución?

—Más o menos —musitó a la defensiva—. Intento averiguar qué ocurrió en realidad en el akelarre de dos mil doce.

Carlos miró incómodo a su alrededor. Vitrinas con ropas de época, figuras de monstruos ciclópeos, hadas con patas de pato...

—Aquí no encontrarás respuestas a eso —sentenció antes de acercarse a una ventana para cerrar sus postigos. La falta de luz natural resaltó las siluetas de los personajes mitológicos en la penumbra.

—Nunca se sabe —se defendió Leire dirigiéndose a la escalera.

—¿Te importará firmarme tu novela? —le preguntó Carlos—. ¿Dónde te hospedas?

Leire recordó que aún tenía la bolsa de viaje en el portaequipajes de la Vespa. Ni siquiera tenía claro si se quedaría a pasar la noche. En caso de hacerlo, elegiría cualquiera de las casas rurales que había visto cerca de la plaza. No tenía grandes remilgos para esas cosas.

—No sé si me quedaré. Ya me acercaré esta tarde a firmarte el libro si quieres.

—Está bien. Lo traeré. ¿Te puedo recomendar un buen sitio? —ofreció tendiéndole una tarjeta de visita.

Leire la miró con curiosidad. Por un lado, un recio caserío con muchas flores en sus ventanas; por el otro, una habitación luminosa con una bandeja de pastas sobre la cama.

—Etxe Ederra —leyó en voz alta—. La casa hermosa. Tiene buena pinta.

—Lleva abierta solo unos meses. Ana es un encanto y su madre tiene buena mano para la repostería. A todo el que se la recomiendo vuelve a agradecérmelo. Créeme, no estarás mejor en ninguna otra casa de Zugarramurdi.

La escritora volvió a fijarse en las pastas de la foto y decidió que no le vendría mal airearse un par de días. Así podría seguir indagando sin prisas mientras el juez decidía si mandaba exhumar el cadáver de Celso. Sí, estaba decidido, se quedaría en Etxe Ederra.

—Lo que me urge realmente es una gasolinera. ¿Hay alguna en el pueblo?

—No. Hay que ir a Dantxarinea, donde se encuentran las ventas de la muga. Está cerca. ¿Ves esa carretera de ahí? —le indicó Carlos acompañándola al exterior del edificio.

—¿Cuánto se tarda a pie? —inquirió Leire entrecerrando los ojos para acostumbrarse a la claridad. Si estaba lejos, de regreso tendría que recurrir al autoestop. No se veía acarreando una garrafa llena de combustible por el arcén—. Tengo la moto sin una gota de gasolina.

El hombre dirigió la vista hacia el cielo y contó moviendo los labios, sin emitir sonido alguno.

—Una hora, más o menos —calculó—. Podrías atajar un trecho por sendero, aunque no te lo recomiendo, puedes acabar en cualquier caserío.

—¿Una hora? —La escritora no pudo ocultar su asombro. No esperaba que estuviera tan lejos. Comenzó a darle las gracias y despedirse, pero Carlos la detuvo.

—Espera. Quizás tenga la solución. ¡Olivier! —gritó alzando los brazos para llamar la atención del conductor de una furgoneta de un marcado color amarillo canario y matrícula francesa.

El hombre maniobraba para aparcar bajo la exigua sombra que ofrecía el alero de un caserío.

—¿Qué pasa? —preguntó asomándose a la ventanilla.

Carlos tardó en contestar. Se giró hacia Leire para invitarla a ser ella quien hablara y después carraspeó para enfrentarse a la timidez antes de abrir la boca. La escritora no pudo evitar una sonrisa. Aprovecharía a aquel tipo para alguna de sus novelas. Era lo que hacía cuando se topaba en la calle con personas peculiares. Si algo había aprendido tras tantos años tecleando historias era que los personajes no podían ser planos, sino que debían contar con algún rasgo marcado que permitiera al lector recordarlos mejor.

—Esta chica se ha quedado sin gasolina. Necesita ir a Dantxarinea —explicó el del museo.

Olivier buscó a Leire con la mirada. Durante unos instantes la contempló en silencio a través de sus gafas de sol tornasoladas, que ofrecían un fuerte contraste con su pelo casi blanco.

—Sube —invitó finalmente señalando el asiento del copiloto—. Vamos. Te llevo.

—Después le muestras dónde está Etxe Ederra —apuntó Carlos antes de que el vehículo se alejara.

33

21 de junio de 2015, domingo

Aprovechando una recta, Olivier se volvió hacia el asiento del copiloto.

—¿De dónde eres? —Su acento nasal delataba su origen francés.

—De Bilbao —anunció la escritora.

—¿Y vienes en una Vespa desde ahí? —inquirió el viajante con expresión sorprendida. Su barba de dos días remarcaba unos labios sugerentes y sus gafas de sol ocultaban unos ojos que se adivinaban hermosos. Era un tipo atractivo—. Te habrás quedado sin gasolina unas cuantas veces.

Leire se rió antes de aclararlo.

—Vivo en Pasaia. Cerca de San Sebastián.

El francés frenó para entrar suavemente en una curva.

—Conozco bien. El puerto y todo eso. ¿No iban a hacer uno nuevo, sacar los muelles fuera...?

—Proyectos de tiempos anteriores a la crisis —le interrumpió Leire recordando las manifestaciones en contra, las pancartas y los desencuentros entre vecinos—. Todo eso se ha olvidado. Por suerte.

Algunos caseríos aparecían diseminados entre las suaves colinas cubiertas de una mullida alfombra de hierba que caracterizaban el paisaje. La carretera serpenteaba entre ellas en busca del fondo del valle. Urdax quedó pronto a la vista, apenas un puñado de casas blancas alrededor de un monasterio que se veía imponente. Una densa arboleda lo ocultó enseguida.

—Malos tiempos para Bilbao —comentó el francés sin apartar la vista de las sucesivas curvas de la carretera—. Estuve allí el día que quemaron al homosexual. Todavía recuerdo el olor. Fue muy duro. Al día siguiente no vendí ni un solo queso. La ciudad estaba deprimida. ¿Tú eres del mismo Bilbao o de cerca?

Leire sintió que sus fosas nasales volvían a llenarse de aquel tufo acre y pegajoso y se frotó la nariz para quitarse la idea de encima.

—Del Casco Viejo. Más de Bilbao, imposible.

—Oh, las Siete Calles, la *vieille ville*... Allí tengo buenos clientes. Los pintxos de muchos bares no se entenderían sin mi queso y mi confit. Y el mercado de La Ribera... ¿Conoces la tienda de quesos del primer piso?

Al llegar al cruce con la carretera general, el francés evitó el puente que permitía cruzar a Francia y giró a la derecha siguiendo la indicación hacia Urdax. Enseguida apareció entre los árboles un impactante centro comercial moderno. Lo que en su día fueran las ventas de Dantxarinea habían crecido en los últimos años al calor de las diferencias de precios que hacían más barato para los vecinos del norte de la muga desplazarse hasta Navarra para sus compras cotidianas.

—Qué horror —protestó Leire fijándose en los ascensores acristalados y los enormes paneles publicitarios en medio de un paisaje bucólico, de praderas inabarcables y pequeñas aldeas con más cabezas de ganado que habitantes.

—Es feo, pero se vende mucho queso —objetó el viajante deteniendo el coche en la cola de la gasolinera—. Gracias al centro comercial mucha gente puede seguir viviendo aquí. Da trabajo a muchos vecinos de la comarca. Ya ves, hasta los domingos está abierto.

La escritora no rebatió su argumento. Las decenas de vehículos franceses estacionados en el aparcamiento corroboraban sus palabras.

—Voy a comprar una garrafa para el combustible —dijo saliendo del coche y dirigiéndose al mostrador de la gasolinera. A pesar de encontrarse en el lado navarro de la muga, todo estaba escrito en francés.

—*Bonjour* —la saludó el dependiente, un joven con una camiseta negra de un grupo de rock.

—Hola. Un recipiente para llevar gasolina, por favor.

—¿De cinco o de veinte litros? —replicó el empleado señalando una balda tras él.

—De cinco. Es para una Vespa.

—¿Una Vespa? —se interesó el muchacho estirando la cabeza para asomarse por la puerta—. ¿La tienes aquí? Yo me estoy restaurando una. Era de mi viejo y llevaba un montón de años sin usarla. Le faltan unos retoques en el carenado, una mano de pintura y unas cubiertas nuevas. Estoy deseando acabarla y darme la vuelta a España. ¿Eres de algún club?

—No, la verdad es que no —admitió Leire sin profundizar en el tema. Nunca había sido demasiado fetichista. Tenía una Vespa como podía haber tenido cualquier otro tipo de motocicleta.

El francés que esperaba su turno tras ella sacudió una libreta de cheques para apremiar al dependiente.

—No se admiten. Aquí, tarjeta o billetes. Los papelitos en tu casa —le indicó airado el joven mostrándole un cartel donde se rechazaba ese medio de pago. Después se dirigió de nuevo a Leire—. Me tienen frito. ¿Vas a llenarla?

—Claro. Me he quedado tirada en Zugarramurdi.

—Te cobro ya el combustible para que no tengas que volver a hacer cola. Son doce euros, recipiente incluido.

Leire le tendió un billete azul y aguardó a que le entregara los cambios.

—Buen viaje. Disfruta de nuestra comarca. Hay carreteras ideales para conducir sin prisa. —El dependiente le guiñó un ojo—. Tú me entiendes... Los que conducimos esas joyas hablamos el mismo idioma.

La escritora masculló un par de palabras de cortesía y salió a la zona de surtidores. El color amarillo de la furgoneta le permitió localizar a Olivier, que agitaba la mano para que se apresurara.

—Llénala rápido o nos tocarán el claxon —le apremió haciendo un gesto hacia los coches que esperaban, todos de matrícula francesa.

En cuanto emprendieron el retorno hacia Zugarramurdi, Olivier se giró hacia ella.

—¿Vienes por el akelarre?

—Sí... Bueno, más o menos. —Leire no tenía ganas de complicarse en explicaciones.

—Es una maravilla. Una fiesta muy espectacular. En mi país es muy popular. Oirás hablar mucho en francés, ya lo verás —comentó el viajante—. Yo este año no creo que pueda quedarme. Tengo pedidos que servir en Bilbao, Santander y algunas cavas de La Rioja. Todos quieren llenar las despensas antes de que lleguen los turistas.

Conforme hablaba pisaba el pedal del freno para detener la furgoneta. Un rebaño de ovejas avanzaba por la carretera guiado por un pastor y su perro. A pesar de que el ganadero se empeñaba para que se agruparan en el carril derecho, los animales ocupaban toda la franja asfaltada.

—Aquí no se puede ir con prisa —se rió Leire. Siempre le había gustado tener que detenerse para permitir el paso de algún rebaño. Se trataba de una prueba evidente de que todavía existía un mundo rural que vivía según unos ritmos amables a los que la ciudad había dado la espalda hacía demasiado tiempo.

El pastor se adelantó para abrir una langa. Las ovejas se colaron a la carrera en el prado y hundieron el hocico en la hierba fresca, dejando libre la carretera.

—Hace años que no puedo venir al akelarre. Este año toca en martes, ¿no? Mal día también. La gente trabaja... La última vez que pude verlo fue horroroso. Hubo un accidente y un hombre murió.

—Celso —apuntó la escritora.

—Has oído hablar de ello, claro. A todo el mundo se le viene a la cabeza al hablar del akelarre —reconoció Olivier—. Tardará en olvidarse.

—¿Lo conocías?

El francés negó con la cabeza mientras guiaba el vehículo por las sinuosas calles de Zugarramurdi.

—No. Entonces aún no pasaba tanto tiempo por aquí. No conocía a casi nadie. Mira, esa era su casa —explicó señalando un caserío de fachada deteriorada—. Cada año está peor. Se acabará cayendo si nadie la cuida.

Leire se fijó en los geranios secos que adornaban las ventanas. Habían sucumbido al paso del tiempo y la soledad.

Olivier aparcó muy cerca, en la linde de un sembrado de maíz.

—¿Dónde tienes la moto?

—En la plaza. Frente a la puerta del bar —señaló la escritora.

—Ah, aquí mismo. Bueno, en realidad todo está cerca en Zugarramurdi —dijo Olivier antes de apuntar con el dedo hacia una hermosa casa blanca con vigas de madera a la vista y alegres flores colgando de la fachada—. Esa es Etxe Ederra. ¿Duermes ahí?

Leire soltó una risita.

—Eso parece.

—Es una buena elección. Yo también me quedo en casa de Ana. Desde que abrieron no hay mejor lugar en el pueblo. Además, como está en lo alto de una loma, tiene unas vistas magníficas. Todavía es un secreto bien guardado. Cuando se corra la voz será difícil encontrar camas libres —explicó el francés.

Leire se encogió de hombros. Ella solo necesitaba un lugar donde dormir y poder escribir sin demasiado barullo a su alrededor.

—Muchas gracias, Olivier —dijo tomando la garrafa de gasolina y saliendo de la furgoneta.

—Ha sido un placer —contestó el francés abriendo la puerta del conductor—. *Mon dieu*, vaya calor hace.

La escritora asintió. Era excesivo. Llevaría el combustible a la moto y buscaría habitación. Las paredes de piedra de Etxe Ederra ofrecerían un buen aislante y no se le ocurría nada mejor que dedicar las horas centrales del día a llenar de historias una hoja en blanco de su ordenador.

34

22 de junio de 2015, lunes

El sol se encontraba alto en el horizonte cuando Leire abrió la ventana. El aire fresco que se coló por ella hizo bailar las finas cortinas y acarició sus brazos desnudos. Con la mirada perdida en la sucesión de amables colinas que se extendían hasta el Adour, límite norte de las tierras vascas, bostezó y se estiró. Acostumbrada a despertarse en su faro y no ver otra cosa que el mar, aquel panorama verde le resultó cautivador. Aquí y allá pequeñas arboledas rompían la monotonía cromática de la hierba. Diferentes tonalidades de un mismo color se extendían hasta el infinito y solo las casitas dispersas se atrevían a dar una pincelada blanca y roja en el hermoso cuadro.

Había dormido bien. La cama era cómoda y no había oído un solo ruido durante la noche.

Pasó la mano suavemente por los geranios que adornaban el alféizar y observó el vuelo de un pajarillo que se detuvo en la valla de espino que había frente a la ventana. Su canto, tendido y musical, se fundió con los cencerros y los balidos de las ovejas que pastaban en el prado.

—Es un jilguero. Hay muchos por aquí. —La voz grave de Ana, la dueña de la casa rural, rompió la magia del momento. Se encontraba en el jardín, arreglando un seto con unas tijeras de podar—. ¿Has dormido bien? ¿A que en tu casa no te despiertan los pájaros?

Leire se rió frotándose los brazos. Tenía la piel de gallina. El sol aún no calentaba lo suficiente.

—En mi casa me despiertan las gaviotas. No es lo mismo, esas no cantan —admitió.

—¿Bajas a desayunar? ¿Te preparo café? —le preguntó su anfitriona.

—Me pongo algo de ropa y bajo —anunció la escritora apartándose de la ventana. Antes de hacerlo, sus ojos se posaron en la casa de Celso. Su fachada desconchada al otro lado del campo de maíz le contagió un sentimiento de tristeza que se sacudió de encima en cuanto se dio la vuelta.

El olor a pastel recién hecho que flotaba en el ambiente le había abierto el apetito. Normalmente le costaba desayunar nada más levantarse, pero ese aroma dulzón era una implacable llamada a la gula.

Mientras bajaba las escaleras, encendió el teléfono. La pantalla mostró la hora: las nueve y cinco minutos. Se alegró al comprobar que no era tan tarde como pensaba. No le gustaba levantarse a media mañana. Un zumbido repetido le alertó de que tenía dos llamadas perdidas. Las dos eran de hacía un instante y ambas eran de Cestero. De pronto, la paz que la embargaba desapareció y la turbadora imagen del cadáver de Begoña Oteiza calcinado en el cementerio de Derio ocupó su mente. No estaba en Zugarramurdi de cura de aguas, sino para tratar de esclarecer unos sucesos espantosos.

—*Egun on*. Siéntate donde quieras —le invitó Ana. Había dejado las tijeras y se había puesto un elegante delantal negro, más largo que la minifalda que vestía. Era una mujer menuda que rozaba los cincuenta años con el pelo corto, teñido de tonos cobrizos, y un saludable tono bronceado—. ¿Cómo te gusta el café?

Leire se sentó en una de las cuatro mesas que ocupaban el comedor. Todas libres y cubiertas por manteles blancos que daban sensación de amplitud a una estancia bañada por la luz natural que se colaba por los grandes ventanales.

—Prefiero té, si no te importa —indicó marcando el número de Cestero en el teléfono.

Ana mostró una mueca de disgusto.

—Lo siento. No tengo té. ¿Quieres tila?

—No te preocupes. Tomaré un vaso de leche caliente con miel.

—Buena elección. La leche es de aquí, del pueblo, y la miel de las faldas del Larrun. Es de brezo. Excelente, ya lo verás —explicó perdiéndose por una puerta lateral.

Leire se llevó el auricular a la oreja y esperó el tono de llamada. Cestero no tardó en responder.

—¿Qué tal por el país de las brujas? ¿Has encontrado ya alguna? —bromeó a modo de saludo.

La escritora se la imaginó sentada a los pies de la cama de Iñigo.

—Pues sí. ¿Te suena una que es ertzaina y que lleva un *piercing* en la nariz? —replicó mientras se regañaba por sus celos.

—Calla, calla... Tengo noticias —anunció la policía—. El juez se ha puesto las pilas y ha considerado que hay suficientes elementos que vinculan la muerte del tipo de Zugarramurdi en dos mil doce con los crímenes de Bilbao. Ha decretado la exhumación del cadáver.

La escritora se felicitó para sus adentros. Eso aceleraría la investigación y le pondría en bandeja el ir haciendo preguntas. Quienes se empeñaban en que todo había sido un accidente tendrían que dejar un espacio a la duda.

—¿Cuándo...? —empezó a preguntar.

—Hoy mismo. Ha admitido en su auto el riesgo de que una escasa diligencia en la intervención pueda suponer un retraso en la captura del criminal y teme que eso pueda traducirse en nuevas víctimas.

—¿Más novedades? ¿Cómo va por Bilbao?

Cestero soltó una risita.

—Durmiendo poco.

—Me refería a la investigación. —Leire se reprochó al momento haber sido tan cortante.

La ertzaina no pareció darle importancia.

—Ayer interrogué a doce de los asistentes a la fiesta de Ezequiel Vargas. Hoy me quedan otros quince. Sin grandes novedades. Algunos recuerdan haberlo visto durante el asado, pero poco más. Ni siquiera una pista sobre a qué hora pudo abandonar la casa.

Leire saludó con un movimiento de cabeza al viajante francés, que señaló una de las sillas libres que había en su mesa con expresión interrogante. La escritora asintió con una sonrisa; claro que podía compartir desayuno con ella.

—Sería importante que alguno de ellos recordara si Lander abandonó la fiesta solo o acompañado —apuntó Leire.

—Claro. ¿En qué crees que centro el interrogatorio? —se defendió Cestero—. De momento no saco nada en claro. ¿No ves que estarían borrachos a esa hora?

—Ya —admitió Leire—. Bueno, vamos a ver el resultado de la exhumación. ¿Qué se busca exactamente?

—Pruebas: gasolina, sedantes... Algo que indique que pudo tratarse de un asesinato.

La escritora estaba ansiosa por saberlo. Algo le decía que en aquel lugar donde la vida discurría a ritmos pausados, donde todo parecía idílico, dormía un mal que podía estar detrás de todo. Era solo una sensación, aunque confiaba en ser capaz de darle forma en cuanto se sentara delante de su portátil y permitiera volar a la imaginación. La víspera había intentado hacerlo, pero cayó víctima del sopor y durmió durante toda la tarde.

—¿Qué tal has pasado la noche? —inquirió Olivier en cuanto Leire se despidió de su interlocutora.

—Mejor que bien. Creo que he descubierto el sitio perfecto para unas vacaciones —admitió convencida. En cuanto pudiera se llevaría a Iñaki a pasar unos días por allí.

El francés sonrió. Olía bien, a gel de baño y loción para después del afeitado.

—Claro. Por eso yo paso todo el tiempo que puedo aquí.

—Hoy vas a Biarritz, ¿no? —preguntó la dueña de la casa rural dejando una bandeja en el centro de la mesa. La leche con miel humeaba, igual que el pastel vasco relleno de una mermelada de cerezas que se desparramaba por el plato.

—Sí. Necesito que me dejes una toalla. Cuando acabe las visitas quiero darme un baño en el mar. Mmm, está excelente el pastel —celebró Olivier con expresión de placer.

Leire se llevó un pedazo a la boca. El dulzor de la confitura contrastaba sabiamente con la acidez de la cereza y el gusto potente de la mantequilla de la masa. Una delicia.

—Buenísimo. Creo que me voy a venir a vivir aquí contigo —bromeó mirando a Ana, que esperaba expectante su valoración.

—Gracias. Mi madre tiene muy buena mano para los pasteles. Ojalá a mí se me pegara un poco —bromeó alejándose.

Olivier dio un trago a su café y echó un vistazo al móvil antes de dirigirse a Leire.

—¿Es verdad que eres escritora? Ayer Ana me enseñó uno de tus libros. Te vi en la foto. ¡Eres famosa!

—Bueno, más o menos —admitió Leire ocultando su incomodidad. Todavía no había logrado acostumbrarse a esas situaciones. Una cosa eran las firmas de libros y las presentaciones, en las que sabía que iba a encontrar a decenas de lectores entusiastas, y otra ese tipo de comentarios espontáneos.

—¿Has venido aquí a inspirarte? —siguió el francés antes de llevarse una cucharada de pastel vasco a la boca—. Dice Ana que ahora escribes sobre crímenes.

Leire bebió un trago de leche mientras decidía que era mejor no ocultar el verdadero motivo de su visita. Antes o después, todo Zugarramurdi sabría que estaba investigando lo ocurrido con Celso.

—Existen indicios que apuntan a que lo del akelarre no fue un accidente —explicó antes de que Olivier alzara la mano para pedirle que no siguiera.

—¿Has oído, Ana? Dice que a Celso lo mató alguien —anunció alzando la voz para que la dueña le oyera desde la cocina.

—¿Lo de Celso? —inquirió la mujer volviendo al comedor—. Aquello fue un accidente. Vamos, como que yo me llamo Ana. Si hubieras conocido a Celso no albergarías ninguna duda. Estaba siempre borracho como una cuba.

—Hubo una señora que vio la agresión —intervino Leire.

Ana torció el gesto mostrando su incredulidad.

—¿Quién, Mari Cruz? Esa mujer está loca. Se quedó tocada cuando murió su marido. Tenían una farmacia. La malvendió y se hizo cargo del estanco. Ya me dirás para qué, nunca lo verás abierto. Si quieres tabaco tienes que ir a buscarla para que te abra.

La escritora no pensaba tirar la toalla.

—En cualquier caso, iré a que me explique su versión de los hechos —decidió apurando el vaso de leche. La miel se había quedado al fondo y el último trago le resultó empalagoso.

—¿Quieres más? ¿Te traigo otro pedazo de pastel? —inquirió Ana recogiendo los platos vacíos—. No pierdas el tiempo con Mari Cruz. No creo que abra la boca con una extraña —explicó girándose para consultar la hora en el reloj de pared—. A esta hora la tendrás postrada delante de la capilla. Se pasa allí buena parte del día. Lo que sea con tal de no abrir el estanco.

—Está allí siempre —corroboró Olivier.

Leire suspiró. No iba a resultar fácil.

—Lo intentaré —dijo poniéndose en pie.

35

22 de junio de 2015, lunes

Leire empujó la puerta del bar. Había otros en Zugarramurdi, pero parecían más destinados a los turistas, en su mayoría franceses, que visitaban la comarca los fines de semana. Aquel, el de la plaza, era el único con la apariencia que se esperaba de una taberna de pueblo: quesos y pan de la mañana a la venta junto a una barra donde no faltaban los licores más populares a ambos lados de la frontera. Una mujer de rostro serio y cabello lacio se giró hacia ella desde la cafetera.

—Un momento —le indicó antes de pulsar el botón del molinillo.

Las conversaciones de la media docena de clientes quedaron apagadas por el estridente sonido del aparato. El televisor, colgado en el extremo opuesto a la puerta, mostraba un presentador con traje y corbata sobre fríos fondos azules.

—Dime —saludó la tabernera acercándose a la recién llegada.

—Un té, por favor —pidió la escritora. Necesitaba teína para activarse.

—¿Negro?

—Prefiero verde. Gracias.

—Solo tengo negro. Por aquí la gente es más de café —se excusó la mujer.

Leire se encogió de hombros. Tanto daba mientras fuera té.

La puerta volvió a abrirse mientras la tabernera vertía agua hirviendo en la tetera metálica.

—*Bonjour Divina. Ça va?* ¿Me venderás un paquete de tabaco? —saludó Olivier. La escritora reconoció la voz y se giró para saludarle.

—Claro —admitió la del bar dejando en la barra una taza vacía para el té de Leire y abriendo el armario que colgaba de la pared bajo una foto descolorida de Indurain firmada por el ciclista.

—¿Ya sabes que tienes delante a una escritora famosa? —dijo el francés quitando el precinto al paquete antes de llevárselo al bolsillo.

Divina estudió a Leire con la mirada.

—No me digas que eres Almudena Grandes —apuntó con gesto sorprendido.

La escritora se rió, avergonzada.

—No, no. No soy tan buena —musitó vertiendo el té en la taza.

—Que sí. Ana tiene uno de sus libros. Es famosa —insistió Olivier logrando que la incomodidad de Leire fuera en aumento—. Está investigando la muerte en el akelarre de dos mil doce. Van a desenterrar a Celso.

El bar enmudeció. Las conversaciones triviales de los clientes se disiparon de inmediato y solo el hombre del tiempo rompió el silencio desde su altar de plasma. Las miradas de unos y otros se volvieron hacia Leire, que fulminó con la mirada al viajante. Había sido una inconsciente al hablar tan alegremente por teléfono delante de él.

—¿Cómo que van a desenterrarlo? ¿De dónde sacas esas chorradas? —espetó Divina. Aunque la pregunta iba dirigida al francés, su mirada recalaba también inquisitiva en la escritora.

—Hay indicios que apuntan a que pudo tratarse de un homicidio —argumentó Leire.

—¡Eso es una tontería! ¿Quién iba a querer matar a Celso? —intervino un hombre de barba blanca y rostro afable, aunque enrojecido por la afición al vino.

—Hombre, Patxi... No sé qué decirte. Celso no es que tuviera muchos amigos —discrepó Divina arrugando los labios.

—¡Tampoco enemigos! Una cosa es que fuera un pesado y otra que quisiéramos cargárnoslo —continuó Patxi.

—Eso tú que vives fuera —bromeó uno achaparrado de ojos achinados—. En Torrevieja no tenías que aguantarlo. Solo los meses que pasas aquí.

—Te parecerá poco... ¿Has olvidado la que le montó a cuenta del akelarre de aquel año? —intervino Divina.

Patxi gesticuló incómodo con las manos. No quería seguir por ese camino.

—Tampoco vamos a sacar ahora los trapos sucios. Celso era un tipo difícil, es verdad, pero no está aquí para defenderse.

—Por suerte —se oyó murmurar a algún otro cliente.

Leire permanecía en silencio. No esperaba que su necesidad de teína fuera a regalarle tanta información sobre el difunto.

Olivier le guiñó el ojo derecho.

—Nada como el bar para enterarte de todo —le susurró entre risas antes de hacer un gesto de despedida al resto y dirigirse hacia la puerta.

—¿Alguien me puede contar eso del akelarre? —preguntó Leire al comprobar que la conversación comenzaba a girar hacia otros derroteros.

—¿Qué? ¿Mi discusión con Celso? —Patxi se dirigía a ella con expresión seria—. No hagas caso. Son unos exagerados. No fue para tanto.

—¡Sí que lo fue! Divina tuvo que echarlo del bar —protestó el bajito.

—Joder... Si tuviera que contar cuántas veces tuve que echarlo... —suspiró la tabernera antes de girarse hacia Leire—. Celso era un bullanguero. Siempre estaba haciendo rabiar a todos. Una mosca cojonera. El alcohol le perdía. Era una persona al comienzo del día y otra muy diferente después de unos cuantos txikitos.

Uno de los clientes que se había mantenido en silencio se puso la txapela y se llevó un cigarrillo a la boca antes de dirigirse hacia la puerta. Al pasar junto a Leire, le apoyó el brazo en el hombro y señaló a Patxi.

—La suya fue gorda, y a Celso no le faltaba algo de razón —apuntó y encendió el cigarrillo antes de salir a la calle.

El humo de la primera calada quedó flotando en el ambiente. La escritora viajó con la mirada de la tabernera al de la barba. Alguno acabaría por explicar qué había ocurrido con Celso en los días anteriores a su muerte.

—El akelarre fue una idea mía. Hace veinte años de eso —explicó Patxi.

—Eso no es verdad. Yo también participé en la organización y no me digas que el difunto Juan Mari no tuvo también mucho que ver —objetó el de los ojos achinados.

—Pero la idea fue mía. Aquí, en este mismo bar. Si estuviera aquí el padre de Divina me daría la razón —insistió Patxi. El rojo de su cara se volvió aún más intenso.

La tabernera decidió intervenir.

—El caso es que Patxi ha encarnado siempre al demonio en la fiesta. Él ha sido el macho cabrío en cada una de las ediciones —explicó con tono tranquilo—. Nadie lo ha discutido nunca. ¿Qué más da hacer de una cosa que de otra? Tuvo que ser Celso, claro, quien protestara. Se empeñó en que él también tenía derecho a representar al cabrón, que una figura tan importante debía ser rotatoria...

—Nadie se puso de su lado —la interrumpió Patxi—. Si alguien más hubiera dicho algo, yo habría cedido. ¿Os imagináis a Celso borracho perdido haciendo del personaje central del akelarre? —Los demás negaron con la cabeza o se mantuvieron en silencio—. Era absurdo. Tuve que aguantarle de todo, que si era un dictador, que si yo ya no vivía aquí...

—Eso es verdad —alegó el bajito—. Solo vives en verano. Desde que te dieron la incapacidad no te vemos el pelo.

—El caso es que la discusión subió de tono, Celso se puso a insultar a todos y tuve que echarlo del bar. Una vez más —sentenció Divina pasando una bayeta por la barra.

—¿Cuándo ocurrió eso? —preguntó Leire.

—La víspera del akelarre. ¿O fue el mismo día? —inquirió la tabernera pensativa—. Da igual. No había semana que no tuviera que echarlo a la calle. No era mala gente, pero se emborrachaba y...

Leire asintió. Había oído suficiente.

—¿Creéis que alguien pudo matarlo? —inquirió sacando de la cartera una moneda de dos euros.

Divina se la rechazó.

—Te ha invitado Olivier —dijo recorriendo con la mirada al resto de clientes—. No te vuelvas loca, aquello fue un accidente.

Los demás asintieron. Un accidente.

La escritora empujó la puerta y salió al exterior. Esperaba tener más suerte con su siguiente parada.

Mari Cruz estaba postrada de rodillas ante los barrotes de madera que cerraban el oratorio. Tras ellos, la Virgen del Rosario. El pequeño humilladero se alzaba en un cruce de caminos, dispuesto estratégicamente para que quienes pasaran pudieran detenerse a rezar sin desviarse de su ruta. Tal vez antiguamente fueran muchos los que lo hicieran, pero ese lunes de junio solo aquella mujer de anchas caderas y pelo corto con mechas rezaba ajena a todo lo que acontecía a su alrededor.

Una pareja de turistas franceses tomó una foto de la escena entre risitas maliciosas. Mari Cruz permanecía tan absorta en sus oraciones que no fue consciente de que la observaban. Leire les recriminó por lo bajo su falta de respeto, pero hubo de reconocer que la visión de la mujer de rodillas en mitad de la calle resultaba impactante.

Una vetusta camioneta cargada de marmitas de leche pasó lentamente junto a la capilla, abriendo la trayectoria para evitar atropellar a Mari Cruz. Al pasar junto a Leire, su conductor alzó la mano a modo de saludo. Lo reconoció como uno de los parroquianos con quienes acababa de estar en el bar de la plaza. La jornada empezaba para todos.

La escritora tomó aire y trató de insuflarse valor. A pesar de que no era creyente, no se sentía cómoda interrumpiendo las oraciones de nadie. Se disponía a hacerlo cuando reparó en el potente chorro de agua que manaba de una muela de molino incrustada en un muro cercano. Se acercó a dar un trago en un intento inconsciente de retrasar el encuentro. Estaba fresca.

Caminó después lentamente hacia la mujer. Ni siquiera se había planteado cómo iba a preguntarle por lo del akelarre sin resultar demasiado brusca.

Algo se le ocurriría.

Iba a saludarla cuando Mari Cruz cesó su monótono murmullo y señaló hacia unas casas con la mano izquierda.

—El museo de las Brujas está más adelante; para las cuevas debes continuar por el mismo camino. Sigue las señales marrones —anunció sin apartar la vista del altar.

Leire reprimió una risita. La imaginó atendiendo cada día a turistas desorientados como si de un guardia urbano se tratara.

—En realidad te busco a ti —aclaró acuclillándose para ponerse a su altura.

—Ave María, bendita tú eres entre todas las mujeres... —murmuró Mari Cruz antes de girarse hacia la recién llegada. Su rostro mostraba una expresión desconfiada—. ¿A mí? ¿Qué quieres, tabaco?

No pasaría por mucho de los cincuenta años. Sus hombros estaban caídos y su mirada era huidiza, en claro contraste con su torrente de voz.

—Soy Leire Altuna, escritora —se presentó tendiéndole la mano. La mujer le dio un leve apretón sin mostrar la más mínima sonrisa—. Estoy indagando sobre lo ocurrido en el akelarre de hace tres años.

Mari Cruz asintió con gesto de fastidio.

—¿Y quién te ha dicho que yo tengo algo que decir sobre aquello?

—Maite —confesó la escritora—. Dice que estabas allí y que no descansarás mientras no hagas un esfuerzo por recordar lo que tu mente se empeña en enterrar.

—Eso es mentira. Yo no vi nada. Fue un desgraciado accidente —se defendió la mujer poniéndose en pie. Sus ojos esquivaron la mirada de su interlocutora antes de darle la espalda y comenzar a caminar.

Leire fue tras ella.

—Espera. Necesito tu ayuda. Ha habido más muertes. Estoy segura de que el asesino es el mismo que mató a Celso en la cueva. Si no lo detenemos, tal vez mueran más inocentes.

—¿Quién eres tú? ¿Quién te envía? —inquirió Mari Cruz girándose hacia ella. La escritora vio temor en su mirada.

—¿Yo? Soy escritora. Investigo el caso de los asesinatos de Bilbao, los de las víctimas quemadas.

Mari Cruz abrió la portezuela de un viejo triciclo blanco rotulado con desgastadas letras verdes y se dejó caer en el único asiento. Después arrancó el motor y se giró hacia Leire. Una mueca de desdén intentó eclipsar sin éxito su mirada aterrorizada.

—Si hubiera visto algo, se lo contaría a la policía, no a Angela Lansbury —espetó cerrando la puerta y accionando el acelerador del manillar.

Solo entonces reparó Leire en el rótulo de la puerta. Las letras estaban desgastadas, pero aún podía leerse. *Farmacia Etxaniz*. Los barbitúricos con los que habían sido sedadas las víctimas le vinieron de pronto a la cabeza.

—¡Espera! —pidió alzando la voz.

Fue en vano. La furgonetilla petardeó, rompiendo el silencio de la mañana y desgarrando su orgullo. Tal vez tuviera razón Mari Cruz y debiera dejar el caso a los profesionales.

Con el estridente sonido de fondo del viejo vehículo de reparto alejándose a través de las calles de Zugarramurdi, introdujo las manos bajo el chorro de agua fría y se refrescó la cara. No, claro que no podía olvidarse del caso. Se lo debía a las víctimas, a Lander y a Begoña, y quizás a Celso también.

36

22 de junio de 2015, lunes

El vestido le sentaba bien. El fino algodón se ceñía al cuerpo de Nekane con cada movimiento y sugería sus curvas con cierta gracia. Se trataba de una larga camisola blanca que caía desde los hombros hasta las rodillas, un canto a una inocencia que Satanás se ocuparía de profanar.

Estaba nerviosa. Faltaba solo un día para el gran akelarre y nunca hasta entonces había hecho de bruja en la representación. Todos los ojos estarían fijos en ella cuando danzara junto con sus compañeras alrededor del macho cabrío. Los ensayos habían salido bien, sabían llevar el ritmo, aunque no era lo mismo hacerlo en el frontón del pueblo y sin público que actuar delante de una multitud expectante. El evento de la cueva de las Brujas tenía algo a favor y era la iluminación. El juego de luces y sombras que proyectaban los focos, y que dibujaría sobre las irregulares paredes de roca las siluetas de las danzantes, ayudaba a que cualquier descoordinación quedara diluida. Al menos eso era lo que decían las más veteranas.

Le hubiera gustado que su madre acudiera al akelarre. Todavía la recordaba ataviada con un vestido como aquel bailando al son de los tambores. Nekane era una adolescente aquel año y estuvo más pendiente de la danza de las brujas que de las cervezas que sus compañeros de clase habían colado a escondidas en la fiesta.

Le había llamado para decirle que se estrenaba en el akelarre. Guardaba una leve esperanza de que eso la animara a regresar a Zugarramurdi. Un día, solo uno. Tampoco parecía un esfuerzo tan grande. Fue en vano. Pili le deseó suerte y ni siquiera se planteó la posibilidad de asistir. Nekane no lograba entender la animadversión que había llegado a desarrollar por su pueblo.

Él sí estaría. Al imaginarlo con la mirada fija en ella y con esa sonrisa tan bobalicona que se le quedaba cuando la contemplaba sintió un cosquilleo en el estómago. Hacía días que no se veían. Lo añoraba. Esperaba que llegara pronto el día en que por fin pudieran anunciar su amor. Los besos furtivos comenzaban a desanimarla. ¿Es que nunca reuniría el valor para decir en su casa que estaba con ella? Eso de que el suyo era un amor prohibido por la tradición ya no le valía. Él era mayor para decidir y enfrentarse a sus fantasmas, por mucho disgusto que eso supusiera a los suyos.

El timbre la sacó de sus pensamientos. Lanzó una última mirada al espejo de cuerpo entero de su habitación y bajó las escaleras hacia el recibidor.

—Ya va —anunció cuando la campanilla sonó por segunda vez.

—Hola, Nekane. Me ha dicho mi madre que querías verme —le saludó un joven en cuanto la luz del exterior inundó la entrada del caserío.

La quesera se acercó a darle dos besos, que el joven recibió con evidente incomodidad.

—¿Qué tal tus asuntos con los de Urdax? —le preguntó para intentar romper el hielo. Le caía bien Andoni, aunque su extremada timidez hacía difícil hablar con él. Ya en el colegio, donde compartieron clase, era un muchacho esquivo que apenas se relacionaba con sus compañeros. En el pueblo se solía decir que había nacido para ser pastor, como su padre y como su abuelo. Y es lo que era.

—¿Los de Urdax? Son unos cabrones. Tampoco me importa. Como si no hubiera suficientes pastos por aquí...

Nekane asintió. Los del pueblo vecino habían impedido a Andoni llevar las ovejas a sus pastos comunales. La joven se cuidó mucho de preguntar por qué las había estado llevando a pastar allí teniendo tanta hierba en Zugarramurdi. Contaban las malas lenguas que lo hacía para encontrarse con una pastora de Urdax que se había quedado viuda demasiado joven.

—Tengo algo que proponerte —anunció la quesera saliendo al exterior y trepando al talud de la orilla del camino. Su mirada sobrevoló las onduladas colinas que se extendían hacia el norte y fue a posarse en el intenso azul del mar, que cerraba la panorámica por el noroeste.

Andoni permaneció en pie hasta que ella dio unas palmadas en la hierba para que se sentara a su lado.

—¿Más leche? —inquirió el pastor observando las ovejas que pastaban despreocupadas al otro lado de un alambre de espino.

La quesera asintió llevándose un pañuelo a la nariz. Odiaba esa maldita alergia. Una mota blanca destacaba en el lejano Atlántico. Un velero, probablemente. A veces se decía que algún día daría la vuelta al mundo en un barco de vela, como Julio Villar en el libro que ocupaba un lugar especial en su mesilla de noche. En el mar no habría polen y podría estar al aire libre sin pasarse el día estornudando.

—¿Cuántos litros vendes a la empresa láctea? —preguntó.

Cuando, hacía cuatro años, contactó con el padre de Andoni y otros productores de la comarca para que le vendieran la leche de sus rebaños, todos habían puesto las mismas trabas. Por mucho que ella les pagara casi el doble que la central lechera que cada día enviaba un camión cisterna a la comarca, no confiaban en el éxito de su negocio y no se atrevieron a suministrarle más que una pequeña cantidad. No fuera que la aventura de Nekane acabara en agua de borrajas y la empresa se negara a volver a trabajar con ellos.

La quesera no les culpaba. Esa forma de pensar estaba demasiado interiorizada en el pueblo. ¿Quién iba a fiarse de una quesera, que no solo era mujer sino que pretendía hacer queso sin tener ni una sola oveja en propiedad? Esas reticencias la obligaron a trabajar con cinco pastores diferentes. Cada uno le proporcionaba veinticinco litros a la semana. Era lo más que podían hacer sin que los de la central lechera se percataran de que habían roto su contrato de exclusividad.

—De vaca me compran mucho más, pero de oveja rondará los cuarenta litros al día —anunció Andoni.

Nekane se volvió hacia el pastor. Seguía siendo atractivo. Quizás incluso más que antes. En su día había estado secretamente enamorada de él, aunque de eso hacía muchos años. No había sido la única. Su carácter esquivo y su rebeldía le habían granjeado un gran éxito entre las compañeras de colegio, aunque él jamás se había dado por enterado.

—Los quiero todos. Los cuarenta —anunció la quesera con una seguridad que le sorprendió a sí misma. Había decidido aumentar considerablemente su producción. Sus instalaciones se lo permitían y todo apuntaba a que no le faltarían clientes. Si todo iba bien, haría lo mismo con el resto de pastores.

La campana de la iglesia llamó a misa. Andoni aguardó a que terminaran los tañidos y Nekane comprendió que no iba a decirle que no. La leve sonrisa que dibujaban los hermosos labios del joven anticipaba un sí.

—¿Desde mañana? —ofreció el pastor—. ¿Al mismo precio?

Nekane se rió animada. Estaba feliz. Podría hacer más queso sin tener que recurrir a leche de fuera de la comarca. Se lo había ganado a pulso. Por fin comenzaban a confiar en ella.

—Ni un céntimo menos —corroboró tendiéndole la mano para sellar el acuerdo.

—Gracias —musitó el pastor apartando rápidamente la mirada.

La quesera asintió conmovida. Nunca hasta entonces ninguno de los productores le había agradecido lo que hacía por ellos. Pagar casi el doble por la leche podía parecer una barbaridad y ellos quizás la tomarían por loca. Sin embargo, lo abusivo era el precio que la central lechera les imponía para poder ser sus proveedores y Nekane conocía sobradamente el problema. Cuando su padre tenía el rebaño apenas ganaban dinero suficiente para poder cubrir los gastos que generaban los animales. Era un abuso y ella estaba dispuesta a poner su granito de arena para poder acabar con él.

Tan feliz se sentía, que la congestión provocada por la alergia pasó a un segundo plano. Poco importaban los mocos y el picor en los ojos. Tampoco reparó en que alguien se había detenido en el camino de entrada a la quesería y observaba, entre arbustos, su conversación con el pastor.

No oyó la respiración ansiosa de aquella sombra, ni percibió la crispación de sus manos acariciando la jeringuilla. Ni siquiera escuchó su siseo cuando se juró en voz baja que, antes o después, lo lograría. Algún día la encontraría sola y podría darle, de una vez por todas, el final que merecía.

37

22 de junio de 2015, lunes

Cestero pulsó de nuevo el timbre, esta vez con más insistencia. El portero automático siguió sin emitir respuesta. Josefina no parecía estar en casa. Las mesas de la terraza del café París, situado junto al portal, se encontraban a rebosar de padres con mochilas infantiles. Los niños, recién salidos del colegio cercano, jugaban en la plazoleta, apenas un ensanche de la calle Fika. Algunos todavía tenían el bocadillo en la mano. La ertzaina se asomó al bar. Solo había un cliente, que jugaba a la tragaperras, y el tabernero, consultando su teléfono móvil. Ni rastro de Josefina.

Desanimada, llamó de nuevo al interfono. Necesitaba hablar con la madre de Lander y Begoña. Había demasiados cabos sin atar en lo que sabían de ella. Después de la profanación del cadáver de su hija la habían interrogado, igual que a Joshua. La obsesión de la secta por el fuego no podía pasarse por alto tras el macabro suceso. Sin embargo, ambos compartían coartada. Tras el funeral de Begoña, Josefina precisó una larga sesión de desagravio y había pasado la noche en el Templo de la Luz. Junto a ella estuvieron el líder de la secta y otras cuatro mujeres, que aseguraron que nadie abandonó el local hasta después del amanecer.

La ertzaina no podía quitarse de la cabeza la mirada tranquila de Josefina conforme respondía a las preguntas. Su hija acababa de ser desenterrada y quemada sobre su tumba, y ella, sin embargo, parecía en paz, preocupada tan solo por demostrar su inocencia. Llevaba días pensando en ello. ¿Cómo podía ser que Joshua le tuviera tan lavado el cerebro que fuera inmune al dolor más elemental? Precisaba hablar con ella para intentar aclararlo.

—¿Te abro? —le ofreció una mujer mostrando un manojo de llaves y acercando una a la cerradura. Sus gafas de pasta, de un intenso color fucsia, le daban un toque desenfadado. El perrito que llevaba bajo el brazo estiró levemente el cuello para olisquear a la desconocida. El pelo del animal, blanco y ondulado, era idéntico al de su dueña—. No te fíes de ese chisme. Desde que lo cambiaron, no acaba de funcionar. Treinta y dos años duró el anterior portero automático y nunca dio un problema. De no haber sido por los vándalos que lo arrancaron una noche, aquí lo teníamos treinta años más. En mala hora... Se juntan para beber en la plaza y luego hacen tonterías.

Una segunda vecina llegó cargada de bolsas del supermercado.

—¡Jesús, se me van a alargar los brazos! —protestó dejándolas en el suelo. El intenso color rojo de su cabello y el olor a amoniaco delataban que lo llevaba recién teñido.

La primera dio un empujón a la puerta para invitar a Cestero a pasar. La ertzaina no esperó al ascensor. Era un quinto piso, pero llevaba todo el día sentada en la comisaría.

—¿Adónde va esa? —oyó a sus espaldas.

—No sé. ¿No será la que anda con el hijo de Mariaje?

—Claro. Seguro que sí. Como se entere de que viene a escondidas a ver al chaval cuando ella está trabajando...

—A mí tampoco me haría ninguna gracia. Y Mariaje es bien moderna, pero hay cosas...

Cestero se rió por lo bajo conforme se perdía escaleras arriba.

Eran cuatro las puertas que se abrían al rellano. No se detuvo a mirar las letras doradas colgadas sobre sus marcos. Había estado antes en casa de Josefina y sabía que se trataba de la primera por la izquierda. Llamó al timbre. La campanilla resonó impaciente dentro del piso, aunque nadie abrió. Tampoco cuando golpeó con fuerza con los nudillos en la madera.

Se regañó por haber aguardado hasta las seis de la tarde para acudir a interrogarla. Tal vez hubiera sido más fácil dar con ella a la hora de comer, pero había preferido esperar a que Badiola se fuera a buscar a sus hijos. Estaba harta de él. Esa mañana le había vuelto a sorprender hablando mal de ella a sus espaldas, y después todo eran sonrisas y buenas palabras.

Cuando llegó de nuevo a la planta baja, las dos mujeres seguían charlando en el portal. Las bolsas de la compra estaban apoyadas contra la puerta del ascensor y una naranja había rodado hasta el pie de los buzones. Cestero se agachó a recogerla y se la entregó a la del pelo rojo.

—Gracias. ¿Dónde estaba? Madre mía, no me entero. Soy capaz de llegar a casa con la bolsa vacía.

—¿No había nadie? —inquirió la otra—. ¿Has subido al quinto, no?

La ertzaina se rió para sus adentros. Eso sí que era control.

—Sí, a casa de Josefina —reconoció llevando la mano a la manilla de la puerta.

—¿Y quién eres? —quiso saber la pelirroja.

—Soy policía —Cestero no pensaba andarse con rodeos—. Investigo la muerte de Lander y Begoña.

Las dos mujeres la estudiaron con la mirada.

—A Josefina no la encontrarás en casa —dijo la de gafas—. Viene muy poco. Se pasa el día en el templo ese.

—Le tienen comida la mollera —corroboró su vecina.

Cestero soltó el pomo. Tal vez pudiera sacar algo en claro de aquel encuentro.

—¿Hace mucho que la conocéis?

La pelirroja agitó la mano dando a entender que sí.

—Toda la vida. Esta casa se construyó en el año sesenta y cuatro. Mi marido y yo fuimos los primeros que entramos a vivir. Todavía no funcionaba ni el ascensor. Josefina y Ernesto llegaron poco después. Ella no —aclaró señalando a su vecina—. Ella vino en los ochenta.

—Setenta y ocho —le corrigió la del perro.

—Habladme de Josefina —interrumpió la ertzaina—. ¿Cuándo empezó a acudir al Templo de la Luz?

Esta vez fue la del perro quien se adelantó.

—Con lo del marido. Fue terrible esa enfermedad, no me extraña que buscara algo en lo que creer. A mí ha intentado muchas veces llevarme, pero no me gusta nada esa historia. Dice que mezclan las cenizas de los difuntos y que brota una llama —apuntó la mujer con una mueca de desagrado—. A mí que no me enreden. Con esas cosas no se juega.

—Si solo fuera eso… —añadió la pelirroja girándose hacia la puerta. Un repartidor de publicidad pulsaba los timbres de tres en tres—. Josefina se deja hasta el último céntimo en la secta esa.

La puerta emitió un zumbido. El chico de la publicidad había conseguido que alguien le abriera. El perro se revolvió nervioso y comenzó a ladrar mientras el joven se dirigía a los buzones sin detenerse a saludar.

—Vaya manía tienen de llenar el buzón de papelotes —espetó la pelirroja. El joven ni se giró. Los auriculares le impedían oírle.

—Yo, según los cojo, los tiro a la basura —añadió la otra sujetando con fuerza al animal, que intentaba saltar al suelo—. Lo del hijo tampoco le ayudaba. El muchacho era homosexual, le gustaban los chicos. Eso ahora es normal, no hay de qué avergonzarse. Josefina, en cambio, no lo llevaba bien. Decía que en el templo le estaban ayudando a enderezarlo.

—Se le había metido en la cabeza que el chico se le había desviado por la pena de ver a la muerte consumiendo poco a poco a su padre —explicó su vecina—. Tiene que ser muy duro que tu marido se te vaya cuando tus críos están en plena adolescencia.

Cestero alzó la mano levemente para despedir al joven del correo comercial, que abandonó el portal sin abrir la boca.

—¿Y con Begoña? —inquirió la ertzaina—. ¿Cómo era la relación de Josefina con su hija?

Las dos mujeres cruzaron una mirada. Después la pelirroja se giró hacia Cestero con cara de circunstancias.

—Estaban siempre discutiendo. La muchacha tenía una edad difícil y se enfrentaba a su madre por cualquier motivo.

Aunque no quisieras, las oías discutir por el patio de la cocina. Un día sí y otro también.

—Últimamente se iba de casa muchas veces —añadió la del perrito, dejándolo libre en el suelo. El animal corrió a olfatear los pies de la policía—. Josefina se quejaba mucho de que su cuñado le abriera la puerta.

—¿Qué iba a hacer el hombre? Era la hija de su hermano.

La ertzaina decidió insistir por ese camino.

—¿Conocéis al tío?

Ambas mujeres negaron al unísono.

—Por aquí no viene nunca. Creo que es profesor.

—¿Por qué discutían? ¿Había algún tipo de disputa recurrente? —preguntó Cestero.

—Por todo. La ropa, la hora de volver a casa...

—Y la secta —interrumpió la pelirroja—. Begoña no se callaba. El chaval era más permisivo. Lander llegó a ir al templo para contentar a su madre. La cría no, se encaraba con Josefina, le decía que le estaban robando la vida y el dinero. Era muy dura.

—¿Y no es verdad? La están desplumando. A mí me debe casi trescientos euros. —El perro ladró como si pretendiera dar la razón a su dueña—. Me ha pedido más, pero no he querido prestarle. Que a mí tampoco me sobra.

—A ver si hacéis algo, que no es la única persona del barrio de la que se están aprovechando —le espetó la pelirroja a Cestero.

—Estamos en ello —murmuró la ertzaina. Tampoco ella se sentía a gusto sin poder ser tan contundente con Joshua como hubiera deseado. No era fácil, las sectas acostumbraban a caminar por el filo de la ley, sin dar el paso de más que permitiera a la policía actuar contra ellas—. Me sorprende lo entera que se le ve. Han asesinado a sus hijos...

—En eso le han ayudado. Hay que reconocerlo. Yo, en su lugar, estaría todo el día llorando —admitió la de gafas abriendo el buzón para recoger la correspondencia.

—Tonterías —zanjó su vecina—. Ya vendrá la caída. Espérate a que no tenga nada más que le puedan robar. Entonces vendrá a llorarnos las penas.

—¿Tenéis algún sospechoso? —le preguntó la otra a Cestero mientras revisaba las cartas—. Hay que estar muy enfermo para hacer lo que les hicieron a esos chavales. Lo del cementerio...

—Estamos en ello —le interrumpió la ertzaina.

—¿Es alguien del barrio? —insistió la mujer.

—Alguno de fuera tiene que ser. Aquí puede haber ladrones de poca monta, no asesinos —le corrigió la pelirroja agachándose para recoger las bolsas.

—Vete a saber —discrepó la del perro—. Yo ya no me fío de nadie. Cualquier día, uno de estos que vienen a echar propaganda le hace algo a alguna vecina. Está todo muy mal.

—Muy mal. El otro día entraron en la frutería de Alfonso y le robaron hasta el último céntimo. No sé dónde vamos a acabar.

Cestero sonrió con cara de circunstancias. Después hilvanó unas palabras de despedida y se dirigió a la salida. Poco más podría sacar de allí.

38

22 de junio de 2015, lunes

La intensa lluvia se mezclaba con los finos jirones de niebla que brotaban de los arroyos ante la repentina bajada de la temperatura. El sol radiante, que había dominado desde primera hora y que también se anunciaba para la siguiente jornada, había desaparecido tras las nubes a una velocidad de vértigo y, pese a ser solo las seis de la tarde, la claridad brillaba por su ausencia. Las ramas de los árboles se mecían enfadadas dejando volar algunas hojas que formaban remolinos a la entrada del camposanto. Las casas de Zugarramurdi se veían tristes, no había rastro de color en los geranios de sus fachadas ni gentes en las calles ultimando detalles para la fiesta del akelarre.

—Parece que hemos enfurecido a las brujas —murmuró el inspector Eceiza mientras el enterrador retiraba el pestillo para empujar el portón metálico. Los goznes emitieron un grave chirrido que alertó a dos cuervos que se protegían de la lluvia bajo una cornisa. Los pájaros, negros como la noche, se perdieron aleteando entre cruces de piedra.

Leire sabía que el policía foral bromeaba, pero no se sintió con fuerzas de devolverle siquiera una sonrisa. Tampoco él parecía muy animado. La perspectiva de asistir a la exhumación de un cadáver nunca era halagüeña, y menos bajo una implacable tormenta como aquella. Sin embargo, el juez Arjona no quería oír hablar de esperar a que amainase. Solo deseaba acabar cuanto antes y volverse a Pamplona, a más de una hora de viaje.

La comitiva, formada por un coche de la policía, otro de la funeraria y el taxi en el que viajaba el juez, había llegado a

Zugarramurdi pasadas las cinco y media de la tarde. Leire se había sumado a ellos mientras aguardaban en la plaza al enterrador, al que la tormenta había demorado en sus quehaceres cotidianos. El inspector Eceiza, al que conocía sobradamente de los horribles sucesos de Orbaizeta, la animó a unirse al grupo, y el magistrado, más pendiente de acabar rápido el trámite que de otra cosa, no abrió la boca para oponerse.

—No sé qué prefiero, que sea una falsa alarma o que en su día fuerais tan torpes como para que un asesinato os pareciera un accidente —advirtió Arjona sin dejar de seguir al enterrador. Con la mano derecha se sujetaba el sombrero de fieltro con el que se protegía de la lluvia.

Eceiza se disponía a replicar cuando un resplandor le interrumpió. Un rayo rasgó el cielo y se sacudió furioso, aferrado a la cumbre del monte Larrun. Las cruces y las estelas funerarias, con sus formas casi humanas, se encendieron y bailaron con sus sombras a los pies de los recién llegados.

—A los muertos hay que dejarlos descansar —apuntó el enterrador alzando la voz para hacerse oír sobre el implacable rugido que llegaba del cielo—. ¡Como si no tuvieran bastante pena! ¿Qué es eso de ir abriendo tumbas por capricho?

Leire tragó saliva. Aquel hombretón con txapela y sin mayor protección ante la lluvia que un sencillo chubasquero le estaba haciendo sentir incómoda. ¿No estarían exhumándolo por una falsa alarma?

Durante unos instantes el único sonido fue el de las pisadas en la gravilla y el chapoteo de los más descuidados al pisar algún charco.

—Por capricho no es —se defendió finalmente Arjona—. ¡Se creerá usted que no estaría más a gusto en mi despacho que aquí, aguantando el chaparrón!

El enterrador se detuvo ante una tumba sin inscripción alguna, una sencilla losa de gres rojo rodeada de otras adornadas profusamente. Era una sepultura triste que clamaba a gritos que no había nadie que la llorara.

—¡Chaparrón dice el tío! —se burló el hombretón por lo bajo mientras comenzaba a soltar la argamasa con una paleta.

La silueta negra de un cuervo espiaba la exhumación desde lo alto de un panteón cercano—. Esto no es llover. Tendría que ver los temporales de invierno. Estamos demasiado cerca del mar y, al mismo tiempo, en plena montaña. Agua y frío. Toda el agua que se pueda imaginar es poca. —El cemento saltaba fácilmente bajo su golpeteo y la lápida no tardó en estar lista para ser levantada.— Y las ovejas hay que sacarlas igual, no pueden pasarse el día en el establo. Porque yo soy ganadero, que esto de los entierros no da para vivir. Esto lo hago porque alguien lo tiene que hacer.

Leire se hizo a un lado mientras los empleados de la funeraria ayudaban al enterrador a elevar la pesada losa con una sencilla grúa de madera que alguien había instalado junto a la sepultura antes de su llegada.

Arjona, Eceiza y el subinspector Romero dieron un paso al frente y se colocaron al borde de la tumba. La escritora se mantuvo a distancia. No era ella quien debía estar en primera línea; ni le correspondía ni le hacía la más mínima gracia. A pesar de la capucha, sentía el cosquilleo de las gotas de agua cayendo desde su nariz.

—Ella no debería estar aquí —apuntó de pronto Romero volviéndose hacia Leire.

El inspector se giró con gesto contrariado.

—Vamos, hombre. ¿Ya estamos con el reglamento? De no ser por ella, igual todavía teníamos un asesino en serie suelto por la selva de Irati.

El subinspector negó rotundamente con la cabeza. Era un hombre desgarbado, de ropa mal planchada y demasiado ajustada a su barriga, que contrastaba con el aspecto impoluto y atlético de su superior.

—El reglamento es claro —insistió Romero.

Leire se sintió incómoda protagonizando semejante discusión ante una tumba abierta.

—Ya me voy. No os preocupéis —anunció alzando la mano. Tampoco esperaba resultados de la exhumación hasta que los forenses hicieran su trabajo en el laboratorio.

—¡Por mis cojones que no! —espetó Eceiza—. ¿Quién manda aquí? —inquirió dirigiéndose al subinspector.

Romero fijó la mirada en el suelo y evitó contestar, aunque tampoco abrió la boca para volver a quejarse. El inspector alzó el mentón en señal de victoria antes de volverse de nuevo hacia la sepultura. Vistos desde atrás, Leire se dijo que los once años que le sacaba el subinspector a Eceiza parecían el doble. Uno con los hombros caídos y la cabeza gacha y el otro con pose de campeón de natación.

—Se diría que el ataúd ha aguantado bien, ¿no? —apuntó el magistrado, ajeno a la disputa, mientras una ráfaga de aire arrastraba varias hojas al interior de la sepultura.

—Ha habido suerte, sí. Saldrá entero —gruñó el enterrador desde dentro del agujero. Leire supuso que estaría atando el féretro con unas cintas que permitieran extraerlo con la grúa—. Todavía huele a quemado aquí dentro. Pobre hombre, aquello fue espantoso, en medio de tanta gente y todos aplaudiendo pensando que formaba parte del espectáculo... Nadie le ayudó.

Leire intentó imaginarse la situación. No era fácil. Ni siquiera había logrado aún ver las cuevas, el escenario del supuesto crimen. Alzó la vista hacia el cielo a tiempo para vislumbrar un nuevo rayo. El Larrun, con sus antenas en la cumbre, volvió a ejercer de gigantesco pararrayos. Después, mientras el trueno silenciaba las conversaciones cercanas, reparó en el olor a hierba mojada. Resultaba reconfortante. Extinguido el rugido del cielo, el murmullo de los torrentes que corrían junto al camposanto y los balidos de las ovejas que pastaban en las praderas que se extendían al otro lado de la verja se adueñaron de todo. Los demás guardaban un tenso silencio. Contenían el aliento ante los lentos movimientos de la grúa, que sostenía el féretro mientras lo hacía girar lentamente para depositarlo sobre una alargada carreta de madera.

—Es la primera vez que hago esto —anunció el enterrador—. Mi trabajo es ponerlos en la tumba, no sacarlos.

No había terminado sus palabras cuando un crujido heló sus palabras en la boca. La caja de madera se combó y amenazó con partirse por la mitad. Algunos pedazos de ataúd se desprendieron y lo que parecía ser un brazo colgó inerte a través de las fisuras. El cuervo graznó y alzó el vuelo. Leire apartó la vista.

Al hacerlo, algo llamó su atención.

Junto al portón de entrada, asomado a los barrotes, alguien los observaba. Al verse descubierto, el intruso se escabulló. Su silueta se perdió rápidamente entre los árboles que flanqueaban la entrada al cementerio.

Ajena al vocerío desordenado que se había adueñado de la exhumación, Leire decidió ir tras el enigmático visitante.

Invierno de 1610

Cuando despertó, oyó un lamento. Al principio pensó que se trataba de una broma de su imaginación, pero el sollozo se repitió. Había alguien más en la celda.

—¿*Amatxi*? —preguntó poniéndose en pie. Tenía sed. También tenía hambre, pero la sed era espantosa. Quizás fuera esa la muerte que le tenían reservada las mentes perversas de los inquisidores.

—María, hija —la llamó su abuela. Era apenas un hilo de voz, pero era ella, no cabía duda.

—¡*Amatxi!* ¿Qué te han hecho? ¿Dónde estás? —quiso saber la joven guiándose a tientas en la oscuridad.

Un nuevo lamento de la abuela le ayudó a orientarse. Tal como suponía, la encontró sujeta a la pared por la argolla que había descubierto al recorrer la mazmorra.

—¿Cómo estás, *amatxi*? ¿Qué te han hecho esos monstruos? —insistió María abrazando el debilitado cuerpo de su abuela.

—Están locos —balbuceó la anciana—. Son el mismísimo demonio. Me han atado a una máquina y estiraban sin piedad hasta que los hombros y las caderas se me han desencajado. Nunca imaginé que pudiera sentirse tanto dolor. —Un ataque de tos le obligó a detener su narración—. He confesado lo que han querido, que he hervido niños recién nacidos y que vuelo por las noches en una escoba esparciendo polvos de muerte y despertando tempestades. Lo que haga falta con tal de que me dejen en paz.

María la atrajo hacia sí tanto como pudo en un intento por protegerla, provocando de nuevo la tos de la mujer, cuyo cuello quedaba sujeto a la pared con la argolla.

—Tenemos que soltar esto —decidió la joven palpando el

grillete. Un pesado candado de tacto frío pendía de él. No había manera de soltarlo. Era un castigo cruel que obligaba a la prisionera a permanecer de pie si no quería morir ahorcada.

—Se me duermen las piernas —se quejó la abuela—. No aguantaré mucho tiempo.

María forcejeó con la argolla. Era imposible. Una atroz sensación de impotencia la corroía por dentro.

—Son unos monstruos —musitó con lágrimas en los ojos.

—Han traído a más vecinos. Estaban las hijas de los Navareno. Alguien les ha acusado de participar en akelarres en la gran cueva —anunció la abuela—. También he visto a Elvira de Barrenetxea. Cuando me han traído aquí le estaban haciendo lo del barreño.

—Es una locura —murmuró María. Aunque algo en su interior le decía que debía alegrarse de que aquella desagradecida madre de tres hijos que la llamaba bruja el día de su detención estuviera ahora en su misma situación, no lo hizo. No podía culparla. El miedo que se había instalado en el valle hacía que las gentes perdieran la cabeza.

—Tengo sed. Dame agua, hija.

—No hay —se excusó María mirando a su alrededor. Tal como esperaba, solo vio oscuridad.

—Han dejado un cántaro a mis pies —explicó la abuela—. Si tocas por ahí, lo encontrarás. ¿Tú no estás atada?

María palpó a tientas. No terminaba de creerse que fuera a encontrar agua allí, tal vez solo fueran desvaríos de la anciana. Tras las terribles torturas sufridas era normal que la mente le jugara malas pasadas.

—No encuentro nada —anunció.

Antes de que pudiera acabar sus palabras, un rayo de luz dibujó las formas del cántaro. El corazón le dio un vuelco. Al girarse para comprobar su origen, vio que una puerta se había abierto. María se sorprendió al ver las dimensiones y forma de su cárcel. Lo que imaginaba como una cueva de forma irregular era en realidad un amplio espacio rectangular abovedado, una especie de bodega.

—¡Soltadme, por favor! —rogó la abuela—. ¡No puedo más! Me fallan las piernas...

La luz cálida que emanaba de una tea iluminó el plato que el carcelero introdujo en la mazmorra antes de volver a cerrar la puerta.

María corrió hacia la salida. Por más manotazos que propinó en el metal que reforzaba la puerta solo oyó los pestillos que se cerraban al otro lado. Cuando se volvió derrotada hacia su abuela, la oscuridad había vuelto a adueñarse de la celda. A tientas, buscó el plato de comida y se llevó un pedazo de algo a la boca. Tenía espinas y mucha sal, demasiada sal. Sardinas en salazón. Devoró algunas con fruición. No sabía cuánto tiempo llevaba sin comer, probablemente varios días. Después cogió el plato y trató de orientarse a ciegas.

—Es pescado, *amatxi*. Habla para que pueda encontrarte.

—Aquí, hija. Dame un poco de agua antes. Me muero de sed.

María dejó las sardinas junto al muro y palpó en busca del cántaro. No fue difícil dar con él porque un charco lo rodeaba.

—Toma —ofreció tendiéndoselo a la anciana—. ¿Puedes cogerlo?

—Sí. Las manos las tengo libres. Esos cerdos me han atado por el cuello... ¡No, no puede ser! ¿La has derramado?

—No. ¿No hay agua?

—Yo la he visto. He traído el pichel en mis propias manos y, cuando me han atado, me lo han dejado a los pies. ¡Te juro que estaba lleno! —la voz de la anciana sonaba aterrada.

María sintió que la sal del pescado le quemaba por dentro. Pretendían matarlas de sed. Un cántaro agujereado, sardinas en salazón... ¿Hasta dónde pensaban llegar los inquisidores?

Dejándose caer de rodillas, palpó el suelo hasta dar con el charco. Agachó la cabeza y sorbió el escaso líquido. Sabía a tierra, a líquenes y a mugre, pero era agua.

—Dame un poco. Coge con las manos —le rogó su abuela.

María obedeció, pero la lámina de líquido era tan escasa que resultaba imposible no arrastrar el fango. La anciana la escupió en cuanto se la puso en la boca.

—Quieren volvernos locas —se lamentó su nieta volviendo a forcejear con la argolla.

—Me haces daño —protestó la abuela—. Es mejor la muerte que este tormento.

—No digas eso. Saldremos de aquí. Somos inocentes —le reprochó María. Por mucha fuerza que trató de imprimir a sus palabras, ni siquiera ella logró creerlas. Sabía que de un momento a otro la puerta volvería a abrirse y no sería para dejarlas libres, sino para llevarlas a nuevas salas de interrogatorios donde les esperaban las más espantosas torturas.

—Esa maldita francesa... —murmuró la anciana.

María suspiró sentándose en el suelo. Comenzaba a sentirse culpable. Si no se hubiera prometido con Galcerán de Navareno, ahora no estarían en aquella lúgubre celda.

—Lo siento, *amatxi* —musitó acariciando suavemente las piernas temblorosas de la anciana.

—No es culpa tuya. Lo de Eloísa no ha sido más que una excusa para prender la mecha. De no haber sido por su denuncia habrían encontrado otros motivos para perseguirnos.

—¿A qué te refieres?

—Hay demasiada gente del pueblo en estas mazmorras. Demasiados inocentes. Me huele a venganza. Las familias arrestadas fueron las que más lucharon para que nuestro amado Zugarramurdi dejara de pertenecer al monasterio de San Salvador. El abad siempre ha sido un conspirador. No te culpes —trató de calmarla la anciana—. De no haber sido por el despecho de la francesa hoy estaríamos aquí por cualquier otro motivo.

María tragó saliva. Lejos de tranquilizarla, aquella nueva visión del proceso le parecía aún más turbadora. Ojalá su abuela estuviera equivocada. De lo contrario, sus posibilidades de salir con vida de aquel infierno resultarían aún más exiguas de lo que temía. No era lo mismo la venganza por desamor de una joven que la de un abad que gozaba de gran poder en la corte.

—Todo se aclarará y podremos volver a casa. Ya lo verás —musitó la joven tratando de mostrarse convencida.

Fue en vano. Entre aquellas espantosas paredes que recordaban demasiado a las de una tumba, ni siquiera las promesas más hermosas permitían que se colara un mínimo soplo de esperanza.

39

22 de junio de 2015, lunes

Lejos de amainar, la tormenta arreciaba. Pequeños torrentes se precipitaban desde los pastos para encharcar el camino del cementerio, convertido en un improvisado arroyo que canalizaba el agua hacia el fondo de la vaguada. Leire se arrebujó bajo la capucha y apretó el paso. El intruso no tardó en llegar a las primeras casas del pueblo. Un relámpago iluminó la torre encalada de la iglesia, que destacaba sobre ellas. Había luz tras las ventanas de los hogares cercanos, pero las calles estaban vacías. No era para menos. La tempestad, que el viento del noroeste empujaba desde el mar, se topaba con la barrera de los Pirineos y se entretenía más de la cuenta sobre la comarca.

—¡Espera! —llamó la escritora, decidida a abordar al visitante ahora que el pueblo le brindaba su protección—. ¡Solo un momento!

Apenas los separaban una veintena de metros, pero el otro no hizo amago de detenerse. Al contrario, Leire tuvo la sensación de que apretaba el paso. Tal vez no la hubiera oído. El agua caía con estrépito desde los tejados de los edificios.

Iba a echar a correr para alcanzarlo cuando un nuevo rayo recorrió el cielo de lado a lado y lo bañó todo con su fría luz eléctrica. Los árboles circundantes hicieron bailar las sombras sobre el camino. La escritora tuvo la extraña sensación de que alguien espiaba sus pasos. Se giró hacia la derecha para comprobarlo y descubrió que se trataba de una calavera de macho cabrío colgada de la fachada de una caseta de madera. Sintió las cuencas vacías clavadas en ella. El corazón comenzó a latirle aún más deprisa.

Cuando volvió la vista al frente, la silueta a la que perseguía se había esfumado.

—Mierda —masculló entre dientes echando a correr hacia el lugar donde la había visto por última vez.

No había nada, solo la fuente de Mukurusta. Un tímido farol mecido por el viento brindaba su luz naranja al chorro de agua que caía de un caño oxidado. Leire giró sobre sí misma. Allí no había nadie. Las casas estaban cerradas a cal y canto y no había luz en el estanco de Mari Cruz, que ocupaba los bajos de una de ellas. Las sencillas cruces de fresno y las flores de cardo que colgaban de las diferentes puertas se le antojaron esa noche más necesarias que nunca. Toda protección parecía poca tras asistir a una exhumación en plena tormenta.

Estaba asomándose a la plaza cuando el sonido de una puerta llamó su atención hacia la iglesia. Alguien acababa de entrar al templo. La escritora no albergaba duda alguna. Quienquiera que fuera el intruso del cementerio había buscado refugio en su interior.

Empujaba aún la portezuela metálica que protegía el acceso al recinto religioso cuando percibió el sonido de una cerradura.

—¡Espera! ¡Quiero hablar contigo! —Pidió mientras corría a accionar el pomo de la puerta.

Estaba cerrada. Del interior le llegó el sonido de unas pisadas que se alejaban.

—¡Abre, por favor! —Leire aporreaba la madera con los puños cerrados—. ¿Qué hacías en el cementerio?

La única respuesta fue un silencio que se diluía tras el chorro de agua que caía de un canalón roto, formando un charco considerable junto a la entrada al templo.

Desanimada, Leire dio un paso atrás. La claridad que se filtraba por el ojo de la cerradura la animó a agacharse a mirar a través de él.

Apenas podía atisbar una mínima parte de la iglesia. Sin embargo, el azar o los designios arquitectónicos habían querido que fuera el propio altar mayor lo que quedara a la vista: la Virgen María rodeada de ángeles y querubines. Alguien había dispuesto ante ella un generoso ramo de flores blancas. Eran calas. No fueron ellas las que se llevaron la atención de Leire, sino quien estaba postrado de rodillas a su lado. Se trataba de un hombre. La manera de caminar se lo había adelantado, pero ahora estaba segura. Los pantalones grises y las zapatillas deportivas que alcanzaba a ver por la abertura no eran la mejor pista, pero la anchura de hombros que se adivinaba bajo la sudadera marrón y el pelo corto, que había dejado a la vista al retirarse la capucha, dejaban menor lugar a dudas.

Estaba rezando.

La escritora volvió a llamar a la puerta.

—¡Abre, por favor! —pidió alzando la voz.

El hombre no se inmutó.

Decidida a entrar como fuera, se incorporó. Tal vez la iglesia tuviera alguna puerta lateral o algún acceso a través de la sacristía. La lluvia había dejado de caer, pero el césped que rodeaba el templo estaba encharcado. Por suerte, unas grandes losas se alineaban a poco más de un metro de la pared y le permitían avanzar sin hundirse en el barro. Los rayos seguían cayendo, cada vez más lejanos, como demostraba el mayor espacio de tiempo que discurría entre el relámpago y el trueno. La tormenta había pasado de largo. Los aleros del tejado no la habían olvidado aún y dejaban caer un reguero continuo de gotas que se estrellaban contra el suelo. Olía a tierra mojada. En condiciones normales, Leire disfrutaría del momento, como cuando se sentaba a observar el batir de las olas contra los acantilados de su faro tras el paso de las galernas de verano. No era el caso. La sospecha de que quien se parapetaba tras los muros de la iglesia tenía algo que decir en el caso que la ocupaba, le provocaba un profundo desasosiego.

La puerta de la sacristía estaba también cerrada. Forcejeó con ella y llamó repetidamente con el picaporte en forma de ángel de mirada lánguida. La respuesta no llegó.

Esquivando un chorro de agua que caía desde el tejado, se dispuso a seguir recorriendo el perímetro del edificio. De algún modo conseguiría entrar. Apenas había puesto el pie sobre una de las lajas que sobresalían entre los charcos cuando reparó en la inscripción que la adornaba. No pudo evitar un escalofrío. Miró a su alrededor y comprobó que no era la única. Aquellas losas grandes, que el agua de la lluvia bañaba con una pátina de tristeza, eran tumbas. Se encontraba sobre un viejo cementerio. Como si quisiera remarcar su descubrimiento, un trueno desgarró el silencio durante largos segundos.

Leire se obligó a calmarse y concentrarse en lo que la había llevado hasta allí. Continuó avanzando con la complicidad de las lápidas, pisando sobre nombres con dos siglos de antigüedad y sin quitar ojo de las paredes de la iglesia. Llegó al ábside, lo rodeó y siguió adelante. Tampoco en el ala opuesta encontró entrada alguna.

—Dos opciones —se dijo en voz alta. O se daba por vencida o esperaba a que saliera. Antes o después tendría que hacerlo.

Los faros de un coche llamaron su atención hacia el camino del cementerio. El triste furgón alargado pasó despacio junto a la iglesia y giró a la derecha al alcanzar la plaza, hacia Urdax y la carretera de Pamplona. Las cortinas que cubrían sus ventanales traseros ocultaban el féretro. Leire tragó saliva. Ojalá no hubieran exhumado el cadáver en balde. El taxi en el que viajaba el juez pasó tras él y, cerrando la comitiva, el vehículo de la Policía Foral.

La escritora alzó la mano para que se detuviera. Fue inútil. La penumbra que envolvía la entrada de la iglesia impidió que Eceiza la viera. Sintió que una ola de impotencia le empapaba hasta los huesos.

—Deberían dejarla siempre abierta —la sobresaltó de pronto una voz a su izquierda—. Antes era así. Para mí que lo de los robos no es más que una excusa.

Era una mujer que rondaría los sesenta años. Quizás menos, aunque enfundada como iba en un chubasquero que solo dejaba ver su rostro mojado por la lluvia, parecía mayor. Un terrier con un impermeable azul con el borde rojo, igual que el de su dueña, olisqueó las botas de Leire.

—¿No sabrá usted quién es ese? —Leire señalaba el ojo de la cerradura.

La recién llegada frunció el ceño antes de agacharse. Después se mantuvo unos instantes en silencio y negó con la cabeza.

—La Virgen María —replicó con gesto extrañado.

Leire se asomó por la abertura. En el lugar donde hacía solo unos minutos rezaba un hombre de rodillas no había nadie. Solo un cirio con una estilizada cruz de color rojo dibujada en la cera.

—Le juro que había alguien —aseguró desanimada.

La mujer soltó una risita. El perro olfateó la puerta de la iglesia antes de levantar la pata y mear la madera.

—¡Txispas, ven aquí! Sería Ángel. Me lo he cruzado hace un momento. Se iba a casa. ¿Querías algo de él?

—¿Ángel? No sé. ¿Tiene llave de la iglesia? —inquirió Leire asomándose a la calle por si aún estaba a la vista.

—Claro. Tendrías que oírle. Todavía no puede oficiar la misa, pero los domingos que está por aquí sale a leer y el cura le permite dar un pequeño sermón. Es un cielo de chico. —La señora miró a ambos lados y agarró a Leire por el brazo como quien se dispone a contar un secreto—. Estamos deseando que acabe el seminario y que nos lo manden aquí. Aunque no sé yo... A los buenos se los llevan a Pamplona, que allí tienen muchas parroquias que atender.

Leire volvió a mirar por la cerradura. No había nadie, aunque tampoco podía asegurarlo porque gran parte del templo quedaba fuera del alcance de la vista.

—¿Vive en el pueblo? —preguntó.

—¿Ángel? Claro. Es hijo de Mari Cruz, la viuda del farmacéutico. Viven en el molino, en la carretera de Etxalar —comentó la mujer antes de señalar el estanco que había a su espalda—. Este caserío es suyo. Deberían arreglárselo y venirse aquí. Allí están lejos de todo. Si algún día les pasa algo...

La escritora no aguardó a que acabara la disertación. Bajó de dos en dos las escaleras de la iglesia y se dirigió al estanco. Forcejeó unos instantes con la puerta cerrada y pegó la cara al cristal para escudriñar el interior. Allí no había nadie.

Solo algunas cajetillas de tabaco apiladas y un mostrador de falso mármol con una espumilla para mojar sellos agrietada y reseca.

—No te esfuerces. Solo abre a veces. Los sábados, después de misa, acostumbra a despachar un par de horas —le informó la del perro acercándose de nuevo. Txispas olisqueó el marco de la puerta antes de dejar su húmeda huella en él—. Si tienes mucha urgencia, Divina te venderá un paquete.

Leire no la escuchaba. Dudaba entre subirse a la Vespa para ir en busca del seminarista o cobijarse en la casa rural. Las gotas de lluvia comenzaban a caer de nuevo y los truenos volvían a sonar cercanos. No era el momento. Esperaría a la mañana e iría al molino en busca de Mari Cruz y su hijo. Era evidente que tenían mucho que explicar.

40

Madrugada del 23 de junio de 2015, martes

Leire palpó la mesilla en busca de su teléfono móvil. Al contacto con sus dedos, la pantalla se iluminó y le obligó a entrecerrar los ojos para ver la hora. La una y media de la madrugada.

—Mierda —protestó abrazando la almohada. Tenía la esperanza de que fueran las cinco o las seis y la noche estuviera tocando su fin. De haber sido así podría levantarse a escribir mientras contemplaba el amanecer a través de la ventana. Pero no, era demasiado pronto. Hacía apenas dos horas que se había acostado. Tenía que dormir.

Intentó mantener la mente en blanco para que el sueño volviera a visitarla. Fue en vano. La tormenta en el cementerio, el brazo de Celso asomando a través del féretro agrietado y el visitante misterioso se le aparecían una y otra vez. En cuanto se hiciera de día iría en busca del seminarista, un comportamiento tan extraño requería una explicación.

«Ahora no —se regañó para sus adentros—. Cierra los ojos y duerme.»

Se giró en busca de una postura más cómoda. La cama era grande. Demasiado. La recorrió con el brazo y solo encontró vacío. Echaba de menos a Iñaki. Desde que dormía con él en el faro, cuando se desvelaba por la noche lo despertaba con caricias y él la ayudaba a recuperar el sueño. No había como hacer el amor para que la mente quedara libre de maquinaciones.

Odiaba que le costara tanto desconectar por la noche. Iñaki le decía que era porque tenía una vida demasiado intensa.

Aunque lo hacía entre risas, Leire llegaba a plantearse que tal vez tuviera razón. Su cabeza estaba siempre en mil sitios a la vez, viviendo al mismo tiempo su vida y las intrigas de los personajes de sus novelas. Ojalá pudiera olvidarse de ellas cuando cerraba el ordenador, en lugar de pasarse el día rumiando mejoras para sus argumentos.

Hacía calor. Se destapó y volvió a cambiar de postura. Una vuelta hacia aquí, una pierna bajo la sábana y la segunda sobre ella, otra vuelta y otra más.

Con un suspiro de hastío, volvió a extender la mano en busca del móvil. Solo habían pasado veinte minutos desde la última vez. Lo dejó caer sobre la mesilla y buscó el interruptor de la lámpara de noche. Su luz bañó la habitación con los colores anaranjados de la tulipa en forma de champiñón.

Se levantó contrariada para abrir la ventana. Un poco de aire fresco le vendría bien para conciliar el sueño. La manilla se resistió, pero cedió finalmente. Descorrió el cerrojo de los postigos y los empujó hacia el exterior.

Los aromas y sonidos propios de la noche inundaron de pronto sus sentidos. Olía a heno apilado, a humedad y a sosiego. El canto incansable de los grillos invitaba a reducir el ritmo.

Leire respiró hondo. Después estiró la mano para apagar la luz. No quería que los mosquitos se sintieran invitados a pasar la noche con ella. Apoyó los codos en el alféizar y acomodó el rostro entre las manos. Siempre que lo hacía recordaba sus primeras noches en el faro. Era tal la emoción de dormir en la torre de luz, que le resultaba imposible conciliar el sueño hasta que perdía la mirada en el mar infinito en busca de luces lejanas que delataran la presencia de algún barco que no dormía. Le gustaba imaginarse que desde allí los navegantes también la estarían mirando a ella, o más bien a los destellos rítmicos de la centenaria luz guía que custodiaba.

Aquella noche era diferente. No era el mar el que se extendía ante ella, sino una amable sucesión de colinas que la luna teñía de plata y sobre las que algunos árboles solitarios proyectaban sombras inquietantes. La luz naranja de las farolas delataba la cercana Sara, oculta tras una loma, y otros pueblos más lejanos que la escritora no era capaz de identificar. Solo al fondo, donde aquel bucólico mundo rural cedía el testigo a la franja costera, el resplandor anaranjado se hacía más intenso.

Leire buscó el Larrun. Su orgullosa cumbre picuda rompía la monotonía ondulada del paisaje y anunciaba el comienzo de los Pirineos. El destello de la antena que lo coronaba quedaba envuelto en una leve bruma que le confería un aspecto fantasmal. No le resultó difícil comprender el respeto que la montaña fronteriza provocaba en los habitantes de la comarca en la Edad Media, cuando se decía que era uno de los lugares de encuentro preferidos por las brujas. El viejo tren cremallera, que trepaba hasta su cima desde hacía más de cien años, había diluido ese misterio, aunque desde la distancia aquella magnífica atalaya seguía resultando imponente.

Un ruido desvió su atención hacia los alrededores de la casa. Parecía la puerta de un coche al cerrarse. Aguzó el oído para tratar de identificarlo, pero el canto de los grillos lo eclipsaba todo. Debía de tratarse de alguien que volvía tarde del trabajo. Por lo demás, Zugarramurdi dormía. Ni siquiera las ovejas que a todas horas salpicaban los pastos se veían tras la cerca que había al otro lado de la ventana. La situación de la casa rural a las afueras del pueblo era ideal. No era lo mismo asomarse al exterior y ver la plaza que colinas cubiertas de hierba. Leire se sentía a gusto allí. Incluso la inspiración había acudido a visitarla esa tarde mientras esperaba la hora de la exhumación de Celso.

Era precisamente el caserío del difunto el único que se colaba en la panorámica. Hasta que la vista recalaba en las primeras casas de Sara, a tres kilómetros de allí, solo aquella solitaria construcción, que pedía a gritos un encalado de sus paredes desconchadas, rompía la monotonía del paisaje. La escritora se fijó en ella con cierta sensación de nostalgia. Una casa cerrada siempre le contagiaba tristeza. No le costaba imaginar las risas y las carreras infantiles tras aquellos muros vacíos que habrían dado su cobijo a varias generaciones antes de caer en los brazos del olvido. El tiempo era el mayor de los ladrones y no tardaría en llevárselo todo. Una teja movida por el viento daría paso a goteras y el tejado acabaría sucumbiendo, como ocurría siempre. Después no quedaría nada. Incluso los recuerdos acabarían por disiparse.

Pensaba en ello, con los grillos llevándola en volandas hacia un reconfortante sopor, cuando el corazón le dio un vuelco.

Cerró los ojos incrédula y volvió a abrirlos de inmediato.

No, no era fruto de su imaginación. Se había encendido una luz tras una de las ventanas superiores de aquella casa vacía.

Primavera de 1610

María abrió los ojos. Se sentía aturdida. Había soñado con un río de agua refrescante y un sol que se colaba por los poros de la piel para alegrarle el corazón. Tardó unos segundos en comprender que seguía en la celda. El tacto frío del suelo en el que yacía y el olor a humedad no dejaban lugar a dudas. Se incorporó llevándose la mano a los riñones. Le dolía la espalda. La tenía fría y el fino jubón estaba húmedo, como todo en aquella lúgubre estancia subterránea.

—¿*Amatxi*? —llamó con un hilo de voz. La sed era tan atroz que le agarrotaba la garganta.

—No está. Se la llevaron —anunció una voz de mujer.

María se sobresaltó.

—¿Quién eres? ¿Hay alguien más? —inquirió intentando averiguar dónde se encontraba su compañera de celda. Se puso en pie y caminó con los brazos por delante en busca de la pared.

—Estebanía. ¿No me conoces? No me extraña... He perdido la voz de tanto gritar. Esos cerdos me han metido las manos en agua hirviendo.

—¿Estebanía Navareno? —María recibió como una bofetada la noticia de que la hermana de Galcerán también estuviera prisionera. ¿Quién se ocuparía de sus cuatro hijos? Los gemelos todavía tomaban teta y los dos mayores no pasaban de los cinco años de edad.

—Esto es horrible —sollozó la otra—. Me muero de dolor. Tengo pinchazos en los dedos, como si aún los tuviera metidos en aquel caldero.

—¿Dónde estás? —María recorría la mazmorra acariciando la pared. Imaginaba la respuesta.

—Me han atado por el cuello. Si me canso y quiero sentarme, moriré ahorcada. Tal vez es lo que debería hacer para olvidarme cuanto antes de este infierno —explicó resignada.

—¿Estaba bien mi *amatxi*? Cuando me dormí le temblaban las piernas. No podía aguantar más de pie.

—Estaba viva —anunció Estebanía—. A saber adónde la han llevado ahora. Nos cambian de celdas para volvernos locas.

María siguió avanzando. No podía faltar mucho. La voz sonaba cercana. Era extraño, a ella no le cambiaban de mazmorra, solo de compañera. Algún motivo tendrían las mentes perversas de los inquisidores para hacerlo así. La idea le resultó turbadora y se zafó rápidamente de ella.

—¿También han detenido a tu madre? —inquirió con una punzada de culpa. Si Galcerán no estuviera prometido con ella, nada de aquello estaría sucediendo.

—A ella y a demasiada gente. Es una locura. Algunos han dejado el pueblo y han huido lejos. Las denuncias se suceden y casas enteras están quedando vacías.

María había llegado junto a ella. La calidez de su cuerpo le resultó reconfortante en aquel ambiente hostil. Palpó el grillete que le rodeaba el cuello y le fue imposible no pensar en su abuela. ¿Dónde estaría? Esperaba que no la estuvieran sometiendo a nuevas torturas.

—*Amatxi* dice que es todo una maniobra del abad de San Salvador para vengar la libertad de nuestro pueblo —apuntó buscando las manos heridas de Estebanía.

—¡No me toques! —exclamó la joven apartándolas—. No puedo con tanto dolor.

—Lo siento —musitó María, conmovida. Apenas había llegado a rozar sus dedos inflamados como morcillas.

Durante unos instantes, el silencio flotó en la celda.

—Los Mendiburu han organizado una expedición para exigir la verdad al tribunal. El día que me detuvieron estaban preparando todo para venir hacia Logroño —anunció Estebanía.

—¿Los pastores? —inquirió María pensando en el padre e hijo que cuidaban de las ovejas del monasterio de San Salvador.

—Sí. Tal vez a ellos les escuchen. A estas alturas deben de estar ya en la ciudad.

María no quería hacerse ilusiones.

—¿Cuántos días hace que te trajeron? ¿Sabes algo de mi padre y mi hermano? ¿Están bien?

Estebanía tardó en contestar.

—A Gastón lo trajeron conmigo. Le han acusado de participar en akelarres en la gran cueva, como a otros muchos. Llevamos aquí tres o cuatro días, no creo que más.

—¿Y Pedro? —María sentía que el corazón se le rompía en mil pedazos. ¿Es que toda su familia iba a tener que pasar por aquellas mazmorras infames?

—Se fue. Es uno de los que huyó. Pasó la frontera el día que apresaron a tu padre. Algunos de mis hermanos se fueron con él.

María respiró aliviada. Pedro había sido para ella mucho más que un hermano, casi un hijo, a pesar de que solo se llevaban cinco años de diferencia. La muerte de su madre así lo había dispuesto. Saber que no tendría que pasar por los tormentos del Santo Oficio era la mejor noticia que podía recibir.

Una tos repentina rompió el silencio. Provenía del otro extremo de la mazmorra. Alguien se había atragantado. María pensó inmediatamente en agua. Se moría de sed.

—¿Quién está ahí? No había nadie más —masculló su compañera de celda.

La joven echó a andar hacia allí. Tanto daba de quién se tratara. Si había agua, la necesitaba.

Antes de que pudiera dar dos pasos se oyó una carrera en la oscuridad y un cerrojo. La puerta se abrió de par en par y alguien abandonó la prisión antes de volver a cerrarla de nuevo.

—Nos estaba espiando —comprendió María de inmediato. Eso explicaba que introdujeran personas de su confianza en la celda. Los carceleros sabían que así hablarían entre ellas y se pondrían al día de asuntos que podían resultar de interés para los inquisidores.

—Son unos indeseables —protestó Estebanía—. Todo lo que se pueda decir de este lugar se queda corto. ¿Crees que saldremos vivas de aquí?

María no tuvo tiempo de contestar. Antes de que pudiera hacerlo, la luz se coló por las rendijas de la puerta. Alguien venía. Ruido de cerraduras y el chirrido de los goznes.

—¡María de Berrueta! —llamó el carcelero alzando la tea.

La joven supo que oponer resistencia sería en vano y se dirigió hacia él con un miedo atroz agarrotándole las entrañas. Sabía lo que vendría a continuación.

—Necesito agua. Me muero de sed... —pidió llevándose la mano al cuello.

El guardia soltó una risotada.

—Si te portas bien, beberás —anunció iluminando el pasillo con la antorcha—. Vamos, no te esperarán todo el día.

Antes de salir, María se volvió hacia Estebanía y no pudo reprimir un estremecimiento al ver los muñones inflamados en los que se habían convertido sus manos.

—Suerte —le deseó la hermana de su prometido con un hilo de voz.

La joven asintió con un nudo en la garganta. La iba a necesitar para soportar los tormentos que aquellas bestias le tendrían reservados.

41

23 de junio de 2015, martes

El olor a pastel recién hecho se hizo más intenso en cuanto empujó la puerta del comedor. En el faro no acostumbraba a tomar más que un zumo de naranja para comenzar el día, pero era imposible resistirse a la excelente repostería casera de aquel lugar.

—Hoy sí tengo té —anunció Ana recogiendo una de las mesas. Vestía un alegre vestido de colores que dejaba a la vista gran parte de sus estilizadas piernas—. Puedes sentarte aquí mismo si quieres. Ahora paso la bayeta.

Leire obedeció. Había otras cuatro mesas libres, pero ninguna junto a la ventana, como la suya. El Larrun dibujaba su silueta tras el cristal y los pastos que se extendían hasta sus faldas se veían salpicados por una sucesión de manchitas blancas y lanudas que deambulaban con parsimonia. La única mesa ocupada era la de un matrimonio francés entrado en años. La mujer daba pequeños sorbos al café mientras susurraba algo con boca de piñón. Su marido leía *L'Equipe* y asentía fingiendo escucharla.

—¿A que hoy has dormido mejor? —inquirió Ana volviendo de la cocina con el trapo en la mano—. Después de la tormenta el ambiente queda cargado de iones negativos y no hay nada mejor para favorecer el sueño.

—Mucho mejor, sí —mintió Leire. Estaba intrigada por la luz encendida en casa de Celso. Apenas fueron unos instantes, porque en cuanto fue en busca del teléfono para sacar una foto que demostrara que había alguien en la casa abandonada, volvió a hacerse la oscuridad. Había llegado a plantearse si no había sido una broma de su inconsciente, pero estaba segura de que había visto luz tras aquella ventana.

La falta de sueño le hacía sentirse malhumorada. Quería tomarse uno o dos tés tranquila antes de comenzar el día. Después se acercaría por la casa vecina a ver si lograba averiguar algo y buscaría al seminarista que le había dado esquinazo en la iglesia.

—¿Pensabas quedarte esta noche? —le preguntó Ana.

—Sí. No quiero perderme el akelarre.

La dueña de la casa rural torció el gesto.

—Tengo todo reservado desde hace semanas y todo el pueblo estará igual. Es el pico de ocupación de la temporada. Seguro que no quedan camas libres en muchos kilómetros a la redonda. Debería haberte avisado.

La escritora recibió la noticia con fingido disgusto. Tenía toda una jornada para idear algo. Seguro que algún vecino podría acogerla en su casa.

—Veré qué puedo hacer. No te prometo nada —anunció Ana retirándose a la cocina.

Leire vagó con la mirada por las colinas onduladas que formaban un mundo verde al otro lado del cristal. Decenas de caseríos solitarios se alzaban dispersos entre ellas. ¿Cuántas camas libres habría en aquellos hogares levantados siglos atrás para dar cobijo a familias mucho más numerosas que las actuales?

—¿Tú eres la del té? —le preguntó un joven dejando una taza humeante sobre su mesa—. Mi madre me llamó ayer toda apurada para que lo comprara.

La escritora se giró avergonzada hacia él, pero en cuanto vio la sonrisa cómplice del muchacho se relajó. Sus profundas entradas lo hacían parecer mayor, aunque era evidente que pasaba por poco de los veinte años. Veintidós o veintitrés a lo sumo.

—Gracias. No era necesario. No me costaba nada ir al bar a tomármelo —repuso Leire.

—Mi madre quiere que estés a gusto. Está encantada de tener aquí a una escritora famosa —apuntó el chico—. Tengo que leerme tu libro. Dice que lo devoró. Yo también escribo, pero solo para mí. Creo que la escritura debe ser algo íntimo, no un asunto mercantilizado.

Leire mostró una sonrisa de cortesía mientras desprecintaba la bolsita de té y la depositaba en el agua caliente. Qué fácil era hablar...

—Hoy he hecho pastel vasco de crema —anunció Ana volviendo de la cocina con un generoso pedazo de tarta que dejó sobre la mesa de Leire—. ¿Ya ves qué chico tan guapo? Es mi hijo, Gorka. Una vez que se acaban los exámenes lo tengo por aquí de ayudante.

—¿Es verdad que estás investigando sobre lo ocurrido en el akelarre de dos mil doce? —preguntó el joven.

—Más o menos —admitió a regañadientes.

—Ayer desenterraron a aquel borracho —apuntó Gorka.

—Habla con respeto de los muertos —le reconvino su madre.

Leire dio un trago de la taza. Era un *earl grey* con un marcado sabor a bergamota que eclipsaba los gustos propios del té. Se sentía incómoda con aquellos dos de pie junto a la mesa. ¿Es que no entendían que los clientes pretendían desayunar tranquilos?

—A mí también me gustaría ser investigador —explicó Gorka—. Sería bueno. Los problemas de lógica se me dan de maravilla.

—Pues te equivocaste de carrera y no pretendo pagarte otros estudios —le regañó su madre.

—¿Qué estudiaste para ser investigadora privada? —insistió el joven.

La escritora se llevó un pedazo de pastel a la boca. La crema pastelera despertó de inmediato sus papilas gustativas y el estómago se revolvió nervioso.

—En realidad solo soy escritora —admitió intentando no darle juego—. Está buenísimo. Felicidades, Ana.

—*Très bon. Magnifique* —corroboró desde la mesa vecina la francesa del pelo blanco.

La dueña agradeció el cumplido y se dirigió a la puerta de la cocina.

—Os dejo con vuestros temas. Tengo un potaje al fuego y algunas llamadas que hacer.

—¿Crees que lo de Celso no fue un accidente? —quiso saber Gorka tomando una silla para sentarse junto a Leire.

La escritora le dirigió una mirada reprobadora. ¿Es que no podría desayunar tranquila?

—¿Estabas en la cueva cuando ocurrió? —le preguntó a modo de respuesta.

Gorka se lo pensó unos instantes.

—Estaba allí, pero no lo vi de cerca. Para cuando pude acercarme ya había dejado de gritar. Fue todo muy raro, sobre todo el entusiasmo del público y sus aplausos.

Leire frunció el ceño.

—¿La gente aplaudía?

—Parecía parte del espectáculo.

—Cuanto más macabro, más nos gusta —se lamentó la escritora. Después se giró hacia la ventana y observó el camión cisterna de una central lechera acercándose a uno de los caseríos de las afueras.

—¿Vas a escribir un libro sobre lo sucedido con Celso? —inquirió Gorka—. Yo en su día hice indagaciones y puedo asegurarte que fue un accidente. Era un borracho y era de esperar que acabara así.

La escritora suspiró antes de llevarse a la boca el último trozo de pastel vasco. Lo de Celso había sido un asesinato. Igual que los de Lander y Begoña. Por mucho que medio pueblo se empeñara en negarlo, no iban a hacerle cambiar de opinión.

—¿Vive alguien en su casa? —preguntó fingiendo menos interés del que tenía.

—Nadie. Esa casa está abandonada. Se caerá. ¿No ves cómo está la fachada? Me gustaría ver el tejado.

—Anoche me pareció ver una luz encendida —murmuró Leire añadiendo un terrón de azúcar al té. Lo había dejado demasiado tiempo en infusión y estaba demasiado amargo. A su lado, Gorka negaba con la cabeza. Leire decidió restarle importancia—. Seguro que fue cosa de mi imaginación.

La madre del joven volvió de la cocina.

—Dice que anoche vio luz en casa del borracho —le informó su hijo.

—Cosas mías. —Leire trató de minimizar el asunto.

—Será el de Bilbao. Siempre viene por estas fechas —comentó Ana sin mucho interés.

La escritora dejó la taza en la mesa. Las palabras de su anfitriona acababan de desatar un torbellino en su mente.

—¿De Bilbao? ¿Y quién es? ¿Qué tiene que ver con Celso?

Ana negó con la cabeza.

—Eran primos o algo así. No me preguntes más, no lo he visto nunca. Ya tiene donde dormir, por mi casa ni se ha asomado.

—¿Ni siquiera sabes su nombre? —insistió Leire.

La mujer insistió en su negación.

—Ni idea. Espera, tengo una noticia más importante —anunció apoyando ambas manos en la mesa de la escritora—. Ya está solucionado lo de esta noche. He conseguido reubicar a una pareja de catalanes en el agroturismo de los Etxenagusi.

Leire se esforzó por devolverle la sonrisa. Su mente estaba en otro lugar. Dejó la servilleta sobre la mesa y se puso en pie. No quería perder ni un solo minuto.

—Muchísimas gracias. Me veía volviendo a Pasaia en moto a las doce de la noche.

—No, mujer. Algo habríamos hecho antes de mandarte de regreso a casa —aseguró Ana—. ¿Quieres más tarta?

La escritora rechazó el ofrecimiento y se dirigió a la puerta de salida. De buena gana hubiera comido un nuevo pedazo de pastel, pero quería saber cuanto antes quién era ese de Bilbao que había pasado la noche en la casa vecina.

42

23 de junio de 2015, martes

El aire fresco del exterior le contagió sosiego. Solo el canto de los pájaros se atrevía a romper el silencio de aquella hermosa mañana primaveral en la que nada recordaba la tormenta caída apenas unas horas antes. La estrecha vereda se abría paso a través del campo de maíz. Sus tallos, desprovistos aún de mazorcas, se elevaban sobre la cabeza de Leire, que se vio obligada a apartar algunos que invadían el sendero. El edificio que se recortaba sobre el campo de labor tenía dos alturas y un tejado a cuatro aguas. Eran tres las ventanas que se abrían en la planta superior y era tras una de ellas donde la escritora estaba convencida de haber visto luz en plena noche. Los tiestos que adornaban los alféizares del piso de abajo hablaban de abandono. No brotaba una sola hoja de las ramas secas de los geranios. Años atrás sus flores rojas debían de ofrecer un hermoso contraste con una fachada encalada que ahora tampoco se veía hermosa. La mampostería quedaba al descubierto en grandes desconchados y las zarzas ocultaban el portón de lo que parecía un corral.

En cuanto el maizal se abrió y Leire pudo atisbar los alrededores de la casa, comprobó que había un Range Rover blanco aparcado junto al edificio. No se había equivocado. Alguien había pasado la noche allí.

La puerta estaba abierta. No de par en par, pero sí entornada. Pulsó el timbre de plástico blanco que colgaba de un cable grapado con escaso cariño al marco de madera agrietada. Los desconchados que se percibían de lejos en la fachada se traducían de cerca en un claro estado de abandono. Aquel caserío centenario necesitaba algo más que un simple lavado de cara.

Alguien carraspeó al otro lado de la puerta antes de que esta se abriera dejando escapar un crujido.

—¿En qué puedo ayudarle? —le preguntó un hombre de pelo rizado y ojos grises.

La escritora sintió que el corazón se le aceleraba. El de Bilbao... Claro, no podía ser de otra manera.

—¿Javier...? —musitó incrédula.

El profesor entrecerró los ojos tratando de hacer memoria.

—¿Una antigua alumna, verdad?

—No, es más reciente. En el hospital —comenzó a explicar Leire. No se sentía cómoda. De pronto había una conexión más que evidente entre los crímenes de Bilbao y la muerte de Celso.

—Joder, es verdad. Una de las ertzainas que me interrogó por lo de mi sobrina —la interrumpió Javier Oteiza. Su expresión se tornó severa—. ¿Es que ni siquiera aquí voy a poder olvidarme de todo? —inquirió extendiendo los brazos para abarcar aquel bucólico mundo verde.

—No soy policía —aclaró Leire—. Solo acompañaba a Cestero. En realidad soy escritora y me dedico a investigar el caso al margen de los canales oficiales.

El profesor la observó con suspicacia.

—¿Escritora? —preguntó arrugando los labios.

—Fui alumna de Iñigo, el criminólogo. Todavía colaboramos para esclarecer algunos casos.

El rostro de Javier se relajó en cuanto oyó el nombre de su compañero.

—Pertenecemos a departamentos diferentes, pero lo conozco bien. Hace años jugábamos juntos en el equipo de fútbol sala de profesores. Él era más joven, pero no mejor —explicó esbozando por primera vez una sonrisa.

Leire celebró que los primeros muros defensivos hubieran caído tan fácilmente.

—¿Qué hace aquí? —inquirió decidida a no desaprovechar la ocasión.

Javier recobró la seriedad. Su tez estaba sonrosada, muy diferente del aspecto pálido que presentaba en su habitación del hospital de Basurto.

—Vengo cada año. No concibo un solsticio de verano sin el akelarre. Me organizo desde principios de curso: el día de San Juan y la víspera, ni exámenes ni revisiones.

—De acuerdo, pero ¿qué hace en casa de Celso? —insistió la escritora.

El profesor se giró hacia la fachada. La visión de los desconchados le entretuvo unos instantes y se tradujo en un rictus de tristeza. Después tiró del pomo para ajustar la puerta como quien tiene un gato dentro y no quiere que se escape.

—Es mi casa. Mejor dicho, la de mis abuelos. Celso vivía aquí como podía haberlo hecho yo o cualquiera de los otros descendientes que tuvieron —explicó con un cierto aire de nostalgia.

—Como Begoña y Lander —añadió Leire estudiando la reacción de Javier, que asintió mordiéndose el labio.

—Mi primo, que en paz descanse, vivía aquí porque era un dejado. Los demás hemos ido creando nuestras vidas y todos tenemos nuestros propios hogares. Él no —explicó Javier mientras sacudía la mano para ahuyentar una mosca que revoloteaba a su alrededor—. Tampoco se le puede culpar. Su padre era un jugador empedernido. Mientras vivió la mujer, lo tenía bastante a raya. Después lo perdió todo, incluido un caserío en Urdax, y se tuvo que mudar aquí con Celso, que siguió el camino de su padre.

—¿También era ludópata?

—Bebedor. El juego no sé si le cautivaba, pero el vino le podía. Tuvo la desgracia de poder malvivir sin trabajar. Arrendaba por cuatro duros los terrenos del caserío a los vecinos y con eso se mantenía a duras penas. Un poco de pan y mucho vino.

—¿Qué relación tenía con él? —preguntó Leire.

—No me trates de usted. Me hace sentir viejo... ¿Con Celso? Uf, creo que ninguna —reconoció el profesor—. No era un tipo fácil. Cuando venía por aquí apenas lo veía. Él iba y venía a deshoras y coincidíamos poco.

—Pero vivíais en la misma casa —comentó la escritora señalando el edificio.

—Yo solo venía un par de días de vez en cuando y apenas paraba en casa. Si tenía una cama y un cuarto de baño, era suficiente —zanjó Javier observando el caserío con gesto apenado—. Tampoco ahora vengo mucho más. La casa está vieja. Ni siquiera hay agua caliente.

—Es una pena —reconoció Leire.

Javier se encogió de hombros.

—Ya sabes lo que pasa en estos casos. Los que viven por aquí no quieren saber nada de ella. Ellos tienen sus propios caseríos. Quieren venderla. Para los que vivimos fuera, en cambio, es nuestro único nexo con el pueblo del que venimos. ¿Cómo vamos a deshacernos de la casa de la familia? A mí me gusta venir de vez en cuando. Aquí creció mi familia, entre estas paredes y con el Larrun como testigo de todo —exclamó Javier. Había dado un paso hacia el maizal y acariciaba las hojas.

—Parece que Celso fue asesinado —anunció Leire buscando un golpe de efecto.

El profesor se giró hacia ella con el ceño fruncido.

—Eso no es verdad. Yo estaba allí y vi lo que ocurrió.

—¿Dónde estabas?

—Allí, en la cueva. Bailando alrededor de Satanás.

Leire se mordió la lengua mientras le venían a la mente las palabras de Iñigo en defensa de Javier. Un buen hombre, un profesor muy querido. Tenía ganas de contarle que estaba en el akelarre el día que Celso fue asesinado. Le iba a ser difícil seguir empeñado en que se equivocaban con él.

—¿Estabas con Celso cuando empezó a arder?

El profesor negó con la cabeza. Su mirada vagaba sin rumbo por el maizal, pero era evidente que sus ojos no lo veían, escudriñaban en sus recuerdos. Y a decir de su expresión, eran dolorosos.

—No. Yo danzaba alrededor del macho cabrío, como tantos otros, cuando él surgió de una gruta lateral gritando.

—Entonces, ¿cómo sabes que no le prendió fuego alguien?

Javier se llevó un pañuelo de tela a la frente para secar las gotitas de sudor. Aún no hacía demasiado calor, aunque no tardaría en apretar.

—Fue un accidente. Estaba borracho, como siempre, y había teas encendidas por todos lados. Se acercó a una y la lana prendió. Es evidente.

—Pero no lo viste —insistió Leire.

Javier arrancó una incipiente mazorca de maíz y la rompió en varios pedazos. Sus manos estaban crispadas.

—No, no lo vi —reconoció—. Es la explicación que se dio y nadie ha dudado de ella en ningún momento.

El tono con el que pronunció sus palabras incluía un reproche. Parecía preguntarle quién era ella para ir a remover la mierda años después.

—Ayer fue exhumado su cadáver —anunció Leire—. Tal vez el análisis toxicológico demuestre que fue asesinado.

Javier soltó una risita amarga.

—Lo sé. Avisaron a la familia. ¿Sabes qué van a encontrar? ¿Te lo digo yo que solo soy profesor de Filosofía y no forense ni criminólogo? —Esperó a que Leire le hiciera un gesto para que siguiera—. Que en vez de sangre era alcohol lo que corría por sus venas y que fue eso, y su inconsciencia, lo que lo mató.

La escritora comprendió que no tenía sentido insistir. Le deseó que pasara un buen día y que disfrutara de la fiesta en la cueva. Después alzó la mano para despedirse y sintió la mirada de Javier fija en su espalda conforme se alejaba hacia la plaza. No le extrañó ver a media docena de parroquianos tras los ventanales del bar. Los imaginó quejándose de lo mala que era la falta de agua para el ganado o de algún otro asunto mundano y decidió que había tenido suficiente con el té de la casa rural.

Se disponía a arrancar la Vespa que tenía aparcada junto a la puerta para acercarse al molino donde vivían Mari Cruz y su hijo seminarista cuando reparó en un sonido que le era familiar. La furgonetilla de reparto de la madre se acercaba por la carretera de Etxalar. Miró la hora en su móvil. Las diez de la mañana. La mujer acudía a su cita diaria con la Virgen del Rosario.

Leire maldijo su suerte. Su intención era encontrarla antes de que saliera de casa. Ahora que era oficial que el juez había desempolvado el caso de la muerte de Celso, guardaba la esperanza de lograr hablar con ella y su hijo. Tal vez no se mostraran tan esquivos como la víspera.

El petardeo característico del motor del triciclo Piaggio fue en aumento. Leire esperaba verlo aparecer en la plaza de un momento a otro. Con un poco de suerte, Mari Cruz se habría arrepentido del desplante del día anterior y se detendría al verla. Sin embargo, el vehículo no siguió el itinerario esperado. Al desembocar en el camino del cementerio, y en lugar de continuar el descenso hasta la plaza y el oratorio, giró hacia el camposanto. Tampoco se detuvo en él. Leire apenas logró ver sus modestas formas blancas un par de segundos entre los caseríos de las afueras. Después lo perdió de vista, pero el ruido del motor aún fue audible unos minutos.

La escritora se felicitó. Aquella carretera vecinal solo llevaba a un lugar: la venta de la curandera. Su encuentro junto a la capilla parecía haber removido algo en la conciencia de Mari Cruz. Era una buena noticia. Esperaría a que regresara de allí y acudiría a visitar a Maite por si podía sonsacarle algo.

Se sentó en la moto y se puso el casco. De momento intentaría hablar con el seminarista.

43

23 de junio de 2015, martes

La Vespa despertó sin holgazanear en cuanto la escritora accionó el arranque. A pesar de que no se trataba de un sonido estridente, Leire se sintió incómoda por violar el silencio que flotaba entre las casas de Zugarramurdi. Las amables notas metálicas de las esquilas de las ovejas quedaron eclipsadas por el rugido del motor. Aceleró sin mirar a los lados para no encontrarse con ninguna mirada reprobadora. El pueblo dormitaba tranquilo. Salvo algunas sencillas guirnaldas colgadas de balcón a balcón y calaveras de macho cabrío pendiendo de las puertas de las casas, nada apuntaba a que esa noche tendría lugar en sus calles una multitudinaria fiesta pagana. Tampoco los buitres, que trazaban su baile circular sobre el pueblo, parecían inquietos.

Apenas había avanzado unos metros cuando frenó en seco. Aquel hombre con dos cartones de tabaco bajo el brazo solo podía venir de un lugar. Dirigió la mirada hacia el viejo caserío de enfrente y comprobó que la puerta del estanco estaba abierta. Era la primera vez que la veía así desde su llegada al pueblo.

Aparcó la moto junto a la fuente de Mukurusta. Había visto el triciclo de Mari Cruz alejándose hacia la venta de la curandera, de eso estaba segura. Solo podía tratarse de su hijo, el esquivo seminarista.

—Hola —saludó asomándose al interior.

Una extraña amalgama de aromas golpeó sus fosas nasales. Olía a casa vieja, a cerrado, a papel pintado comido por la polilla y, por supuesto, a tabaco. Leire no tuvo claro si le desagradaba o no. Tampoco estaba allí para eso, de modo que dio un paso hacia el mostrador, una escasa mesa de imitación a mármol con los bordes descantados. Tras él se ordenaban, en casillas de madera colgadas de la pared, algunas cajetillas de cigarros. La escritora reconoció algunas marcas. Otras, la mayoría, tenían nombres franceses. Su visión le creó un vacío en el pecho. De buena gana sacaría un billete del bolsillo y compraría un paquete. Uno solo. Se obligó a respirar a fondo y pensar en otra cosa. Estaba ganando la partida a la adicción y no podía tirar la toalla tan fácilmente.

—Ya voy. Un segundo —pidió una joven voz masculina desde una estancia aledaña, en la que se veían cajas apiladas en un cierto desorden.

Leire asintió satisfecha. Esta vez Ángel no se le escaparía como la víspera. Mientras esperaba recorrió el resto del establecimiento con la mirada. Las escaleras de madera que subían hacia un piso superior ocupaban un espacio central. Saltaba a la vista que aquello no era más que el recibidor de un caserío, reconvertido, con un mostrador y cuatro baldas viejas, en un estanco sin pretensiones.

El ajado papel pintado con motivos florales que adornaba las paredes le recordó al comedor del faro de la Plata. El color era diferente, pero el tipo de dibujo, muy parecido. Pensó en su madre. Había hablado con Amparo esa misma mañana y todo parecía ir bien. Irene acudía cada día puntual al trabajo y no se le ocurría poner un pie en la barra ni cerca de las barricas de vino. Después llamaría a Iñaki para confirmar que por el faro todo siguiera también en orden.

—Ya estoy aquí —anunció el dependiente empujando una caja de la que asomaban cartones de tabaco de diferentes marcas. Era un joven de pelo corto y rasgos suaves en los que destacaban unas patillas que llegaban hasta el mentón. Las gafas de sol que llevaba a modo de diadema le daban un carácter juvenil que le negaban unos lánguidos ojos castaños—. Perdona. Mi madre se olvida siempre de reponer lo que se agota.

La escritora reparó en que apartó la mirada al verla. La había reconocido. Ella también a él. Todavía vestía la sudadera oscura que le había visto la víspera a través del ojo de la cerradura de la iglesia.

—Ayer te comportaste de una manera extraña. ¿Qué ocultabas? —le preguntó a bocajarro.

—No sé de qué me hablas —se defendió el seminarista.

—En el cementerio. ¿Qué hacías allí?

—¿Yo? ¡Nada! Solo rezaba por el alma de Celso. No es muy cristiano ir desenterrando a los que viven su descanso eterno. Apenas había llegado del seminario cuando supe que se disponían a exhumar el cadáver y no quise que ese duro trance tuviera lugar sin una oración.

—Te pedí que te detuvieras y no me hiciste caso. Cualquiera hubiera dicho que huías.

Ángel negó ostensiblemente con la cabeza mientras arrugaba los labios.

—No te oí. Cuando rezo me gusta estar a solas con Dios y mis sentidos entran en letargo para que pueda concentrarme en lo verdaderamente importante.

—¿Entras en trance? —inquirió Leire con gesto escéptico.

—Si quieres llamarlo así... —se defendió el seminarista.

La escritora se sintió incómoda ante su actitud defensiva. Se dijo que tal vez fuera culpa suya por haber comenzado la conversación con tan poco tacto. A veces se olvidaba de que no era policía y la gente no tenía obligación alguna de responder a sus preguntas.

—Soy escritora. Estoy investigando la muerte de Celso. Hay indicios que sugieren que se trata de un asesinato vinculado a los crímenes de hace unos días en Bilbao —explicó con suavidad en un intento de aplacar los ánimos.

—Lo sé. Mi madre me dijo que andabas haciendo preguntas —explicó Ángel con expresión seria—. Me gustaría pedirte que dejaras de presionarla. Bastante sufrió en su día. No es fácil ver a un hombre envuelto en llamas y no poder hacer nada por salvarle la vida.

—Solo hago mi trabajo —se defendió Leire.

—¿Tu trabajo? —La mirada burlona del seminarista resultaba hiriente—. Si fueras policía podrías decir eso, pero no creo que el trabajo de una novelista sea incordiar a viudas indefensas.

—Trato de esclarecer unos crímenes horribles. ¿Eso te parece andar molestando? ¿La caridad cristiana no te dice que deberías intentar colaborar?

Ángel bajó la vista ante la reprimenda.

—No sé de qué hablaste ayer con ella, pero esta mañana estaba muy afectada —comentó con un tono más afable.

—¿Ha ido a ver a Maite?

—¿A esa bruja? Más le vale que no. Estará rezando ante la Virgen. Es lo que hace cada vez que se siente desorientada. —Se mantuvo unos instantes en silencio valorando las palabras de Leire—. No, es imposible. Mi madre no cree en charlatanas.

—¿No crees en sus poderes? —insistió Leire.

El seminarista se llevó la mano al crucifijo de oro que colgaba de su cuello.

—Creo en Dios, en Jesucristo y en la Virgen María. Todo lo demás son patrañas. Esa charlatana se aprovecha del pasado del pueblo para engañar a la gente. Son muchos los que vienen a Zugarramurdi atraídos por la brujería, y proclamarse heredera de aquellas corrientes combatidas por el Santo Oficio es de una caradura vergonzosa.

Leire decidió que no tenía sentido insistir. Mari Cruz había ido a buscar reparación en Maite, le gustara a su hijo o no.

—¿Te ha contado alguna vez lo que vio aquel día en el akelarre? Hay quien dice que sabe quién es el asesino de Celso —apuntó.

—Tonterías de esa charlatana. Una manera cobarde de salir en la tele y promocionarse —espetó el seminarista en tono despectivo—. Lo de Celso fue un accidente. Siempre estaba borracho. No había más que acercarle una cerilla para que el alcohol que llevaba dentro lo convirtiera en una bola de fuego.

La escritora se dijo que era el momento de aumentar la presión sobre él.

—El forense ha hallado restos de gasolina en su piel. Tengo entendido que tu madre era la encargada de empapar las teas en combustible en la pequeña gruta de la que salió Celso envuelto en llamas.

—¿Qué insinúas? El tío chocaría contra la garrafa de gasolina y de ahí que la antorcha que portaba le prendiera en el disfraz.

Leire asintió en silencio. Es lo que defendía todo el pueblo desde el primer día. Por ese camino no lograría averiguar nada.

—¿Participarás hoy en el akelarre?

—Claro. Hace tres años que estudio fuera y siempre me las apaño para no faltar en estas fechas.

Leire se dijo que no parecía muy acorde a las creencias de un futuro párroco. Brujería, exaltación de Satanás... Sin embargo, se cuidó mucho de expresarlo en voz alta.

La puerta se abrió para dejar entrar a una francesa de pelo rubio teñido que olía a melocotón.

—*Bonjour.* No esperaba abierto a esta hora... Tres cartones de Gitanes —pidió dejando un billete de cien euros sobre el mostrador.

Ángel consultó el precio en un listado y le entregó los cambios junto con una bolsa de plástico con el tabaco.

—*Merci.* Hasta pronto —la despidió siguiéndola con la mirada hasta que llegó al coche y arrancó el motor. Leire tuvo la impresión de que se recreaba con las estilizadas piernas de la francesa y más aún con un culo redondeado que llenaba con gracia los shorts. Era inevitable. Un muchacho que pasaría por poco de los veinte años no podía ser inmune a la atracción sexual por mucha sotana que quisiera vestir.

—No hay cliente que no me diga que esperaba encontrarlo cerrado —se lamentó el seminarista volviéndose hacia Leire—. Mi madre me asegura que cumple el horario a rajatabla, pero estoy seguro de que no es así.

—No sé —mintió la escritora. La víspera no había visto el estanco abierto en todo el día. Incómoda, dirigió la mirada al exterior y vio pasar una furgoneta amarilla. Era la de Olivier. No, no podía ser; el viajante aseguró que no regresaría hasta pasado el akelarre.

—Te lo digo yo. Luego se queja de que no tenemos clientes. ¿Cómo van a venir, si encuentran la puerta cerrada cada vez que quieren tabaco?

—Estará desanimada. El centro comercial de Dantxarinea habrá hecho daño en las ventas —comentó Leire intentando quitarle importancia.

Ángel lanzó un profundo suspiro.

—Debería quitarse este estanco de encima. No lo necesita. Mi padre murió hace seis años y le quedó una buena pensión de viudedad. Podría vivir sin currar —explicó dejando caer con desgana un cartón de tabaco sobre el mostrador—. Pues no. Se empeñó en que era demasiado joven para no estar ocupada y se hizo cargo del estanco del pueblo. En mala hora quedó vacante por jubilación.

—¿Por qué no mantuvo abierta la farmacia?

—El farmacéutico era mi padre. Ella se encargaba de repartir los pedidos por los pueblos de alrededor. Malvendió la licencia a uno que se está haciendo de oro en Dantxarinea —resumió el joven con cara de circunstancias.

—¿Qué hizo con los medicamentos que le sobraron? —Leire decidió que era mejor no preguntar directamente por los barbitúricos.

El seminarista pareció realmente sorprendido por la cuestión.

—Devolverlos, supongo. La Unión Farmacéutica está para eso, ¿no?

Una vieja furgoneta con flores pintadas en la chapa se detuvo frente a la puerta. Tres muchachos salieron del interior. Uno de ellos llevaba en la mano una escoba de bruja con la que fingió golpear a los otros, que protestaron entre risas. Asomada a la ventanilla del copiloto, una chica rubia con una botella de vino en la mano les regañó señalando el estanco. Los jóvenes obedecieron y recuperaron la compostura antes de empujar la puerta.

—*Bonjour* —saludó uno de ellos rebuscando dinero en el billetero—. Winston, por favor. Cuatro cartones.

Otro coche se detuvo en el exterior y tocó la bocina para saludar a unas chicas que se habían acomodado con sus botellas de vodka en las escaleras de la iglesia.

—Hoy es un no parar. Algún año nos quedamos sin tabaco. En Francia cuesta el doble —apuntó Ángel girándose hacia Leire antes de agacharse para coger unos paquetes de la caja que acababa de sacar del almacén.

La escritora asintió. El ambiente festivo comenzaba a ser notorio. El tiempo de las preguntas había acabado.

44

23 de junio de 2015, martes

La puerta estaba entornada y chirriaba, mecida por una invisible corriente de aire. Leire apoyó la mano en ella y empujó ligeramente. El lamento de las bisagras rompió la quietud de la tarde. Un pájaro alzó el vuelo desde el tejado y aleteó hasta desaparecer tras los robles que rodeaban la venta.

—¿Maite? —llamó asomándose al interior.

La única respuesta fue el silencio.

Pulsó el timbre, primero una sola vez y después dos seguidas.

Nada. Ni un saludo, ni un solo movimiento.

La escritora pensó en el ruido del motor. De haber llegado un minuto antes habría visto el coche. Había sido apagar el contacto de la Vespa y oír alejarse un vehículo por la carretera que llegaba desde el lado francés. Tal vez se tratara de algún cliente de la curandera. Maite se jactaba de tener muchos del otro lado de la frontera. Aunque también podía ser cualquiera que pasaba por allí, sin detenerse en la vieja casa ni tener nada que ver con esa puerta abierta.

—¡Maite! —insistió la escritora asomándose al huerto. Las tomateras comenzaban a tomar forma junto a varias hermosas lechugas y berzas crecidas. Allí fuera tampoco había nadie.

Dejó pasar unos minutos con la mirada perdida en el cielo. Los buitres volaban más bajo de lo habitual, mudos en su siniestra danza en busca de algún cadáver que devorar. Después dio un paso hacia el interior del vestíbulo. El olor a alcanfor impactó en su nariz como una bofetada. ¿Es que no se daba cuenta la curandera de que con una o dos bolitas era suficiente? No había necesidad de ir llenando la casa de cuencos rebosantes de perlas de naftalina.

—Soy Leire Altuna, la escritora —anunció avanzando por el pasillo en penumbra—. ¿No hay nadie en casa? ¿Maite?

Era extraño que hubiera dejado la puerta abierta. Aún recordaba el sonido de los cerrojos en su anterior visita. Quizás hubiera salido precipitadamente, olvidando cerrarla. Seguro que todo tenía una explicación.

—¿Maite? —saludó empujando la puerta de la consulta de la curandera.

Al asomarse al interior tuvo la misma sensación que en su primera visita: un aire viciado y enmascarado por el intenso aroma del alcanfor.

La escasa luz que se colaba desde la sala de espera apenas lograba dibujar el contorno de la camilla y las estanterías repletas de libros. Leire buscó a tientas el interruptor de la lámpara de pie. Finalmente optó por abrir la ventana y retirar los postigos. Un torrente de luz natural iluminó la pequeña estancia. El repetitivo canto de un cuco se coló por ella junto al aire fresco del atardecer.

Leire se entretuvo un momento observando las fotos que pendían de las paredes. Destacaban sobre el papel pintado con anticuados motivos florales, descolorido en las zonas más expuestas a los rayos solares. Tampoco esta vez conoció a ninguno de los supuestos famosos que aparecían en ellas junto a la curandera.

—¿Maite? —volvió a llamar alzando la voz.

Solo el cuco respondió. Su canto sonaba más cerca.

No había nada en la consulta que delatara algún tipo de forcejeo. Sin embargo, Leire sintió un creciente desasosiego. La puerta abierta no tenía ningún sentido, y menos el único día del año que Zugarramurdi se veía inundado de forasteros.

Se disponía a revisar el resto de la casa en busca de la curandera cuando reparó en la grabadora. Estaba sobre el escritorio, con el micrófono enfocado hacia la camilla donde Maite imponía las manos a sus pacientes.

Sin detenerse a pensarlo, estiró la mano y buscó la última grabación en la pantalla. El corazón le latía desbocado. Si, tal como sospechaba, Mari Cruz había acudido esa mañana a la venta, podía haber quedado registrado el nombre del asesino.

Rebobinó y pulsó la tecla de reproducir.

—Necesito quitarme este peso de encima. No puedo seguir viviendo así. Cada vez que se acercan estas fechas algo se remueve en mi interior —se oyó una voz que reconoció rápidamente como la de la mujer postrada ante el oratorio.

—Es duro, muy duro. Debes ser fuerte —intervino la curandera—. Has de vomitar lo que viviste aquella noche y ha quedado grabado a fuego en tu inconsciente.

Siguieron unos minutos de silencio en los que Leire imaginó las manos de Maite en tensión sobre el vientre y el rostro de la paciente.

—Siento el calor en la cara. ¡Me quema! —protestó de pronto Mari Cruz.

—Tranquila. Has de aguantar. No es fácil —las palabras de la curandera brotaban impregnadas de una paz que contrastaba con la tensión que se adivinaba en la paciente—. ¿Qué recuerdas de la cueva?

Un nuevo silencio seguido de una respiración entrecortada.

—Tambores, cánticos, miedo... Las brujas danzantes... Los hombres con la piel de oveja... Las antorchas... Basta. Por favor, ya basta.

—Aguanta, cariño. Lo estás haciendo muy bien. ¿Qué más? ¿Dónde está Celso?

—En la gruta. Con los demás. Se preparan y salen. Celso no. Pide ayuda con la piel de oveja. ¡Basta! ¡Me quema! ¡Tu mano me quema!

—¿Quién le ayuda? ¿Eres tú?

Los jadeos de Mari Cruz se hicieron más intensos.

—Yo estoy detrás. Mi labor es encender las antorchas. Es él quien le ata la piel a la espalda. Después me empuja. —Un llanto lastimero brotó de su garganta—. ¡Déjalo ya, por Dios! ¡Me desgarra por dentro!

Leire escuchaba con la piel erizada por la impresión. Observó la camilla vacía con aprensión. Hacía solo unas horas que aquella escena tenía lugar allí, bajo la atenta mirada de los famosos de las fotos y entre efluvios de naftalina.

—¿Quién es él? ¿De quién hablas? ¿Puedes verlo?

—¡La gasolina no!

—¿Qué hace?

—Se la echa por encima. Es una bola de fuego. Es horrible. Los gritos... El olor... Horrible.

—¿Quién es? —insistía Maite una y otra vez—. ¡Vamos, puedes verlo!

—Es el demonio... Satanás... Ha sido él, Satanás. ¡Para, por favor! No puedo más... —Una violenta tos le impidió continuar.

A pesar de que las preguntas de la curandera siguieron unos minutos, no obtuvieron más respuesta que arranques de tos y arcadas. El llanto de Mari Cruz fue ganando intensidad hasta que, de pronto, cayó en una especie de sopor.

—Lo has conseguido. Has sido muy valiente —anunció Maite con la voz cansada—. Mañana te encontrarás mucho mejor. Ya lo verás.

Después la grabación se cortó. Un silencio sepulcral se adueñó de la consulta. Desde una de las fotos enmarcadas la curandera parecía sonreírle con complicidad. El testimonio era la primera prueba del asesinato de Celso. Lástima que las ensoñaciones de la testigo le impidieran ver a su asesino y lo encarnara como el mismísimo demonio. Desde luego que era demoníaco prender fuego a alguien, pero quienquiera que lo hubiera hecho tenía que tener un nombre y más de un apellido.

Cucú, cucú.

El pájaro se había vuelto a alejar. Su llamada se oía lejos, en las profundidades del bosque.

Leire dudó entre llevarse la grabadora o dejarla sobre la mesa. Finalmente optó por no tocarla. Era Maite quien debía decidir si la entregaba a la policía. Entonces reparó en que seguía sin saber nada de la curandera. Sacó el teléfono del bolso y buscó en los contactos el número del inspector Eceiza.

Fue en vano. No había cobertura. Tenía que volver cuanto antes al pueblo para dar aviso de la desaparición.

Antes, sin embargo, se llevó las manos al vientre y posó la mirada en la grabadora. Necesitaba volver a oírlo. Rebobinó hasta dar con su propia voz y aguardó unos minutos hasta que Maite abrió la boca para decir unas palabras que Leire recordaba tan bien como si las acabara de oír.

—Enhorabuena. Es una niña.

—Una niña —repitió para sus adentros acariciándose con cariño la barriga.

Cucú, cucú.

El canto la devolvió al presente. El cielo comenzaba a teñirse de tonos rosados. La oscuridad llamaba a las puertas, una mujer había desaparecido y el akelarre estaba a punto de comenzar. La noche no podía presentarse más turbadora.

45

23 de junio de 2015, martes

La cueva de las Brujas aparecía bañada por la cálida luz de las antorchas que pendían de las paredes. Sus formas irregulares dibujaban claroscuros inquietantes, especialmente allí donde algunas grutas secundarias se abrían a la cavidad principal. Las aguas frías del arroyo del Infierno la surcaban también aquella noche, del mismo modo que lo habían estado haciendo desde hacía millones de años. Era un escenario natural grandioso y temible al mismo tiempo. Así debieron entenderlo los inquisidores cuando desataron su macabra caza en la comarca cuatrocientos años atrás.

Leire se sentía observada y no tardó en saber por qué. Sentada a su lado, una mujer regordeta, de rasgos amables, infantiles, se giraba hacia ella de tanto en tanto. Al hacerlo, su media melena, lacia y teñida de rubio, le caía sobre la cara y le obligaba a llevarse las manos a la cabeza para retirarla una y otra vez.

—¿Es la primera vez que vienes? —le preguntó la señora en cuanto sus miradas se cruzaron. La sonrisa que esbozó delató que buscaba conversación.

Leire asintió.

—Estoy pasando unos días por aquí y...

—Lo he sabido por lo del periódico —le interrumpió la otra. Al ver que la escritora fruncía el ceño sin comprender, se llevó una mano a la espalda y señaló el diario sobre el que estaba sentada—. Esta roca es fría y húmeda. Ya verás como el año que viene tú también traes uno. ¿De dónde eres?

—De Bilbao.

—Ah, yo soy navarrica. De Tafalla. Antes venía con mi marido, pero el cabrón se fue con otra. Una cubana. Peor para él. Me pasa una buena pensión. No porque él quiera, eh, que le obligó el juez. Ya le dolerá, ya. Ahora vengo sola. Aquí y a otros sitios. A vivir la vida, que antes estaba amargada. —Temiendo que Leire perdiera el hilo, se aferró a su brazo para remarcar sus palabras—. ¡Qué bien se está sola! Tu tampoco tienes pareja, ¿no? Se te ve en la mirada. Las casadas no son felices. Te lo digo yo, que estuve veinticuatro años y diez meses con él. A veces siento lástima por la cubana, pero ¿sabes qué? —Hizo una pausa que Leire aprovechó para echar una mirada de reojo a uno con máscara de bruja que se acababa de sentar un par de metros más allá—. ¡Que se joda! ¿No quería uno que la mantuviera? Porque es eso lo que buscaba la muy lagarta. Si no, ¿a santo de qué se iba a venir de Cuba a Tafalla? Con el frío que hace en invierno.

Leire suspiró. No podría aguantar aquello mucho tiempo. Recorrió con la mirada la improvisada gradería en la que se habían convertido la ladera de roca y las escaleras de acceso a la enorme boca de la cueva. Todavía quedaba sitio libre en el extremo derecho, pero apenas tuvo tiempo de pensárselo antes de que un grupo de ruidosos jóvenes franceses lo ocupara. Los que llegaran más tarde tendrían que ver el espectáculo de pie. No le quedaba más remedio que quedarse junto a su nueva amiga.

—¿Estabas aquí hace tres años? —le preguntó buscando la forma de que al menos la conversación pudiera ser de utilidad.

—¿Cuando aquel accidente? Claro que estaba —respondió la mujer asintiendo con gesto grave—. Solo fallé en dos mil ocho. Me acababa de separar y todavía no tenía carnet de conducir. Suerte que me dije: Nieves, no puedes andar por la vida así. Sin marido sí, pero sin coche ni loca. ¿Tú tienes carnet?

Leire estuvo a punto de levantarse con alguna excusa. No podía más.

—He oído que fue terrible —decidió insistir.

—Terrible. Aquel pobre hombre gritando, envuelto en llamas, y los mozos de los cencerros en el culo bailando a su alrededor como si fuera parte del espectáculo... Yo estaba maravillada con el realismo. Porque pensaba que era parte del teatro, claro. Quien diga que sabía que algo no iba bien miente. Parecía que formara parte del akelarre. No es que suelan innovar mucho, pero algún cambio suelen hacer de año en año.

—¿De dónde salió? —inquirió Leire recorriendo la cueva con la mirada. El silencio se iba adueñando de la enorme cavidad mientras dos mujeres apagaban las antorchas, sumiendo la caverna en una inquietante oscuridad.

—De allí —explicó la de Tafalla señalando una estrecha gruta junto al puente de madera que cruzaba el arroyo del Infierno. La anaranjada luz que brotaba levemente de su interior delataba que había antorchas encendidas allí dentro—. Es una cueva lateral de la que van saliendo algunos de los participantes en el akelarre. —La mujer mostró una mueca de desagrado—. Dijeron que el pobre hombre era un borracho y que se había acercado demasiado a una antorcha. La piel de oveja en la que iba envuelto prendió y no hubo nada que hacer. ¡Cómo gritaba!

La oscuridad no tardó en ser absoluta; el silencio, sepulcral. Los cientos de asistentes al evento estaban expectantes. Solo la voz de la señora de Tafalla se permitió romper la tensión avisando de que el akelarre estaba a punto de comenzar. Alguien, para regocijo de Leire, la mandó callar.

Fue un sonido repentino, grave, metálico y aún lejano, el que envió a un segundo plano el murmullo del agua del arroyo al saltar entre las rocas. Se repetía cada segundo y aumentaba de intensidad por momentos. Parecía brotar de lo más profundo de la tierra, como si se tratara de los propios latidos de la cueva de las Brujas. Un leve resplandor en el extremo más alejado de la caverna, aquel por el que el arroyo del Infierno se colaba en ella, anunció que alguien se acercaba a través del prado de Akelarrea.

—Son los *zanpanzar*, los del cencerro en el culo. Siempre empieza así —apuntó la navarra iluminada por la luz blanquecina que proyectaba la pantalla de su teléfono. Lo sostenía con ambas manos ante ella—. Mi marido lo grababa con una videocámara. Yo no. Habiendo móviles, para qué andar con esos trastos —se jactó la mujer.

La escritora no respondió. Se limitó a seguir con la mirada la entrada en la cueva de las cuatro imponentes filas de hombres ataviados con pieles de oveja y tocados con alegres sombreros cónicos. Su rítmico avance hacía sonar los enormes cencerros que portaban sujetos a la cintura. Algunos de ellos sostenían antorchas que proyectaban una cálida luz anaranjada. Las sombras bailaban a su paso. El sonido se hacía más intenso a cada paso, un implacable martillo humano empeñado en despertar a los seres que vivían en el inframundo.

Leire miró a su alrededor. Todo el mundo guardaba silencio. El resplandor de las teas brindaba un cálido tono a los rostros, que eran graves. Aquel sonido metálico, rítmico, contagiaba congoja. Fue inevitable que su pensamiento volara hasta la consulta de Maite. El inspector Eceiza había agradecido su llamada, pero aseguró que no podía hacer nada hasta que se confirmara que se trataba de una desaparición. Una puerta abierta no significaba nada, y menos en un pueblo. Era necesario esperar, dar tiempo a que pudiera regresar.

Poco a poco, la suave melodía de una flauta ganó el terreno a los *zanpanzar*, que formaron una silenciosa fila frente a los espectadores. La gran cueva respiraba expectante. La escritora miró alrededor. No reconocía a nadie. Tampoco era de extrañar; la gran mayoría de los vecinos participaban en el akelarre, unos como brujos, otros como *zanpanzar* y otros como actores secundarios de la gran fiesta pagana. El público, que caía en cascada desde lo alto de la ladera hacia las enormes fauces de aquella cueva convertida en un inmejorable escenario natural, llegaba desde otros rincones de Navarra y del otro lado de la muga.

—Ahora salen las brujas —anunció su vecina en cuanto la flauta comenzó a ganar intensidad.

Una a una, las hechiceras simularon nacer desde el vientre pétreo de una de las grutas laterales y bajaron danzando hasta las orillas del arroyo del Infierno. El largo vestido blanco que las cubría desde los hombros hasta los pies las hacía parecer criaturas fantasmales y las envolvía en un halo de pureza. Su lenta danza en círculo resultaba inquietante, y más con las sombras proyectadas sobre las paredes irregulares.

El contundente sonido de un tambor acompañó el destello que desvió de pronto la atención de todos hacia un plano elevado. La música cesó, las brujas detuvieron su danza y el silencio resultó sepulcral.

—Es Satanás. Ya llega —explicó la de Tafalla.

—Cállese, cojones —le espetó alguien a su espalda.

—Estos franceses no se saben comportar —susurró la navarra acercándose a Leire.

La escritora se fijó en la pantalla del móvil de su vecina. La silueta negra del macho cabrío se dibujaba en medio de un humo que los focos teñían de un encendido color naranja. Un círculo rojo y un minutero indicaban que la grabación estaba en marcha. Al volver a fijar la vista en la cueva, sintió un escalofrío. Los cuernos torcidos del macho cabrío y sus brillantes ojos rojos resultaban estremecedores a través de aquel juego de luces y sombras. Aquella gruta lateral, en la que de no ser por los focos no hubiera reparado, constituía un altar inmejorable sobre el resto de la cueva.

Consciente de la impresión que causaba en los espectadores, Satanás se mantuvo inmóvil hasta que el humo se fue disipando. Después alzó el bastón de mando y golpeó con fuerza el suelo. El sonido del tambor realzó el movimiento. La música comenzó a sonar de nuevo. Ahora era más frenética, cada vez más. El macho cabrío descendió del altar al encuentro de las brujas, que danzaron a su alrededor mientras decenas de hombres y mujeres emergían de las grutas secundarias y se sumaban al akelarre.

—Ya se acaba —murmuró la vecina de Leire en cuanto los *zanpanzar* se pusieron de nuevo en marcha.

Los cencerros resonaron con fuerza en la gran cueva. La tierra volvía a latir con su implacable ritmo metálico. La música se fundió con ellos y decenas de teas encendidas proyectaron su luz al baile del inframundo que mantenía a los danzantes en éxtasis. Un profundo *irrintzi* resonó entre las paredes y pronto se le sumaron otras gargantas. Leire sintió que se le erizaba la piel. La escena era realmente diabólica, de un magnetismo implacable.

De pronto todo acabó. Las brujas cayeron rendidas y el resto de celebrantes se postraron de rodillas. La música cesó en seco y el murmullo refrescante del arroyo del Infierno resonó amplificado por el repentino silencio. Apenas fueron unos segundos. Después un rotundo aplauso emergió de la grada de piedra.

—¿A que es una maravilla? —inquirió la vecina de Leire deteniendo la grabación.

La escritora asintió. Sentía un cierto alivio al ver que todo se había desarrollado sin imprevistos.

—¿Por qué bajan todos? —le preguntó a la de Tafalla. El público descendía hacia la cueva en lugar de dirigirse a la salida.

—Ahora sigue la fiesta. Carne a la brasa, vino, música... Vamos, te invitaré a algo.

Leire se fijó en las barbacoas que se estaban encendiendo en la explanada que se extendía en la orilla opuesta de la regata del Infierno. Algo más cerca, allí donde hacía un momento danzaban las brujas, varios jóvenes montaban apresuradamente una barra de bar con módulos metálicos. Aquello tenía pinta de alargarse hasta bien entrada la madrugada.

Dudó unos instantes entre retirarse a dormir o bajar a la fiesta. No había cenado. Le vendría bien un pedazo de carne o un bocadillo de lo que fuera. Lástima que no pudiera quitarse de encima a la navarra.

Bajaba tras ella los escalones hacia el interior de la cueva, cuando reparó en algo. Era muy leve y llegaba mezclado con los aromas propios de la fiesta y del gentío.

—Ese olor —murmuró reprimiendo una náusea. La puerta abierta de la venta de la curandera ocupó de pronto su mente y sintió ganas de echar a correr, aunque no sabía hacia dónde.

—Son las barbacoas. Abre el apetito, ¿verdad? —repuso la de Tafalla.

La escritora se detuvo en seco. No, no eran las parrillas. Los gritos aterrorizados que desangraron la noche festiva se lo confirmaron como un mazazo demoledor.

Alguien estaba ardiendo.

Primavera de 1610

María avanzaba a empujones por el corredor. La luz de la tea que portaba el carcelero hacía bailar su sombra ante sus pies descalzos. Temblaba tanto que le castañeteaban los dientes. Era por la húmeda corriente fría de aquellos pasadizos, sí, pero era también por el terror que la agarrotaba ante lo que sabía que estaba a punto de ocurrir.

—¡Socorro, por favor! —Un rostro desencajado se asomó a las rejas de una puerta lateral—. ¡Sacadme de aquí!

—¡Calla, bruja! —ordenó el carcelero golpeando los barrotes con la antorcha.

Un agudo llanto brotaba de otra celda aledaña, y en una tercera, cuyo portón de madera no tenía ventana alguna, se oía una lenta y trabajosa respiración que recordó a María los estertores finales de su madre.

—Son tus vecinas. No va a quedar nadie en tu pueblo a este paso —se burló el verdugo. Era un hombre obeso de barba desaliñada y gesto embrutecido.

María no abrió la boca. Algo le decía que cualquier respuesta sería recibida de malas maneras por aquel animal que hedía a sudor rancio. ¿O era ella la que olía tan mal? ¿Cuántos días llevaría allí abajo?

Otro hombre, este vestido con los hábitos blancos y negros de los monjes dominicos, los esperaba al fondo del corredor.

—Está dentro —anunció señalando un arco ojival en la pared derecha. Una tímida luz se filtraba a través de él.

—Pasa —ordenó el carcelero propinando un empujón a la prisionera.

María trastabilló con un escalón y fue a caer de bruces en medio de una estancia sin ventanas y cuyas paredes rezumaban agua, como corroboraba el brillo húmedo de sus sillares. Juan del Valle, el inquisidor que le había arrebatado su vida, ocupaba un asiento en un rincón.

—Vaya, vaya... Si tenemos aquí a la bruja —la saludó—. Levántate. ¡Vamos!

La joven sintió una garra asiéndola por el pelo.

—¡Desnúdala! —ordenó el inquisidor.

El verdugo tiró con fuerza del camisón de paño de la muchacha.

—¿Qué hacéis? —protestó María cubriéndose aterrorizada los pechos—. Dejadme marchar. Por favor... ¡No soy una bruja!

Sin esperar una nueva orden, el verdugo le ató una cadena a cada brazo y, a pesar del forcejeo de la cautiva, logró colocarle una argolla de hierro en cada tobillo.

—Ahora confesarás todos tus pecados. ¡Súcubo! —El inquisidor se había puesto en pie y le acercaba un crucifijo al rostro—. ¡Arrepiéntete!

El carcelero hizo girar un volante de madera que tensó las cadenas y María se vio de pronto por los aires, con las piernas y los brazos abiertos en cruz. El hierro se le clavaba con saña a las muñecas, igual que la vergüenza de saberse sin ropa ante aquellos hombres.

—¡Por favor! —rogó la joven asustada.

—Bájala —pidió Juan del Valle con sorna.

La rueda de madera giró suavemente en sentido contrario y María perdió altura hasta quedar suspendida a apenas unos centímetros de una pirámide de madera con la punta reforzada con metal.

—¡No, parad! ¡Por favor, no! —clamó la acusada comprendiendo de inmediato lo que se traían entre manos.

—Vas a tener el placer de probar la cuna de Judas —siseó el inquisidor con una sonrisa de satisfacción. Las arrugas de su cara se veían profundas a la luz de la lámpara de aceite que pendía de la pared y sus pequeños ojos blanquinosos daban la impresión de no ser humanos.

—¡No soy ninguna bruja! ¡Os lo juro!

—¡Calla! —tronó la voz de Juan del Valle—. ¡No blasfemes en la casa de Dios!

El monje dominico que custodiaba la entrada se asomó a la sala de torturas.

—Ya está aquí —anunció.

—Que pase —ordenó el inquisidor volviendo a ocupar su silla—. Ahora verás la sorpresa que te hemos preparado.

Un hombre con los brazos atados a la espalda cayó al suelo en medio de la estancia. El verdugo que le acompañaba le obligó a levantarse aferrándolo por la nuca. Al hacerlo, María lo reconoció. El corazón se le rompió en mil pedazos. ¿Qué le habían hecho? Tenía el rostro desfigurado por los golpes.

—¡María, hija mía! ¿Qué hacéis, estáis locos? —se alarmó su padre al verla suspendida sobre aquel potro de tortura.

El verdugo le golpeó con una vara en la boca para que se callara.

—¡Dejadle! ¡Él no ha hecho nada! —suplicó María rota por dentro. Solo faltaba Pedro. Esperaba que su hermano hubiera podido huir muy lejos para que jamás cayera en las garras de aquellos sádicos.

A una señal de Juan del Valle, los carceleros ataron al reo a una columna central desde la que podría asistir a la tortura de su hija.

—¿Quieres ver cómo sentamos a esta bruja en la cuna? —se deleitó el inquisidor haciendo un gesto al verdugo para que tirara de las poleas. La acusada ganó altura sobre la pirámide.

—Todo esto es una patraña. Somos gente de paz. Dejadnos marchar —protestó el detenido. Su voz sonaba cargada de rabia y, al mismo tiempo, de una implacable impotencia.

Sin apartar la mirada del sexo de la joven, Juan del Valle asintió con un leve movimiento de cabeza que el verdugo entendió de inmediato. Las poleas cedieron en cuanto soltó el volante de madera y María se desplomó con fuerza para quedar sentada sobre el aparato de tortura.

—¡Aaaah...!

—¿Cuántas veces has copulado con el demonio? ¿Cuántos hijos le has regalado? —inquirió el inquisidor ajeno a sus alaridos de dolor—. ¡Arrepiéntete, bruja!

—¡Basta! ¡Basta ya! ¿Qué queréis que haga? ¡Confesaré lo que haga falta! —clamó su padre con la voz desgarrada por la impresión.

La acusada fue izada de nuevo. La sangre formaba un espantoso reguero entre sus piernas.

—¡Nooo! ¡Dejadme, os lo suplico! —rogó entre sollozos una aterrorizada María. El dolor era tan bestial que sentía que perdería el conocimiento de un momento a otro.

Juan del Valle se relamió observando el sexo ensangrentado de la joven. Después mostró el crucifijo al padre, que lloraba impotente.

—¡Arrepiéntete, hereje! ¿Confiesas que dirigías los akelarres en la cueva? ¿Confiesas que...?

—¡Sí, lo confieso todo! —clamó Gastón sin poder apartar la vista de la sangre que teñía de rojo la pirámide de madera.

—Mira el crucifijo y arrepiéntete —le ordenó Del Valle—. ¿Has sido el criado del demonio y has dirigido las misas en su honor, con falsas hostias y vinagreras en lugar de vino?

Las súplicas angustiadas de María lo eclipsaban todo, incluidos los gritos provenientes de otras salas de tortura.

—Sí, he sido criado del demonio. Soltadla, por favor. Ella no ha hecho nada —clamó Gastón forcejeando con sus ataduras.

El inquisidor se rió.

—¿Has empleado ponzoñas que tú mismo preparaste con pieles de sapos, culebras y sesos de difuntos? —continuó preguntando deleitándose con sus palabras.

Gastón tardó en responder. Del Valle dio un manotazo en la cuna de Judas y el verdugo soltó la cuerda. María cayó con fuerza y quedó sentada en la punta de la pirámide. Su aullido fue atroz pero breve. Acababa de perder el conocimiento.

46

23 de junio de 2015, martes

Los gritos de terror profanaban la noche festiva y las carreras se sucedían por las calles de Zugarramurdi. Algunos, franceses en su mayoría, celebraban el caos, convencidos de que estaban ante un renovado episodio del akelarre. Las guirnaldas de luces que adornaban las plazuelas y los disfraces de muchos así lo hacían suponer. Sin embargo, los rostros desencajados de los lugareños y el realismo de los lamentos que llegaban desde el lugar del suceso indicaban que no se trataba de ninguna fiesta.

Leire no apretó el paso. No quería hacerlo. El olor que flotaba entre las casas adelantaba lo que iba a encontrar. Tenía ganas de llorar de impotencia. Otra vez no.

Se limitó a dejarse llevar casi en volandas por los muchos curiosos que abandonaban la cueva para encaminarse hacia el lugar del que provenían los lamentos. Los empujones de quienes querían darse prisa no le influían. No deseaba llegar, no quería confirmar que se trataba de un nuevo asesinato. Mientras no lo viera con sus propios ojos había lugar para la esperanza. Tal vez tuvieran razón los franceses y no fuera más que una nueva escena del akelarre.

No tardó en comprobar que los vecinos del norte estaban tan equivocados como suponía.

El cadáver pendía de los barrotes del oratorio con los brazos extendidos en forma de cruz. Decenas de curiosos se arremolinaban en el cruce de caminos y observaban la escena con gesto compungido y resignado. Nada se podía hacer para salvarla. Porque no había duda de que se trataba de una mujer. El fuego no había tenido tiempo de desfigurar un rostro que Leire conocía bien. Hacía apenas una hora que lo había visto en las fotos que adornaban su consulta.

Los sanitarios de la ambulancia, desplazada para cubrir la fiesta y aparcada ahora al pie de la sencilla capilla, solo habían podido certificar la defunción. El médico se encontraba junto al vehículo con el fonendoscopio en una mano. Sus gestos reflejaban crispación conforme explicaba a alguien por teléfono lo que había ocurrido allí.

—La he encontrado yo —anunció una voz llorosa a su derecha. Al girarse, Leire comprobó que se trataba de Mari Cruz—. He venido a dar gracias a la Virgen por algo que me ha pasado hoy y la he visto envuelta en llamas. Es espantoso. Era tan buena...

La escritora no pudo evitar pensar en la coincidencia que suponía que la estanquera hubiera sido la primera en ver a Maite ardiendo. Se repetía lo ocurrido en el caso de Celso.

—Era demasiado buena. No queda gente como ella —oyó balbucear a otra vecina. Las lágrimas trazaban dos surcos brillantes en sus mejillas.

—He hecho lo que he podido —se lamentó Divina con los ojos brillantes. El cubo de fregona que colgaba de su mano le había servido para arrojar agua a la víctima cuando alguien corrió al bar en busca de ayuda. Para cuando ella y otro vecino, armado con una manguera de jardín, pudieron sofocar el fuego, era demasiado tarde.

—¿Quién ha sido? —preguntó Mari Cruz antes de romper a llorar—. Todo el mundo la adoraba.

—La han quemado por bruja —oyó murmurar Leire a sus espaldas.

La piel se le erizó al pensar en la similitud de aquellas muertes con las quemas de herejes de la Inquisición. La imagen del cuerpo inerte colgado en forma de cruz ante una impávida Virgen del Rosario resultaba estremecedora.

—¿Y la policía? ¿Dónde se meten esos inútiles? —protestó Divina—. ¿Cuántas muertes más tiene que haber en el akelarre para que hagan algo de una maldita vez?

Quienes estaban a su alrededor apoyaron sus palabras. La gran fiesta del pueblo no podía convertirse en un espectáculo macabro. Si las cosas seguían así, no tardaría en atraer a morbosos de todo el mundo.

—Esta tarde había dos forales ordenando el tráfico entre Dantxarinea y el alto de Otsondo. No permiten que quienes vienen a la fiesta aparquen en los arcenes de la carretera nacional. Eso sí, en cuanto se aseguran de que la vía está libre, se vuelven para Elizondo —se lamentó uno.

—Solo se preocupan de poner multas. A recaudar —añadió una voz de mujer.

—A este paso, el de este año será el último akelarre — apuntó Divina.

—No. Eso no podemos permitirlo. De último, nada. Es nuestra fiesta y vamos a defenderla —discrepó otro vecino.

—¿Qué hace Patxi? —preguntó la tabernera señalando hacia el oratorio.

Leire apenas reconoció al pastor jubilado bajo su disfraz de demonio. Se había encaramado a la verja metálica y gesticulaba indignado a quienes sostenían en alto sus teléfonos móviles.

—Ya está bien de hacer fotos —exclamó extendiendo una sábana blanca sobre el cadáver de la curandera—. A ver si aprendemos a tener un poco de respeto.

La escritora celebró la iniciativa. Sin embargo, todo pasó a un segundo plano en cuanto una idea comenzó a tomar forma en su mente. Una idea turbadora. Se giró hacia Mari Cruz y volvió a oír su voz con el toque metálico que le otorgaba la grabadora.

Sintió un escalofrío.

Es el demonio... Satanás... Ha sido él, Satanás. ¡Para, por favor! No puedo más...

Patxi había bajado de la verja para dirigirse a un joven que continuaba tomando fotos. La sábana no parecía disuadirle. De un manotazo, le arrancó el aparato de la mano y le gritó un basta ya que no admitía discusión. El muchacho, un francés con camiseta de tirantes y fular al cuello, buscó el apoyo de sus amigos, pero ninguno se mostró dispuesto a seguirle.

Una sirena resonó a lo lejos.

—Los bomberos —anunció Divina—. Los últimos, los de siempre. A ver cuánto tarda la policía.

—¿No hay un cuartel de la Guardia Civil en Urdax? —preguntó Leire. Recordaba levemente la bandera y el *Todo por la patria* cerca de los centros comerciales de la frontera.

—Uf, esos... Desde que los forales asumieron sus competencias no quieren saber nada que no tenga que ver con aduanas o terrorismo. Ya me extrañaría que aparecieran —protestó Divina—. La última vez que les llamé porque unos gabachos armaban bulla en el bar no quisieron venir. Y eso que algunos de los guardias vienen cada día a tomar el café... Este país es absurdo, la policía aquí al lado y tenemos que esperar a que lleguen los de la txapela roja desde Elizondo.

Leire buscó de nuevo a Patxi con la mirada. La máscara de macho cabrío le pendía del cuello y su semblante era serio. Las incontables gotas de sudor que le brillaban en la cara delataban el calor que le suponía ir envuelto en pieles de oveja negra. Se encontraba junto a la verja del oratorio y discutía con otros dos hombres, también disfrazados.

—Los cabecillas de la comisión de fiestas —explicó Divina—. A ver qué deciden. No podemos dejar a toda esta gente aquí en medio. Deberían continuar la fiesta en la cueva para que la policía pueda hacer su trabajo sin mirones.

—¿Cómo vamos a seguir de juerga? —Ana, la propietaria de la casa rural se había acercado hasta ellas—. Es una locura. Ha habido un asesinato.

—Nosotras no, pero algo habrá que hacer con los forasteros. ¿Cuántos han venido? ¿Mil, dos mil? ¿Qué piensas decirles, que se monten en su coche y se vayan a casa?

Leire apenas las escuchaba. Su mirada bailaba entre Patxi y la sábana colgada de la verja del oratorio. Tenía que averiguar cuánto tiempo había pasado desde que el pastor disfrazado de Satanás había desaparecido del akelarre hasta que Maite fue asesinada. Los últimos minutos de la escenificación, con las brujas danzando en corro y decenas de actores secundarios sumados al satánico baile, habían sido tan multitudinarios que no recordaba cuándo lo había visto por última vez.

—La fiesta queda cancelada. Os esperamos a todos el año que viene. Disculpad las molestias —anunció con un torrente de voz uno de los de la comisión organizadora—. Por favor, abandonad este lugar para que la policía pueda hacer su trabajo.

—¿Qué policía? —se burló Divina por lo bajo.

—Te están entrando en el bar —apuntó uno disfrazado con una piel de oveja.

—¡La madre que los parió! Si me descuido se meten en la barra y se lo beben todo —protestó la tabernera alejándose apresuradamente.

Leire no le escuchó. Tampoco se inmutó por los empujones de quienes se abrían camino entre el gentío. Su mente silenciaba todo lo que no fuera el rostro afable del pastor jubilado, que gesticulaba en dirección al aparcamiento para que los forasteros abandonaran el pueblo. Su barba blanca realzaba un aspecto bonachón tras el que nadie intuiría un psicópata. Sin embargo, comenzaba a temer que, bajo esa lograda máscara, pudiera esconderse el más terrible de los secretos.

47

24 de junio de 2015, miércoles

Las manos de Leire bailaban sobre el teclado, componiendo una ágil melodía en la pantalla del ordenador portátil. Las líneas ganaban la partida al espacio en blanco, que cada minuto que pasaba se volvía más exiguo. Lástima que las palabras solo brotaran con tanta facilidad cuando se trataba de los capítulos más sangrientos. El resto se le atragantaban, como lo había hecho años atrás la narrativa romántica que tanto éxito le granjeó hasta que la abandonó saturada de besos y enamoramientos enfermizos.

Alzó la vista hacia la ventana. El jilguero cantaba sobre un poste de madera. El alegre contrapunto a su escritura se completaba con el leve tintineo de las esquilas de las ovejas. No alcanzaba a verlas, pero las imaginaba dispersas por los pastos de enfrente. Más allá, la imagen de un ganadero madrugador que segaba un prado a guadaña se colaba en su campo de visión. La hierba cortada iba formando una meta redondeada que ganaba altura por momentos.

A simple vista, nadie hubiera dicho que se trataba del mismo pueblo donde esa noche había sido quemada una mujer.

Con un suspiro, se centró de nuevo en el ordenador. No era en esa mañana luminosa donde le correspondía estar, sino en la férrea oscuridad que traslucían los renglones que mostraba la pantalla. Los leyó una vez más y se le erizó la piel. Se sintió satisfecha. De eso se trataba. En realidad no había sido difícil, la escena que hacía solo unas horas había enmudecido al pueblo resultaba aún más espeluznante que la plasmada sobre el papel.

Estaba tan ensimismada con la novela que no se percató de que alguien llamaba a la puerta hasta que los golpes se repitieron con más fuerza.

—El desayuno —anunció la voz de Gorka.

—Adelante —indicó la escritora tecleando apresuradamente una frase. Sabía que, si la dejaba a medias, no sería capaz de retomarla después.

El joven entró con una bandeja y la depositó sobre la mesa, junto al ordenador.

—Mi abuela ha preparado hoy mermelada de fresa. Le queda muy buena, ya verás —anunció orgulloso.

—¿Qué es eso, yogur? —inquirió la escritora fijándose en un bol coronado por confitura.

—*Mamia*, cuajada —le corrigió Gorka—. De las ovejas que ves por la ventana. También la hacemos en casa.

Leire recorrió el resto de la bandeja con la mirada. Zumo de naranja, tarta de cerezas todavía humeante, compota de manzana con higos... Había pedido que le llevaran a la habitación el desayuno porque pensaba pasar la mañana escribiendo. Le ayudaría a ordenar los sucesos de la víspera y a poner distancia con el caso.

—Algún día me animaré a publicar mis escritos. Son buenos —apuntó el visitante sentándose a los pies de la cama mientras Leire se llevaba una cucharada de tarta a la boca—. Lo de anoche fue brutal. Estarás escribiendo sobre ello. Toda la comarca está traumatizada. ¿Has visto los diarios en internet? Qué triste tener que ser noticia por estas cosas... Mi madre ha recibido ya un montón de cancelaciones de reservas.

La escritora observó el mundo verde que se extendía tras la ventana abierta y sintió el olor a hierba fresca mezclándose con las notas empalagosas que emanaban de la bandeja. Era un mundo perfecto, que contagiaba serenidad y armonía.

—Es una lástima —reconoció. Evitó expresamente ser más explícita para que el joven no se sintiera invitado a quedarse con ella. Si había decidido no bajar a desayunar era porque quería escribir tranquila. Lo necesitaba. Había demasiadas cosas que no comprendía y que le hacían albergar sospechas de más de una persona. Por un lado, ese Satanás del que hablaba Mari Cruz en la grabación y que bien podía tratarse de Patxi; por otro, la presencia de Javier, el profesor bilbaíno, en las cercanías de todos los crímenes. Quería hablar con ambos, aunque antes precisaba aclarar algunos detalles, y nada mejor para ello que inspirarse entre letras.

—Justo el día del akelarre. La noche que todo el mundo mira hacia aquí —protestó Gorka.

—Por eso eligió ese día. Busca la mayor repercusión posible —explicó la escritora dando un trago al té.

—Ahora no tengo dudas de que lo de Celso fue también un asesinato —reconoció el joven—. Logró engañarnos a todos. ¿Crees que quien hizo lo de ayer es el mismo que quemó a los de Bilbao?

—Sin ninguna duda —sentenció Leire llevándose un pedazo de tarta de cereza a la boca. No tenía hambre. Seguía con un nudo en la garganta desde la víspera. La noche se le había hecho eterna sin poder conciliar el sueño y despertándose entre macabras pesadillas cada vez que lograba cerrar los ojos.

—Es alguien que sabe moverse con sigilo —apuntó Gorka—. No debe de ser fácil colgar a una persona de una chimenea mientras miles de personas miran una regata cercana, ni hacer lo de ayer con Zugarramurdi a rebosar de gente.

Leire pensó en Patxi. Un pastor estaba acostumbrado a moverse con cuidado para no espantar a los animales.

—En realidad es fácil lo que hace —le corrigió dejando la taza de té sobre la bandeja—. Aprovecha para cometer sus crímenes cuando todas las miradas están fijas en otro lugar. Lástima que Mari Cruz no apareciera un par de minutos antes por el oratorio. Se hubiera dado de bruces con el asesino.

—¿Qué escribes? —inquirió el joven acercándose al ordenador—. ¿Aparecerá Etxe Ederra en tu próxima novela?

La escritora estiró la mano para bajar la pantalla del portátil. No le gustaba que nadie husmeara en su trabajo antes de que la novela estuviera terminada.

—No. Ni tu casa rural ni Zugarramurdi —contestó secamente. ¿Tan difícil era entender que los clientes querían estar tranquilos?—. Los sucesos reales inspiran mis libros, pero nunca localizo la trama en el lugar donde ocurren. Tampoco las personas son las mismas. Es por respeto a las víctimas, ¿sabes?

Gorka dio un paso atrás al reparar en su incomodidad. Después balbuceó unas palabras de cortesía y la invitó a emplear el teléfono fijo si necesitaba cualquier cosa.

Leire no se giró para despedirlo cuando el muchacho cerró la puerta de la habitación. Exhalando un profundo suspiro, dejó sobre la bandeja el pastel de cereza y la apartó con desgana. No quería saber nada de cuajadas ni de mermeladas caseras.

Tomó la taza de té entre las manos y su calidez le resultó reconfortante. Se puso en pie para acercarse a la ventana. El Larrun se veía despejado esa mañana. Su cumbre picuda rascaba la panza de una redondeada nube blanca que rompía la armonía azul del cielo. Hacía años que no subía a su cima, que recordaba como una magnífica atalaya sobre el golfo de Bizkaia. Cuando volviera a Pasaia se lo propondría a Iñaki. Seguro que le apetecía olvidar por un día el astillero para acompañarla.

Dando un trago al té, vagó con la vista hasta detenerla en el segador. Había completado una primera meta y comenzaba a apilar heno para una segunda. Un pastor pasó a su lado guiando un rebaño hacia las faldas de la montaña y ambos cruzaron unas palabras. El jilguero volvió a posarse en uno de los postes de la valla más cercana y trinó orgulloso. Leire lo observó sin lograr contagiarse de su optimismo. El mundo era un lugar demasiado extraño. ¿Cómo podía tanta belleza ocultar tanta maldad?

Pensaba en ello cuando alguien llamó de nuevo a la puerta. Se giró con gesto de fastidio y no le sorprendió ver a Gorka asomándose.

—Te buscan —anunció el joven haciéndose a un lado.

En cuanto Leire reconoció a los dos hombres que entraron tras él supo que la mañana de creación literaria había acabado. Lo que en ningún caso esperaba era lo que estaba a punto de ocurrir.

Fue el subinspector Antonio Romero quien lo anunció con una mueca de satisfacción.

—Leire Altuna, quedas detenida por el asesinato de Maite Orabide.

48

24 de junio de 2015, miércoles

En cuanto cruzó el puente sobre el arroyo del Infierno, Nekane supo que algo iba mal. El agua brincaba formando hermosos saltos de agua y las raíces de los robles se mostraban desnudas a su paso. Nada fuera de lugar. Tampoco en el sendero, que trepaba sinuoso entre grandes árboles de corteza rugosa. Un pájaro cantaba, oculto entre la espesura, invitando a la armonía. Sin embargo, algo le decía que las cosas no iban bien. Un presentimiento, un extraño frío en el corazón.

Apretó el paso. Quería llegar cuanto antes.

En un intento por calmarse, se dijo que su desazón no tenía razón de ser. Seguro que su cerebro le estaba enviando una falsa alarma tras el terrible suceso de la víspera. La que tenía que ser una noche magnífica se convirtió, con el asesinato de la curandera, en una macabra pesadilla. Su estreno como bruja en el akelarre quedó abruptamente en el olvido cuando los compases cesaron y el ambiente se tiñó de luto. A su decepción se sumaba que él no hubiera ido a verla. Le prometió que asistiría, pero no lo vio entre el público. Lo buscó una y otra vez con la mirada mientras danzaba alrededor de su padre en un éxtasis infernal, y no estaba allí.

Cuando las rocas blanquecinas aparecieron entre la hojarasca, sintió que el desasosiego se hacía insoportable. Corrió, olvidando toda precaución, y se asomó jadeante a la gruta. No se oía ruido alguno en su interior. Antes de entrar en ella se giró en todas direcciones. No había nadie a la vista.

A la oquedad inicial le seguía un paso complicado en el que era necesario avanzar a gatas. La oscuridad se adueñaba paulatinamente de todo y los sonidos del exterior cedían el testigo al más denso silencio. Nekane avanzó a tientas, no quería perder el tiempo buscando la linterna en la mochila. Solo cuando sintió que el techo ganaba repentinamente altura se permitió incorporarse.

El olor que flotaba en el ambiente le dijo que había llegado.

Era un aroma conocido: a humedad y a queso, sobre todo a queso.

En cuanto encendió la linterna, respiró aliviada. No había sido más que una falsa alarma.

Nadie se los había llevado. Los quesos seguían allí. Una veintena de piezas dormían sobre sencillas tablas de madera dispuestas sobre el suelo irregular. Todo parecía en orden.

Entre aquellas joyas gastronómicas se encontraba la que le daría la gloria en el concurso de Lyon. Porque era uno de aquellos extraviejos, que maduraban en el profundo silencio de una cueva cargada de leyendas, el que presentaría al certamen. Solo faltaba decidir cuál de ellos sería el más acertado. La fecha se acercaba y no podía demorar mucho más la elección.

Dejando de lado los últimos en llegar, que aún no estaban cubiertos por los mohos grisáceos que nacían de las profundidades de la tierra, Nekane se acuclilló junto a los más añejos. Algunos hacía meses que estaban allí, evolucionando semana tras semana para convertirse en auténticos diamantes de leche fermentada.

El olor que emanaban era intenso y la quesera sabía que también lo sería su sabor, algo que nunca hubiera logrado en la cámara de maduración de la quesería. Aquella cueva era su gran secreto. Sin su humedad, su silencio y sus microorganismos, sus quesos no gozarían de tanta fama.

Sí, eran los meses que pasaban en la gruta los que los volvían diferentes a todos los demás. Era ese tiempo, ese lugar, el que los hacía especiales y el que lograba que fueran los más demandados en muchos kilómetros a la redonda.

Apoyando la linterna en una improvisada repisa, Nekane llevó las manos al primero y se lo acercó a la nariz. Era sencillamente perfecto. La curación había llegado a su punto óptimo.

Se disponía a introducirlo en la mochila cuando el corazón le dio un vuelco.

No podía ser.

Lo acercó al foco de luz para examinarlo.

—¡Maldita sea! —exclamó lanzándose precipitadamente a por las piezas cercanas.

Uno a uno, y entre juramentos, los quesos rodaron por el suelo de la cueva. Una implacable sensación de derrota atenazó la garganta de la quesera y sus ojos se llenaron de lágrimas.

Había sido una ingenua. Nunca hasta entonces había ocurrido, pero era cuestión de tiempo que pasara. Desde que decidiera emplear aquella gruta oculta en el bosque para madurar sus creaciones, había vivido preocupada por que algún vecino desaprensivo o un excursionista pudiera dar con el escondrijo. No había tomado, en cambio, precauciones contra los roedores. Con ellos no servía madrugar para darles esquinazo ni mirar atrás por si alguien la seguía antes de internarse en la cueva.

—*Aita*... —lloró con la voz rota llevándose un queso mordisqueado a la cara. Jamás se perdonaría no haberle hecho caso a su padre. Una y otra vez le había insistido que llenara la cueva de cepos. Se lo recomendaba como pastor acostumbrado a convivir en bordas solitarias con las alimañas de la noche. Que un día llegarás y no habrá ni un queso, le decía cada vez que ella se negaba a hacerlo. Nekane se defendía alegando que era ella quien había ocupado un espacio que no era suyo. ¿Quién era ella para poner trampas para ratones en pleno bosque? Si los respetaba, ellos también la respetarían a ella.

—¿Qué me habéis hecho? —sollozó arrodillada en el suelo tras comprobar que no quedaba uno solo sin marcas de dientecillos—. Si teníais hambre podíais comeros uno. ¡Uno entero!

Se sentía rota por dentro. El fruto de su trabajo, su ilusión, estaba tirado por el suelo de aquella cueva donde, de repente, solo olía a tristeza y frustración.

49

24 de junio de 2015, miércoles

—¿Por qué entraste en la casa? En el mejor de los casos, estamos ante un allanamiento de morada —comentó el subinspector Romero desde el otro lado de la pequeña mesa.

Leire contempló sus muñecas esposadas. Le dolían. El metal se le clavaba al apoyarlas sobre la mesa. Más doloroso aún era ver los objetivos de varias cámaras de televisión enfocados hacia el vehículo policial. A esas alturas, su detención habría sido noticia en todos los programas matinales.

—Temí que Maite estuviera en apuros y entré por si podía ayudar —explicó desanimada.

Romero la miró con desdén por encima de sus gafas doradas y bajó la vista para teclear unas palabras. Resultaba ridículo verle pulsar las teclas solo con los dedos índices. La escritora resopló contrariada. Por un momento estuvo a punto de pedirle que le dejara transcribir el interrogatorio a ella.

—Hemos encontrado tus huellas en la grabadora. ¿Cómo puedes explicar que estén en una prueba clave para esclarecer lo ocurrido? —inquirió Romero con una sonrisa burlona.

Leire se mordió la lengua. Había sido ella misma quien le explicara horas antes al inspector Eceiza que había escuchado la grabación y lo turbador que resultaba el testimonio de Mari Cruz. ¿A qué venía ahora ese intento de culpabilizarla por ello?

Se giró para buscar a Eceiza con la mirada, pero no reconoció a ninguno de los tres policías que andaban cerca.

—El inspector ni está ni se le espera. Ha sido relevado del caso. Ahora lo llevo yo —explicó Romero sin ocultar su satisfacción. La sonrisa iluminó por un momento su cara redonda y bien afeitada—. Lo de permitirte estar en el cementerio el otro día le ha costado un expediente. El juez Arjona ha testificado a mi favor. Tendrá suerte si no pierde el cargo.

A través del portón abierto de la furgoneta, Leire vio a Patxi salir del bar y saludar a una vecina. Solo una cámara se giró hacia ellos cuando se detuvieron a charlar junto a la fuente. Otros lugareños se les unieron enseguida. Los gestos delataban que hablaban del asesinato de la curandera. Zugarramurdi tardaría en recobrar la tranquilidad, sobre todo si Romero se empeñaba en llevar la investigación en la dirección errónea.

—Te estás equivocando —le espetó al policía alzando levemente las manos para hacer sonar las esposas contra la mesa—. Mientras pierdes el tiempo conmigo, ahí fuera hay un asesino paseándose en busca de una nueva víctima.

Romero también tomó nota de esa frase. Sus labios se movían conforme repetía en silencio lo que sus dedos escribían.

—Todavía no me has dicho por qué estuviste manoseando la grabadora —insistió contrariado.

Divina salió del bar y se unió al resto de vecinos. Uno de ellos señaló hacia la furgoneta policial y Leire sintió que las miradas recaían sobre ella. Patxi se llevó las manos a las muñecas y algunos asintieron.

La escritora suspiró desanimada.

La furgoneta de atestados estaba aparcada en un lateral de la plaza, a la sombra de unas moreras. La Policía Foral había decidido trasladarla a Zugarramurdi a modo de comisaría, pues la más cercana se encontraba a demasiada distancia. Así podrían interrogar cómodamente a los sospechosos.

—¿Solo piensas detenerme a mí?

El policía se recostó en la silla. Su barriga tensó la camisa. La sonrisa socarrona que mostró no auguraba una buena respuesta.

—Eso lo decidiré yo. A ver si crees que a mí vas a poder mangonearme como a Eceiza.

—Uno de los sospechosos de los crímenes de Bilbao estaba ayer aquí. Sería inteligente que hablaras con él —insistió la escritora.

Romero la observó con desconfianza.

—¿Quién es ese? Dime el nombre, a ver si coincide con el que estoy pensando —pidió sacando un bolígrafo y un papel del bolsillo.

—Javier Oteiza, tío de las víctimas de Bilbao.

El subinspector garabateó el nombre al tiempo que asentía.

—Lo tenía en mi lista. Hablaremos con él. —Dobló la nota por la mitad y la guardó en el bolsillo de la camisa—. De todos modos, no es el único que estaba ayer en Zugarramurdi y en Bilbao cuando ocurrieron aquellas muertes.

Leire escuchaba ansiosa. Hasta el momento no había sido capaz de vincular a nadie más con los dos escenarios. Sin embargo, la mirada burlona de Romero tiró por tierra sus expectativas. El subinspector se estaba refiriendo a ella misma.

—¿Cuál sería el móvil en el caso de que fuera yo la asesina? —se le encaró al policía—. ¿Qué motivos tendría yo para hacer algo así?

Romero se rió por lo bajo. También para eso tenía respuesta.

—El dinero. Ventas para tu libro. ¿Crees que no he visto cómo aprovechabas el morbo del populacho por los crímenes de Orbaizeta para vender tu *Fábrica de las sombras*?

La escritora se sintió desarmada. Era injusto. Había intentado evitar en todo momento que los asesinatos de su novela, que ella situaba en un pueblecito bretón que había bautizado como Lalanne-sur-Mer, fueran identificados como los ocurridos en la selva de Irati. De no haber sido por la intromisión de su editor nadie habría sabido que la historia narrada estaba basada, en realidad, en los crímenes ocurridos el invierno anterior en el Pirineo Navarro.

—Una cosa es escribir sobre asesinatos y otra muy diferente matar por intentar vender libros —se defendió.

—La avaricia lleva a cometer locuras —sentenció el subinspector. Su gesto burlón delataba que ni siquiera él se creía esa teoría. Era un aviso, una forma de decirle que no la quería husmeando por el pueblo.

Mientras aguardaba a que dejara de teclear, Leire dirigió la vista al exterior. Las cámaras habían perdido el interés por lo que ocurría en la furgoneta de atestados y grababan diferentes planos del pueblo. Los vecinos también se habían disgregado. El seminarista pasaba ante el bar de camino a la iglesia y Patxi se alejaba en bicicleta hacia su quesería. Al cruzarse se saludaron con un gesto e intercambiaron algunas palabras con el mismo rostro compungido que dominaba esa mañana todas las conversaciones. Una furgoneta de color amarillo canario pasó tras ellos y ascendió por la carretera de Etxalar.

—¡Un momento! —exclamó Leire al ver salir del bar a una mujer rubia con un bolso demasiado grande—. Ella estaba conmigo. Puede situarme en la cueva en el preciso momento que alguien prendía fuego a Maite en el oratorio.

—¿Quién, esa turista? —inquirió Romero, escéptico—. Zubia, traed a esa señora. Sí, a la que saca fotos de esa puerta.

Dos agentes se dirigieron hacia la de Tafalla y hablaron con ella señalando hacia la furgoneta de atestados. La mujer les explicó algo sobre el *eguzkilore* que estaba fotografiando, guardó el móvil en el bolso y les siguió. Leire respiró aliviada al verla asomarse a la comisaría improvisada.

—Ah, eres tú. ¿Qué haces aquí dentro? —quiso saber al ver a la escritora en el vehículo.

Leire alzó las manos para mostrarle las esposas.

—Un malentendido. Diles dónde estaba ayer cuando...

—¡Silencio! —espetó Romero—. Las preguntas las hago yo. ¿De qué conoce a la detenida?

—¿Yo? Del akelarre. Llevo muchos años viniendo, ¿sabe? Venía con mi marido antes de separarme y no he dejado de acudir año tras año. A ver si creía que me iba a quedar en casa.

El subinspector no la invitó a entrar al vehículo.

—¿Dónde estaba cuando ocurrió el asesinato?

La de Tafalla miró pensativa las esposas de Leire.

—En la cueva. Iba a tomar un refrigerio, como siempre que acaba la representación. —El teléfono comenzó a sonar en el interior del bolso y la mujer tiró de las asas para rebuscar en su interior—. Ya será mi abogado. Mi exmarido anda dando guerra últimamente. A ver... No, otro de esos números largos. Hay que andar con cuidado. Si descuelgas te cobran un dineral.

—¿Estaba con usted Leire Altuna? —inquirió Romero mirando de reojo a la escritora.

—¿Quién? ¿Leire qué? —la señora tiró de la cremallera que cerraba el bolso.

El subinspector soltó una risita socarrona.

—Tu testigo no te va a servir de mucho —celebró tamborileando en la mesa.

—¡Ah, ella! —intervino la de Tafalla—. No sabía su nombre. No nos presentamos. Claro que estaba conmigo. Salimos juntas de la cueva cuando comenzaron los gritos de auxilio. Luego la perdí de vista. Demasiada confusión. La gente corría asustada. No era para menos. Si no hubieran tardado tanto en aparecer, lo habrían visto.

Romero recibió el dardo con una mueca de disgusto.

—No es culpa mía que a la gente le dé por asesinar en el culo del mundo —sentenció antes de soltar un bufido—. ¿Está segura de que estaba con usted? ¿No tiene ninguna duda?

La de Tafalla negó con la cabeza.

—Ninguna —aseguró para alivio de Leire.

El policía no pudo evitar una mueca de fastidio mientras acercaba la llave a las esposas.

—Vete. Desaparece del pueblo. La próxima vez no me andaré con tonterías —espetó Romero invitándole a abandonar la furgoneta. Después señaló a uno de los agentes que aguardaban en el exterior—. Trae a la del estanco. Tendrá que explicarnos qué le contó a la curandera sobre el akelarre de hace tres años.

Los periodistas no perdieron ni un segundo. En cuanto Leire y la de Tafalla se alejaron del vehículo policial las rodearon con sus cámaras y micrófonos.

—¿De qué se le acusa?

—¿Qué tiene a una escritora en el ojo del huracán?

—¿Puede contestar en directo para Radio Navarra?

—¿Es verdad que la curandera y los de Bilbao eran familia?

La de Tafalla se atusó el cabello y se miró la ropa para comprobar que todo estuviera en su sitio.

—Estábamos viendo el akelarre cuando el olor a carne quemada nos avisó de que algo iba mal. Yo me dije, Nieves, eso no es costilla adobada ni torreznos —explicó gesticulando con las manos—. Y así era. La pobre mujer ardía como una antorcha.

Una de las cámaras se entretuvo con sus palabras. Las otras tres siguieron buscando a Leire, que intentó zafarse de ellas caminando deprisa. Las preguntas se repetían una y otra vez y los micrófonos de diferentes colores se acercaban tanto a su boca que llegaron a golpearle.

—¡Basta ya! —gritó deteniéndose en seco—. No sé nada. La policía me ha interrogado por error y ya ha quedado aclarado. Nada más.

El único reportero que grababa la explicación de la otra mujer se giró también hacia la escritora.

—¿Vas a escribir una novela sobre estos asesinatos?

—¿Qué sabes de lo de ayer? —inquirió otro.

Leire tenía ganas de salir corriendo. No los soportaba. Al fondo, detrás de la maraña de periodistas, los clientes del bar habían salido a observar el espectáculo. Algunos llevaban en la mano sus copas matinales de patxaran.

—Escuchadme bien. No sé nada. Solo estoy aquí como una turista más. Ha sido todo un malentendido —insistió señalando la furgoneta policial—. El subinspector tiene novedades interesantes que estará encantado de compartir con vosotros.

Aún no había acabado sus palabras cuando los equipos de televisión se alejaron hacia la furgoneta de atestados. Romero los recibió cerrando de golpe el portón para evitar que le hicieran pregunta alguna.

—Me dijiste que hace años que grabas el akelarre —se dirigió Leire a la de Tafalla. La mujer no quitaba ojo de los reporteros. Parecía esperar que se arrepintieran y volvieran a seguir oyendo sus explicaciones—. ¿Aún guardas el de dos mil doce?

—¿El del accidente? Claro. ¿Quieres verlo? —la mujer había sacado el móvil del bolso y arrastraba el dedo por la pantalla.

La puerta de una casa cercana se abrió y un hombre en camiseta interior se afanó en colgar una rama de laurel bendecido del marco. No era la primera que Leire veía esa mañana; los amuletos protectores parecían haberse multiplicado tras el asesinato de la víspera. El país de las brujas contenía la respiración.

—No, no. Aquí no —le interrumpió la escritora observando de reojo a los periodistas—. Vamos a un lugar más tranquilo.

Su mirada recaló en el bar. Los curiosos, entre los que reconoció a algunos de los ganaderos habituales, seguían apostados a la entrada. Lo descartó de inmediato.

—¿Te importaría acompañarme a la casa rural? Seguro que Ana puede hacernos café —propuso.

—Encantada. Es divertido colaborar con una escritora famosa. Luego me das un autógrafo, que mis amigas no se lo creerán —apuntó la navarra siguiéndola de buen grado—. No, mejor nos hacemos una foto juntas.

—¿Llevas también la grabación de ayer, verdad?

—Todas. Desde el dos mil diez están todas aquí —se jactó sacudiendo el móvil—. Antes las grababa con una cámara, pero me las hice pasar al móvil. Vaya lo que disfrutan mis amigas cuando se las hago ver. Algún año tendré que traerlas conmigo. Lástima que estén todas casadas y no sean capaces de viajar si no es con el marido. Los hombres son un rollo. Mira yo, qué bien estoy sola.

Leire suspiró. Le cansaban sus monólogos, pero tendría que aguantarlos si quería ver los vídeos.

La voz metálica de la estanquera en la grabadora le perseguía desde hacía horas. *Satanás. Ha sido Satanás...* Los vídeos podrían resultar concluyentes para inculpar a Patxi.

¿Cuánto tiempo pasó desde que abandonó el escenario hasta que la curandera apareció en el oratorio envuelta en llamas? ¿Dónde se encontraba cuando Celso surgió convertido en una bola de fuego?

Enseguida tendría las respuestas.

50

24 de junio de 2015, miércoles

El macho cabrío danzaba en el centro del corro que las brujas formaban con sus brazos entrelazados y una multitud vestida con sacos de arpillera adoraba al maligno con sus brazos en alto. La imagen que se proyectaba en la pantalla con bordes dorados resultaba diabólica.

—Ahora viene lo bueno —se oyó por el altavoz del teléfono. De no haber estado tan nerviosa, Leire se habría reído. Se trataba de una grabación de la fiesta de tres años atrás, pero la de Tafalla era la misma de la víspera. Quien se hubiera sentado junto a ella habría tenido que aguantar su retransmisión en directo de lo que ocurría en la caverna.

Los *zanpanzar* entraron en escena. Sus cencerros sonaban tan contundentes que distorsionaban el sonido. Organizados en dos largas filas y portando antorchas en la mano, rodearon a las brujas y danzaron a su alrededor.

—¿A que parece el latido de la cueva? —se reconoció la voz de la navarra a pesar del estruendo de sus cencerros. A su lado alguien contestó sin ganas y otro la mandó callar.

—¡Cómo es la gente, eh! —se quejó la mujer negando con la cabeza.

Leire no contestó. De buena gana le pediría ella también que mantuviera la boca cerrada.

—Café para ti y té para Leire —anunció la dueña de la casa rural dejando las tazas sobre la mesa. Las demás estaban libres. La hora del desayuno hacía rato que había acabado y no quedaban huéspedes en el comedor.

—¿Es americano? —inquirió la de Tafalla observando su taza con los labios arrugados.

—De filtro, sí —explicó Ana ajustándose el delantal.

—Hija, con lo bueno que queda el de cápsulas... Y además es barato. Yo en el Mercadona compro paquetes de veinticinco y sale la mar de bien —objetó la otra tomando un terrón del azucarero.

Ana se disculpó y cruzó una mirada con Leire, que negó con una mueca de hastío antes de volver a perder la mirada en la pantalla.

La dulce melodía de una flauta había calmado el baile trepidante de los adoradores de Satanás. El propio macho cabrío cesó su macabro baile y los *zanpanzar* dejaron de saltar. Los que estaban envueltos en sacos se agazaparon para fundirse en uno con el suelo de piedra.

—No se ha acabado. Solo se relajan para sorprendernos —la voz de la navarra rompió la magia de la cueva una vez más.

—¡Cállese, coño! —espetó alguien cerca de ella.

Esta vez Leire no pudo reprimir la risa.

—Dice mi madre que vas a dar con el asesino en esos vídeos —comentó alguien a su espalda. Era Gorka, que disponía los cubiertos en las mesas para la hora de comer.

—Ojalá —admitió Leire.

—Es ahora cuando sale ese hombre ardiendo. Por aquí —anunció la navarra señalando la esquina izquierda del móvil.

La escritora buscó a Satanás en la pantalla. No había rastro de él. Patxi había desaparecido de la escena. Las brujas bailaban lentamente alrededor de una hoguera junto al puente que cruzaba el río del Infierno. La flauta las mantenía en un trance que sabía que solo era momentáneo. Enseguida comenzaría la gran danza final y la cueva entera se volcaría en un apoteósico clamor infernal. Volvería a sentirse el gran latido metálico y todo el espacio libre se llenaría de actores secundarios a los que se sumarían algunos espontáneos del público.

Al menos así había sido la víspera.

—Ahora, ahora —insistió la de Tafalla.

El ritmo de la música ganó intensidad sin previo aviso. La flauta pasó a un segundo plano y los cencerros volvieron a acaparar todo el protagonismo. Las brujas alzaron las manos para adorar el fuego y la caverna entera se convirtió en una fiesta. De aquí y allá surgían celebrantes enfundados en pieles de oveja y sacos de arpillera.

De pronto una bola de fuego irrumpió en el extremo superior derecho de la pantalla.

—Esto es nuevo. Siempre hay alguna sorpresa —se oía exclamar a la de Tafalla.

A pesar del alboroto reinante, los alaridos de dolor de Celso eran evidentes. En lugar de dirigirse al centro de la cueva a bailar con los demás, el hombre corría de un lado para otro en busca de ayuda.

—¡Es nuevo! ¡Qué original! —insistía la navarra.

Sus palabras quedaron pronto apagadas por los gritos del público al comprender que aquello no estaba planeado.

—Si se hubiera tirado al río, se habría salvado —apuntó Gorka observando el móvil—. Estaba borracho. No sabía ni lo que hacía.

Leire comprobó que Patxi había vuelto a aparecer para erigirse de nuevo en el centro de la fiesta. Había tanta confusión y tanta gente en la pequeña pantalla que no fue capaz de ver por dónde entraba de nuevo en la escena.

—¿Podemos volver atrás? —preguntó pulsando ella misma la pantalla para rebobinar unos segundos.

Esta vez sí lo vio. Satanás volvía a la fiesta por la parte superior de la imagen, un lugar muy próximo al de la irrupción de Celso. Eso situaba a Patxi cerca de la víctima cuando alguien le prendió fuego.

—¿Crees que fue el pastor? —dedujo Gorka al verla interesarse por sus movimientos.

Leire se encogió de hombros. Lo último que le apetecía era compartir sus avances con aquellos dos. Se mantuvo en silencio mientras veía el resto de la grabación, que acababa abruptamente cuando alguien empujaba a Celso al arroyo del Infierno y la música cedía el testigo a una implacable consternación.

—Sufrió mucho. Pobre hombre —musitó la de Tafalla buscando el vídeo de la víspera.

El sonido de los *zanpanzar* anunció que el espectáculo comenzaba.

—Esto no. Solo el final —decidió la escritora acelerando la reproducción.

La pantalla mostró el baile final, el éxtasis de las hechiceras en torno a Satanás y la multitud de actores secundarios y espontáneos llenando todos los rincones de la cueva.

—Qué espectacular es —celebró la navarra—. ¿Tú participas? —preguntó girándose hacia Gorka.

—Desde muy crío, como todos. Seré uno de esos que están ahí —apuntó señalando a los de los sacos de arpillera.

Leire no apartaba la vista de las imágenes. Sabía que de un momento a otro ocurriría.

No tardó. En cuanto la música dejó de marcar los ritmos y la caverna se convirtió en una desordenada fiesta con la irrupción del público, Satanás desapareció de la escena.

La escritora activó el cronómetro de su teléfono móvil.

—Patxi es tu sospechoso —comentó Gorka orgulloso de su deducción.

Leire se limitó a contemplar el vídeo mientras el segundero corría imparable en la otra pantalla. La grabación acabó cuando un aplauso apagó los últimos estertores de la música. La escritora observó el cronómetro. Seis minutos y veinte segundos desde que Satanás había desaparecido de la pantalla. Esta vez no volvió a sumarse a la fiesta.

—¿Cuánto tiempo tardamos en bajar las escaleras? —le preguntó a la de Tafalla.

La mujer se lo pensó unos instantes. Después apretó los labios en un gesto de duda.

—¿Cinco minutos? No creo que mucho más.

Leire asintió. Eso sumaba aproximadamente once minutos. En ese tiempo Patxi tenía que haber salido de la cueva, atar a Maite en la verja del oratorio, empaparla de gasolina y prenderle fuego.

Otoño de 1610

Alonso de Salazar espoleó su caballo. Las torres de la catedral se recortaban sobre los campos de labor, dos inmensos pináculos alzándose hacia un cielo despojado de nubes. Algunos campesinos alzaron la cabeza a su paso. Sus miradas mostraban indiferencia. Otros siguieron segando el trigo y lanzando las gavillas a la vera del camino. Un grupo de garcetas, que picoteaba entre los limos de la laguna de las Cañas, alzó el vuelo al sentir los cascos de su montura.

—Ya estoy de vuelta, Logroño —anunció en voz alta a pesar de que solo él podía oírlo. Esperaba que no fuera demasiado tarde.

El Ebro le salió pronto al paso. Sus aguas eran ocres y bajaban encabritadas, señal de lluvias recientes. No era problema. Ninguno lo era para el puente de piedra que unía ambas orillas y que se había convertido en paso obligado en varias leguas a la redonda. Las herraduras del caballo resonaron en las losas dispuestas para evitar que el barro lo anegara y silenciaron los graznidos asustados de un pato al que unos jóvenes habían acertado desde la orilla con un tirachinas.

—¡Alto! —ordenó uno de los guardias en cuanto llegó a la puerta de la ciudad. Una carreta cargada de toneles y otra en la que viajaban una docena de corderos, que balaban inquietos, se encontraban detenidas a la orilla del camino.

Sin apearse del corcel, Alonso apartó la capa y mostró el emblema del Santo Oficio que lucía en sus ropajes. El guardia no perdió el tiempo en formulismos. Se limitó a cuadrarse y hacerse a un lado para que siguiera su camino. Era lo habitual. Nadie quería pleitos con quienes podían encarcelarlo sin más pruebas que la propia palabra.

El inquisidor entró en la ciudad con un regusto agridulce. Sentirse temido y poderoso no le desagradaba, pero sí que algunos de sus compañeros no aplicaran las leyes con la justicia que se esperaba de su cargo. A sus cuarenta y cinco años, y tras una larga experiencia en la corte pontificia de Roma, había aceptado el cargo en el Santo Oficio con la esperanza de condenar a quienes lo merecieran. Otros, sin embargo, parecían guiarse más por los favores y fobias personales, mandando al calabozo a personas inocentes que nada tenían de adoradores de Satanás.

La estrechez de las calles le devolvía amplificadas las pisadas del caballo. El animal conocía el camino y trotaba a paso ligero a pesar del cansancio acumulado. Apenas se habían detenido en Estella a reponer fuerzas tras salir a primera hora de Pamplona. Alonso de Salazar precisaba llegar cuanto antes. No había tiempo que perder si quería frenar la cacería que estaba vaciando pueblos enteros del norte de Navarra apoyándose en acusaciones con escaso fundamento.

—¡Agua va! —alertó alguien desde una ventana.

Los transeúntes se echaron a un lado precipitadamente. Tanto que un hombre a lomos de una mula chocó contra una carreta cargada de calabazas. Algunas cayeron al suelo embarrado, provocando una discusión.

Alonso espoleó al caballo para alejarse cuanto antes. Por más que las autoridades locales se empeñaran en regular el uso de letrinas, las viejas costumbres seguían convirtiendo las calles de la ciudad en cloacas malolientes al aire libre.

El Tribunal de la Inquisición ocupaba un edificio de piedra anexo a la catedral. La solidez de su construcción contrastaba con las casas aledañas, de madera, adobe y mampostería. Los soldados del Santo Oficio que flanqueaban la entrada abrieron la puerta cuando vieron acercarse al inquisidor. Un mozo de cuadra salió corriendo en busca de su caballo.

—Ponle agua inmediatamente. Y heno fresco. Está agotado —ordenó Alonso dando unas afectuosas palmadas en el lomo del animal.

Un sirviente le salió al paso en cuanto puso un pie en las dependencias interiores. Quería saber si precisaba que las cocineras le prepararan algún ágape o prefería esperar a la hora de cenar. El inquisidor se lo quitó de encima con un gesto de la mano.

—¿Os acompaño a vuestra alcoba? —se ofreció el muchacho tomando el equipaje de Alonso.

—No. Lleva eso y asegúrate de que me preparan un baño para antes de cenar —mandó el inquisidor subiendo las escaleras hacia el piso superior. Necesitaba hablar cuanto antes con el fiscal del tribunal.

Un largo pasillo, iluminado tímidamente con candiles de aceite que colgaban junto a algunas puertas del mismo color que la oscura madera del suelo, le llevó hasta la sala de audiencias. Un secretario ocupaba una mesa lateral donde escribía en un grueso libro de registro. Una lámpara iluminaba su trabajo. El resto de la estancia se hallaba sumido en una turbadora penumbra. La sombra del crucifijo que la presidía bailaba, proyectada por la llama, sobre los altos bancos que ocupaban los inquisidores durante sus audiencias.

—Ve en busca del doctor San Vicente —dijo Alonso sin más saludos.

El hombre dejó cuidadosamente la pluma en el tintero y se alejó por el pasillo. Cuando regresó lo hizo en compañía de un anciano enjuto y de mirada esquiva.

—¡Salazar! No os esperábamos tan pronto. ¿Cómo ha ido por ese fétido reino de las brujas? —preguntó haciendo un gesto al secretario para que encendiera más lámparas.

—Me temo que no tan mal como aventuráis —admitió Alonso mientras la luz ganaba terreno a la oscuridad. Los trabajados respaldos de los bancos tomaron vida ante sus ojos. Flores entrecruzadas, ángeles y querubines cincelados con minuciosidad dispuestos a acoger las espaldas de los miembros del tribunal. Los tapices que colgaban de las paredes contribuían a reforzar la suntuosidad de la sala, al tiempo que constituían una seria advertencia. El juicio final siempre lo era con esos monstruos devoradores de almas y los gigantescos calderos donde los demonios cocían lentamente a los condenados.

—Sentaos, por favor —invitó el fiscal acomodándose en una silla forrada de tela negra.

Alonso de Salazar obedeció. El secretario salió cerrando la puerta tras él.

—Debemos parar este juicio. Empezar de nuevo. He visto demasiadas cosas que prueban que mis compañeros no han obrado como se espera de un inquisidor —anunció con la mirada fija en su interlocutor.

Los ojos menudos de Isidoro San Vicente lo estudiaron largamente. Su rostro era impenetrable, frío, pero Alonso creyó intuir un atisbo de desconfianza. Tardó en abrir la boca. Demasiado. Tanto que el inquisidor comprendió que no iba a obtener ningún tipo de colaboración por su parte.

—Ha sido un proceso impoluto. Nunca antes se había logrado una limpieza comparable. Zugarramurdi, Bera, Lesaka, Etxalar… Eran más los brujos que los buenos católicos en aquellas tierras. No entiendo qué objeciones podéis encontrar al trabajo de vuestros compañeros Juan del Valle y el licenciado Becerra.

—Apenas hay pruebas para la mayoría de las acusaciones —argumentó Alonso de Salazar.

—¡No es cierto! —objetó el fiscal alzando el tono. Sus facciones se habían crispado—. Tenemos cientos de confesiones. Brujas y brujos, súcubos y herejes que admiten haber dado la espalda a la verdadera religión.

El inquisidor negó ostensiblemente con la cabeza. Comenzaba a desanimarse. ¿Cómo había sido capaz de guardar alguna esperanza?

—Confesiones obtenidas bajo tortura —espetó lentamente, masticando cada una de las palabras—. Propongo repetir todos y cada uno de los interrogatorios sin emplear la violencia. Solo así obtendremos la verdad.

Su interlocutor soltó una risita despectiva.

—Sin sentirse amenazado ningún brujo confesaría.

—¿Y acaso con la tortura no se confiesa lo que no es con tal de que cese el dolor? —Alonso no pensaba rendirse, aunque sabía que de poco serviría.

El fiscal se retorció nervioso las manos.

—Veréis, mi querido Alonso, el caso que nos ocupa es particular —comenzó a decir en tono condescendiente—. Habréis notado que los inquisidores franceses están pendientes de nosotros. De nada sirve la caza de brujas emprendida por ellos si nosotros no somos firmes a este lado de la frontera. ¿Qué queremos, que las brujas huidas de Francia vengan a refugiarse a nuestro país? ¿O quizás convertirnos en el hazmerreír de nuestros vecinos del norte de los Pirineos? —Hizo una pausa para que Alonso pensara sobre ello—. No. La Suprema espera de nosotros una firmeza sin paliativos. Este proceso debe ser ejemplar.

El secretario abrió levemente la puerta y asomó la cabeza por el quicio. El fiscal le contestó con un gesto afirmativo. Alonso de Salazar contuvo la respiración al ver entrar a sus dos compañeros. Del Valle y Becerra, los inquisidores que se habían ocupado de recorrer el norte de Navarra en busca de brujas y que habían llenado hasta los topes las mazmorras del Santo Oficio, le dedicaron una mirada glacial. Su animadversión hacia el último en llegar al caso era evidente, especialmente desde que este había puesto en duda sus métodos para obtener la verdad.

—Tomad asiento, ilustrísimas —les invitó el fiscal—. El licenciado Salazar pretende que el proceso que culminamos estos días sea declarado nulo para que este tribunal comience de nuevo la investigación.

A nadie le pasó por alto el tono jocoso de sus palabras, ni la mirada burlona con la que premió a Alonso mientras las pronunciaba.

—Nada me extrañan sus desvaríos —comentó Del Valle con una mueca de desprecio—. Desde que llegó ha estado del lado de los acusados y no del Santo Oficio, que es lo que le corresponde a un inquisidor.

—El proceso está repleto de irregularidades —protestó Alonso, herido por su comentario.

Del Valle lo fulminó con la mirada.

—Irregular es que un inquisidor defienda a las brujas —espetó agriamente.

—No me negaréis que León Aranibar, abad del monasterio de San Salvador, está aprovechando el asunto en su propio beneficio —apuntó cruzándose de brazos.

El fiscal derivó la cuestión a Becerra.

—León Aranibar es un hombre respetable. Sin la presencia de su congregación, aquellas tierras hace tiempo que estarían en manos de Satanás —espetó el inquisidor. Su voz aguda contrastaba con el aspecto varonil que le brindaba una barba acabada en punta.

—Así lo defiende él. Gracias por convertiros en su portavoz —se mofó Alonso—. Hace años que intenta en vano ser nombrado comisario inquisitorial. El paso de libros prohibidos por la frontera cercana al convento ha sido su excusa hasta que ha encontrado otra en las brujas. Y qué casualidad que muchos de los acusados sean quienes promovieron la desanexión de Zugarramurdi de su monasterio... ¿No estaremos ante una venganza bien orquestada?

Becerra resopló escandalizado.

—Cuidad vuestra lengua, licenciado. Tantas semanas por aquellas tierras os han hecho mal. Vuestro lúcido entendimiento parece embotado por el maligno. ¿No os habrán conjurado para que os volváis contra lo que decís defender? —Las palabras de Del Valle sonaron a amenaza. Y más bajo la mirada torva del fiscal.

Alonso no había acabado.

—¿Y el párroco de Bera? El licenciado Hualde ha espoleado a sus feligreses para que denunciaran a quienes él consideraba sus enemigos. Ni uno solo ha quedado fuera de la lista de acusados. —Mientras hablaba agitó ante sus interlocutores un sobre lacrado—. Tengo aquí un escrito del obispo de Pamplona en el que critica los modos empleados tanto por los inquisidores como por los sacerdotes de aquellos valles. Dice que en todo este proceso hay gran fraude y engaño y que buena parte de las acusaciones se han debido a la excesiva diligencia con la que han actuado los comisarios de la Inquisición.

—¿Cómo sabéis tan bien lo que dice? —inquirió Del Valle con una sonrisa socarrona—. ¿Acaso se lo dictasteis?

Alonso tendió el sobre hacia los otros inquisidores, pero ninguno hizo ademán de cogerlo. Al cabo de unos instantes lo volvió a introducir en el bolso.

—Se ha aterrorizado a unos miserables labradores y se les ha hecho creer que si confesaban no serían condenados. ¿Quién no acusaría de ese modo a todos sus vecinos? Lo que sea por escapar de la hoguera del Santo Oficio... Insisto en que deberíamos comenzar de nuevo el proceso. Esta vez sin torturas —argumentó el inquisidor.

Becerra y Del Valle cruzaron una mirada cargada de tensión. Fue el primero quien habló:

—Estáis yendo demasiado lejos, licenciado. Más os vale retractaros de todo lo que decís si no queréis que los aquí presentes os acusemos de herejía. No sería la primera vez que un inquisidor sucumbe a los cantos de sirena de las brujas y acaba ardiendo en el fuego purificador.

Alonso de Salazar comprendió impotente que no había nada que hacer. La mirada, inyectada en odio, del fiscal corroboraba las palabras de su compañero. Si continuaba por ese camino no tardaría en dar con sus huesos en las mazmorras. En cuanto saliera de aquella sala remitiría una carta a la Suprema del Santo Oficio. Era lo único que podía hacer si quería detener aquella locura. Sabía, sin embargo, que sería en balde. Con el resto del tribunal en su contra, sus palabras de poco servirían.

—Tendréis que preparar una pira gigantesca. ¿Cuántos acusados tenéis? ¿Cien? —comentó rindiéndose.

Los oscuros ojos del fiscal brillaron a la luz del candil.

—Más de doscientos. Cincuenta y tres de ellos subirán al cadalso y serán castigados en distinto grado —corrigió con deleite.

Alonso asintió con un suspiro. Eso confirmaba los temores del obispo de Pamplona, que hablaba de una tercera parte de la población de los pueblos investigados acusada de brujería. Una verdadera barbaridad. Si la Suprema no lo impedía, aquello sería la mayor locura que había visto en su vida.

51

24 de junio de 2015, miércoles

Leire abandonó la casa rural con el móvil en la mano. La de Tafalla se quedó con Ana viendo las habitaciones. Le había gustado el establecimiento y tal vez el próximo año cambiara el hotel donde se hospedaba habitualmente.

Buscó el número de Cestero en la lista de contactos y pulsó la tecla de llamada. Le explicaría las últimas novedades mientras se dirigía al bar. Esperaba encontrar a Patxi allí. Si no, Divina podría indicarle dónde encontrarlo.

—Hola, Leire. Precisamente iba a llamarte ahora —saludó la ertzaina. Su voz llegaba nítida a través del auricular—. Acabo de conocer los resultados del análisis del forense de Pamplona. No ha hallado barbitúricos en los tejidos de Celso, aunque sí restos de hidrocarburos en gran parte de su cuerpo. Su concentración es especialmente notable en el cuero cabelludo.

La escritora comprendió de inmediato el significado de sus palabras. Nadie que tropezara con una garrafa de gasolina se empaparía la cabeza. Alguien se la había vertido por encima.

—Lo que suponíamos. Yo también tengo novedades. Para empezar, los forales... Me llevaban detenida. Si no es por una pesada que estuvo conmigo en el akelarre, me meten a la cárcel —apuntó con una risa forzada.

—¿A ti? ¡No me jodas! ¿Son idiotas, o qué?

—Ya está solucionado —le restó importancia la escritora. Una mujer pasó a su lado con una barra de pan en una mano y una bolsa de plástico en la otra. Leire le devolvió el saludo con un movimiento de cabeza—. He estado viendo vídeos. Creo que tengo un sospechoso claro. ¿Recuerdas la grabación de la que te hablé ayer, la de la farmacéutica con la curandera?

—¿El exorcismo?

—¡No era un exorcismo! —se indignó la escritora—. Se trataba de una imposición de manos.

Cestero resopló. Tanto daba una cosa que otra. Leire reconoció que ella misma hubiera reaccionado igual hacía solo unos días. Su forma de verlo había cambiado en Zugarramurdi. Tal vez, pensó llevándose una mano a la barriga, porque ahora necesitaba creer que era verdad, que no se trataba de las elucubraciones interesadas de una charlatana.

—Da igual. Claro que la recuerdo. La mujer en trance diciendo que había sido Satanás… —apuntó la ertzaina.

—Eso es. Creo que esa es la clave de todo —indicó Leire antes de detallarle sus indagaciones sobre las ausencias de Patxi en el momento de los crímenes.

La brigada municipal se afanaba en limpiar el oratorio y sus alrededores. Una lona azul cubría las imágenes del altar para evitar que las dañara el agua a presión con la que eliminaban las huellas de la hoguera de la víspera.

—Esta verja habrá que pintarla de nuevo —le decía un operario a una compañera a la que el traje amarillo le quedaba grande.

Leire se extrañó de la rapidez con la que había sido levantado el cordón policial. Tampoco había curiosos alrededor. Solo una mujer que barría a la puerta de su casa y alzaba la vista para no perder detalle de lo que ocurría.

—No me convence —decidió Cestero en cuanto la escritora le confesó que su principal sospechoso era ahora Patxi—. ¿Te has olvidado de lo que te llevó a Zugarramurdi? Esas muertes tienen una conexión clara con las de Bilbao. Ese pastor jubilado no me encaja. Hay alguien mucho más evidente.

Leire se mordió el labio. La ertzaina tenía razón. Javier Oteiza era el hombre. Ella misma lo había tenido claro desde que lo vio en casa de Celso. No había, sin embargo, nada que lo conectara con el asesinato de la curandera. Salvo que estaba allí, una vez más. No lo había visto durante el akelarre. Eso podía situarlo en el exterior de la cueva, colgando a Maite de la reja de la capilla, mientras los demás asistían a la fiesta. Aunque también podía ser una de las decenas de personas ataviadas con sacos y pieles que danzaban en éxtasis en el centro de la caverna.

—También tenía previsto hablar con él —dijo dudando entre volver sobre sus pasos para encaminarse a la casa de la fachada desconchada o continuar hacia el bar. Finalmente decidió mantener el rumbo. La taberna estaba ya ante ella, al otro lado de la plaza de planta irregular. Hablaría con Patxi y después iría a por el profesor.

—¿Sabes de alguien más que estuviera en Bilbao cuando lo de Lander y Begoña y ayer se encontrara allí? —inquirió Cestero.

Leire negó con la cabeza a medida que recorría mentalmente a las pocas personas que conocía en Zugarramurdi.

—Javier Oteiza es el único que se me ocurre —admitió comprobando a través de la ventana que Patxi estaba en el bar.

—Es él. Tiene que serlo. Solo falta dar con el móvil que le llevó a asesinar a la curandera —se empeñó Cestero—. Badiola está en ello. Iñigo también lo está mirando por su cuenta. Lástima que hoy tenga un día complicado. Revisiones de exámenes y reuniones. No tardará en trazar un árbol genealógico completo de la familia Oteiza. Si situamos a la muerta de anoche como una heredera más de la fortuna mejicana, lo tendremos pillado.

Leire apoyó la mano en la puerta de la taberna. La furgoneta policial seguía aparcada al otro lado de la plaza, pero no había rastro de los periodistas. Estarían buscando carnaza en algún otro lugar.

—Intentaré averiguar dónde estaba ayer durante el akelarre. Si no tiene testigos que lo sitúen en la cueva, le va a ser muy difícil explicarse —anunció la escritora antes de despedirse.

—Espera —le interrumpió Cestero—. Hay algo más.

—¿La secta? —se precipitó Leire.

—No, aunque me pillas en pleno operativo en torno a ellos. Si todo va bien, no tardaré en poder darte más noticias —apuntó la ertzaina—. Es sobre los Brazo Duro. Te alegrará saber que Aimar Iturria está detenido, y con él otros dos niñatos del grupo. Fue ayer, en la Terraza de Sade. Se corrió la voz por el campus de que iba a tener lugar una fiesta de desagravio del colectivo de gays y lesbianas de la Universidad de Deusto. —Cestero resopló—. Como era de esperar, aparecieron para reventarla. Está todo grabado. Teníamos varias patrullas cerca del bar a la espera de que nos dieran la orden de echarnos encima. Hay testigos que los han reconocido como los autores de la paliza a Lander Oteiza en febrero. Nadie quiso hablar entonces, pero ahora todo es diferente.

—Qué asco de tíos —comentó Leire con una mueca de disgusto.

—Cada vez hay más fenómenos de este estilo. Esta crisis económica oculta una aún mayor de valores —sentenció la ertzaina—. Los otros detenidos han delatado a Iturria como autor de la pintada en la capilla. Fue ponerles las esposas y comenzaron a cantar como pajaritos. Le puede caer una buena temporada a la sombra. Y no solo eso, el rector firmará mañana lunes el acta de expulsión definitiva. Se ha acabado el juego para esos asquerosos.

Leire celebró la noticia. Hacía solo unos días hubiera pensado en los Brazo Duro como autores de los asesinatos, pero eso ahora no tenía sentido. En cierto modo, esa certeza le reconfortaba. Le resultaría demasiado duro asumir que unos estudiantes de veinte años fueran capaces de desencadenar una sangrienta caza de brujas contra otros semejantes por su mera condición sexual. Seguía siendo muy lamentable que se dedicaran a amenazar y golpear a los diferentes a ellos, pero había un abismo entre eso y prender fuego a alguien como si de una bruja se tratara.

Cuando empujó la puerta del bar, las miradas de los cuatro clientes se clavaron en ella. También Divina la observó con el ceño fruncido.

—¿Por qué te ha detenido la policía? —le preguntó con los brazos en jarras—. Los periodistas andaban como locos. Hasta en la tele han dicho tu nombre.

Leire alzó la vista hacia la pantalla. Las imágenes de la devastación en Siria poco tenían que ver con los sucesos de Bilbao y Zugarramurdi, aunque supuso que el bloque de información nacional estaría centrado en el crimen de la víspera. No todos los días tenían lugar asesinatos tan macabros.

—Ha sido solo un malentendido —resumió la escritora. No tenía ninguna intención de entrar en detalles.

—Antes no pasaban estas cosas. Este era un pueblo tranquilo —protestó la tabernera llenando una tetera con agua caliente. Leire supuso que era para ella y alzó la mano para que se detuviera.

—Espera. Luego quizás. Ahora solo vengo a hablar con él —anunció señalando a Patxi, que abrió los ojos en señal de sorpresa. Las profundas ojeras delataban que no había dormido bien—. ¿Te importaría acompañarme fuera un momento?

—Ay, que te quiere hacer alguna proposición deshonesta —se burló uno alzando a modo de brindis su vaso de orujo.

—Aprovecha, que está para mojar pan —se burló el de los ojos achinados.

—¡Cómo sois! —refunfuñó Divina sin poder evitar una sonrisa—. Con lo que ha pasado y vosotros pensando en lo de siempre.

Patxi la siguió al exterior con la copa de patxaran en la mano.

—No les hagas caso. Tienen que hacer bromas de todo —se disculpó el pastor deteniéndose junto a la puerta del bar. El aliento le olía a alcohol pero no daba muestras de estar bebido—. Fue horrible lo de ayer. Una noche que tenía que ser una fiesta...

—He estado viendo el vídeo del akelarre. No solo de ayer, sino también del año que ocurrió lo de Celso —explicó Leire sin rodeos. Los serenos ojos azules de su interlocutor mostraron un poso de inquietud—. Desapareciste de la representación en el momento preciso. ¿Por qué ayer no te quedaste hasta el final?

El pastor se mantuvo en silencio unos instantes mientras digería el saberse sospechoso.

—Es verdad que con Celso mi relación no era la mejor, pero a Maite apenas la había tratado. Poco más de hola y *agur* al cruzarme con ella por la calle. Eso cuando la veía, que tampoco se prodigaba mucho por el pueblo —objetó llevándose la mano a la barba blanca.

Leire comprobó por el rabillo del ojo que había movimiento junto a la furgoneta de la policía. Se giró disimuladamente hacia allí y vio a Romero observándola fijamente.

—No me has contestado. ¿Por qué te fuiste antes de tiempo? —insistió nerviosa. Aún sentía las muñecas doloridas por culpa de las esposas.

—Siempre lo hago. Ya soy viejo. ¿Sabes qué es que de pronto todo el mundo te rodee y comiencen a jalearte? —se defendió Patxi—. Hace años les dio por mantearme y otras veces me han cogido en hombros como si fuera un torero. No, eso ya no es para mí. En cuanto empiezan a aparecer los espontáneos, los dejo bailando y me voy. Eso es para jóvenes —reconoció con gesto apenado.

Leire se fijó en las manos del pastor. Se veían fuertes, igual que su espalda ancha, fruto de una vida de trabajo al aire libre. No parecía tan débil como él pretendía hacer creer. Después se giró hacia la carretera. Romero se acercaba. Otros dos agentes permanecían junto al vehículo policial, pero él caminaba hacia ellos con paso decidido.

—¿Dónde estabas el día catorce de junio? —inquirió Leire apresurándose. Sabía que en cuanto el subinspector llegara junto a ellos no habría más preguntas.

—Aquí —aseguró el pastor sin detenerse a pensarlo—. Desde el treinta de mayo, que llegué de Torrevieja, no me he movido del pueblo.

—¿Tienes testigos que puedan corroborarlo?

Patxi señaló el bar que tenía a su espalda.

—¿Te valen estos? ¿Y mi hija? —preguntó con una sonrisa que parecía sincera. No se le veía nervioso. Tampoco a la defensiva—. Ni siquiera tengo coche. Figúrate, como para ir a Bilbao en autobús a cargarme a alguien.

—¿Qué cojones estás haciendo? —El subinspector se encaró con Leire, a la que apartó de un empujón—. ¿No te ha quedado claro que aquí las preguntas las hago yo?

—Solo estábamos hablando —se defendió la escritora.

—Nadie puede prohibirnos cambiar impresiones a la puerta del bar —añadió Patxi.

Leire agradeció el apoyo del pastor, aunque Romero lo recibió con una mueca de asco.

—Haz el favor de abandonar este pueblo. De lo contrario, me obligarás a tomar medidas por obstruir la labor policial —la amenazó el policía.

La escritora se mordió la lengua para no replicar. Una mujer había sido quemada como una bruja en la hoguera y el subinspector no tenía nada mejor que hacer que dedicarse a perder el tiempo. Era terriblemente frustrante, pero no iba a conseguir que tirara la toalla.

52

24 de junio de 2015, miércoles

Leire se dejó caer pesadamente en la cama. Algo se le escapaba. *Satanás. Ha sido Satanás.* Las palabras de Mari Cruz reverberaban una y otra vez en su cabeza. Tal vez se hubiera equivocado al creer que detrás de ese nombre se escondía Patxi con su disfraz de macho cabrío. El testimonio del pastor jubilado resultaba creíble. Cada vez estaba más convencida de que la mujer solo se refería al maligno en sentido figurado y no señalando a una persona en concreto. Y más desde que había descubierto que Javier Oteiza había abandonado el pueblo. La casa de Celso volvía a estar cerrada a cal y canto y no había rastro de su Range Rover. La escritora había estado llamando a la puerta y buscando señales de vida tras las ventanas, y se había vuelto a la casa rural con la sensación de que se trataba de una huida en toda regla.

Clavó la vista en el techo. La lámpara de cristal de roca que pendía de él proyectaba una sombra ladeada en la escayola. La luz natural que se colaba por la ventana abierta se reflejaba en algunas de las pequeñas piezas transparentes, que lanzaban destellos tornasolados conforme giraban por efecto de la suave brisa. Se trataba de una visión casi hipnótica.

Era todo demasiado complicado.

Siempre quedaba la posibilidad de que el pastor estuviera detrás de las muertes de Zugarramurdi y no de las ocurridas en Bilbao. Quizás fueran dos cómplices quienes sembraban el terror con sus crímenes rituales.

No, no podía ser. Leire estaba segura de que se trataba de un mismo asesino. Además, algo en su interior le decía que

Patxi era sincero. Nada en la conversación con él le sugirió que estuviera mintiendo. No podía decirse lo mismo de Javier. Su precipitada marcha del pueblo encendía en la escritora todas las alarmas.

El canto de un pájaro que se detuvo cerca de la ventana la distrajo un instante, aunque no consiguió contagiarle optimismo. Estaba muy perdida. Resopló, incorporándose, y alcanzó el portátil. La de Tafalla le había permitido copiarse los vídeos del akelarre en su disco duro. Los volvería a visionar. Tal vez se le hubiera escapado algún detalle con tanta gente rondando por allí mientras trataba de fijarse en cada fotograma.

Pulsó la tecla de reproducir y vio llenarse la pantalla de inquietantes luces y sombras. Los sonidos del akelarre inundaron de inmediato la habitación.

Observaba las antorchas de los *zanpanzar* entrando en la cueva, cuando el timbre de su teléfono rompió su concentración. Estiró la mano para coger el bolso y comprobó que se trataba de Jaume Escudella. Pulsó con desgana el botón de responder y se llevó el aparato a la oreja. Hacía semanas que no hablaba con su editor y ya iba siendo hora de ponerse al teléfono.

—¿Qué tal, Jaume?

—Yo muy bien. ¿Tú qué tal? ¿Ya estás libre? Joder, ni te imaginas la alegría que me ha dado cuando lo he visto en la tele. ¿Sabes las ventas que nos va a dar tu imagen con las esposas dentro de la furgoneta de la poli?

Leire sacudió la cabeza y arrugó los labios en una mueca de asco.

—Gracias por preocuparte por mí —dijo con un tono cargado de ironía—. No me ha hecho ninguna gracia que me detuvieran. ¿Sabes lo frustrante que es estar trabajando para resolver un caso y que los polis sean tan idiotas que te acusen de ser la asesina?

—Deberías estar acostumbrada. Cuando lo del faro...

—Sé muy bien lo que ocurrió —le interrumpió Leire con brusquedad—. No hace falta que me lo recuerdes... Esta vez no es lo mismo. El gilipollas de Romero sabe que no he sido yo. Lo hace solo por fastidiarme. Es su manera de decirme: o te vuelves a casa o te voy a hacer la vida imposible.

—Da igual. Lo importante es la imagen. La gente compra morbo. Las ventas se van a multiplicar y el día que publiquemos tu nueva novela será el mejor gancho para promocionarla. Nos vamos a forrar, Leire. —La voz de Jaume mostraba un entusiasmo que a la escritora le resultaba irritante. Por supuesto que ella quería vender libros, pero no a cualquier precio. La falta de escrúpulos de su editor hacía tiempo que le resultaba insoportable. Lo mismo que su manera de dirigirse a ella. Al menos había logrado que dejara de hacerle insinuaciones sexuales. Le había costado conseguirlo, hasta el punto de arrepentirse, con todas sus fuerzas, de la noche loca que pasó con él en un hotel de Barcelona a las pocas semanas de separarse de Xabier.

—Es un caso muy complicado. Todavía no sé por dónde cogerlo. A este paso, no habrá novela —anunció decidida a echar un jarro de agua fría sobre el editor.

Jaume dejó escapar una risita.

—Claro que habrá libro. Llevo muchos años trabajando contigo y oyendo ese tipo de vaticinios que luego se quedan en agua de borrajas. Tú o la policía acabaréis resolviendo el caso y sabrás crear una magnífica historia que llegará a las librerías antes de Navidad —sentenció Jaume condescendiente.

—Ya veremos —murmuró Leire, molesta por la facilidad con la que el editor hablaba de las cosas. Que se pusiera él a escribir si tan sencillo le parecía.

—No puedes demorarte mucho —le advirtió Jaume—. Las televisiones están todo el día machacando con los asesinatos de Bilbao y Zugarramurdi. No recuerdo un caso tan mediático en mucho tiempo. Si lo publicamos a tiempo, nos vamos a hacer de oro. Y más con el gancho de que llegaste a estar detenida como sospechosa.

Leire apenas le escuchaba. Había aprendido a desconectar cuando comenzaba a bombardearla con sus presiones. Tenía la vista fija en la pantalla del ordenador, donde las brujas danzaban alrededor del macho cabrío. Los sones de la fiesta se mezclaban con las palabras de Jaume, al que imaginó a la perfección encarnando la figura del demonio.

—¿Es todo? ¿Has acabado? —le preguntó cuando la retahíla pareció llegar a su fin.

—Eres una desagradecida. He hecho de ti una de las escritoras más vendidas de este país y me tratas como si fuera un viejo pesado o un loco al que hay que dar la razón.

Leire no podía más. Se apartó el teléfono de la cara y estuvo a punto de cortar la comunicación.

—Meas fuera de tiesto, Jaume. ¿Tú has hecho de mí lo que soy? —exclamó indignada volviendo a llevarse el aparato a la oreja—. ¿Yo no tengo mérito alguno? Ya me gustaría que te pusieras a escribir a ver si eres capaz de juntar dos frases que retengan la atención del lector.

—No me malinterpretes —se disculpó el editor suavizando el tono—. Por supuesto que tienes mérito. Reconoce al menos que yo también tengo mi parte de culpa en tu éxito. He sabido promocionar tus novelas para que...

—Siempre te lo he agradecido —le interrumpió la escritora—. Por eso sigo publicando contigo.

Jaume se mantuvo unos instantes en silencio.

—¿Es verdad que todo apunta a que el asesino es un pastor jubilado? —preguntó olvidando la discusión.

—¿Patxi? ¿Cómo sabes tú eso? —Leire no entendía de dónde había podido sacar algo así.

—La tele. Ha salido una señora rubia diciendo eso. Explicaba algo de un disfraz de Satanás y de unos vídeos que lo demostraban.

—Joder... —se lamentó la escritora pensando en la de Tafalla. En mala hora había visto con ella los vídeos. La imaginó encantada, rodeada de micrófonos y cámaras de televisión—. Creo que Patxi es de fiar. No sé. La verdad es que no sé nada. Es todo demasiado confuso. —Un pitido repetido le indicó a través del auricular que estaba recibiendo otra llamada. Consultó la pantalla: Ane Cestero. Habría leído su mensaje sobre la huída de Javier Oteiza—. Jaume, tengo que dejarte. Ya hablaremos en otro momento.

—¿Hola? ¿Leire? —se oyó la voz de la ertzaina en cuanto colgó al editor.

—Sí. Aquí estoy. Hola, Ane.

—Ah, hola —saludó Cestero—. ¿Tienes un televisor cerca? Pon las noticias. Date prisa. En la Tres.

Leire buscó el mando a distancia con la mirada y se levantó para ir a cogerlo de la cómoda. Tampoco estaba muy segura de querer verse con las esposas puestas.

—¿Es por lo de mi detención? —preguntó buscando el canal indicado.

—¿Lo tienes? Ya empieza —apremió la ertzaina.

Al principio le costó ubicarse, pero enseguida comprendió que aquella sencilla puerta entre talleres con las persianas metálicas bajadas era la del Templo de la Luz. La siguiente imagen mostraba a Joshua, aquel que se hacía llamar Maestro, con las manos ligadas a la espalda y un ertzaina empujándole la cabeza para que se introdujera en el coche patrulla. Con el corazón latiéndole desbocado, subió el volumen a tiempo para oír que el argentino había sido detenido en el curso de una investigación sobre sectas destructivas.

—Le hemos incautado cientos de productos de primera necesidad que vendía a precios desorbitados a sus fieles —explicó Cestero mientras la pantalla mostraba imágenes cedidas por la Ertzaintza en las que se veían altos expositores repletos de mercancía; desde paquetes de leche y galletas hasta papel higiénico y piezas de jamón serrano—. Tenía montado un economato allí dentro. Todo costaba el doble o el triple que en la calle. Lo compraba en el súper, le quitaba el envoltorio original para eliminar el código de barras y lo ponía a la venta como producto limpio de la presencia del anticristo.

—Vaya sinvergüenza. ¿Y ese dinero que se ve sobre la mesa? —inquirió Leire al reparar en varios fajos de billetes verdes y morados.

—Casi medio millón de euros. ¿Sabes dónde lo guardaba? —Cestero esperó unos instantes por si la escritora quería aventurar algo—. Bajo las cenizas de los muertos. Así lo tenía vigilado día y noche por las sacerdotisas del fuego. Sin saberlo, esas mujeres eran su mejor caja fuerte.

Leire se sentía satisfecha. Había temido que sus indagaciones sobre el Templo de la Luz no sirvieran para nada. Sin embargo, la noticia mostraba que el trabajo había dado sus frutos.

—¿Habéis dado con algo que vincule la secta con los crímenes? —preguntó, aunque imaginaba de antemano la respuesta. De haber sido así, Cestero habría empezado por ahí.

—Nada. Al menos de momento —reconoció la ertzaina—. Tras la profanación en el cementerio de Derio interrogamos a Joshua y Josefina. No aportaron gran cosa. Los vecinos del barrio, en cambio, nos fueron de más utilidad. A pesar de que el líder de la secta obligaba a sus fieles a mantener en secreto las prácticas del grupo, medio Santutxu sabía de la venta en su local de productos sin código de barras. Hay que tener imaginación para decir que es un invento del demonio para entrar en los hogares de la gente. El tío se estaba forrando.

Leire le escuchaba. Su mirada, sin embargo, estaba fija en la pantalla del portátil. Celso corría ardiendo entre la multitud que se agolpaba en la cueva. Era una escena brutal, sobre todo sabiendo el final que le esperaba a aquel hombre que solo pretendía celebrar la fiesta pagana que había puesto a su pueblo en el mapa. Sus lamentos, que se mezclaban con la música del propio akelarre, le erizaron el vello. Ahora un espontáneo lo empujaría al cauce y, por fin, quienes aplaudían y festejaban serían conscientes de que aquello no formaba parte del espectáculo.

—Deberíais actuar de igual manera contra todas las sectas —apuntó Leire volviendo a la conversación con Cestero.

—Ya nos gustaría —se defendió la ertzaina—. Es muy difícil. La ley está muy atrasada en estos temas y no hay manera de cogerlos. Joshua nos lo ha puesto fácil. Quizás no podamos acusarlo de lavar el cerebro a sus fieles, pero sí de estafa, de fraude a la hacienda pública y de atacar la libre competencia. Con un poco de suerte, podremos incluir la extorsión, aunque para ello necesitaríamos que las víctimas lo denunciaran. En estos casos, y por desgracia, suelen ponerse del lado del detenido.

Leire no contestó. Tal como sabía que ocurriría, Patxi se reincorporó a la fiesta tras la irrupción de Celso ardiendo. No había descubierto nada nuevo en el vídeo. Se disponía a detener la grabación cuando vio algo que llamó su atención.

—¿Estás ahí? —inquirió Cestero.

Leire tardó unos segundos en contestar.

—Sí —musitó, ausente, acercándose a la pantalla.

—La Policía Foral ha interrogado a Mari Cruz —anunció la ertzaina. Leire movió afirmativamente la cabeza. La había visto entrando a la furgoneta policial—. Vía muerta. La mujer insiste en que no recuerda nada de lo sucedido con Celso en la cueva. Su cerebro lo ha borrado. Le han hecho escucharse en la grabación de la curandera. Lo niega todo. Dice que no es su voz —se lamentó Cestero—. No parece que por ese camino haya mucho que rascar.

Leire esperaba algo así. Tampoco era el momento para pensar en ello. La pantalla le absorbía toda la atención. Patxi no era el único demonio. Otro más había irrumpido en escena, y enseguida un tercero y un cuarto. Entre los espontáneos que se sumaban al gran baile final había algunos disfrazados de macho cabrío, con sus cuernos torcidos y su pelaje negro. También había más brujas e incluso uno vestido del gato con botas.

—¿Te pasa algo? —insistió la ertzaina extrañada.

La escritora detuvo el vídeo debatiéndose entre la alegría y la frustración.

—Nada. Solo acabo de quedarme sin la principal prueba de peso para sospechar del pastor jubilado. En esa cueva había demasiados demonios.

—Yo ya lo había descartado —reconoció Cestero—. En cuanto me has dicho que Javier Oteiza ha desaparecido de allí, lo he tenido demasiado claro. Iñigo dice que mañana tiene revisión de exámenes. Veremos si se presenta en la facultad. Yo no las tengo todas conmigo. Si aparece por Deusto, se le acabó el teatro. Esta vez no se me escapa.

—No corras tanto —le reconvino Leire—. No sería la primera vez que nos precipitamos.

Otoño de 1610

Hacía varios días que les daban de comer regularmente. Pan seco, agua y algún pedazo de carne rancia. No era mucho, aunque más de lo que se habían podido llevar a la boca en los muchos meses que llevaban entre aquellas paredes. María sentía las articulaciones doloridas. Temía ser víctima de la enfermedad de su abuela, aunque era una queja común entre las casi veinte mujeres que compartían celda con ella. La humedad hacía estragos. La suciedad también. A pesar de que habían reservado una esquina para hacer sus necesidades, las ratas y las cucarachas campaban a sus anchas. En aquella oscuridad tan absoluta no alcanzaban a verlas, pero las oían chillar y corretear. Lo peor era cuando uno de aquellos animales mordía a una de las prisioneras. Las fiebres y los delirios tardaban un día en aparecer y resultaban espantosos. Solo en dos casos los carceleros habían intervenido para llevarse a víctimas de mordeduras. Las sacaron de la mazmorra a rastras, entre convulsiones, y las demás nunca volvieron a saber de ellas. Tal vez se hubieran curado.

—Es buena señal —anunció Juana Txipia devorando un pedazo de pan. También ella y su hija Catalina habían engrosado la lista de acusados de brujería—. Si nos dan de comer es porque no nos quieren matar.

María torció el gesto, a pesar de que sabía que su compañera no podía verlo. Llevaba demasiado tiempo allí, aguantando torturas y pasando hambre y frío, como para que le quedara algún tipo de esperanza. La última ilusión, la que les brindó a todas la llegada a Logroño de un grupo comandado por los Mendiburu, duró demasiado poco. Apenas pisaron la ciudad, el Santo Oficio se negó a dialogar con ellos y los detuvo, acusados también de brujería.

Aquello era insoportable. A veces María cerraba los ojos y soñaba con la primavera en las praderas que rodeaban Zugarramurdi. Llegaba a sentir el aroma del heno recién segado y a oír los cencerros de las vacas. Incluso las olas del mar, ese que veía en lontananza cada vez que trepaba a alguna colina en busca de mejores pastos, pero junto al que jamás había estado, se hacían audibles en su imaginación. Llegaba a soñar despierta que navegaba lejos de allí y llegaba a América para regresar con Galcerán. ¿Qué habría sido de él? ¿Sabría que estaba prisionera en Logroño? Ya no albergaba esperanza alguna de que su prometido pudiera sacarla de aquel infierno.

Aquellas ensoñaciones duraban poco. Los lamentos y llantos de las otras acusadas de brujería enseguida la devolvían a su triste realidad. Aquella húmeda mazmorra se estaba convirtiendo para ella en una espantosa sepultura en vida.

—A mí ya no se me notan tanto las costillas —comentó otra voz. María creyó reconocer a Martina Bizkar, pero después reparó en que era Beltrana, la mayor de las Navareno.

María se llevó la mano al torso. Sus huesos estaban a flor de piel. Las costillas eran evidentes, pero aún más lo eran las caderas. Demasiados meses de hambre. Ella al menos era joven y podía soportarlo. Pensó en su abuela, a la que hacía semanas que no veía. La sacaron un día para interrogarla y jamás volvió. Había más celdas en el tribunal. Podría encontrarse en cualquiera. Esperaba que estuviera viva. Pedir que estuviera bien era demasiado. Allí nadie lo estaba.

¿Cuánta gente más habían llevado a Logroño aquellos desalmados? Las últimas detenidas hablaban de cientos de detenciones, de acusaciones por doquier y un pánico desatado, no solo en Zugarramurdi, sino en otros muchos pueblos del entorno. En Bera el párroco había arrastrado al tribunal a familias enteras, enfrentadas con la suya por viejas rencillas. Se hablaba de hombres que se convertían en gatos negros, de súcubos que azotaban con espinos a criaturas para desangrarlas y de camposantos profanados para comerse a los difuntos sobre manteles negros.

—Alguien viene —apuntó una voz cercana a la puerta.

El silencio que siguió a sus palabras delataba la tensión que se generaba cada vez que se abría la puerta. A través de ella llegaba la comida y el agua, pero también los verdugos en busca de prisioneras a las que torturar. Algunas regresaban tan malheridas que acababan sucumbiendo al cabo de unas horas. Lo peor fue cuando el cadáver de Juliana de Arnegi se quedó allí dentro varios días mientras unas y otras se turnaban para ahuyentar las ratas que acudían atraídas por el hedor que despedía.

El sonido metálico de la cerradura congeló el paso del tiempo. María deseó que no pronunciaran su nombre. No se veía con fuerzas de soportar más tormentos. Odiaba el gesto condescendiente del inquisidor mientras los verdugos la sometían a las más feroces torturas que jamás hubiera podido imaginar. La peor fue la cuna de Judas. Oír al bueno de su padre confesando las más terribles aberraciones, sin poder hacer nada más que gritar de dolor por los desgarros, resultó demoledor. Tardó semanas en recuperarse de las heridas y a Gastón no había vuelto a verlo, aunque sabía por algunas de sus compañeras que se encontraba en la celda de los hombres.

—Atrás, brujas —tronó una voz mientras la cálida luz de una tea se colaba por el vano de la puerta. Era Del Valle, el inquisidor. En el tiempo que llevaba allí, María jamás lo había visto aparecer por la mazmorra; acostumbraba a esperar a las detenidas en las salas de tortura. Tras él, varios guardias armados entraron en la celda y formaron un pasillo a ambos lados de la entrada.

—¡Señor, por favor! —rogó de pronto una mujer echándose a los pies del inquisidor—. Necesito noticias de mis hijos. ¿Cómo están? ¡Por favor, ayúdeme!

María la miró con lástima. No creía conocerla. Sería una de las de Bera o Etxalar. La única respuesta de Del Valle fue un puntapié en la cara y una risotada despectiva.

—Ha llegado el día —proclamó alzando la voz—. Hoy os enfrentaréis al auto de fe. Si confesáis vuestros pecados y os reconciliáis con la verdadera religión, regresaréis a casa. Las demás arderéis en la hoguera purificadora al caer la tarde.

Solo así vuestras almas dejarán de estar atormentadas eternamente.

Sus palabras quedaron flotando como una pesada losa mientras los hombres armados las obligaban a salir a empujones. María no sintió temor. Cualquier cosa era mejor que la implacable agonía de seguir perdiendo la vida lentamente en aquella mazmorra inmunda.

53

25 de junio de 2015, jueves

Cestero empujó la puerta y se hizo a un lado para permitir pasar a Badiola. Su compañero dibujó un gesto displicente y negó con la cabeza.

—Las damas primero, por favor.

La ertzaina se mordió la lengua para no replicar. Estaba harta de su hipocresía. Ante ella todo eran sonrisas forzadas, las damas primero y tonterías de esas, y en cuanto se daba la vuelta, conspiraba con los demás para que la apartaran del caso. De no ser porque tenía la corazonada de que acariciaba la resolución con las puntas de los dedos, le costaría no tirar la toalla y volverse a su comisaría con las orejas gachas. Tantos días en la Unidad Central de Investigación comenzaban a resultarle insoportables. Suerte que las noches con Iñigo le hacían olvidar los desplantes sufridos en la comisaría.

Una interminable sucesión de puertas se abría a ambos lados del pasillo. Las placas con los nombres de sus ocupantes colgaban de la pared junto a ellas. Cestero no las leía. No necesitaba hacerlo.

—Te conoces bien el camino —apuntó Badiola. La policía creyó captar cierto sarcasmo en sus palabras.

Claro que lo conocía. Hacía solo unas horas que había estado allí con Iñigo, celebrando en su despacho la detención de los Brazo Duro. Lo habían hecho sobre la mesa junto a una pila de exámenes por corregir, con la ría y el Guggenheim al otro lado del cristal. Cestero llegó a temer que los turistas los descubrieran, pero estaban demasiado entretenidos posando ante el museo para sus selfis.

—Es un poco más allá, donde el pasillo gira a la derecha —anunció sin ocultar una sonrisa.

Se sentía exultante. Había estado convencida de que Javier Oteiza era el asesino desde el primer momento. Toda aquella historia del Templo de la Luz había llegado a despistarla, aunque al tío de las víctimas siempre lo había tenido presente. Ahora todo indicaba que también estaba detrás de los crímenes de Zugarramurdi. En el caso del borracho, el nexo era evidente: la maldita herencia americana. En el de la curandera, no tardaría en confirmarse la conexión familiar. Iñigo estaba en ello y esa mañana había quedado con un amigo del Registro Civil que esperaba que pudiera ser de gran ayuda.

Al pensar en él, Cestero se sintió culpable. No le había avisado de que se disponían a detener a su compañero. No quería que comenzara de nuevo con su retahíla de reproches. No era verdad que se equivocaran con él. Si lo hubieran detenido tras lo de Begoña, la curandera seguiría con vida.

—Para que luego digan que estudian más las chicas. Yo solo veo tíos —comentó Badiola al pasar junto a un despacho ante el que una decena de muchachos hacía cola.

—Igual es porque ellas son mejores estudiantes y no tienen que recurrir a la revisión para aprobar los exámenes —se burló Cestero.

—Yo tengo tres hijas —aclaró Badiola—. No creas que era un comentario machista. La mayor tiene quince años y ya es más lista que su padre.

Cestero pensó que tampoco era muy difícil, pero se cuidó de decirlo en voz alta.

La placa de plástico que identificaba el despacho de Iñigo Goikoetxea, del departamento de Criminología, apareció enseguida a la izquierda. La ertzaina contó ocho puertas a partir de allí y observó el rótulo junto a la puerta.

Javier Oteiza. Departamento de Humanidades.

—Aquí es —anunció bajando la voz.

Dos estudiantes contemplaban con gesto indignado la nota colgada con cinta adhesiva de la propia puerta.

—Revisión de exámenes de segundo solo hasta las once y media —leyó Badiola.

—Y son las diez y veinte —protestó unos de los alumnos—. Vaya jeta. Se habrá ido a tomar un café.

—¿No está? —inquirió Cestero llamando con los nudillos.

—Siempre igual —se quejó el otro muchacho—. Son unos vividores. Solo su tiempo cuenta. Como si los demás no tuviéramos cosas que hacer.

Cestero observó divertida que ambos iban en bañador. Las mochilas se veían llenas, seguramente con la toalla y el bocadillo para ir a la playa. Eso era lo mucho que tenían que hacer, coger el metro y pasar el día en Sopelana.

Badiola golpeó la puerta con la palma de la mano.

—¡Policía! ¡Abra ahora mismo! —ordenó insistiendo en su llamada.

—Joder, son polis —comentó uno de los estudiantes apartándose. El otro también se quitó de en medio.

Cestero accionó la manilla. A veces se empeñaban en llamar y estaba abierta. No era el caso esta vez. Sin embargo, al hacerlo creyó percibir ruido en el interior. Un chirrido metálico. Su compañero movió afirmativamente la cabeza. También él lo había oído.

—La ventana —alertó la ertzaina—. Va a saltar. ¡Joder, sabía que era él!

Su compañero se giró hacia los estudiantes. Uno de ellos había sacado el móvil y grababa a Cestero forcejeando con el pomo. Los que aguardaban su turno ante otros despachos también se habían acercado a curiosear.

—Habrá alguien que tenga llaves. ¿Dónde está el bedel? —les preguntó el policía en tono apremiante.

—Déjate de llaves —espetó Cestero sacando la pistola que llevaba oculta en la cadera—. ¡Abra la puerta inmediatamente, Javier!

Mientras hablaba tomó impulso y descargó el peso de su cuerpo contra la puerta. Solo necesitó repetirlo una vez más para que el marco cediera y la hoja de madera se abriera con estrépito.

Tal como suponía, la ventana estaba abierta. La cortina bailaba a merced de la corriente de aire y contagiaba un ambiente fantasmal al despacho. En la pared, en el único hueco que dejaban las estanterías repletas de enciclopedias y revistas especializadas, una orla anticuada repleta de jóvenes tocados con un birrete anunciaba la promoción del ochenta y cinco. La mesa ocupaba el espacio central y los exámenes en revisión formaban una pila en el centro de la misma. La sangre los salpicaba, formando un reguero central con un sinfín de gotitas escarlatas a su alrededor.

Apestaba a gasolina.

Ajeno a la confusión que acababa de adueñarse de su despacho, con los dos ertzainas dando voces de alarma mientras los estudiantes se agolpaban en la entrada, Javier Oteiza yacía en el suelo. Cestero se adelantó para tomarle el pulso, derribando en su camino una de las sillas reservadas a los visitantes.

—¡Está vivo! ¡Una ambulancia, vamos! —exclamó girándose hacia su compañero, que estaba al teléfono con la comisaría. Después desligó el nudo corredizo que el agresor había atado al cuello del profesor y le palpó la ropa. Estaba mojada. Se llevó la mano a la nariz para confirmar lo que ya sabía—. Lo han rociado de gasolina. Pensaban prenderle fuego aquí mismo. Un minuto más y lo encontramos ardiendo.

—Los sanitarios están en camino. Este no se nos muere. Por mis cojones que no —prometió Badiola arrodillándose junto a la mesa. El extremo opuesto de la cuerda estaba ligado a su pata—. No pensaba quemarlo aquí dentro. Iba a darle fuego colgando de la fachada. La mesa soportaría el peso del cuerpo —anunció asomándose por la ventana—. Joder, en pleno paseo de las Universidades. ¿Te imaginas el mazazo para la ciudad, un tipo ardiendo colgando frente al Guggenheim?

Cestero no precisó acercarse a la ventana para saber que el desnivel a la acera no alcanzaba los tres metros.

—Nuestra llegada le ha roto los esquemas y ha saltado por donde pensaba montar su circo macabro —apuntó antes de señalar una pequeña marca roja en el cuello de la víctima—. ¿Ves el pinchazo? Otra vez lo mismo.

—Barbitúricos —musitó Badiola girándose hacia ella—. Pero esta vez le han agredido previamente. Tiene la nariz rota.

Su compañera asintió señalando con el mentón un grueso diccionario que descansaba sobre la mesa, junto a los exámenes. Su lomo estaba ensangrentado.

—Ahí tienes el arma.

—Vaya hostia... Le revienta la nariz y, aprovechando el desconcierto, le inyecta el anestésico —sentenció Badiola antes de volverse hacia la puerta—. ¿Queréis dejar de grabar? ¡Dame ese móvil ahora mismo!

—Ya lo borro. De verdad. Te juro que lo borro —se defendió el estudiante apartándose.

—Dámelo —ordenó el policía—. ¿O prefieres que te detenga por obstrucción a la labor policial?

—No ha hecho nada prohibido —intercedió otro alumno—. Aquí no se ha establecido ningún cordón policial. Está en su derecho.

Cestero resopló.

—Un futuro abogado —murmuró con desprecio.

—Más de uno —le corrigió otro joven—. Y tiene razón.

Badiola suspiró.

—Está bien. Bórralo ahora mismo. Por respeto a la víctima —le pidió con forzada amabilidad.

La sirena de la ambulancia resonó en el exterior. Cestero contempló el rostro ensangrentado del profesor, que dormía con gesto tranquilo, y no pudo evitar una punzada de culpa. Hacía solo unos minutos estaba convencida de que aquel hombre estaba detrás de los horribles crímenes que tenían consternado a todo el país y, de pronto, se había convertido en una víctima más. Se sintió impotente. El caso se le escapaba de las manos.

Los sanitarios llegaron a la carrera.

—¿Dónde está? ¡Vamos, fuera todos! ¿Qué hacen todos estos críos aquí?

Badiola empujó a los estudiantes al pasillo.

—Fuera todos. No tengo cinta, pero interpretad mis brazos como un cordón policial —exclamó furioso—. El que vuelva a asomarse a este despacho se viene detenido a la comisaría.

Los refuerzos llegaron a tiempo para escoltar a los de la ambulancia con la camilla. La visión del uniforme de los agentes resultó demoledora para los estudiantes, que guardaron de inmediato una respetuosa distancia.

—¿Se salvará? —inquirió Cestero cuando el médico apoyó dos dedos en la muñeca de la víctima.

—Tiene buen pulso. Si nos damos prisa, vivirá. Vamos, rápido, a la ambulancia. Hay que estabilizarlo y ponerle oxígeno —apremió el sanitario mientras sus dos auxiliares izaban la camilla.

—Vigilancia día y noche. Tenemos que blindar el hospital. El psicópata que ha hecho esto sabe que si Javier despierta, nos dirá su nombre —señaló Cestero.

—Ahora mismo hablo con comisaría para que dispongan una escolta —confirmó Badiola—. De todos modos, quizás no nos haga falta esperar a que despierte. Los de la científica podrán sacar huellas de ese diccionario.

Su compañera acercó el rostro al libro y arrugó la nariz.

—La gasolina se habrá encargado de eliminarlas.

—¿Lo ha rociado? ¡Qué hijo de puta! —se lamentó Badiola—. Nos va a costar pararle los pies. O Javier despierta o estamos perdidos.

Cestero dejó escapar un largo suspiro. Ella también tenía la desagradable sensación de que el contador volvía a cero. Tocaba comenzar de nuevo.

54

25 de junio de 2015, jueves

Leire contemplaba la jaula de gruesos bastones de madera sin sentir lástima alguna por la mujer de mirada asustada que permanecía agazapada en su interior. Su mente estaba lejos de allí, en los pasillos de la Universidad de Deusto, que tan bien conocía de sus años de estudiante. Estaba desconcertada. Las pistas que llevaban a Javier Oteiza parecían firmes. Había llegado a avisar esa mañana a Ana de que lo más probable era que esa noche no la pasara en su casa rural. La esperada llamada de Cestero se hizo de rogar y la escritora fantaseó con la idea de que el tío de Lander y Begoña se hubiera derrumbado al verse detenido y lo hubiera confesado todo. La noticia de su agresión le rompió todos los esquemas. No iba a ser fácil empezar de nuevo cuando la resolución parecía tan al alcance de la mano.

Sacudiendo la cabeza, se obligó a concentrarse en lo que tenía ante ella. El museo de las Brujas se le había antojado el mejor lugar para reiniciar la investigación. Sabía que algo se le escapaba. Maite, la curandera asesinada, había sido muy clara. Ve al museo, allí hallarás respuestas, le había asegurado. Algo le decía que la anciana sabía qué era lo que motivaba los asesinatos y en aquellas tristes salas debía de estar la clave.

La recreación de las escenas de la vida cotidiana le ayudó a viajar cuatrocientos años atrás en el tiempo para situar su mente en aquella época. La cocina como centro de la vida en el caserío y el campo como lugar donde ganarse el pan. Los animales domésticos, la agricultura de subsistencia y las hierbas medicinales para mitigar dolores y sanar a los enfermos... Las creencias, muchas de ellas fusiones entre los ritos paganos y el cristianismo, ocupaban buena parte de las salas. No podía faltar el akelarre como máxima representación de esos ritos al margen de la religión oficial. Los paneles explicativos situaban estas grandes fiestas paganas en la cueva de las Brujas, aunque en ningún caso aclaraban si habían tenido lugar realmente o solo en la mente de los inquisidores del Santo Oficio.

Leire observó la oscura figura del macho cabrío que presidía la fiesta y no pudo evitar pensar una vez más en Patxi. *Satanás. Ha sido Satanás.*

Se sentía perdida. Algo se le escapaba, estaba segura de ello.

Con la frustración royéndole las entrañas, bajó las escaleras para seguir el orden de la visita. Las salas de esa planta no eran tan felices. Las escenas costumbristas cedían el testigo a la persecución inquisitorial. Mujeres y hombres torturados sin piedad, el estandarte del Santo Oficio y los rostros cargados de fanatismo de los inquisidores. El hábito de un dominico colgaba de un hilo invisible. Su casulla llena solo de aire le hizo estremecerse. De algún modo sentía que había alguien bajo aquellos ropajes y que unos ojos que no lograba ver la espiaban para acusarla de brujería a la mínima ocasión.

Romero se le vino a la cabeza. El policía la había abordado esa mañana de malas maneras. Quería saber a qué se debía la aparición de la señora de Tafalla en el informativo anunciando que la investigación apuntaba a la autoría de Patxi. Leire no supo qué contestar. Se maldijo para sus adentros por no haber sido más discreta durante el visionado de los vídeos y le aseguró que serían maquinaciones de la pobre mujer para poder salir en televisión.

No le gustaba el subinspector. Le ponía nerviosa que anduviera siempre rondándola, más empeñado en echarla del pueblo que en buscar realmente al asesino.

Un libro manuscrito ocupaba el centro de una vitrina. Un potente foco lo hacía destacar sobre el resto de objetos expuestos.

—Proceso y auto de fe contra la brujería —leyó Leire.

Impresas sobre el vidrio que lo protegía, varias frases extraídas de sus páginas resumían los horrores que en él se relataban y que habían acabado con once vecinos de la zona quemados en la hoguera en el año mil seiscientos diez. Los inquisidores Becerra y Del Valle habían obtenido espeluznantes confesiones de los acusados, como que hervían huesos de recién nacido para ofrecérselos al diablo o que se reunían para desenterrar difuntos y comerse sus sesos.

Leire mostró una mueca de repugnancia y se preguntó cuánto habría de verdad y cuánto sería fruto de las torturas en las mazmorras del tribunal. Alguien a quien le estaban sacando la piel a tiras o a quien le vertían plomo fundido sobre la cabeza podía admitir cualquier acusación con tal de que cesara el tormento.

Como si quisiera reflejar sus pensamientos, otro manuscrito ocupaba la vitrina aledaña. Se trataba de un alegato del tercer inquisidor que participó en el proceso. El licenciado Salazar criticaba los métodos empleados en los interrogatorios y urgía a que fueran llevados a cabo de nuevo, esta vez sin la aplicación de torturas. Los extractos que mostraba el panel situado junto al libro resultaban demoledores contra las indagaciones de sus compañeros. Se hablaba de intereses privados de párrocos en determinadas acusaciones, de niños pobres denunciando a decenas de vecinos y de presiones desde Francia para que el proceso fuera ejemplar.

La escritora abrió su libreta y apuntó algunos datos de los que allí se mencionaban. Era espeluznante. A la muerte en la hoguera de once vecinos había que sumar las diferentes condenas a decenas de ellos que sufrieron años de destierro y penas de galeras. En el mejor de los casos fueron castigados con azotes y escarnio público.

Un nombre llamó su atención. Eloísa de Mitxelena. Lo apuntó también. Según Salazar, ella era la mecha que prendió el proceso. A pesar de haber reconocido su participación en rituales satánicos al otro lado de los Pirineos, los inquisidores la absolvieron. El motivo: haber delatado a decenas de personas ante el Santo Oficio. Su testimonio fue el que las llevó al cadalso.

—¿No encuentras nada, verdad? —la sobresaltó la voz de Carlos. Estaba tan absorta en sus anotaciones que no se había percatado de que había subido las escaleras—. Ya te he dicho que no es más que un museo. Aquí no darás con el asesino del akelarre.

Leire guardó el bloc de notas en el bolsillo trasero de sus tejanos y se encogió de hombros. En realidad no se sentía desanimada. Más bien al contrario. Tenía la sensación de haber dado con algo importante.

—¿Por qué se desató la persecución contra la gente de esta comarca? —inquirió.

—Te estás animando a escribir una novela histórica sobre este asunto, ¿eh? Ya sabía yo que Zugarramurdi y sus brujas te cautivarían —celebró el hombre con una tímida sonrisa de satisfacción—. Tendría mucho éxito si lo hicieras. —Al comprobar que la escritora aguardaba su respuesta, señaló los manuscritos de los inquisidores—. Ahí se explica todo. Si quieres tenemos una transcripción completa. El asunto empezó al otro lado de la muga. Pierre de Lancre, inquisidor de Burdeos, inició una cacería contra las brujas de la región. Era tanto el miedo a acabar en la hoguera que muchos de los que poblaban lo que hoy es el País Vasco francés huyeron al saber de su llegada.

—Como Eloísa de Mitxelena —apuntó Leire.

Los ojos, habitualmente inexpresivos, del empleado cobraron vida al oír aquel nombre.

—Como ella, sí —admitió—. Parece que Eloísa fue el origen del proceso inquisitorial a este lado de los Pirineos. Aunque es verdad que el Santo Oficio necesitaba chivos expiatorios para mostrarse contundente en la persecución de la herejía y, de no haber sido ella, habrían buscado algún otro delator. —Carlos se dobló por la cintura para leer algo en el panel explicativo—. ¿Ves? Francia apremiaba a que se actuara con contundencia, y al mismo tiempo era preciso hacerlo para que las brujas y brujos que huían de Pierre de Lancre no buscaran refugio aquí.

—¿A quién acusó Eloísa? —inquirió la escritora. Cada vez estaba más segura de que aquella historia podía ser la clave.

—A demasiada gente. Probablemente los inquisidores la hicieron denunciar a quienes ellos querían —reconoció Carlos con expresión apenada.

Leire no comprendía a qué se refería.

—¿Qué interés podían tener ellos en ir contra alguien en concreto?

El empleado dejó escapar un suspiro.

—Algunos párrocos aprovecharon para quitarse de en medio a gente con la que estaban enfrentados. El abad de San Salvador de Urdax fue el peor. Era un hombre poderoso y no perdonaba a los vecinos de Zugarramurdi que hubieran conseguido la independencia de su pueblo, que hasta pocos años atrás pertenecía al monasterio.

—Vaya un cúmulo de tramas oscuras y de cuentas pendientes —musitó Leire.

—Demasiadas. Es una historia dolorosa y fascinante al mismo tiempo. Ven. Te daré una copia del proceso que culminó en el auto de fe —anunció Carlos dirigiéndose a las escaleras.

La escritora le siguió hasta la recepción, donde el empleado buscó entre los libros que tenía a la venta y le tendió uno de ellos.

—¿Es este? —preguntó Leire observando la portada de color verde con una reproducción de un viejo grabado del demonio en forma de macho cabrío.— ¿Cuánto te debo?

—Nada. Te lo regalo con la condición de que escribas una novela histórica sobre lo que sucedió aquí —indicó Carlos empujándole la mano en la que sostenía la cartera.

—No. Cóbrame. No puedo comprometerme a eso. Me gustaría, pero por ahora me dedico a la novela negra.

El empleado abrió la puerta de la calle y se hizo a un lado para invitarla a salir.

—Hazme caso —sentenció con una mirada tímida que trataba de ser intensa—. Con la base que tienes aquí, sería la mejor novela que hayas escrito jamás.

55

25 de junio de 2015, jueves

Apenas le había dado tiempo a leer un puñado de páginas del libro sobre el proceso contra la brujería cuando el móvil empezó a sonar. Estiró el brazo para cogerlo de la mesilla y se fijó en la pantalla.

Era Iñigo.

Por un instante estuvo a punto de no contestar. Aún no estaba convencida de que la pista que había decidido seguir fuera la correcta. Esperaba que el libro que tenía entre manos le confirmara que iba por el buen camino. Finalmente optó por pulsar la tecla verde; tal vez las indagaciones del criminólogo sobre el parentesco de la curandera con las anteriores víctimas apuntaran en la misma dirección.

—Hola, profesor —le saludó.

—¿Profesor? —se extrañó Iñigo—. ¿Y eso? ¿No estarás enfadada por lo mío con Cestero?

Leire respiró hondo. Tenía que quitarse de encima esa incómoda sensación. Los celos no tenían sentido. Ella era feliz con Iñaki. Infinitamente más feliz de lo que llegó a ser años atrás con el criminólogo. Sin embargo, algo la hacía sentir irritada. De pronto comprendió que no se trataba de celos, sino de algo muy diferente. Odiaba el narcisismo del profesor, ese mismo que le hizo acumular conquistas mientras salían juntos. La relación con la ertzaina despertaba de algún modo en ella la frustración y la impotencia que creía enterradas tras romper con él.

—¿Leire? ¿Estás ahí? —se oyó a través del auricular.

—Sí, sí. Perdona —dijo dejando de lado sus pensamientos—. ¿Cómo van tus indagaciones?

—¿Seguro que estás bien?

—Sí. Muy bien.

—¿No estás enfadada? Lo nuestro fue hace...

—¡Que no estoy enfadada! ¿Has encontrado algo?

Iñigo suspiró.

—Estaba a punto de tirar la toalla cuando por fin he dado con el vínculo de la curandera con las demás víctimas. He tenido que irme cinco generaciones atrás para emparentarlos —explicó el profesor—. Y no es Oteiza el apellido que hace de nexo.

—Lo sé —anunció Leire orgullosa. Estaba segura de que sus palabras iban a dejar a Iñigo sin palabras—. Es Mitxelena.

El criminólogo tardó en contestar.

—¿Mitxelena? —inquirió—. Pues no. Es Iriberri. Llevo dos días tirando de contactos para que me den esa información en el Registro Civil. ¿De dónde sacas lo de Mitxelena?

Leire observó desanimada el macho cabrío de la portada del libro. Su rictus burlón ahondó su sensación de derrota. ¿Es que no iba a ser capaz de resolver el caso antes de que el asesino actuara de nuevo?

—En el siglo diecisiete una mujer traicionó a muchas familias del pueblo —comenzó a explicar desganada—. Era francesa de origen y se llamaba Eloísa de Mitxelena. Sus denuncias llevaron a la hoguera a muchos inocentes y extendieron la desgracia y el terror por toda esta comarca. Es una historia brutal y estaba convencida de que estaría detrás de todo.

Iñigo la escuchaba en un silencio absoluto.

—¿Una venganza? —preguntó pensativo—. Ha pasado mucho tiempo como para que alguien quiera vengar a sus antepasados. ¿No te parece?

Leire ya había pensado en ello.

—No deja de ser un buen móvil. Recuerda que no estoy en Bilbao, sino en un pueblo de doscientos habitantes. El peso de la tradición se vive de otra manera en lugares así.

—Además, todo en Zugarramurdi gira en torno a las historias de brujas —reconoció Iñigo.

—Así es. Me parecía una buena hipótesis a seguir. Ahora me has roto los esquemas con tus indagaciones. Si Mitxelena no es el nexo…

El profesor no le dejó acabar la frase.

—No tires la toalla tan rápido. Párate a pensar —le indicó con el mismo tono que empleaba para dirigirse a sus alumnos—. Desde el siglo diecinueve rige en España el sistema de doble apellido, pero hasta entonces solo se empleaba uno. Lo más habitual era que los hijos eligieran el de su padre. A veces se quedaban con el de la madre, especialmente si pertenecía a una familia más ilustre. No creo que sea este el caso. Seguro que los descendientes de Eloísa de Mitxelena se sentían señalados por sus vecinos y optaron por quitarse de encima esa losa. Pasarían generaciones hasta que una traición así dejara de perseguirlos.

La escritora asentía animada a medida que escuchaba las palabras de Iñigo. Había pecado de ingenua al suponer que el apellido de Eloísa habría sobrevivido tantos siglos en aquella familia. Incluso con el sistema de doble apellido en vigor, Mitxelena habría desaparecido en pocas generaciones al prevalecer siempre el nombre de familia del padre.

—Alguien está vengando a sus antepasados —sentenció convencida de que iba por el buen camino.

—Habría que ver cuáles fueron las familias más perjudicadas por las denuncias de Eloísa —apuntó Iñigo.

—Ya lo he averiguado —indicó Leire golpeando la portada del libro con las puntas de los dedos—. Hubo algunas que llegaron a perder en la hoguera a casi todos sus miembros.

—Menuda barbaridad.

—¿Sabías que a los condenados por herejía se les embargaban los bienes? No te lo pierdas, Eloísa de Mitxelena llegó a quedarse con una de las casas expropiadas. Se la daría el Santo Oficio como agradecimiento por sus servicios. —El bello canto de un pájaro desvió la atención de Leire hacia la ventana. Allí estaba, sobre el alambre de espino, el jilguero que alegraba cada día la casa rural—. Voy a enterarme de quiénes son descendientes de Eloísa. Hay que avisarles del peligro que corren. La policía debería ponerles escolta mientras no se detenga al asesino.

Iñigo resopló al otro lado de la línea.

—Será un montón de gente. Desde el siglo diecisiete esa zona ha sufrido varias guerras. Ni siquiera estarán completos los datos del Registro Civil.

Leire no se desanimó con sus palabras. Sabía dónde buscar y no pensaba tirar la toalla hasta conseguir trazar un árbol genealógico completo de las potenciales víctimas.

—El registro parroquial habrá corrido mejor suerte. Siempre hay algún alma caritativa que protege los bienes de la iglesia en caso de conflicto. Tú mismo me lo enseñaste en clase.

—¿Ah sí? Vaya memoria. Pues es una buena enseñanza. A ver si tienes suerte y no te lleva demasiado tiempo —deseó el profesor.

Leire encontró a Ángel junto a la iglesia.

—¿No te impresiona pensar que aquí debajo hay gente? —preguntó el seminarista. Llevaba un cuaderno en la mano y apuntaba algo mientras hablaba—. Este verano voy a catalogar las tumbas que hay fuera del cementerio. Antes se enterraba a la gente dentro de la iglesia. Cuando quedó pequeña comenzó a hacerse a su alrededor, y solo a partir del siglo dieciocho se dio descanso a los fallecidos en el camposanto situado a las afueras del pueblo. Problemas de epidemias y malos olores llevaron a decretar el cambio.

La escritora leyó la lápida de tono rosado que tenía a sus pies.

—Aquí yace Fabiana de Iriarte. Año mil ciento...

—Setecientos. Es setecientos —le corrigió Ángel quitándose las gafas de sol y colgándoselas de la camiseta.

Leire asintió. Era un siete.

—Tu madre me ha dicho que te encontraría aquí —anunció señalando el estanco, cuya puerta abierta se veía al otro lado de la calle. Había encontrado a Mari Cruz más animada, menos esquiva. Recordó las palabras de la curandera asesinada asegurando que cuando lograra vomitar el secreto que le torturaba el alma sería una nueva persona—. Me gustaría consultar el registro parroquial.

—¿El registro? —Ángel no ocultó su sorpresa—. No sé... Es algo delicado. No creo que pueda permitírtelo. ¿Qué buscas?

La escritora no esperaba que le pusiera trabas.

—Necesitaría consultar los registros desde el año del auto de fe hasta la actualidad. Es importante para la investigación.

—No es tan fácil. Son un montón de libros —mascculló Ángel negando con la cabeza.

—La vida de algunos de tus vecinos puede estar en juego —apuntó Leire, convencida de que por ese camino lograría vencer sus reticencias.

El joven resopló mientras buscaba el móvil en el bolsillo. Un cuervo graznó a lo lejos. La escritora lo buscó con la mirada y su mirada reparó en los buitres que se lanzaban al vuelo desde el roquedo donde anidaban.

—Déjame que consulte con el sacerdote. Yo tengo las llaves, pero el permiso debe otorgarlo él.

Leire se fijó en la puerta abierta de la sacristía. La sotana del cura y otra blanca de menor tamaño para un monaguillo colgaban de un perchero. Junto a él se veían vitrinas en las que quedaban a la vista objetos sacramentales y libros con cubierta de cuero. Entre ellos se encontrarían seguramente los registros parroquiales. Solo tenía que dar un paso para poderlos tocar con las manos, pero todo dependía de la decisión de un capellán que ni siquiera estaba presente.

—Buenas tardes, padre. Soy Ángel. Sí, todo bien. No, no es necesario... Tengo aquí una mujer que investiga el asesinato de la curandera y pretende consultar los registros de la parroquia. ¿Verdad que no es bueno que unos libros tan viejos sean manoseados? No, no es policía. Solo indaga por su cuenta. —El joven alzó la vista hacia Leire y negó con la cabeza—. Claro que lo entiendo... Desde el siglo diecisiete... Muy delicados, sí... De acuerdo. Así se lo haré saber —anunció antes de despedirse y cortar la comunicación.

—Podías haberme echado una mano en lugar de predisponerlo contra mí —protestó Leire.

El seminarista se encogió de hombros.

—Lo siento. Son libros viejos y se deterioran fácilmente.

La escritora volvió a dirigir la vista hacia el interior de aquella sala lateral que habitualmente estaba cerrada. La impotencia se mezclaba en su interior con la rabia. Lo tenía al alcance de los dedos. Solo quería saber quiénes podían ser las siguientes víctimas para ponerlas sobre aviso y que buscaran protección.

Era injusto. Si el subinspector Romero estuviera de su lado podría compartir con él los indicios con los que contaba para que presionara al cura. No lo creía capaz de negarse a mostrar los libros si era la policía quien se lo pedía.

—¡Míralo, si está aquí Ángel! ¿Qué tal, muchacho? —saludó Patxi. Salía de comprar puros en el estanco—. ¿Todavía estás con eso de que te vas a hacer cura? A mí no me engañas, bribón. A tu edad se piensa en otras cosas. Ya tendrás por ahí alguna amiguita con la que pasar los ratos de contemplación… —exclamó entre risas antes de girarse hacia Leire con expresión divertida—. Cuidado con este, que es un pincha-bragas. Eso de cura es para hacerse el interesante.

El seminarista se rió.

—Era muy amigo de mi padre —le explicó a la escritora.

—Uña y carne —corroboró el pastor retirado—. Era un cabezota. Si me hubiera hecho caso… Siempre andaba diciéndole que por el camino de Etxalar no se podía ir a esas velocidades en moto. —Una mueca de fastidio se cruzó en su semblante y lo mantuvo unos segundos pensativo—. No te hagas cura. A tu padre le hubiera gustado que le hicieras abuelo. Mírate. Eres un chaval bien hecho. Podrías tener las chicas que quisieras comiendo de tu mano. ¿Cómo cojones vas a meterte a sacerdote?

Ángel esbozó un gesto de circunstancias.

—Menudo disgusto le doy a mi madre si voy ahora y le digo que me salgo del seminario —comentó en un forzado tono jocoso. No parecía cómodo con aquella conversación.

—¿Disgusto? Bien contenta se pondría. ¿Acaso crees que ella no estará deseando tener nietos? —le espetó el pastor—. Vaya juventud... Mi hija anda igual. Nada de chicos. Solo piensa en su queso. Ya puedo esperar sentado si quiero ver criaturas corriendo por la casa. Mira, haríais buena pareja.

El seminarista apartó la mirada. Se había ruborizado. Intentó disimularlo anotando algo en su cuaderno tras leer en voz alta el nombre grabado en una sepultura. A su lado, Leire observaba de reojo los libros de la sacristía y sentía que la frustración crecía por momentos. Todos se empeñaban últimamente en ponerle trabas.

—¿Qué tramáis? Vaya miedo los dos juntos —comentó Patxi fingiendo desconfianza. Después apoyó una mano en el hombro del seminarista y señaló a Leire con el mentón—. ¿Sabes que, por su culpa, en la tele van diciendo que soy un asesino?

La escritora tragó saliva y borró todo rastro de sonrisa.

—Te debo una disculpa. No sé cómo se le ocurrió a esa mujer contárselo a los periodistas —balbuceó avergonzada.

—Vaya bocazas de mierda la tía... Lo increíble es el papel de los reporteros. Deberían contrastar ese tipo de declaraciones. Cualquier barbaridad les vale si es para lograr audiencia —protestó el pastor—. No hay vecino con el que me cruce que no me mire de reojo.

Leire asintió con cara de circunstancias. No sabía qué añadir.

—Quiero consultar los registros parroquiales, pero no me lo permite —señaló intentando cambiar de tema.

—No, es el cura quien no le da permiso —intervino el seminarista.

—¿Cómo que no le da permiso? ¿Y quién es él para decidir eso? Si ni siquiera es del pueblo. ¿Dónde están, aquí dentro? —preguntó airado el pastor señalando la sacristía.

—Ahí están —admitió Ángel señalando los armarios que se veían a través de la puerta abierta.

—Es absurdo. ¿Qué daño puede hacer que alguien consulte los registros? Están para eso, ¿no? —se quejó Patxi—. Déjale mirarlos, que el cura no se va a enterar. En fin...

Vosotros mismos. Me voy. Tengo que ir a buscar leche para Nekane.

Leire dio un paso al frente para colocarse al pie del escalón que la separaba del interior de la iglesia.

—Tiene razón —dijo sin ningún atisbo de amabilidad en su voz—. Solo intento proteger a posibles víctimas. ¿Tan difícil es pedirte que me ayudes?

Ángel cerró el cuaderno con visible fastidio.

—Está bien. Vamos a ver el registro. Tienes suerte de que esté completo. Hará unos cuatro años que aparecieron varios libros por casualidad. Durante la guerra de la Convención fueron escondidos por una familia piadosa que después olvidó devolverlos. Aparecieron ocultos tras un falso muro durante una reforma en el caserío.

El joven le ofreció una silla para que se acomodara ante la mesa de mármol blanco que ocupaba el centro de la sacristía. Olía a incienso frío y a madera vieja. Enseguida se sumó el aroma rancio del papel añejo. Las hojas de algunos de los libros estaban mordisqueadas por los roedores o taladradas por la polilla, pero podían consultarse casi íntegramente. El mayor problema era la caligrafía farragosa de algunos curas y los estragos del paso del tiempo en la tinta, casi invisible en algunas páginas.

No fueron horas fáciles. Sin embargo, la emigración a América del único hijo de Eloísa de Mitxelena permitió avanzar rápidamente a lo largo de los siglos hasta que Leire detectó el regreso de algunos miembros de la familia. A partir de entonces el examen se hizo más lento, aunque no había sido una saga demasiado prodigada en hijos, y eso simplificaba las cosas.

Cada cierto tiempo, Ángel se asomaba por la puerta y preguntaba cómo le iba. Por lo demás, el seminarista se dedicó a seguir catalogando las tumbas que rodeaban el templo. A veces entraba a consultar también él algún dato de fallecimientos en el registro y volvía a salir.

Cuando por fin Leire se levantó era noche cerrada. Estaba agotada, pero se fijó en el confuso croquis que se extendía por todos los rincones de una hoja que horas atrás estaba en blanco y apretó los puños en un gesto triunfal. Lo tenía.

56

26 de junio de 2015, viernes

Nekane extrajo el queso de la salmuera y lo acarició para eliminar el exceso de agua. Después lo dispuso en la bandeja de secado, donde descansaban otras ocho piezas de forma y tamaño similar. Eran piezas de kilo, las más demandadas en el mercado. Una como ellas, pero con al menos siete meses de curación, era la que quería haber presentado al certamen. Al pensarlo se le hizo un nudo en la garganta. Si Olivier no llamaba con buenas noticias, tendría que avisar a la organización de que no acudiría. Sería una oportunidad perdida, quizás la única que se le presentara en la vida. Su mente viajaba con frecuencia a la cueva donde los ratones lo habían echado todo por tierra. Ojalá el francés llamara pronto. Llevaba dos días recorriendo las tiendas a las que proveía en busca de algún extraviejo de Nekane que aún no hubiera sido vendido.

Su suerte estaba en manos del viajante.

Acababa de introducir la bandeja en la cámara de maduración cuando le pareció oír ruido en el exterior del caserío. Aguzó el oído y sintió pasos en la gravilla. El sonido del timbre tardó más de lo esperado, pero llegó tras unos instantes.

Cerrando los ojos, deseó que fuera Olivier. Se lo imaginó con el queso en la mano y una sonrisa victoriosa. Apretó el paso hacia la puerta. El timbre volvió a sonar antes de que la alcanzara.

—Ya va —anunció secándose las manos en el delantal blanco.

En cuanto abrió, todas sus ilusiones se vinieron abajo. No era el francés, solo una mujer que esbozó una sonrisa al verla. La sencilla camiseta roja y unos vaqueros la hacían parecer más joven, aunque Nekane le calculó rápidamente unos treinta y muchos años. Sus hombros rectos delataban que practicaba deporte de forma regular.

—Hola. Soy Leire Altuna —se presentó la visitante girándose como si temiera que alguien la siguiera—. ¿Eres Nekane?

La quesera movió afirmativamente la cabeza.

—Pasa. Solo me queda semicurado, *gaztazarra* y mantequilla. A partir de cuatro meses de curación no puedo ofrecerte nada —indicó haciéndose a un lado para invitarla a entrar.

La recién llegada la siguió al interior y se dejó guiar por el recibidor en penumbra hasta la salita forrada de azulejos blancos donde Nekane despachaba a los clientes.

—Huele muy bien —comentó Leire—. La verdad es que venía solo a hablar contigo, pero aprovecharé para llevarme un queso. ¿Aguantará bien fuera de la nevera?

La quesera la observó intrigada. ¿Venía a hablar con ella? Tal vez se tratara de alguien de la organización del concurso. No, era poco probable porque no tenía acento francés. Tampoco parecía una vendedora. A menudo la visitaban proveedores de maquinaria para queserías y comerciales de empresas de publicidad. A estos últimos los reconocía de inmediato por la importancia que se daban y sus tonos petulantes. La falta de maletines y portafolios lo descartaba en cualquier caso.

—Vengo a avisarte de que puedes estar en peligro —anunció Leire—. Tengo motivos para creer que alguien está tratando de acabar con los descendientes de Eloísa de Mitxelena. Se trataría de una venganza por lo que ocurrió con la Inquisición.

Nekane sintió un leve desasosiego.

—¿Estás diciendo que alguien quiere matarme? —preguntó con una mueca de escepticismo—. Eso no es verdad. Yo no soy más que una quesera. Si no te metes con nadie, nadie lo hace contigo.

La escritora alzó las cejas al oírla. No parecía muy de acuerdo con sus aseveraciones.

—Te habrás enterado de lo de Maite. ¿Crees que ella se metía con alguien?

—No, aunque una curandera puede tener enemigos —reconoció la quesera—. No a todo el mundo le gustan ese tipo de métodos.

—De Celso dirás lo mismo...

—Bebía mucho y tenía a demasiada gente en contra —Nekane temió que sus palabras pudieran malinterpretarse—. Por supuesto que no lo justifico. Pobre hombre, bastante tenía con su desgraciada vida. Tampoco está muy claro que fuera un asesinato, ¿no?

La visitante asintió con gesto grave.

—Sí. Exhumaron el cadáver y hallaron restos de gasolina en su piel. Alguien le prendió fuego. Creía que lo sabrías.

Nekane negó con la cabeza.

—He estado muy liada estos días. Me presento a un concurso de quesos muy importante y tengo la cabeza demasiado centrada en eso. No había oído nada —explicó con sentimiento de culpa.

—Ambos eran familia tuya. Primos lejanos. Descendientes de Eloísa de Mitxelena, en cualquier caso. Igual que los dos jóvenes que fueron quemados como brujas en Bilbao hace apenas unos días —explicó Leire con tono solemne—. ¿Sabes la historia de tu antepasada, verdad?

La quesera sintió ganas de romper a llorar. Todo aquello le tocaba muy de cerca últimamente.

—Demasiado bien. Aquí todo el mundo recuerda lo que ocurrió aquellos años infames.

La escritora la estudió largamente con la mirada. Fueron apenas unos segundos, pero Nekane se sintió incómoda y bajó la vista. No le gustaba tener secretos. Ojalá él se armara de valor cuanto antes y anunciara en su casa que salían juntos. Antes o después tendría que pasar, porque estaba segura de que su amor era más fuerte que las tradiciones.

—Te recomiendo que estés vigilante. Si notas movimientos extraños, llama a la policía. Cualquier cosa que salga de la normalidad puede ser una señal —le advirtió Leire una vez más.

—¿Quién eres? —inquirió la quesera—. ¿Eres policía?

—No —admitió Leire—. Soy escritora de novelas de suspense. Investigo por mi cuenta.

Nekane dejó escapar un suspiro. En momentos así echaba en falta tener un poco más de carácter para poder echarla de su casa. Aquello no podía ser más que una broma pesada.

—Si realmente estuviera en peligro, sería la policía quien vendría a avisarme. No tiene ningún sentido todo esto. Una escritora alertándome de que un loco vengador va a venir a matarme... —protestó con expresión cansada— ¿Querías queso o has terminado?

—¿Está tu madre en casa? —preguntó Leire—. Ella también es descendiente de Eloísa. Me gustaría alertarla.

Nekane oyó la puerta de la calle abrirse y el tintineo de las llaves cuando su padre las colgó del gancho que él mismo había dispuesto junto a la entrada para tenerlas localizadas.

—Mi madre vive en Lyon desde hace años —apuntó con tono serio—. No te preocupes, le avisaré yo.

La expresión del rostro de la escritora bailaba entre la frustración y la irritación. ¿Qué esperaba? Bastantes problemas tenía con los ratones como para preocuparse de extrañas fabulaciones. Ella nunca había hecho daño a nadie y ningún vengador iba a venir a prenderle fuego como si de una bruja se tratara.

—Ponme un queso. El más curado que tengas —solicitó la visitante sacando la cartera del pantalón.

—Hola, hija. ¿Sabes la última de Divi? —se oyó una voz masculina acercándose por el recibidor—. Ah, perdona. Tienes clientes.

Leire se giró hacia él.

—¿Qué tal, Patxi? —le saludó con escasa efusividad.

—¿Os conocéis? —La quesera estaba sorprendida.

El pastor se rió por lo bajo.

—Es una escritora famosa. Puedes estar contenta de que le guste tu queso. Con suerte pondrá tu nombre en su nuevo libro.

—Ha venido a decirme que alguien quiere matarme —anunció Nekane.

Patxi alzó la vista hacia el techo y resopló.

—Tienes mucha imaginación, ¿no? —se dirigía a Leire, que guardaba los cambios que le había devuelto la quesera—. Primero se te ocurre que puedo ser yo el asesino y ahora que quieren cargarse a mi hija... ¿A santo de qué viene esa idea?

La escritora resumió sus temores y el rostro del pastor fue derivando de la incredulidad inicial a la preocupación.

—Si fuera como dice, sería la policía quien vendría a alertarnos —la interrumpió Nekane. No le gustaba ver que su padre se tomaba en serio las palabras de la visitante.

El pastor retirado arrugó la nariz.

—Tienes razón —admitió pensativo—, aunque también lo es que en este pueblo hay todavía demasiados rencores a cuenta de aquello. Cuántas veces he tenido que oír que esta casa no debería ser de mi mujer, que debería devolverse a quienes les fue arrebatada por el Santo Oficio.

—¿Quién ha dicho eso? —se indignó Nekane—. Seguro que son cosas del bar. Los borrachos tienen la lengua demasiado atrevida.

—¿Qué más da dónde haya sido? Lo importante es que hay un poso de rencor que no termina de disiparse. Hay familias que lo llevan al extremo. Y no pocas, precisamente. Es muy triste, pero esta tierra no logrará tirar para adelante mientras estemos empeñados en mirar al pasado —se lamentó Patxi.

La quesera sintió que las palabras de su padre habían dado en el blanco. Le faltó poco para romper a llorar y confesarle su secreto, aunque se contuvo en el último momento. Él había sido muy claro. Su familia no se lo perdonaría si se enteraba de que estaba enamorado de ella. Solo faltaba que el pastor se lo contara a sus amigos del bar algún día que el alcohol le soltara la lengua. Tampoco la presencia de la escritora sugería que fuera el mejor momento para hacerlo.

—Cuida de tu hija. Tengo motivos para creer que mis sospechas son ciertas —dijo Leire antes de girarse hacia la salida con el queso en la mano.

El pastor le aseguró que lo haría. Siempre lo había hecho.

—Si yo no he hecho nada a nadie —murmuró una vez más Nekane echando un vistazo a su teléfono móvil. Olivier no llamaba. El tiempo corría y ella seguía sin pieza alguna con la que competir en Lyon.

Maldijo para sus adentros mientras aguantaba las lágrimas. ¿Por qué se le acumulaban los problemas últimamente?

—No pasa nada. Si no puedes participar este año, podrás hacerlo en la próxima edición. Eres muy joven. Dentro de un tiempo te recriminarás haber pasado estos malos ratos. En la vida no hay que tener prisa —trató de animarla su padre al comprender el motivo de su turbación.

—¿Quién te dice que volverán a invitarme? —La voz de Nekane estaba cargada de tensión. Tanto que antes de acabar sus palabras se reprochó dirigirse así a su padre. Él no tenía la culpa. Solo trataba de reconfortarla sin darse cuenta de que ese tipo de argumentos lo único que hacían era irritarla.

—Claro que lo harán. Y si no lo hacen, lo harán el año siguiente, o el que venga después. No quieras correr tanto. Tus quesos son los mejores y solo tienes veinticinco años. ¿Qué más quieres? —Patxi se había acercado a ella y le acariciaba las mejillas con los pulgares como cuando era una niña.

—Veinticuatro —corrigió la quesera apartándose.

El balido de una oveja le hizo girarse apresuradamente hacia su móvil.

—¿Es él? —inquirió su padre.

Nekane no contestó. Las mariposas revoloteaban en su estómago conforme leía el mensaje. Olivier cantaba victoria. Había tenido que irse hasta Bilbao, pero acababa de recuperar uno de sus quesos.

—Voy a participar en el concurso de Lyon —dijo con la emoción anegándole los ojos.

Patxi la abrazó con sus manos firmes.

—No vas a participar —replicó orgulloso—. Vas a ganarlo.

57

26 de junio de 2015, viernes

El calor del exterior se difuminó en cuanto Leire puso un pie en el recibidor del antiguo hospital reconvertido en museo. Era impresionante lo que eran capaces de lograr esas recias paredes de piedra sin necesidad de aires acondicionados ni climatizadores. El gato de color canela que dormía en medio de la entrada se estiró perezosamente antes de ponerse en pie. La escritora creyó intuir un reproche en la mirada del animal conforme se alejaba en busca de algún otro rincón donde recostarse.

—Hola, Leire —la saludó Carlos tras el mostrador—. Vaya calor hoy...

—Aquí se está bien. En la calle no hay quien pare —comentó la escritora.

—¿Otra vez a buscar respuestas en estas salas? —inquirió el hombre con una sonrisa cómplice—. A ver si va a resultar que lo que quieres es escaparte del calor.

La escritora se rió. Cada vez le caía mejor aquel tipo que cualquiera hubiera calificado de raro.

—La visita de ayer fue más interesante de lo que crees. Hoy solo vengo a pedirte que estés vigilante —anunció deshaciéndose de todo resto de sonrisa—. Puedes estar en peligro. Todo descendiente de Eloísa de Mitxelena puede estarlo.

Carlos la observó sin mostrar grandes emociones. Sin embargo, Leire comenzaba a conocerlo como para saber que esa mirada anodina escondía turbación.

—¿Crees que alguien está vengando lo que hizo?

—Ya son cuatro muertes y una quinta que fue abortada ayer mismo por la policía. Todos ellos están en el árbol genealógico de Eloísa, en el que también tú apareces. Todo apunta a una venganza.

—Han pasado cuatrocientos años de aquello. ¡Cuatrocientos! —El hombre golpeaba el mostrador con los nudillos para reforzar su indignación—. Es todo una mierda. Hay gente en Zugarramurdi que parece empeñada en que esa herida no cicatrice nunca. ¿Qué tendré yo que ver con las traiciones de una antepasada tan lejana?

Conforme hablaba apartó la mirada para que Leire no se percatara de que los ojos se le habían anegado de lágrimas.

—¿Quién es esa gente? ¿Quién mantiene abierta la llaga? —quiso saber la escritora.

Carlos observó las casas que se dibujaban al otro lado de la ventana y sacudió la cabeza.

—Hay familias que no perdonan. No lo han hecho nunca y tal vez jamás lo hagan —se lamentó—. Más de una y más de dos. Hay muchos odios todavía.

Leire no pensaba tirar la toalla fácilmente.

—Tendrás que decirme quiénes son. Entre ellos puede estar el psicópata que se ha decidido a acabar con todos vosotros. —Trató de recalcar la última palabra para que Carlos se sintiera aún más involucrado en el caso.

—Son demasiada gente. Podríamos estar días elaborando una lista...

—Pues lo haremos si es necesario. ¿Se te ocurre alguno que estuviera en Bilbao ayer y cuando fueron asesinados Lander y Begoña Oteiza?

Al encogerse de hombros, la leve chepa de Carlos se marcó bajo la camisa de rayas.

—Yo qué sé. Me paso el día aquí metido —dijo pasando la mano por los llaveros que colgaban de un expositor junto a la caja registradora. Las pequeñas brujas metálicas tintinearon inquietas—. ¿Crees que puedo saber si alguien va o viene?

La escritora percibió una sombra en su rostro. Era difícil interpretar la expresión del empleado del museo, pero resultaba evidente que la pregunta había removido algo en su interior. Parecía que de repente le hubieran caído un puñado de años encima.

—¿Estás seguro de que no sabes de nadie del pueblo que ayer estuviera en Bilbao? —decidió insistir.

Carlos la observó con la mirada vacía. Ni siquiera la escuchaba. Su mente estaba lejos de allí, en algún lugar que le provocaba la profunda tristeza que se traslucía en el rictus de sus labios. Tras un minuto de tenso silencio se giró hacia un armario metálico situado junto al cuadro eléctrico.

—Creo que ha llegado el momento de que veas algo —anunció en tono serio sacando una mochila de cuero que se colgó en bandolera—. Acompáñame.

Leire le siguió al exterior. La fuerza del sol le obligó a entrecerrar los ojos para acostumbrarse a la claridad.

—¿Adónde vamos? —quiso saber apresurándose para alcanzarlo. Los caseríos que flanqueaban sus pasos les miraban silenciosos, igual que los buitres que planeaban lentamente sobre sus cabezas.

—A la cueva. En ella hay algo que explica todo lo que está ocurriendo en los últimos tiempos.

Las galerías resultaban cada vez más angostas y el firme se tornaba más irregular conforme se internaban en ellas. El barro acumulado en algunas zonas se aferraba con fuerza a las suelas, como una conjura para dificultar el avance.

—¿No me puedes adelantar nada? —Leire estaba impaciente. Llevaban un buen rato abriéndose camino a través de aquel fabuloso vientre de roca y aún no tenía ni idea de lo que pretendía enseñarle Carlos.

—Mejor que lo veas con tus propios ojos. No lo creerías si te lo explicara. Es demasiado el odio que emponzoña este pueblo desde hace siglos y estoy seguro de que la fuente de todo está aquí dentro.

El potente haz de la linterna hacía bailar las sombras de la cavidad. Los cruces se sucedían, aunque Carlos sabía guiarse a través del que a la escritora se le antojaba un perfecto laberinto. Solo en una ocasión habían tenido que volver sobre sus pasos al encontrarse con un fondo de saco.

Nada permitía imaginar, a la vista de la enorme cavidad atravesada por el río del Infierno, que de uno de sus niveles superiores, allá donde en el akelarre había sido dispuesto el trono del diablo, arrancaba una gruta lateral de semejante longitud.

—Los turistas no entran aquí. Se quedan en las zonas a las que llega la luz del día. Esto es más propio de espeleólogos —explicó Carlos sin dejar de avanzar.

—No me extraña. Si me llegas a decir que era así, paso a por las botas de monte —protestó Leire. No esperaba que los pasadizos laterales que surgían de su amplia boca pudieran llegar a ser tan largos y tortuosos—. ¿Hasta dónde llega este túnel?

—Muy lejos. Hasta las cuevas de Sara, a casi tres kilómetros de aquí —se jactó Carlos—. No, no me hagas caso. Eso es lo que creían algunos mandos de la Guardia Civil durante la dictadura. No podían asumir que esta muga fuera tan permeable al tráfico de personas y mercancías prohibidas. —La linterna enfocó un nuevo cruce en el que optó por el pasadizo de la izquierda. Su escasa altura le obligó a agachar la cabeza—. Ya queda poco. Enseguida se estrecha demasiado como para poder seguir.

Leire se sentía más confundida a cada paso que daba. ¿Qué era lo que escondía la cueva? ¿Algo relacionado con los akelarres que supuestamente se celebraban en ella? ¿Una prueba de que realmente tuvieron lugar? ¿O tal vez la demostración de que las denuncias no fueron más que falacias incitadas por los inquisidores?

Estaba nerviosa, asustada incluso. No se sentía cómoda en un lugar tan inhóspito con alguien que, en realidad, era un completo desconocido. De haber sabido que se trataba de unos túneles tan largos se habría negado a seguirle.

En un intento por calmarse, se dijo a sí misma que Carlos era una posible víctima, que nada tenía que temer de un descendiente de Eloísa. Era precisamente a gente como él a quienes parecía haber decidido eliminar el asesino. Trataba de convencerse de ello cuando el del museo se detuvo en seco.

—Aquí es —anunció dirigiendo el haz de luz hacia una angosta abertura lateral—. A partir de aquí ya solo pueden continuar espeleólogos equipados con cuerdas y trajes especiales.

La linterna barrió el resto de la sala donde habían desembocado. Se trataba de un espacio que, a pesar de lo irregular del terreno, podía considerarse circular. No medía más de tres metros de diámetro. Olía a humedad, algo que no era una novedad en la cueva, aunque sí que lo hiciera de una forma tan contundente.

—¿Dónde está lo que querías mostrarme? —inquirió Leire girándose hacia Carlos, que la contemplaba inexpresivo.

—Aquí. Esto lo explica todo. Fíjate —anunció con tono solemne asomándose a una ancha grieta en el suelo. La luz de la linterna se coló por ella—. ¿No te parece espantoso?

La escritora dio tímidamente un paso al frente. ¿Qué había allí? El nudo en el estómago le impedía acercarse más rápido. Tenía miedo de verlo, de comprender de golpe el secreto que asolaba Zugarramurdi desde hacía cuatro siglos o quizás más.

—Vamos, asómate —le apremió Carlos volviendo el haz de luz hacia ella.

Leire no llegó a saber si fue el verse cegada por la linterna o el tono irritado con el que pronunció aquellas palabras, pero algo le dijo que las cosas no iban bien. El instinto le obligó a dar un paso atrás para apartarse de la sima.

—¿Qué haces? Está aquí dentro. Mira en el agujero. Si lo ves, lo comprenderás todo —insistió su guía moviéndose rápidamente para interponerse entre ella y la salida. Aunque trataba de ser convincente y mostraba una sonrisa forzada, su voz sonaba cargada de ira. Aquello no estaba saliendo como esperaba.

Leire dudó entre obedecer o abalanzarse sobre él para arrebatarle la linterna. ¿Y si era verdad y solo pretendía mostrarle algo?

No tuvo tiempo de tomar una decisión. Carlos le apuntaba de pronto con una escopeta de cañones recortados. Su mochila yacía abierta en el suelo.

—Tírate a la sima —le ordenó mascando lentamente cada palabra.

—No has sido tú. No puede ser. —La escritora no comprendía nada. El árbol genealógico no ofrecía ninguna duda: Carlos era descendiente de Eloísa, una potencial víctima, no el verdugo.

—¡Que saltes!

Leire se giró hacia la sima. La oscuridad de la grieta contrastaba con las paredes iluminadas de la cavidad. La impotencia le hizo flaquear las piernas. No había nada que hacer. O la caída al vacío o un disparo a bocajarro. No era fácil elección.

Iba a abrir la boca para pedir clemencia cuando recibió el primer culatazo en el hombro izquierdo. El segundo golpe llegó cuando se retorcía de dolor. Esta vez fue un potente puntapié que la lanzó inexorablemente a la sima.

Sus fauces se abrieron voraces para recibirla y la engulleron con saña mientras se golpeaba en la caída contra sus paredes de roca.

Estaba muerta. Lo supo perfectamente mientras la luz se extinguía en la distancia y su cuerpo magullado se precipitaba en busca del fondo. No hubo espacio en esos últimos instantes para los reproches por haber errado en la resolución del caso, ni siquiera un atisbo de rencor hacia su asesino; solo una inmensa tristeza al recordar unas palabras que le hicieron sentir una punzada en la barriga.

Enhorabuena, es una niña.

Otoño de 1610

El implacable sonido de los tambores marcaba el paso. Era un ritmo lento, grave, cargado de tristeza y de miedo. Las miradas, algunas reprobadoras, otras asustadas, de quienes asistían a la macabra procesión se le clavaban en el alma, desgarrada tras tantos meses de tormento. No sentía vergüenza, solo rabia, por el capirote y el sambenito que les habían puesto a ella y a otros reos. Ni las llamas infernales ni los demonios dibujados en ellos lograban que se sintiera humillada, a pesar de que el público que jalonaba su paso se santiguaba escandalizado ante tales vestimentas.

—¡Arrepiéntete! —Un monje dominico caminaba junto a ella, mostrándole un crucifijo y repitiendo una y otra vez la misma palabra. Era un chico joven, seguramente un novicio, y María podía ver el terror en sus ojos. Había uno como él junto a cada uno de los acusados.

Abría la procesión un sacerdote con una gran cruz verde cubierta con un velo negro. A su lado avanzaban dos monaguillos con sendos incensarios. El olor de la mirra llegaba apagado hasta María, que había llegado a odiarlo allí abajo. No había sesión de tormento en la que aquel aroma almizclado no flotara en el ambiente. Tras la cruz, dos filas de monjes dominicos portaban doce candelabros con velones encendidos. Los acusados iban detrás. María era una de las últimas de la fila. Ante ella, veía verdaderos despojos humanos. Vecinos a los que apenas lograba reconocer en los sacos de huesos, pellejo y heridas que los meses de cárcel y tortura habían hecho de ellos. A su padre no podía verlo. Iba por detrás. A su abuela, tampoco. Pensó en ella con una mezcla de tristeza y orgullo. Había tenido suerte de sucumbir a la tortura. Era lo que todos los prisioneros deseaban. Desgraciadamente, los inquisidores eran expertos conocedores de los límites de la resistencia humana y sabían detenerse en el momento oportuno.

—¡Bruja! —le gritó con saña una mujer del público. Otra que estaba a su lado le escupió en la cara y le dio un tirón de la soga que portaba alrededor de la garganta.

Una profunda decepción fue abriéndose paso en su interior conforme los gritos contra los acusados se recrudecían.

—¡Arrepiéntete, bruja! ¡Arrepiéntete!

Estaba abrumada. ¿Qué hacía allí, en las estrechas calles de Logroño, magullada y envuelta en un griterío tan atroz? Pensó en sus vacas. ¿Qué habría sido de ellas? ¿Y su hermano? Ojalá hubiera huido bien lejos. Seguro que estaba asustado. Tenía tantas ganas de darle un abrazo.

«Pronto —se dijo tratando de animarse—. Algún día todo esto no será más que una horrible pesadilla.»

—Arrepiéntete...

Los lamentos de Julia Navareno, que iba por delante arrastrando los pies y trastabillando cada pocos pasos, le conmovieron aún más que su propia desgracia. Aquel malnacido de Del Valle le había obligado a pisar un brasero bajo la amenaza de sentar en la cuna de Judas a todas sus hijas. La mujer había aguantado el dolor estoicamente, aunque no había vuelto a ser capaz de ponerse en pie. Ese día, sin embargo, un dominico la forzaba a levantarse cada vez que caía de bruces, incapaz de resistir el roce del camino en sus plantas en carne viva.

—Monstruos —murmuró María en voz baja.

Antes de que la persecución se desatara en Zugarramurdi, había oído hablar de la Inquisición. Jamás, sin embargo, imaginó que sus tormentos pudieran llegar a ser tan crueles. La muerte era sin duda mejor que los muchos meses pasados en las mazmorras del Santo Oficio a manos de unos hombres henchidos de odio. Sus propias creencias se habían desmoronado. Había dejado de rezar. Había dejado de creer en un dios que no podía ser tan justo si permitía que Del Valle, Becerra y otros tantos desalmados actuaran así en su nombre.

—¡Arrepiéntete! —El crucifijo del dominico la golpeó en la cara.

—¡Bruja! —En los ojos de quienes le insultaban leyó temor. Algo le decía que no era a ella, sino a los inquisidores, a quienes temían aquellas gentes. No eran días para quedarse en casa. Cuanto más alto se gritara, cuanto más graves fueran las mofas hacia los reos, menor era el riesgo de verse perseguido por el tribunal.

El tambor que marcaba el paso con su grave y lenta cadencia dejó de sonar. Habían llegado a la plaza. Un enorme estandarte del Santo Oficio, con su cruz verde envuelta en un halo blanco sobre un implacable lienzo negro, presidía el lugar. Dos gradas de madera acogían al público distinguido, y en una tercera, que ocupaba un espacio central, se sentaba el inquisidor general junto a varios cardenales. María fue conducida a un enorme cadalso en el que había dispuestas dos jaulas. A empujones, fue introducida en una de ellas junto con otras tres mujeres. A su padre lo metieron en otra igual con el panadero. Cinco féretros, sobre los que se colocaron otras tantas burdas estatuas con sambenitos, fueron dispuestos entre ambas jaulas. Eran los restos de los condenados que no habían soportado los tormentos inquisitoriales.

María buscó la mirada de su padre, que la observaba con tristeza. Todo se desmoronaba. Sus proyectos, sus ilusiones, su amor por Galcerán, sus deseos de libertad... Los once montones de leña apilada que había tras ellos solo aventuraban un posible final.

La estridente música de los clarinetes y los tambores cesó y un tenso silencio se adueñó de la plaza. El auto de fe iba a comenzar.

—Vosotros, aquí presentes, que habéis intentado socavar e incumplir la fe católica, faltasteis al juramento hecho al Padre, al Hijo y al Espíritu Santo; vosotros, que albergasteis el demonio en vuestras almas... —El inquisidor Juan del Valle hablaba desde una cátedra erigida sobre el cadalso—. Habéis sido juzgados y declarados culpables en distinto grado por el tribunal del Santo Oficio.

Los primeros en ser castigados fueron los que ocupaban el escalón más bajo del cadalso. Penas de cinco años en galeras para muchos por haber sido acusados de adoración al diablo. A otros les propinaron doscientos azotes con un tabla de madera que les dejó las nalgas ensangrentadas y la voz desgarrada de tanto gritar. Peor suerte corrieron los que fueron condenados a cárcel perpetua, y aún más quienes a los azotes sumaron interminables penas de prisión.

Las horas discurrieron con lentitud, entre sermones de los inquisidores y castigos físicos que hacían contener la respiración al gran público congregado.

Fue entrada la noche, cuando las teas iluminaban la plaza otorgándole un aspecto aún más temible al estandarte del Santo Oficio que la presidía, cuando el inquisidor mandó subir a la tribuna a Eloísa. María sintió el amargo regusto de la bilis al comprobar que la mirada de la francesa recalaba en ella y le dedicaba una sonrisa triunfal.

—¿Juráis ante este tribunal decir toda la verdad? —le preguntó Del Valle antes de pedirle que narrara una vez más el asesinato del bebé de Catalina Txipia y el festín que los brujos, dirigidos por la joven partera, se dieron con su menudo cuerpecillo.

Su testimonio, de un realismo descarnado en el que no faltaron los más escabrosos detalles, provocó una oleada de acusaciones desde el público. María reprimió las ganas de llorar. No pensaba darle a la francesa esa alegría.

—¡Es todo mentira! —oyó clamar a su padre—. ¡Mentira!

Juan del Valle no estaba dispuesto a permitir defensa alguna de los acusados. Hizo un gesto a los guardias para que los mantuvieran en silencio y subió a la cátedra que ocupaba el espacio central. Después alzó las manos para que el jaleo que llegaba desde el público cesara y se giró para orar ante el gran estandarte del Santo Oficio. Finalmente, asintió a un gesto de quienes presidían el acto desde la grada más alta, y abrió la boca para dictar sentencia.

—Hemos asistido a acusaciones muy duras y confesiones aterradoras. A ninguna persona de bien le puede quedar duda alguna de que los aquí presentes cobijáis al demonio en vuestras almas —anunció con un torrente de voz, señalando las jaulas con un amplio movimiento de su mano derecha. María sintió que las piernas le flaqueaban hasta quedar postrada de rodillas para escuchar aterrada cómo las últimas esperanzas de regresar a casa se desvanecían cruelmente—. El tribunal del Santo Oficio os declara culpables. Cúmplase la sentencia. Que Dios se apiade de vuestras almas.

58

26 de junio de 2015, viernes

El agua estaba helada. Leire la sentía atacando su cuerpo como afiladas puñaladas. Miró hacia lo alto. La luz de la linterna se desvanecía conforme su atacante se alejaba. Calculó cuatro o cinco metros de desnivel. No era mucho en condiciones normales pero sí en una sima llena de agua y en medio de una oscuridad que no tardó en ser absoluta.

El pánico le entumecía los sentidos. Carlos la acababa de sepultar en vida. Se reprendió una vez más por ser tan ingenua y se prometió a sí misma que, si salía con vida de allí, dejaría de entrometerse en los asuntos policiales. Había jugado a ser una investigadora intrépida, más valiente y más lista que nadie, y se había quemado. Contenta podía estar de haber salvado la vida tras la caída. O quizás no tanto. Más valía morir de un golpe en la cabeza que hacerlo lentamente, helada de frío y ahogada en una oscura sima.

La sensación de terror fue cediendo el paso al instinto de supervivencia. Solo entonces reparó en las agudas señales de dolor que le lanzaba su brazo derecho. En realidad, todo su cuerpo se quejaba. Las estrechas paredes se habían empleado a fondo para golpearla en la caída. Sin embargo, el brazo le dolía con una intensidad que resultaba difícil de soportar.

Se llevó la mano izquierda a la zona lastimada y comprobó angustiada que el húmero trazaba una extraña curva cerca del codo. Se había roto el hueso. La mente la llevó inconscientemente ante su ordenador. Iba a ser difícil escribir con una sola mano. Apenas fueron unos segundos, porque inmediatamente recordó su situación. Se encontraba en una sima y tal vez las líneas que había escrito esa mañana antes de salir fueran las últimas que escribiera jamás.

Trató de mantenerse a flote sacudiendo con ímpetu las piernas y comenzó a recorrer el escaso perímetro de la sima con la única mano que podía emplear. La roca estaba fría y resbaladiza, probablemente debido a fluctuaciones en el nivel del agua. Necesitaba dar con algún saliente en el que poder impulsarse. Sabía que sería en vano. A no ser que encontrara una escalera, no lograría salir de allí. Con una sola mano hábil no podría escalar, por muy buenos asideros que encontrara.

Iba a morir allí.

El frío comenzaba a entumecerle las piernas. Le pesaban, le costaba seguir agitándolas. Sabía que así llegaría el final. En cualquier momento sufriría un calambre y no podría continuar nadando. Trataría de sujetarse de algún modo a la pared, pero acabaría ahogándose, agotada. Era injusto. Entretanto Carlos habría abandonado ya la cueva y estaría en su museo, acariciando a sus gatos como si nada hubiera ocurrido.

Seguía palpando su celda, cada vez más desanimada, cuando dio con algo que le devolvió la esperanza.

Una cuerda.

Tiró de ella con suavidad y después con más fuerza. Los anclajes que la sujetaban a la roca eran firmes. Recorría la sima en vertical y se adentraba en el agua, donde seguía su recorrido sujeta cada pocos palmos a la pared. Leire nunca había sido aficionada a la escalada, aunque la había practicado alguna vez en sus años de universitaria. Lo suficiente para saber que lo que estaba tocando era una cuerda fija, instalada por espeleólogos.

—Tienes que hacerlo —se animó estirando el brazo izquierdo para asirse a ella tan arriba como pudiera.

Tomó impulso para lograr a duras penas elevarse sobre el agua. No era solo su peso, también el de su ropa empapada.

Lo difícil venía ahora. No contaba con la otra mano para poder ayudarse. Lo intentó en vano con la boca. La cuerda se le escapó y cayó de nuevo al agua.

Un profundo sentimiento de impotencia la golpeó con saña mientras se retiraba el cabello mojado de la cara. Todo aquello no parecía sino una broma cruel.

Tenía que hacerlo. Esa cuerda era su única salida. No podía esperar a que alguien acudiera a rescatarla. O salía ella sola o moriría.

Esta vez empleó también la mano derecha. No podía impulsarse con ella, pero al menos era capaz de retener la cuerda mientras volvía a estirar la izquierda. El hueso roto se quejaba con fuerza cada vez que se veía obligada a utilizarla. Un dolor que llegó a hacerle temer que perdería el conocimiento, pero un dolor que era a su vez el mejor recordatorio de que estaba viva, y no lo estaría por mucho tiempo si se abandonaba entre lamentos.

Tres veces cayó al agua y otras tantas volvió a intentarlo. Las paredes, resbaladizas al principio, se tornaron buenas aliadas en cuanto ganó algo de altura. Su tacto rugoso y los numerosos salientes donde apoyar los pies y descansar el peso del cuerpo facilitaban el avance.

Estaba agotada. La falta de luz impedía ver dónde terminaba el ascenso. Esperaba que no faltara mucho o no podría más. Un impulso más, una nueva punzada de dolor... Le ardían las palmas de las manos. La cuerda le desgarraba la piel.

Estiró una vez más el brazo izquierdo. Esta vez palpó el vacío. No había cuerda, tampoco roca.

Lo había conseguido.

La furgoneta de la Policía Foral no estaba en la esquina de la plaza donde su presencia se había vuelto habitual desde el akelarre. Leire temió que hubieran abandonado el pueblo ante los escasos avances. La verdad era que poco hacía Romero en Zugarramurdi, salvo interrogar a personas que nada parecían tener que ver con el caso. De haber sido Eceiza el encargado de capitanear la investigación, las cosas irían mejor. Tal vez no hubiera trabajado en equipo con ella, como hacía Cestero, pero al menos tendría en cuenta sus aportaciones.

Todavía se le clavaba en el orgullo la altivez del subinspector cuando le expuso la necesidad de dotar de protección a los descendientes de Eloísa de Mitxelena. Según le dijo, con ademanes cargados de desprecio, eso de la venganza estaba muy lejos de las hipótesis que barajaba la policía.

Se disponía a desviarse hacia el bar para pedir ayuda a Divina, cuando reparó en que el vehículo policial se encontraba en una de las calles que partían de la plaza, aprovechando la sombra que le brindaba el alero de un caserío. Estaba tan entumecida por el frío pasado en la cueva que había olvidado que hacía un calor de justicia.

—¿Qué te ha ocurrido? —le preguntó un agente que hablaba por teléfono junto a la furgoneta de atestados. El joven, que lucía un divertido bigote acabado en punta, señalaba visiblemente impresionado el ángulo imposible de su brazo derecho.

—Ha intentado matarme. Carlos, el del museo. Quiero denunciarlo —anunció Leire señalando la furgoneta.

—Espera —le pidió el policía llevándose de nuevo el teléfono a la oreja—. Cariño, te llamo más tarde. Me necesitan por aquí.

Después abrió la puerta corredera del furgón y asomó la cabeza al interior. El frescor del aire acondicionado que emergió de allí golpeó a Leire como una agradable bofetada.

—Está aquí la escritora. Viene llena de contusiones. Dice haber sido víctima de una tentativa de asesinato —explicó sin perder el tiempo en saludos.

Romero salió con gesto escéptico.

—Estás empapada —comentó con los brazos en jarras—. Joder, ¿y eso? ¿Cómo te has hecho esa avería?

Leire se miró el brazo y sintió que se mareaba.

—Carlos ha intentado matarme. Me ha llevado a la cueva y me ha tirado a una sima —resumió ante el gesto impaciente del subinspector.

Romero no ocultó su extrañeza.

—¿El soso ese del museo?

—He ido a avisarle del peligro que corre y…

—¿No te advertí de que las investigaciones policiales no son ningún juego? —espetó el policía, contrariado. Después se giró hacia el compañero que permanecía dentro de la furgoneta—. Pide una ambulancia. En esta aldea no habrá nadie que pueda arreglarle ese desaguisado.

—¿Vais a detenerlo? —quiso saber la escritora.

El rostro del subinspector se debatía entre la burla y la duda.

—En cuanto acabe lo que estoy haciendo, me acercaré a hablar con él. No te hagas ilusiones, me temo que será tu palabra contra la suya. Además, te gustará saber que estamos a punto de resolver el caso y tus pesquisas no van tan bien encaminadas como crees.

—¡Ha intentado matarme! —protestó Leire con la rabia quemándole las entrañas.

Romero se encogió de hombros.

—El trabajo policial precisa de algo más que fantasías de novelista —le espetó antes de volverse al interior del vehículo—. Espero que no me hagas perder el tiempo.

La puerta corredera se cerró con un sonoro portazo y Leire supo en el acto que nada más podría conseguir allí. Se dirigía hacia el bar con una implacable sensación de frustración carcomiéndole por dentro cuando oyó que alguien la llamaba en voz baja. Se giró y comprobó que se trataba del policía del bigote. Le hacía gestos para que se acercara a las escaleras de la iglesia mientras señalaba el teléfono móvil que tenía en la mano.

—El inspector quiere hablar contigo —anunció en un susurro lanzando una mirada de soslayo hacia la furgoneta policial.

—¿Eceiza? —preguntó la escritora tomando con la mano izquierda el aparato que le ofrecía. Al menos podría contarle lo sucedido a alguien que tomara en serio sus palabras—. ¿Hola? ¿Inspector?

—¿Cómo estás, Leire? Zubia me estaba contado lo de la sima —se interesó el policía a través del auricular—. ¿Qué ha pasado exactamente?

La escritora explicó con todo detalle su visita al museo y el intento de Carlos de acabar con su vida. Tampoco se guardó una reprimenda a la Policía Foral por el trato que Romero le había dispensado.

—Lo siento mucho —se disculpó Eceiza—. Ya quisiera yo que las cosas fueran de otra manera. Me salté el reglamento y me han sancionado. Me esperan unas semanas de oficina. Papeleos y burocracia.

Leire apenas le escuchaba. Todavía no daba crédito a la falta de respuesta de la policía.

—Ha intentado matarme... Me ha tirado a una sima. Tengo un brazo roto y contusiones por todo el cuerpo... Es un asesino, y Romero no piensa hacer nada —exclamó Leire caminando sobre las tumbas que rodeaban la iglesia.

Una sirena resonó a lo lejos, silenciando en parte la música de los cencerros que llegaba desde los pastos de alrededor.

—Me voy a ocupar personalmente de que mis compañeros detengan a Carlos —aseguró Eceiza—. Voy a tramitar una orden de registro. ¿Crees que se trata del asesino que estamos buscando?

La escritora había pensado en ello mientras buscaba la salida de la cueva palpando a ciegas en el laberinto de piedra.

—No. Demasiados indicios me hacen descartarlo. El primero es el *modus operandi*. ¿Dónde están los barbitúricos? ¿Y el ritual del fuego?

Eceiza la interrumpió.

—¿No te ha explicado Romero las novedades de los sedantes? No, claro..., qué tontería.

—¿Habéis averiguado algo?

—Los barbitúricos fueron hurtados hace mes y medio en Zugarramurdi —explicó el policía mientras la escritora se detenía sobre una de las losas de piedra grabadas sin poder reprimir un estremecimiento. De no haberse cruzado aquella cuerda en su camino, a esas horas estaría tan muerta como quien descansaba bajo esa lápida rojiza desde hacía trescientos años—. Un veterinario rural denunció que le fueron sustraídas varias dosis de tiopentato sódico de su furgoneta mientras atendía un parto de una vaca que se había complicado. Se trata de un anestésico de uso habitual en animales.

—¿Se investigó? —quiso saber Leire, aunque se temía la respuesta.

—No mucho —admitió Eceiza—. Se valoró como un hurto de escasa trascendencia. Normalmente ese tipo de productos acaban en el mercado negro. Tienen su público entre algunos drogodependientes y entre personas que quieren poner fin a su vida. Todo depende de la dosis.

La escritora asintió dirigiendo una mirada alrededor. La sirena hendía con fuerza el silencio. El brazo le recordó con un fuerte pinchazo que estaba roto. Apenas se percibía ya su extraña curva bajo una inflamación que recordaba al bíceps de un culturista.

—¿Consta en la denuncia la cantidad robada? —preguntó Leire.

El inspector se rió por lo bajo.

—Ya sé adónde pretendes llegar. No solo consta, sino que hemos cotejado ese dato con las estimaciones de los forenses de las dosis empleadas para drogar a la curandera y los tres miembros de la familia Oteiza —explicó orgulloso—. La deducción es que todo lo que fue hurtado ha sido empleado ya.

—¿No ha habido más robos últimamente? —Leire era consciente de lo que eso suponía.

—Denunciados en Navarra no —concretó el policía—. Y si no tiene más barbitúricos no podrá seguir matando. A no ser...

—Que lo haga de otro modo —terminó la escritora comprendiendo lo que pretendía sugerir el inspector.

—Leire —la llamó desde las escaleras de la iglesia el policía del bigote—. Está aquí la ambulancia.

El brazo roto volvió a lanzarle una aguda señal. No era momento de seguir con elucubraciones.

59

26 de junio de 2015, viernes

Cestero se giró hacia el teléfono que vibraba sobre la mesita del salón. Su sujetador estaba hecho un ovillo junto al aparato, igual que la camiseta de Iñigo. Desde el sofá no lograba ver el nombre que mostraba la pantalla.

—No cojas —le pidió el profesor acariciándole la espalda desnuda.

La ertzaina no le hizo caso. De buena gana se quedaría allí tumbada con él, pero esperaba ansiosa la llamada de Leire. A esa hora la escritora estaría de regreso a Zugarramurdi tras pasar por las urgencias del hospital de Elizondo. Eso si no se había hartado ya de la incompetencia de Romero y había optado por volverse a Pasaia con el brazo escayolado.

—No es ella —anunció apartando un paquete de preservativos para coger el aparato—. Es el imbécil de Badiola.

—Qué raro... Son casi las nueve de la noche —musitó Iñigo. La ertzaina se quejaba cada día de que su compañero no fuera capaz de quedarse en la comisaría ni un solo minuto una vez que el reloj marcaba el final de su turno.

Cestero temió que algo grave hubiera ocurrido.

—Hola, Badiola —saludó llevándose el móvil a la oreja.

—¿Tienes puesta la tele? Esos cabrones... Me prometió que lo borraba. Mañana voy a ir a buscarlo. Le caerá un buen puro. —La voz del policía sonaba cargada de ira.

La ertzaina le hizo una señal a Iñigo para que le acercara el mando a distancia.

—¿El vídeo del despacho? —inquirió recordando la discusión de su compañero con los estudiantes—. ¿En qué canal?

—En la ETB. Son imágenes sacadas de YouTube. Ese idiota ha colgado el vídeo en internet y ahora todos los morbosos pueden ver a Javier Oteiza moribundo en su despacho —se lamentó Badiola antes de asegurar que no pensaba quedarse de brazos cruzados.

Cestero dejó el móvil sobre la mesa y dirigió la vista al televisor. La calidad del vídeo no era buena y apenas duraba veinte segundos, pero mostraba toda la crudeza del momento. Ella aparecía de rodillas junto a la víctima pidiendo una ambulancia a gritos y su compañero, irritado, se encaraba con quien grababa. No era una imagen reconfortante, pero la tertulia televisiva la proyectaba de fondo mientras varios analistas valoraban la actuación policial y sugerían hipótesis de todo tipo sobre lo sucedido.

—Vaya asco de gente —protestó Iñigo apoyándole una mano en el hombro—. Lo mismo opinan de la deuda griega que de un asesino en serie. Se creen que saben de todo y no saben de nada.

—Sigue en coma —anunció Cestero fijándose en la sangre que cubría gran parte del rostro del hombre que aparecía en el suelo del despacho—. Los médicos dicen que la sobredosis de barbitúricos puede haber supuesto un duro golpe para el sistema nervioso central, aunque confían en que se recuperará.

—Le reventó la nariz —apuntó Iñigo sin apartar la vista del televisor—. Pobre Javier. Hay sangre por todos lados.

La ertzaina se fijó en la mesa salpicada de gotas rojas que formaban un reguero más intenso hacia su zona central. Era allí donde su agresor le había golpeado para desorientarlo antes de inyectarle la droga en la yugular.

—Tiene el tabique nasal partido. Se lo reconstruirán en cuanto baje la inflamación —explicó poniéndose el sujetador—. Voy a por un botellín de cerveza. ¿Te traigo uno?

El profesor no contestó. Observaba fijamente el televisor con el ceño fruncido. Cestero se giró hacia la pantalla para comprobar que no había nada nuevo. Solo la secuencia del despacho repetida una vez más.

—¿Qué pasa? —quiso saber.

—Mira. Fíjate en los exámenes —señaló Iñigo antes de llevarse las manos a la cabeza—. ¡Joder, ahora no!

El presentador, que ocupaba de pronto toda la pantalla, despedía sin grandes ceremonias a los tertulianos. Los créditos finales pasaron a velocidad fugaz por el extremo inferior de la imagen y un mensaje del patrocinador anunció que el programa había terminado.

—En las noticias lo repetirán. Empiezan en un par de minutos —comentó Cestero cada vez más intrigada. No entendía qué se le podía haber pasado por alto—. ¿Qué es lo que has visto?

—Espera —le pidió el criminólogo extrayendo su ordenador portátil de la mochila—. Estaba sacado de internet. Vamos a verlo como dios manda.

La ertzaina se sentó a su lado y le vio teclear las palabras Deusto, Oteiza y despacho. El buscador mostró inmediatamente una lista de resultados.

—Ahí está —indicó Cestero acercando el dedo a la pantalla.

Iñigo arrastró el cursor hasta allí y pulsó sobre la pequeña imagen. La grabación se mostró enseguida a pantalla completa. Se trataba de la misma que acababan de ver en televisión, aunque ahora el teclado del ordenador permitía rebobinar y detener la escena a voluntad.

—¿Qué ves sobre la mesa? —inquirió el profesor deteniendo la reproducción en una toma que mostraba a Badiola con la mano alzada en primer término y el escritorio tras él.

—El libro con el que le reventaron la nariz y una pila de exámenes. Bueno, y un par de rotuladores —admitió Cestero.

—¿Ninguno ha reparado en nada más? —se extrañó Iñigo—. Son los exámenes lo que me interesa. ¿Qué ves?

La ertzaina tuvo la desagradable sensación de que le estaba dando una clase como si de una alumna más se tratara. Lo odiaba cuando le hablaba así.

—Una pila más grande y otra de apenas unas cuantas hojas —comenzó a explicar con tono asqueado antes de detenerse boquiabierta—. ¡Joder, no me había fijado hasta ahora!

—Ni tú ni ninguno de tus compañeros —se jactó Iñigo—. Y mira que está claro que quien intentó matar a Javier se llevó un examen.

Cestero asintió sin apartar la mirada de la mesa ensangrentada. Las salpicaduras de sangre ensuciaban tanto la madera como la hoja situada más arriba en la pila de menor grosor. No ocurría lo mismo con la situada sobre el montón de papel más voluminoso. A pesar de encontrarse en pleno centro del escritorio, rodeada de gotas de escandalosa sangre, estaba impoluta. Era evidente que faltaba la que ocupaba ese lugar en el momento de la agresión.

—Es un alumno —dedujo la ertzaina—. Entró con la excusa de revisar su examen y atacó al profesor. La sangre manchó la hoja que llevaba su nombre y que Javier revisaba cuando le atizó con el diccionario. Se la llevó temiendo que nos guiara hasta él.

—Exactamente. Lo tenemos —celebró Iñigo cerrando el ordenador—. Se ha dejado un cabo suelto que no tardará en ahogarle.

—¿Cómo puedes estar tan seguro? —Cestero no las tenía todas consigo. No entendía cómo podían averiguar de quién era el examen que faltaba. Seguro que habría bastantes alumnos que no se habían presentado. Eso reducía el número de sospechosos, pero seguirían siendo unos cuantos.

—Porque conozco Deusto —explicó poniéndose los pantalones—. Vamos. No tenemos más que cotejar los exámenes que quedaron sobre la mesa con el listado provisional de calificaciones que publicó Javier. No nos llevará ni media hora dar con el que falta. Y ese…

—Ese es el cabrón que nos ha tenido en vilo las últimas semanas —le interrumpió Cestero vistiéndose. Sentía la adrenalina inundando su torrente sanguíneo. Tenía la sensación de que esta vez iban por el buen camino.

8 de noviembre de 1610

María perdía la vista en la bóveda estrellada. La luna se intuía tímidamente tras los edificios del flanco este de la plaza. La claridad en el cielo indicaba que no tardaría en salir. La joven la esperaba. Hacía meses que no la veía. Tantos como llevaba en aquellas horribles mazmorras a merced de sus torturadores. No sabía cuánto tiempo había pasado allí abajo. Al principio contaba los días. No era fácil, la oscuridad absoluta lo hacía casi imposible, pero los períodos de sueño y vigilia le permitían hacerse a la idea del paso del tiempo.

—¡Arrepiéntete, bruja! —El dominico le acercaba el crucifijo, atado al extremo de una larga vara de más de dos metros de altura, como el poste al que estaba ligada la condenada.

María estaba lejos de allí. Ni siquiera la triste música de los cantores y los ministriles lograba traerla hasta la plaza mayor de Logroño. Su mente volaba libre por las praderas de Zugarramurdi, disfrutaba con la visión de ese mar lejano que ya nunca lograría tocar con sus manos y disfrutaba con el olor de la manzanilla que crecía al pie de los robles.

—¡Arrepiéntete!

Los verdugos, con el rostro oculto tras un velo blanco, dieron un paso al frente con sus teas encendidas.

—¡Cúmplase la sentencia! ¡Que los condenados ardan en el infierno! —tronó la voz del inquisidor.

La música cesó en seco. Los cientos, tal vez miles, de asistentes contuvieron la respiración. Algo así no se veía todos los días. Solo los lamentos de algunos condenados rogando clemencia se atrevieron a desafiar al silencio.

María miró a su padre. Su pira se encontraba muy cerca. Los separaba una tercera en la que habían dispuesto el ataúd de su abuela y la figura de paja que la representaba.

—¡Todo es culpa mía! —se disculpó el hombre con el gesto roto por el dolor—. Si no me hubiera enfrentado al abad de Urdax, hoy no estaríamos aquí. ¡Perdóname!

—No es cierto —empezó a decir María, pero el crucifijo le golpeó con fuerza en la boca.

—¡Arrepiéntete!

No tuvo tiempo de detenerse a escupir la sangre que manaba de su labio abierto porque un intenso calor comenzó a subirle desde los pies. La madera amontonada comenzaba a arder.

Los espantosos gritos de algunos condenados llegaban desde otros extremos de la larga fila de piras. A través del humo, María veía los postes a los que estaban atados sus vecinos. Estebanía de Navareno estaba envuelta en llamas y se retorcía violentamente. Tragó saliva. Sintió un profundo dolor en los pies y su corazón se rompió al oír los alaridos de su padre. No quiso mirarle. Perdió la vista en el público. No había rostros conocidos. Solo curiosos llegados de las cercanías de Logroño y sacerdotes, muchos sacerdotes. Sus miradas no eran acusadoras. Tampoco de lástima. Ni siquiera de miedo. Solo un rictus de espanto ante la visión de la muerte.

—¡Recordad ahora vuestras cópulas con el demonio! —se burló el inquisidor.

Sin dejar de recorrer al público con la mirada, el corazón de María dio un vuelco. ¿Qué hacía allí? ¿Estaba loco? ¡Lo cogerían! Como si leyera sus pensamientos, su hermano se llevó una mano a la cara para secarse las lágrimas y se giró para alejarse. ¿Adónde iría? No podría volver a Zugarramurdi si no quería que lo apresaran. Además, la Inquisición había embargado los bienes de la familia, como correspondía a los condenados a la hoguera. Pedro no moriría en aquella plaza, pero saldría de ella sin casa y sin futuro.

—¡Arrepiéntete, bruja! —El crucifijo bailaba violentamente alrededor de María, acrecentando la desorientación que le provocaba el humo.

Al dolor atroz que sentía en las piernas se sumó pronto el olor a carne quemada. Su padre, el picapedrero valiente que había logrado que su pueblo dejara de pertenecer a un caprichoso monasterio, había dejado de gritar. Sintió que la tristeza la devoraba con mayor intensidad que las propias llamas. Por primera vez desde que abandonara Zugarramurdi en el carro de la Inquisición se permitió llorar.

—¡Arrepiéntete!

El dolor era insoportable. Jamás había sentido nada parecido. Los horribles lamentos de los condenados iban apagándose. Se mordió la lengua hasta sentir el sabor de su propia sangre. No pensaba darles esa satisfacción. Se fijó en el inquisidor. Juan del Valle, el cretino que había llevado la desdicha a un pueblo apacible del Pirineo, la observaba fijamente. Una vez más, creyó entrever lascivia en su mirada. No, no sería ella quien le regalara la muerte humillante que deseaba presenciar.

Una intensa luz blanca llamó su atención hacia lo alto. La luna había decidido asomarse por fin. Era una luna llena, redonda como un queso. Pensó en sus vacas, en los buenos momentos pasados a su lado, soñó con los pastos cubiertos de flores violetas y recordó aquella noche lejana en la que su madre le contó que pronto tendría un hermanito mientras observaban la luna llena tumbadas sobre la hierba fresca. Y lloró; lloró con todas sus fuerzas con la esperanza de que tantas lágrimas acabaran por sofocar las llamas de aquel infierno.

60

27 de junio de 2015, sábado

Leire abrió la puerta del bar apoyándose en ella con el hombro que no tenía magullado. Le dolía todo el cuerpo. Había pasado la noche en vela, girando a un lado y a otro para dar con alguna postura en la que el brazo roto y las múltiples contusiones no le impidieran conciliar el sueño. Fue imposible. Solo una ampolla de Nolotil le permitió caer en un ligero sopor entre las cinco y las ocho de la mañana.

—Vaya mala pinta que tienes. Ni que te hubiera pasado un camión por encima —se burló cariñosamente Divina girándose hacia ella desde la cafetera, donde calentaba la leche de un cortado con el instrumento de vapor.

—Igual lo hubiera preferido —reconoció Leire mirándose de arriba abajo. La escayola del brazo era lo más aparatoso, pero bajo los tejanos se escondían moretones y arañazos que se había hecho al verse obligada a trepar con una sola mano.

—Deberían poner una verja en esa sima. Tuviste suerte de que el nivel del agua estuviera tan alto. Si no fuera porque en mayo no paró de llover, estaría vacía. Era lo que él esperaba, claro. Treinta metros de caída. ¿Qué te parece? —explicó la tabernera alzando la voz para hacerse oír por encima del ruido de la cafetera—. Y suerte también de que los espeleólogos no tuvieran tiempo de retirar su cuerda antes de que el agua lo hiciera imposible... Algún día va a ocurrir una desgracia mayor. Vienen muchos críos a visitar la cueva. Sobre todo gabachos. ¿Qué pasará cuando a alguno se le ocurra entrar a jugar en esa galería lateral y acabe en el fondo de la sima? —inquirió girándose hacia los tres ganaderos que la observaban desde el otro lado de la barra—. Entonces nos llevaremos las manos a la cabeza y pondremos una reja de hierro.

—¿Se cayó a la sima? —oyó Leire a uno de ellos.

—La tiró Carlos, el del museo. No me jodas que no lo sabías. No te enteras de nada —exclamó Patxi.

—¿El hijo de Fina? —insistió el otro.

—¿Hay algún otro Carlos que trabaje en el museo? —zanjó el pastor jubilado.

—Se lo han llevado detenido hace media hora —explicó Divina señalando con el mentón hacia la plaza que se extendía al otro lado de la ventana—. Aquí tenéis vuestros cafés.

—¿Seguro que lo has regado bien? —preguntó el ganadero que aún no había abierto la boca. Leire se preguntó si se quitaría la txapela para dormir. A decir de lo incrustada que la llevaba era posible que también le acompañara a la cama.

Divina se giró hacia la escritora y cruzó con ella una mirada de hastío.

—Cada día lo mismo —protestó tomando la botella de orujo y llenando la taza hasta que rebosó sobre el platillo—. Al final te tendré que cobrar doble. ¿Vosotros también queréis un poco más?

Mientras Leire esperaba a que Divina le sirviera su té, Patxi se acercó hasta ella y le apoyó una mano en el hombro dolorido.

—Perdona —se disculpó apartándola—. Estás llena de golpes... Enhorabuena. La verdad es que no esperaba que fueras a dar con el cabrón que se cargó a Celso. Y mira que todos dimos por hecho que el tío se había prendido fuego por accidente —dijo esbozando una sonrisa.

—Vaya descanso para ti —apuntó la tabernera dejando sobre la barra la tetera humeante y dirigiéndose al pastor jubilado—. Desde que la rubia esa te acusó en la tele, muchos murmuraban tu nombre.

Leire tragó saliva. No quería ser aguafiestas, pero estaban corriendo demasiado.

—No fue Carlos. No creo que él haya matado a nadie —anunció logrando que Patxi la mirara desconcertado. Divina soltó un bufido al tiempo que negaba con la cabeza.

Lo había tenido claro desde que le ordenó que se arrojara a la sima. Lo supo en cuanto logró ver su mirada tras el chorro de luz de la linterna. Aquellos no eran los ojos de un psicópata, ni los de un asesino despiadado, solo los de alguien asustado.

—¿Cómo que no fue él? Intentó matarte. Su intención no era que te lastimaras el brazo. Era acabar contigo —argumentó Patxi. Los otros dos ganaderos apuraban sus carajillos tras él.

—Es imposible. Llegué al museo cuando no había transcurrido ni media hora desde el intento de asesinato en Deusto. Carlos estaba allí. Nadie podría haber llegado en ese tiempo desde Bilbao.

Divina bajó el volumen del televisor, en el que una reportera joven explicaba los últimos preparativos para unos Sanfermines que estaban a la vuelta de la esquina. Después se sentó de lado sobre las cámaras frigoríficas y apoyó el codo en la barra frente a la escritora.

—¿Y si se tratara de diferentes asesinos, uno en Bilbao y otro aquí? —planteó muy seria.

Leire había desestimado esa idea. El perfil se correspondía más con el de un psicópata que actuara solo. Resultaba altamente improbable que dos personas, por mucho que pudieran compartir lazos familiares, se hubieran puesto de acuerdo para cometer semejantes atrocidades. Salvo en actos de terrorismo no solían darse ese tipo de asociaciones.

—Me voy. Yo tengo faena, no como otros que viven del cuento en Torrevieja —anunció el de la txapela dirigiéndose a la puerta con un cigarrillo apagado entre los labios.

—Espera. Acércame en coche al taller de los Irigoyen. Tengo que recoger el tractor —le pidió el que apenas abría la boca.

—Pues venga, date prisa. Tengo que sacar las ovejas y ya voy tarde —refunfuñó el otro antes de apoyar el dedo índice en el pecho de Patxi—. Y tú, a seguir de vacaciones. Anda que cómo viven algunos.

El interpelado le empujó fingiendo enfado.

—Vete con tus ovejas. Ya hace horas que tenían que estar en el campo. Vaya un pastor que primero almuerza y luego saca los animales... —le espetó entre risas mientras los veía salir a la calle—. Espera, anda. Dame un pitillo.

El de la txapela tomó el que llevaba en la comisura de los labios y se lo ofreció. Patxi se lo rechazó de un manotazo y le arrebató el paquete de Ducados que le asomaba del bolsillo de la camisa.

—Será cabrón el tío —protestó su amigo con una risa de carraca vieja.

—Siempre están igual —comentó Divina con una sonrisa—. A mí me alegran la mañana, no creas.

Leire asintió mecánicamente. Su mente estaba lejos de allí.

—Está protegiendo a alguien —murmuró con la mirada perdida en la taza de té—. ¿Tiene familia?

—¿Quién, Carlos? —La expresión del rostro de la tabernera era de perplejidad—. Qué más quisiera él. Es un solterón.

A la escritora le sorprendió el tono despectivo de su respuesta, especialmente viniendo de alguien que tampoco tenía pareja.

—¿Viven sus padres? —inquirió abriendo el abanico de opciones.

Divina dio un paso a un lado para poder señalar una casa a través de la ventana.

—¿Ves el edificio blanco con ventanas verdes? No, un poco más a la derecha. Esa es su casa. Son jóvenes. El padre se acaba de jubilar. Era cartero. Carlos vive con ellos —explicó.

Esta vez Leire tuvo la sensación de que la tabernera apretaba los labios reprimiendo una mueca de tristeza.

No tuvo tiempo de preguntarle por ello, porque la puerta se abrió. Las pullas de los ganaderos se colaron en el bar y también el humo seco de los Ducados. Al girarse hacia la entrada, sin embargo, Leire no vio a Patxi, cuyo patxaran aún descansaba a medias sobre la barra, sino a una de las últimas personas a las que hubiera esperado encontrar.

61

27 de junio de 2015, sábado

Nekane trataba de mantenerse ocupada. Abría la cámara de maduración para dar la vuelta a los quesos, limpiaba una vez más los paños que empleaba para el prensado y, sobre todo, ultimaba la jaula. Llamaba así al invento en el que pensaba introducir la pieza que llevaría al concurso para hacerla descansar en la cueva. No quería correr el más mínimo riesgo y había forrado un pequeño armazón de madera con malla metálica para que los roedores no pudieran asomarse siquiera al interior. En un primer momento llegó a plantearse guardar el queso en casa, pero enseguida desestimó la idea. Si quería sorprender al jurado necesitaba que estuviera empapado de esos matices que solo la gruta podía darle. Por mucho que hubiera madurado tantos meses en su oscuro interior, el viaje en una furgoneta frigorífica y la estancia en una quesería de un mercado bilbaíno no eran el mejor colofón para el desarrollo de un queso llamado a ganar un concurso de tanto prestigio. Tal vez los menos iniciados no fueran capaces de percibirlo, pero la quesera estaba segura de que los paladares que valorarían su trabajo notarían que algo fallaba. Ojalá unos últimos días en el subsuelo mágico de Zugarramurdi fueran capaces de devolverle a la pieza la armonía tras el estrés padecido.

Además, no podía tirar la toalla. Los ratones tenían que comprender que esa era su cueva y que ellos disponían de todas las demás que había en la comarca, que no eran pocas. Su padre insistía en que era una batalla perdida, a no ser que la forrara de ratoneras, pero Nekane no quería ni oír hablar del tema. Ella no era quien para quitarles la vida a los pequeños animales. La madre naturaleza había querido que todos convivieran y de algún modo lograría hacerlo. Quizás la solución pasara por introducir todos los quesos en jaulas como la que tenía sobre la mesa, aunque no era lo mismo fabricar una que decenas de ellas. O cientos, porque si de algo estaba segura era de que, si lograba destacar en Lyon, tendría que aumentar considerablemente la producción. A veces fantaseaba con ello y se imaginaba comprando a un precio justo toda la leche que los ganaderos de la comarca pudieran producir.

Estaba inquieta. Olivier estaría a punto de llegar. Había dicho que lo haría a media mañana y ya comenzaba a acercarse el mediodía. Faltaba solo una semana para el certamen y cuanto antes pudiera llevar la pieza a la cueva mayor sería el tiempo que tendría para recuperar todos los matices de su gusto. Todavía no se creía la suerte que había tenido. De no haber sido por el empeño del francés, habría tenido que olvidarse de ir a Lyon. Se lo debía, igual que le debía buena parte del enorme éxito que sus quesos estaban obteniendo. Saber hacerlos era importante, pero también lo era venderlos y elegir los puntos de venta que más se adecuaran al tipo de producto. Le estaba muy agradecida. Lástima que no pudiera pagárselo como a él le hubiera gustado. Porque estaba segura de que Olivier sentía algo por ella. Le había costado aceptarlo, pero había gestos y miradas que eran inconfundibles. El francés le enviaba señales, le lanzaba guantes, y a ella le dolía en el alma no recogerlos. No podía. Su corazón estaba ocupado y, afortunadamente, se trataba de un amor correspondido. A veces se sentía mal por ello. Tenía que ser muy duro sentir algo por alguien y que no fuera recíproco, como le ocurría a Olivier con ella.

Las pisadas en la gravilla del exterior le llegaron a través de la ventana abierta, en la que una mosquitera evitaba que las moscas se colaran en la quesería.

—Ya está aquí —celebró en voz baja sintiendo un nudo en el estómago. Aunque Olivier aseguraba que el queso estaba en perfecto estado, no estaría tranquila hasta verlo con sus propios ojos.

Dejando el delantal blanco sobre la mesa de acero inoxidable, se dirigió con paso rápido hacia el vestíbulo. La puerta principal estaba cerrada, y no entornada, como se había hecho en su casa toda la vida. No pensaba admitirlo, pero las advertencias de la escritora habían despertado en ella un leve temor que le empujaba a no ser tan confiada.

Nekane respiró hondo para calmar los nervios mientras accionaba la manilla. El rostro que se asomó por el quicio fue, sin embargo, un jarro de agua fría. Solo en un primer momento, porque enseguida se sintió reconfortada entre sus brazos.

62

27 de junio de 2015, sábado

—¡Eceiza! —saludó Leire acercándose al policía recién llegado. Su presencia en Zugarramurdi era la mejor noticia para un caso que, de ser por Romero, continuaría enquistado para siempre.

—Me han dicho que te encontraría aquí —anunció el inspector. Vestía unos sencillos pantalones vaqueros y una camisa gris de manga corta que se ceñía con acierto a su cuerpo. Su peinado anticuado, con la raya a un lado y ni un solo cabello desafiando el orden impuesto, le restaba juventud—. Me he cogido el día libre para poder venir. Lo de Romero clama al cielo. Tuve que ser yo, que estoy fuera del caso, quien gestionara la orden judicial para poder empapelar al tipo del museo. Menos mal que era todo demasiado evidente: el barro de sus zapatillas, sus huellas en la cueva, el petate con la escopeta y la linterna...

—¿Sabe que estás aquí? —inquirió Leire.

—¿Romero? No. Se ha ido a Pamplona a interrogar al detenido y a colgarse la medalla por resolver el caso.

—Que no está resuelto —apuntó la escritora con cara de circunstancias.

Eceiza se encogió de hombros al tiempo que suspiraba.

—No ha querido saber nada de la imposibilidad de estar en Deusto tratando de asesinar al profesor Oteiza y en el museo al mismo tiempo. Defiende que un caso es el de Zugarramurdi y otro el de Bilbao. Me da la impresión de que solo pretende cerrar la investigación cuanto antes. Todo esto le ha superado —reconoció—. Mi equipo está desesperado. A ver si mi visita les anima un poco.

—Vaya desgraciado —señaló Leire sin ocultar su desprecio.

—No entiendo qué le ha pasado —reconoció Eceiza—. Llevamos un montón de años trabajando juntos y nunca me había dado grandes problemas. Creo que son celos al ver que yo he ido ascendiendo y él no. No será fácil tener que obedecer las órdenes de un chaval de cuarenta y pocos cuando tú llevas más tiempo en el cuerpo y tienes diez años más.

—¿Te pongo algo? —ofreció Divina dando un paso hacia el centro de la barra.

El inspector pidió un café cargado y le hizo un gesto a Leire para que le acompañara a una de las mesas situadas al pie de la ventana. Apenas se habían sentado cuando la tabernera llamó su atención.

—Tienes el café en la barra —anunció visiblemente contrariada por verse excluida de la conversación.

Eceiza se puso en pie y cogió la taza.

—Te olvidas el azúcar —le indicó Divina empujando el plato con el terrón y la cucharilla.

—Gracias, está bien así —replicó el inspector rechazándolos con la mano.

—Carlos está protegiendo a alguien —le dijo Leire en cuanto se sentó frente a ella. El timbre de su teléfono móvil sonó en su bolso, pero no le prestó atención. Tenía ganas de poder compartir por fin sus avances con un policía que la tuviera en cuenta.

—Es evidente. He estado indagando sobre él. No tiene hijos. Es lo primero que se me ha ocurrido. Por encubrir a un hijo... —comentó Eceiza sin ocultar cierta decepción. Después se llevó la taza a los labios y arrugó la nariz—. ¡Joder, qué café más malo! Sabe a alquitrán —protestó por lo bajo antes de levantarse para ir en busca de azúcar.

El áspero humo del tabaco se coló en el bar cuando Patxi abrió la puerta. Al otro lado de la ventana, el de la txapela y el otro ganadero subían a una ranchera granate con más abolladuras que años. En el cielo, los buitres dibujaban un círculo expectante. Esa mañana volaban bajo. La escritora tuvo la sensación de que se trataba de un mal presagio.

—¿Este quién es, tu novio? —inquirió el pastor acercándose a la mesa que ocupaban Leire y el inspector.

Eceiza lo recibió con una mirada glacial que le obligó a recular hacia la barra, donde Divina se reía socarronamente sacando tazas del lavavajillas.

—Déjalos. Están muy ocupados —le indicó la tabernera añadiendo un nuevo hielo a la copa del pastor.

—Para, no eches más. Luego es todo agua —se quejó Patxi.

—¡Porque tardas dos horas en beberlo!

Leire volvió la vista hacia el inspector, que apuraba el café con intención de salir de allí cuanto antes.

—Si hablarais más con la gente, resolveríais antes los casos —le regañó.

El policía dibujó una mueca de fastidio.

—Eso te lo dejo para ti. Yo estoy acostumbrado a mantenerlos lejos, al otro lado del cordón policial. De lo contrario se te suben a la chepa.

La escritora no pensaba tirar la toalla.

—Pero vosotros llegáis aquí a investigar un asesinato y partís de cero. No sois del pueblo, no conocéis a la gente ni los requiebros de sus vidas. Es necesario integrarse, hablar...

—Y lo hacemos. No hace falta introducirse en la vida cotidiana del lugar para poder conocer sus secretos. Es precisamente en sitios como este —Eceiza señaló con la mano abierta hacia la barra—, donde puedes lograr una percepción equivocada del caso. Aquí no está la realidad de Zugarramurdi, sino una verdad construida a fuerza de dimes y diretes, a menudo sin vínculo alguno con el mundo real. Quienes vienen al bar lo hacen a chismorrear, a magnificar historias sin importancia para sentirse alguien. Es absurdo pensar que de aquí vas a sacar algo.

Leire aguantó estoicamente la reprimenda. No estaba de acuerdo. Por supuesto que en los bares había mucho de fanfarronería, pero también se podía conectar con la realidad del pueblo. Solo era necesario separar correctamente la información de la mucha morralla que la rodeaba.

—Me da igual el bar que el estanco, la panadería o la puerta de la iglesia —intentó zanjar arrepentida de haberse metido en una discusión tan estéril sobre los métodos policiales—. Lo importante es hablar con los vecinos, no encerrarse en una furgoneta a verlas venir.

Eceiza se echó para atrás en la silla y mostró las palmas de las manos con gesto contrariado.

—De los métodos de Romero no me hago responsable. Solo me faltaba eso.

La escritora decidió recular.

—Tienes razón. Perdona. Estoy descargando contigo la tensión de los últimos días. Joder, ese tío me detuvo sin motivo y después ha estado todo el tiempo poniéndome la zancadilla.

—¿Por qué crees que he venido? —Al resto de mi equipo y a mí nos convence tu idea de que alguien está tratando de eliminar a los descendientes de quien traicionó a los demás llevándolos a la hoguera. Estamos trabajando ya con esa hipótesis y estoy intentando convencer a mis superiores de la necesidad de destinar agentes para proteger a las posibles víctimas.

—¿Cuándo será eso? ¿Cuando hayan muerto todos?

Eceiza alzó la mano pidiendo calma.

—Estoy en ello. No es fácil. Oficialmente sigo fuera del caso y es Romero quien tendría que solicitarlo.

Leire resopló.

—Pues podemos esperar sentados.

—No tanto —reconoció el inspector—. Alguien desde la central se lo va a proponer hoy mismo. Y ese tipo de propuestas no son muy discutibles, por decirlo de alguna manera. Me dijiste que has hecho un árbol genealógico. ¿Cuántas potenciales víctimas crees que tenemos?

—En Zugarramurdi no más de ocho. El único hijo de Eloísa emigró a América, probablemente por la presión social que se instalaría en el pueblo contra su familia. Nunca más se supo de ellos hasta que, a comienzos del siglo XIX, regresó un varón y reclamó la casa familiar, aquella que la

Inquisición embargó a una de las familias condenadas a la hoguera. Sabemos que se casó con una muchacha del pueblo y dio origen a la rama familiar a la que pertenece la hija de este señor —explicó señalando a Patxi, que permanecía de espaldas a ellos —. Casi cien años después, otro miembro de la familia volvió de América y tuvo dos hijos. Esta rama ha sido prácticamente eliminada. Quedan un hermano de Celso y su hija, y Javier Oteiza, en coma.

—¿Así que necesitamos solo ocho escoltas? —celebró Eceiza—. Eso está hecho. Si lo aprueban, mañana mismo podrían estar aquí.

—Si pretendiéramos proteger a la rama familiar americana, haría falta medio FBI, pero aquí han regresado muy pocos —admitió Leire. Se sentía exultante. Si la Policía Foral daba protección a cada una de las posibles víctimas, no habría nuevos asesinatos—. Ahora solo falta dar con el cabrón que se ha cargado a tantas personas.

—Y comprender el papel del tipo del museo en todo esto. ¿A él también habrá que ponerle protección si el juez lo deja libre con cargos? —murmuró Eceiza abriendo las manos en señal de duda—. ¿A quién coño protege ese tío?

Patxi carraspeó después de rematar el patxaran de un trago.

—Divi, tú lo conoces mejor que nadie —dijo en voz alta para asegurarse de que todos le oían—. ¿No se te ocurre nada?

El rostro de la tabernera mostraba estupor. La tensión con la que terminó de secar el vaso que tenía entre manos delataba que no se sentía cómoda convertida de pronto en el centro de atención.

—Eso fue hace demasiados años —se defendió dejando el vaso en una estantería y tomando otro del escurreplatos—. Demasiado tiempo. Ahora apenas nos devolvemos el saludo.

—Fueron novios —explicó Patxi dirigiéndose a Leire—. Además, bastante tiempo. ¿Cinco años? —calculó volviéndose hacia la barra.

—Casi siete —le corrigió Divina—. Teníamos dieciséis años cuando empezamos. Todavía recuerdo el día. En plenas fiestas de agosto. Era un mano larga.

—¡Siete años! —exclamó el pastor con una mueca burlona—. Eso hoy en día es más que matrimonio.

—Él estudió. Yo no. En mi casa teníamos el bar y yo desde cría ayudaba en la barra. Cuando terminó la carrera se fue a Londres un verano. Necesitaba practicar el inglés. No sé qué cambió en él durante esos meses. —Una mueca de fastidio se dibujó en los labios de la tabernera—. Cuando regresó no quiso saber nada de mí.

—El tío se pondría fino a follar con inglesas. Vaya cabrón —se mofó Patxi.

Leire recordó a Carlos tras el mostrador del museo y su más que evidente timidez. Nunca se sabía, pero no le cuadraba con la imagen de amante desbocado que sugería el pastor jubilado.

—Fue todo muy raro —continuó Divina arrugando la nariz—. Al mismo tiempo que él, regresó de allí Ana, la chica de la pensión Etxe Ederra. Otra que había ido a aprender el idioma. Por aquel entonces se llevaba mucho entre familias acomodadas. Ella volvió preñada. Según nos vendieron, de un inglés que se desentendió del crío. —Hizo una pausa para suspirar. Los recuerdos le habían nublado la expresión—. Años después lo intentamos de nuevo. Fue Carlos quien vino a pedirme perdón y a decirme que seguía enamorado de mí... Todo mentira. No funcionó. Estuvimos apenas cuatro meses. Él estaba siempre ausente. Había alguien en su cabeza y no era yo.

—Ana —resumió Patxi.

Divina se mordió el labio inferior al tiempo que asentía.

—Siempre se ha preocupado por ella —musitó con tono herido.

—Si el hijo hubiera sido suyo podían haberse casado y todos tan contentos —apuntó un escéptico Eceiza.

La tabernera negó con el dedo índice.

—No es tan fácil. Estás en la tierra de las brujas. Pertenecen a familias que se repelen como el agua y el aceite. Los padres de ella jamás hubieran permitido que estuvieran juntos. Fue una antepasada de Carlos quien trajo la desgracia a este pueblo —explicó.

La escritora apenas la escuchaba. Recordaba el día de su llegada a Zugarramurdi, cuando Carlos le recomendó la casa rural de Ana. Ella ni siquiera le había pedido ayuda para elegir dónde dormir.

—¡Joder! ¡Gorka! —exclamó poniéndose en pie de un salto—. ¡Soy idiota! ¿Dónde estudia Gorka?

Patxi frunció el ceño.

—En Bilbao, ¿no? —le preguntó a Divina.

—Sí. En una universidad de pago. La casa por la ventana, claro, que se vea que son gente con posibles —confirmó la tabernera.

Leire sintió que se le helaba la sangre. Había tenido al asesino ante sus narices desde el primer día.

—¿Quién es ese Gorka? —quiso saber Eceiza siguiéndola a la salida.

La escritora no contestó. Abrió la puerta y echó a correr hacia la casa rural con un nudo de reproches aferrado a su estómago. Solo una pregunta hubiera bastado para saber que estaba ante el asesino. ¿Dónde estudias? De haberla hecho, en lugar de preocuparse siempre por quitárselo de encima, Maite seguiría con vida y Javier Oteiza no estaría en coma en el hospital de Cruces.

—¿Llevas pistola? —inquirió volviéndose hacia el policía. El brazo roto le lanzó una aguda señal de dolor. Parecía recordarle las palabras del traumatólogo prescribiéndole reposo.

Eceiza se llevó la mano a la cintura y mostró la culata del arma.

—No estoy de servicio. No debería —admitió—. Joder, ¿qué hace ahí mi equipo?

—Es la casa rural... —apuntó desconcertada la escritora al comprobar que la furgoneta policial estaba detenida ante la puerta de Etxe Ederra.

Dos agentes, a quienes Leire reconoció como los compañeros de Romero, pulsaban el timbre. No parecían especialmente inquietos, aunque el vehículo oficial estaba cruzado en mitad de la calle, como si lo hubieran estacionado apresuradamente.

—¿También te ha llegado la orden? —preguntó uno de ellos dirigiéndose al inspector.

—¿Qué orden? ¿De qué hablas?

—Nos han llamado de comisaría. Hay que detener a Gorka Berrueta. Los vascos han encontrado pruebas que lo vinculan con el intento de asesinato de Javier Oteiza en su despacho de la universidad.

Leire se regañó por no haber contestado al teléfono. Seguro que se trataba de Cestero con la resolución del caso.

—¿Qué tipo de pruebas? —quiso saber.

El agente apretó los labios para mostrar su desconocimiento.

—Algo de un examen —murmuró sin entrar en detalles que no parecía conocer—. Da igual. Tenemos que detenerlo.

La puerta se abrió y el rostro sorprendido de Ana se asomó al exterior.

—¿Les puedo ayudar en algo? —preguntó antes de reparar en la presencia de la escritora—. Ah, Leire. ¿Qué pasa? Me he asustado al ver tanta policía.

—¿Vive aquí Gorka Berrueta? —le interrumpió uno de los agentes.

La dueña de la casa rural asintió.

—¿Le ha pasado algo? —se alarmó llevándose las manos a la cara.

—¿No está aquí? —se adelantó Leire.

—Ha salido. ¡Ay, dios mío! ¿Qué le han hecho? —La desazón de la mujer resultaba demasiado real para ser fingida.

—Tenemos una orden de detención —informó Eceiza.

—¿A Gorka? —La tez de Ana se había tornado lívida—. Que alguien me explique lo que está pasando, por favor...

Leire dio un paso hacia ella y le acarició el brazo para intentar reconfortarla. Era necesario ante lo que venía a continuación.

—Hay demasiados indicios que lo inculpan en los asesinatos de los últimos días —explicó tratando de emplear un tono amable. A pesar de ello, Ana rompió a llorar. En lugar de negarlo todo, como esperaba la escritora, se derrumbó como si en su fuero interno también hubiera sabido que un momento así acabaría por llegar—. ¿Sabe Gorka que es hijo de Carlos?

Ana recibió la pregunta como una bofetada y se giró angustiada hacia la casa. Solo cuando comprobó que su madre no estaba a la vista, negó con la cabeza y lloró con más fuerza.

—Ni él ni nadie —admitió con el semblante descompuesto por el dolor.

Leire asintió con tristeza. Era terrible. Quien podría haberse erigido en la mejor muestra de la reconciliación entre familias se había convertido en el mayor monstruo que Zugarramurdi recordaba. Lo peor de todo es que ni siquiera sabía que por sus venas corría la misma sangre que intentaba borrar de la faz de la Tierra.

—¿Sabes adónde ha ido? —inquirió acariciándole la espalda a la madre rota. Los policías permanecían en un respetuoso silencio dos pasos más atrás.

Ana alzó la vista, que tenía fija en el suelo y Leire pudo leer algo más que tristeza en sus ojos. Era algo aún más profundo, aún más doloroso. Era temor.

—A comprar mantequilla. Está en la quesería —anunció con un hilo de voz.

La escritora lo comprendió de inmediato.

—¡Mierda! La quesera... —exclamó fuera de sí—. No podemos perder ni un minuto. Va a matarla.

63

27 de junio de 2015, sábado

—¿No ha llegado aún? —preguntó Gorka sin perder el tiempo en saludos.

—No. Pensaba que se trataba de él —reconoció Nekane buscando sus labios.

—Estará al llegar. No te preocupes. Habrá tenido que pararse para entregar algún pedido.

La quesera asintió. Al menos ahora la espera sería más llevadera.

—Mi padre no está —anunció con la esperanza de que no pretendiera irse de inmediato, como tantas otras veces.

—Lo sé. Lo he visto entrando al bar.

—Divina podría retirarse con el dinero que se deja allí —bromeó Nekane—. ¿Qué traes ahí?

Gorka se llevó una mano a la espalda para palpar la mochila. Después lanzó una sonrisa enigmática.

—Una sorpresa. —Los ojos le brillaban con mayor intensidad de lo habitual. Tal vez hubiera hablado por fin con su madre. Había prometido hacerlo antes del certamen. Así podría acompañarla a Lyon sin necesidad de excusas. Nekane comprendía que no era fácil, su familia siempre había sido fiel a la tradición. La peor, según se decía, era la abuela. La misma intensidad que sabía trasladar a sus pasteles dictaba su animadversión por cualquiera que llevara la sangre de Eloísa de Mitxelena.

No era fácil, claro que no, pero la vieja tendría que comprender que en el siglo veintiuno no había espacio para rencores oxidados. Ella quería a Gorka con toda su alma y ese amor sería capaz de derribar esos antiguos muros que tanto dolor habían causado.

—¿Se lo has dicho? —preguntó Nekane intentando leer en sus ojos alguna señal que anticipara la respuesta.

Gorka volvió a sonreír. Esta vez la quesera creyó entrever en su mirada un atisbo de lástima que se contraponía con la expresión de sus labios.

—Te lo prometí —se limitó a anunciar el joven.

—¿De verdad? ¿Se lo has dicho? —Nekane se sentía exultante de felicidad—. ¿Y qué? ¿Cómo han reaccionado? ¿A que no ha sido para tanto?

Cada vez que Gorka abría la boca para responder, ella llegaba con una pregunta más. Estaba tan feliz, tan ilusionada. Hasta el queso de Olivier y el concurso de Lyon desaparecieron de su mente. Solo hacía tres meses que salían juntos, pero habían sido intensos. Con él estudiando en Deusto, apenas habían tenido tiempo de verse, pero el wasap y las llamadas los habían mantenido en contacto desde que se dieron el primer beso. Había ocurrido durante las vacaciones de Semana Santa, cuando Gorka acudió a la quesería a por mantequilla para el desayuno de sus clientes y comenzaron a recordar antiguas historias de cuando iban al colegio del pueblo.

—¿Vendrás conmigo a Lyon? —Nekane seguía con la mente y el corazón fundidos en un torbellino. De pronto los astros se habían alineado para conspirar a su favor. Tenía un queso que llevar al certamen y Gorka por fin se había atrevido a enfrentarse a su familia. Era feliz.

—Quiero pedirte algo —anunció el visitante sin sacudirse de encima el aire enigmático que le acompañaba desde que había entrado por la puerta—. Date la vuelta y cierra los ojos.

La quesera se adelantó levemente para posarle un beso en los labios, que él correspondió guiñándole el ojo izquierdo. Después se giró para darle la espalda con una risita nerviosa.

—Pon las manos atrás —le pidió él.

Nekane obedeció. Oyó abrirse la cremallera de la mochila y estuvo a punto de darse la vuelta para curiosear. Haciendo un esfuerzo para no arruinar la sorpresa, se mantuvo quieta y con los párpados cerrados. Enseguida notó que Gorka le tomaba la mano. Temió que se tratara de un anillo de pedida. No sabía cómo reaccionar a algo así. Por un lado sería una forma inigualable de decirle que la quería y que le daban igual los malditos rencores familiares; por otro, sería demostrar que no la conocía lo suficiente. Si algo odiaba la quesera eran ese tipo de convencionalismos sociales. No necesitaba demostrar su amor con festejos ni papeleos de ningún tipo.

Los movimientos de Gorka le aclararon enseguida que no se trataba de anillo alguno, sino más bien de una pulsera. Nekane se sorprendió al sentir más decepción que alivio.

—¿Ya? ¿Puedo abrir los ojos? —preguntó nerviosa.

—Espera. Hay más. Dame la otra mano.

La segunda pulsera se la puso con menor suavidad, aunque lo peor fue el tirón que estrechó las dos hasta que se le clavaron en las muñecas.

—Me haces daño —protestó la quesera girándose para comprobar qué ocurría—. ¿Qué has hecho? ¡Suéltame las manos!

Gorka no perdió el tiempo. Con un movimiento rápido, pasó el otro extremo de la cuerda por una argolla de hierro dispuesta en la pared del vestíbulo para ligar las monturas y tiró con fuerza.

—¡Para! Me estás haciendo daño. No es divertido —se lamentó Nekane sintiendo que sus brazos se tensaban detrás de su espalda. Sentía que los hombros se le iban a dislocar de un momento a otro.

Su agresor fijó la cuerda a la anilla metálica con un nudo. Lo hizo sin apresurarse, con la tranquilidad de quien sabe que dispone de tiempo. Introdujo la mano en la mochila que había dejado en el suelo y extrajo una botella de refresco. El color del líquido delataba que aquello no eran dos litros de cola como anunciaba la etiqueta roja, sino algo casi transparente.

La parsimonia con la que le quitó el tapón resultaba desconcertante. Lo hacía con la misma normalidad con la que alguien llena un vaso de agua para dar un par de tragos. Sin prisa, sin ningún atisbo de ansiedad por acabar cuanto antes.

—Tu padre no me lo ha puesto fácil. Dos veces lo he intentado y las dos ha aparecido en el momento menos oportuno. Él y el pastor ese, Andoni. Lo siento por ti, por su culpa no puedo sedarte. Esto te va a doler —anunció vertiendo sobre ella un líquido que resultaba gélido al contacto con la piel. El olor no dejaba lugar a dudas. Pensaba quemarla viva.

—No me has querido nunca —comprendió Nekane aterrorizada.

—Nunca. Por lo menos fingirlo no ha sido desagradable. Con el de Bilbao tuve que hacerme pasar por maricón para que me acompañara a casa tras la fiesta.

—¡Estás loco! —sollozó la quesera sin prestar atención a la sirena policial que rompía el silencio lejos de allí.

—No creas que tanto. Solo hago justicia. Esta casa era de mi familia. La tuya está podrida y no trajo a esta tierra más que una desgracia que aún hoy nos persigue.

—¡Déjame! Quiero vivir... ¿Qué quieres, la casa? Te daré lo que sea... ¡Por favor! Yo no he hecho nada... —lloró la quesera, mareada por el olor a gasolina.

Gorka extrajo una cajita de fósforos del bolsillo pequeño de la mochila.

—Solo quiero justicia —sentenció encendiendo uno—. La casa arderá contigo, y con ella, los recuerdos de una gente a la que jamás debió pertenecer.

La cerilla se apagó tan pronto como saltó la llama.

La sirena policial se oía cada vez con mayor claridad.

—Quédate mi casa, mis quesos... ¡Todo! Déjame y me iré para siempre —prometió Nekane desolada. Sentía que el pecho le ardía y no era por los gases del combustible, sino por el dolor de saberse víctima de una traición basada en un odio irracional.

El segundo fósforo tampoco llegó a prender.

La sirena resonaba con fuerza en el exterior.

El rostro de Gorka estaba cargado de tensión mientras lo intentaba de nuevo. Esta vez la llama brotó entre sus dedos y la contempló extasiado.

—Arrepiéntete, bruja —murmuró dando un paso atrás para arrojar la cerilla contra su víctima.

—No... Por favor —aulló Nekane con los ojos anegados de lágrimas—. ¡Por favor!

La puerta se abrió de golpe.

—¡Alto! ¡Policía!

La confusión se adueñó del recibidor. No hubo disparos. Solo gritos y movimientos demasiado rápidos para seguirlos a través del velo neblinoso de las lágrimas. En cuestión de segundos, Gorka se hallaba tendido en el suelo sobre el charco de gasolina que se extendía implacable a los pies de la quesera.

—Ni se te ocurra moverte —ordenó un policía que se encontraba de rodillas sobre la espalda del agresor mientras le presionaba la nuca con la punta de su pistola.

Junto a la cabeza del joven, la cerilla ardía ajena a todo. Nadie reparó en su llama. Tampoco en el reguero de combustible que continuó su fugaz carrera entre los adoquines para encontrarse con ella. La llamarada surgió de repente, una desconcertante cortina de fuego que lo convirtió todo en un infierno.

—¡Cuidado!

—¡Un extintor, vamos! ¡En la furgoneta!

Nekane sintió el calor abrasador subiéndole por las piernas y oyó los alaridos aterrorizados de su verdugo, convertido de pronto en una bola de fuego. El policía que lo retenía había dado un paso atrás y el joven intentaba ponerse en pie sobre el charco en llamas.

—¡Socorro! ¡Ayudadme! —gritó la quesera tirando con fuerza de los brazos para tratar de soltar la cuerda. Alguien le sacudía las piernas con una chaqueta o algo parecido.

—Apartaos —oyó entre el griterío que se había adueñado del caserío.

Un potente chorro la golpeó con violencia. En apenas unos segundos el policía vació el extintor contra las llamas. Nekane tuvo la sensación de que no ponía tanto empeño en apagar las que envolvían a Gorka, que rogaba auxilio mientras se daba manotazos para sacudirse el fuego de encima.

—¿Estás bien? —le preguntó precipitadamente a la quesera una voz de mujer. Nekane parpadeó para limpiarse los ojos de lágrimas. Solo entonces la reconoció como la escritora que le había alertado del peligro que corría. Tenía un brazo escayolado y le acariciaba la cara con la única mano libre mientras alguien a su espalda la liberaba de sus ataduras—. Ha sido cuestión de segundos. Has tenido mucha suerte. Tranquila. Ya se ha acabado todo —insistió Leire.

Un llanto ahogado se abrió paso en el silencio que siguió a sus palabras. Nekane buscó el origen y reparó en que venía de Gorka. Los policías le habían esposado las manos a la espalda y tiraban de sus brazos para obligarlo a ponerse en pie. Su camiseta estaba hecha jirones y las quemaduras en su torso desnudo eran evidentes. El incendio también le había chamuscado las pestañas y parte del cabello.

—Es una bruja... Todos ellos lo son —lloró su agresor con el rostro desencajado por el dolor y la impotencia—. Eloísa era la bruja y no todos los demás. Los quemaron por su culpa.... Les negaron la vida para que ella y todos los suyos pudieran vivirla mejor. ¡Arrepiéntete, bruja! —espetó girándose hacia la quesera con una voz que destilaba un odio secular.

Nekane sintió una vez más que se le desgarraba el alma. Hacía solo unos minutos lo creía enamorado de ella. Se abrazó con fuerza a la escritora que le había salvado la vida y dirigió la mirada hacia la puerta por encima del hombro que la acogía. Una furgoneta amarilla acababa de detenerse junto al vehículo policial. Su corazón roto se iluminó por un segundo con un destello de felicidad. El queso había llegado y nada ni nadie frenaría sus ilusiones por convertirse en la mejor quesera del mundo.

NOTA DEL AUTOR

Zugarramurdi ha pasado a la historia como el epicentro del terremoto social que sacudió los valles de Baztan y Bidasoa en los primeros años del siglo XVII. El pueblo y su misteriosa cueva fueron un imán para los inquisidores, pero sus garras se extendieron también por todos los rincones de esos valles hermosos. Etxalar, Bera, Lesaka, Urdax, Legasa... Muchos fueron los lugares que sufrieron una persecución atroz que convirtió durante años la vida en un infierno.

Una injusticia tan clamorosa que la propia Suprema, el máximo órgano de la Inquisición española, llegó a admitir que había sido un error. Alonso de Salazar, el inquisidor que buscaba una justicia real, logró finalmente que sus argumentos fueran escuchados. El Santo Oficio se retractó en agosto de 1614 del proceso contra la brujería llevado a cabo. Era tarde para los condenados, demasiado tarde, pero no para las miles de personas que todavía vivían en el norte de Navarra y contra los que Becerra Holguín y Del Valle Alvarado pretendían lanzar una nueva persecución, esta vez más exhaustiva y sangrienta.

La novela trata, en lo posible, de ser fiel a los sucesos que acaecieron. Los tiempos han sido adaptados a las exigencias de la narración y los nombres e historias personales de los perseguidos no son los reales. He empleado, en cambio, los nombres originales de los miembros del Santo Oficio, esos integristas religiosos que encarnaban lo que decían combatir.

Las acusaciones de Eloísa en la novela pueden parecer excesivamente fantasiosas: comer sesos de difunto, desenterrar cadáveres para hervirlos, mover molinos por la noche... Sin embargo, han sido extraídas textualmente del auto de fe de Logroño en un intento de recrear con veracidad lo ocurrido.

Volviendo al presente, me gustaría aclarar que la apasionante fiesta del Akelarre de Zugarramurdi no existe en la actualidad. El año dos mil cinco fue el de la última edición, tras casi veinte años celebrándose. La masificación hizo imposible que los vecinos siguieran llevándola a cabo. Una verdadera lástima. Siempre nos quedará la visita a la cueva de las Brujas y su estremecedor museo.

AGRADECIMIENTOS

A Xabier Guruceta, por ayudarme a encontrar el camino cuando las teclas se revuelven. A Álvaro Muñoz, por salvar el barco cuando zozobra. A Sergio Loira, bilbaíno de adopción, por redescubrirme la ciudad donde estudié. A Fernando Fernández, bilbaíno de ultramar, por mostrarme el parque de Etxebarria en una lluviosa noche de otoño. Al departamento de Investigación del centro Carlos Santamaría de la Universidad del País Vasco, por su acogida y su extensa bibliografía sobre la persecución a la brujería. A D, por echarme un cable para plasmar con veracidad los entresijos de la Ertzaintza. A mi hermano, Iñigo, médico en camino, que me ayuda con todos los requiebros anatómicos. A Consuelo Valdivieso, *Laky*, del blog Libros que hay que leer, por orientarme con los asuntos legales, siempre vitales en una novela negra. A Maribel y Jose Mari, los entrañables propietarios del Bodegón San Pedro, por abrirme de par en par las puertas de su bar-tienda, una auténtica joya etnográfica en las calles de Pasaia. A las responsables del museo de las Brujas, en Zugarramurdi, un lugar del que resulta difícil no salir con un nudo en la garganta. A Maria, mi pareja, por mantener la sonrisa cuando las historias de Leire Altuna me tienen secuestrado el día a día.

La ardua y siempre vital labor de corregir los textos ha pasado por las manos de Cristina Izquierdo, donostiarra de Las Arenas y muy buena observadora; y Eli Etxeberria, poco amiga de profanar los renglones con el rojo y fantástica profesora.

Y, por supuesto, a tantos y tantos libreros que confiaron en mis novelas desde la primera página. Sin Elena, Ana, Adrián, Martzela, Andoni, Feli, Santi y tantos otros, cuya lista sería interminable, este sueño hecho realidad jamás hubiera sido posible.

OTRAS NOVELAS DEL AUTOR

Una inquietante novela de suspense en la costa vasca.

Una tarde de otoño, el cuerpo de una mujer aparece a los pies de un remoto faro de la costa vasca. El asesino se ha llevado la grasa de su abdomen. Leire Altuna se convierte en la principal sospechosa. Desesperada, se verá obligada a iniciar una inquietante investigación. No tardará en comprender que está ante un imitador del Sacamantecas, el brutal asesino en serie que aterrorizó Vitoria en el siglo XIX.

El primer caso de Leire Altuna.

Un oscuro secreto se esconde en los bosques de Navarra.

Anochece en el norte de Navarra. Una fría niebla flota entre los árboles de la selva de Irati, que duerme despojada de hojas en su letargo invernal. Una joven aparece ahorcada en los arcos de la Real Fábrica de Armas de Orbaizeta. Cuando todas las hipótesis apuntan al suicidio, Leire Altuna recibe el encargo de investigar el caso. No será fácil. Tendrá que buscar respuestas en un remoto pueblo de apenas una docena de habitantes, un lugar donde nada ni nadie es lo que parece.

Un nuevo caso de Leire Altuna.

Un fascinante viaje a la Edad Media en el País Vasco.

La primera novela de Ibon Martín sumerge al lector en el siglo XV, cuando los valles vascos olían a hierro fundido y deseos de libertad. El amor, la muerte, la amistad y la traición se entremezclan en esta obra, que une con maestría historia y ficción para hacer viajar al lector desde las solitarias calzadas de las tierras vascas hasta las bulliciosas calles de la Barcelona medieval.